HEINZ G. KONSALIK / LIEBE AUF HEISSEM SAND

HEINZ G. KONSALIK

LIEBE
AUF HEISSEM SAND

VERLEGT BEI
KAISER

Berechtigte Ausgabe für den Neuen Kaiser Verlag — Gesellschaft m.b.H.
Klagenfurt

Schutzumschlag: Volkmar Reiter
unter Verwendung eines Fotos von Mauritius - FPG, Wien
Reproduktion: Schlick KG, Graz
Druck und Bindung: Ueberreuter Buchproduktion, Korneuburg

1

Sie lernten sich in der Wüste kennen, an einem frühen, kalten Morgen, bevor die glühende Sonne im Osten über die kahlen rotbraunen Felsen des Negev stieg.
Er fuhr allein in einem staubüberzogenen Jeep, ein nasses Taschentuch vor den Mund gebunden, denn der feine Sand wehte durch alle Ritzen.
Plötzlich stand sie vor ihm, neben einem windzerzausten Tamariskenstrauch, ein Schnellfeuergewehr in der Hand, und rief: »Stop!«
Dr. Schumann kam dem Befehl nach. Er hielt, stellte den Motor ab und riß sich das Taschentuch vom Mund. Dann stieg er aus und blieb neben dem Jeep stehen, denn hinter dem Tamariskenbusch sah er jetzt ein großes Schützenloch, aus dem ihn der Lauf eines Maschinengewehrs anblickte.
Das Mädchen kam näher, das Schnellfeuergewehr im Anschlag. Sie trug einen zerknitterten Khakihut, eine khakifarbene Uniformbluse mit großen Taschen, eine schmutzige, lange Hose und halbhohe Fallschirmjägerstiefel.
»Inspektion von Beersheba!« rief Dr. Schumann. »Auf dem Weg zum Kibbuz Qetsiot. Kinder, was ist denn los?«
Das Mädchen senkte den Gewehrlauf. Dann winkte sie nach hinten zu dem Busch. Aus dem großen Schützenloch tauchten mehrere Köpfe auf. Alle in den unförmigen Hüten. Aber unter ihnen sahen große dunkle Augen auf den einsamen Mann in der Wüste. Sieben Mädchen, im Staub der Wüste noch von erstaunlicher Schönheit.

»Sie haben deutsch gesprochen?« Das Mädchen blieb vor Dr. Schumann stehen und warf einen Blick durch die Windschutzscheibe in den Jeep. Auf den Hintersitzen lagen Kisten, Koffer und ein großer Sack, in dem sie ein Zelt vermutete. »Sind Sie Deutscher?«

»Ja, Leutnant.« Dr. Schumann lächelte und wischte sich den Staub aus den Augen. In einer Stunde war die Sonne da. Dann glühte die Wüste. »Ich höre, Sie sprechen auch deutsch?« Er streckte ihr die Hand entgegen. Sie nahm sie, drückte sie fest wie ein Mann und ließ sie dann gleich wieder los. »Doktor Peter Schumann vom Hanevi'im-Hospital in Jerusalem. Man hat mich auf die Reise geschickt, um die hygienischen Verhältnisse im Negev zu kontrollieren.«

»Jetzt? Hat man in Jerusalem keine anderen Sorgen?« Das Mädchen stellte ihr Gewehr an das Vorderrad des Jeeps, riß ihren schrecklichen Hut vom Kopf und fuhr sich durch die Haare. Es waren wundervolle Haare mit einem kupfernen Unterton, lang und seidig, jetzt aber im Nacken zu einem Knoten geschlungen und hochgesteckt, damit sie unter dem Hut verschwanden. »Sie kommen, wenn Sie weiterfahren, geradewegs in das militärische Aufmarschgebiet. Das muß man in Beersheba doch wissen!«

»Natürlich.«

»Ihren Ausweis!« sagte das Mädchen kühl.

Dr. Schumann holte aus der Brusttasche seines Leinenanzugs einen vielfach gefalteten Briefbogen, schüttelte ihn, bis sich die Faltung löste, und hielt ihn dem Mädchen hin.

»Bitte, Leutnant. Bevor Sie mich als Spion erschießen ...«

Das Mädchen blieb ernst und übersah das Lächeln Dr. Schumanns. Sie las den Brief, der in hebräischer Sprache geschrieben war, sehr genau und gab ihn dann zurück. »Es stimmt. Sie haben die Erlaubnis von Stabschef Rabin. Sie wollen also nach Qetsiot?«

»Wenn Sie und Ihre kriegerischen Damen mich weiterfahren

lassen — recht gern. Ich wollte im Kibbuz sein, bevor die Sonne richtig hochkommt.«
Das Mädchen setzte den Hut wieder auf. »Ich bin Leutnant Ariela Golan«, sagte sie. »Seit vier Tagen streifen ägyptische Saboteure durch die Gegend. Gestern wurde ein Posten von uns bei Nitsana beschossen. Sind Sie bewaffnet, Doktor?«
»Ich bin Arzt, Leutnant.« Dr. Schumann öffnete die Tür seines Jeeps und deutete auf die Kisten und Koffer. »Meine Waffen sind einige Injektionsspritzen, Medikamente, ein kleines Labor zur Wasseruntersuchung, ein chirurgisches Besteck und einige Mullbinden. Ja, und das hätte ich beinahe vergessen, Joppa ist dabei.«
»Wer ist Joppa?«
»Ein zahmes Äffchen. Wollen Sie es sehen, Leutnant? Es schläft noch, hinter dem Zeltsack. Hat in der vergangenen Nacht kaum geschlafen. Die Wüstenflöhe setzten ihm zu.«
Ariela Golan sah Dr. Schumann böse an. Die gekrauste Stirn gab ihr das Aussehen eines unartigen Kindes. »Ihnen fehlt der Ernst, Doktor!« sagte sie hart. »Lassen Sie Ihr Äffchen schlafen! Da ich Sie im Aufmarschgebiet gefunden habe, bin ich für Sie gegenüber dem Hanevi'im-Hospital in Jerusalem verantwortlich. Man hätte Sie bewaffnen müssen. Jetzt muß ich Sie nach Qetsiot begleiten.«
»Wie fürchterlich!« Dr. Schumann machte eine einladende Bewegung zu dem offenen Jeep. »Aber der Heldenmut der israelischen Mädchen ist ja weltbekannt. Ich werde brav sein und bis zum Kibbuz nicht mehr sprechen.« Er setzte sich hinter das Steuer, sprang aber sofort wieder auf die staubige Wüstenstraße. »Verzeihung! Darf ich fahren . . . oder wollen Sie, Leutnant . . .?«
Ariela Golan hockte sich auf den harten Nebensitz, nahm das Schnellfeuergewehr zwischen die Knie und starrte geradeaus. Hinter ihr raschelte es zwischen dem Gepäck. Joppa, das Äff-

chen, war erwacht und suchte nach der Schachtel mit den Bananen. Die sieben Mädchen in dem Schützenloch, hinter dem schußbereiten Maschinengewehr, winkten Dr. Schumann fröhlich zu. Ihr Lachen flatterte um den Tamariskenstrauch herum.
»Fahren Sie los!« sagte Ariela laut. »Um es gleich zu sagen: Männer Ihrer Sorte liebe ich besonders!«
»Das ist wirklich zuviel des Guten, Ariela.«
»Leutnant Golan!«
»Wie Sie befehlen.« Dr. Schumann setzte sich wieder, ließ den Motor aufheulen und fuhr mit einem Ruck an. Ariela stieß mit der Stirn gegen die Windschutzscheibe.
»Sind Sie verrückt?« schrie sie. »Wo haben Sie fahren gelernt?«
»In Düsseldorf, Leutnant. Mein Lehrer hieß Dölles. Was kann man da mehr erwarten?«
Ariela Golan schwieg. Sie hatte die Lippen zusammengepreßt, ganz schmal, und sie waren doch so hübsch und voll. Aber in den Winkeln lag ein unterdrücktes Lächeln ... oder täuschte sich Dr. Schumann nur?
So lernten sie sich kennen, mitten in der Negev-Wüste.
Vom ersten Augenblick an waren sie sich unsympathisch.
Wenigstens taten sie so.
Aber sie waren beide keine guten Schauspieler.

Diese Begegnung fand statt am 1. Juni 1967.
Israel wartete auf ein Wunder oder auf Blut und Tränen.
Ägyptens Staatschef Nasser hatte zum »Heiligen Krieg gegen Israel« aufgerufen, alle Gegensätze der Araber schwanden, ein Wall von Waffen umgab das Land Israel, kein Entrinnen gab es mehr, nur das Meer vor ihnen war frei, das Meer, in das die Araber die Juden hineintreiben wollten. »Löscht sie aus!« schrie man in Kairo und Amman. »Fegt sie von der Landkarte! Palästina den Arabern! Jagt die Israelis in das Meer wie die Ratten! Mohammed kämpft mit unseren Fahnen! Löscht sie aus ...«

Der Kibbuz Qetsiot lag in der sengenden Sonne. 1953 war er gegründet worden. Damals standen zwanzig junge Männer und Mädchen der Jugend-Alijah, der Organisation für die Rettung, Aufnahme, Erziehung und Ausbildung von Jugendlichen aus allen Teilen der Welt, an der Kreuzung der einsamen Wüstenstraßen und alten Karawanenwege nach Aweigila und Rafah, sahen über Sand, Geröll und Steine, wußten nicht weit weg von sich die Ruinen von Nitsana an der ägyptischen Grenze, ein Streifen entmilitarisierten Landes, über dem die Fahne der UNO flatterte, ein Land, das eigentlich vom vergossenen Blut fruchtbar hätte sein müssen, und gaben sich die Hände.

So wurde der Kibbuz geboren. Ein Vorposten des Glaubens an den Frieden. Ein Stein mehr in der Mauer um Israel. Ein grüner Fleck in rötlichgelber Wüste.

Dr. Peter Schumann hielt vor dem einstöckigen, langgestreckten Gemeinschaftshaus der Kibbuzniks und sprang aus dem Jeep. Die Sonne glühte über den schnurgeraden Feldern, auf denen Kohlrabi, Zwiebeln und Mandelbäume angepflanzt waren. Eine Versuchsanstalt bemühte sich, Ölbäume und Zitrusbäume zu ziehen. In langen Rohren wurde das Wasser über die Felder geleitet. Kostbares Wasser, das in kilometerlangen Leitungen von den Pumpstationen durch die Wüste geschickt wurde.

Die Männer und Frauen waren schon auf den Feldern. Ihre Arbeit hörte nicht auf, auch wenn Panzer und Lastwagen, Kanonen und Soldaten rund um den Kibbuz lagen und wie graue, verstaubte Ungeheuer in Tälern oder hinter Felsen warteten.

»Wird es Krieg geben?« fragte Dr. Schumann. Er wollte Ariela aus dem Jeep helfen, aber sie sprang heraus, ehe er die Hand ausstrecken konnte.

»Es ist immer Krieg.«

»Ich habe auf der Fahrt nachgedacht.« Dr. Schumann setzte einen breiten Hut auf. Die Sonne stach. »Golan, der Name ist mir irgendwie bekannt.«

»Oberst Golan in Beersheba ist mein Vater.«
»Aha! Amos Golan, der Eisenfresser!«
»Das ist ein Ehrenname!« Ariela warf das Gewehr an seinem Lederriemen über den Rücken. »Kommen Sie. Ich liefere Sie in der Verwaltung ab. Dann bin ich endlich die Verantwortung ... und Sie los!«
Dr. Schumann stand am Fenster des Kibbuzbüros, als Ariela mit einem Jeep, der nach Beersheba wollte, Qetsiot verließ. Der Schreiber, David Hod, stand hinter ihm und lächelte.
»Eine herrliche Katze ist sie, nicht wahr, Doktor?« sagte er. »Sie ist eine typische Sabra, eine im Lande Geborene. Sie kennen doch unsere Kakteen? Außen hart, aber innen weich und süß! Ariela mag Sie nicht, Doktor?«
»Es scheint so.«
»Das ist schlecht.« David Hod kratzte sich den Kopf und trat zurück unter den rotierenden Propeller des Ventilators. Der Juni ist ein verfluchter Monat im Negev. Aber eigentlich sind alle Monate im Negev verflucht. »Wenn sie Interesse für Sie hätte, würde sie das zeigen. Unsere Mädchen sind sehr selbstbewußt und aktiv.«
»Ich weiß.« Dr. Schumann sah der Staubwolke nach, die sich in der Ferne verlor. »Ich bin seit fünf Jahren in Ihrem Land, Hod. Ich kam hierher, um mich in den Krankenhäusern umzusehen. Nur so, wissen Sie, aus Neugier. Mal sehen, was die Israelis können ... das war der Gedanke, mit dem ich abfuhr. Ein wenig überheblich und stolz. Und dann habe ich mich in dieses Land verliebt, in seinen Fleiß, in seine Pionierarbeit, in seinen unwahrscheinlichen Lebenswillen. Und ich bin noch immer hier und bin jetzt Regierungsarzt.« Er trat ebenfalls ins Zimmer zurück und setzte sich. Auf dem Tisch standen Gläser mit Orangensaft. »Schade«, sagte er nachdenklich, »daß man Ariela Golan nicht wiedersieht. Ich glaube, ich habe mich benommen wie ein halbstarker Jüngling ...«

Zwei Tage war Dr. Peter Schumann in der Wüste, zwischen Qetsiot und Nitsana. Hinter sich sah er noch die Ausläufer der Kibbuzarbeit ... vereinzelte Bäume, Olivensträucher, ein paar Dattelpalmen, letzte Regungen einer durch Wasser ermöglichten Vegetation. Vor ihm lag die Straße zur Grenze, zur militärfreien Zone, die vor wenigen Tagen von den UNO-Beobachtern verlassen worden war. Israelische und ägyptische Panzer standen sich dort gegenüber, warteten, wer zuerst in diesen Wüstenstreifen einmarschierte und damit die Schuld des Krieges auf sich nahm.
Auf Veranlassung des Abschnittskommandanten hatte Dr. Schumann sein Lager mit Sandsäcken umgeben. Vier Lastwagen hatten sie herangeschafft. Zehn Soldaten bauten einen Wall um sein Zelt und fuhren dann wieder ab. Es war nur eine Vorsichtsmaßnahme gegen umherstreifende Banden. Vor zwei Wochen noch zogen die arabischen Beduinen über die Straße und die alten Karawanenpisten zum Kamelmarkt in Beersheba. Jetzt war die Wüste leer bis auf Panzer und Kanonen. Die Araber lagen in ihren flachen schwarzen Zelten wartend abseits der Straßen im Negev. Ägyptische Agenten hatten sie gewarnt. Nur ein paar Tage noch ... und Israel existiert nicht mehr. Das Land wird euch gehören. Die Fahne des Propheten wird in der Wüste wehen und sie in einen Garten verwandeln.
Dr. Schumann hatte in seinem Zelt das kleine Labor aufgebaut. Auf drei Klapptischen standen gläserne Kolben, Gestelle mit Reagenzgläsern, flache Schalen und Flaschen mit Chemikalien. Ein Brutofen, batteriegetrieben, und drei Bunsenbrenner mit Propangas standen auf einer breiten Kiste. An der Längsseite des Zeltes hatte er sein Feldbett aufgebaut. Hier turnte auch Joppa herum, kreischte und schimpfte, warf mit Sand um sich und bettelte dann um Gnade, wenn Schumann mit einem Stock drohte.
Gegen Mittag des zweiten Tages — Schumann hatte gerade ein

Büchsengericht, Nudeln mit Gulasch, verzehrt – hörte er das Rattern eines Motorrades auf der Straße. Er achtete nicht weiter darauf, denn Lastwagen und Panzer fuhren ständig hin und her und wirbelten den Staub bis zu ihm hin in die Sandsackburg. Ein paarmal erhielt er Besuch von Offizieren, die sich das merkwürdige, einsame Zelt ansehen wollten. Dann trank man einen Schluck Wein, den die Offiziere mitbrachten, oder kalten Tee mit Zitrone, den Schumann immer bereithielt.

Auf dem Feldbett machte Joppa einen Buckel. Seine Nackenhaare sträubten sich. Er verzog den Mund und bleckte die Zähne. Mit einem Ruck wurde die Zeltplane vor dem halboffenen Eingang weggezogen und eine Gestalt, die gegen die grelle Sonne wie ein schwarzer Schatten wirkte, stand vor Dr. Schumann. Ein Käppi saß schief auf den zurückgekämmten Haaren.

»O Gott!« sagte Dr. Schumann und legte seine Pfeife hin, die er gerade angezündet hatte. »Erfolgt jetzt die Vertreibung aus dem Paradies? Sie nahen wie der Engel mit dem Flammenschwert, Ariela ...«

Ariela Golan sah sich stumm im Zelt um. Joppa fletschte sie an und tippte dann an seine niedrige Affenstirn.

»Pfui, Joppa!« sagte Dr. Schumann laut. »Benimm dich wie ein Kavalier. Eine Dame betritt unsere Villa.«

»Mir kommt das alles komisch vor.« Ariela setzte sich auf einen der beiden Klappstühle, die neben den Tischen standen. Sie hatte wieder ihre Kampfuniform an, die mit einer dicken Schicht Staub überzogen war. Schumann erinnerte sich an das Geknatter des Motorrades und sah Ariela bewundernd an.

»Sie fahren als Donnermaxe durch die Wüste?« fragte er. »Ariela, Sie machen es einem Mann leicht, Komplexe zu bekommen.«

»Wir sind in allem ausgebildet.« Sie beugte sich über eine Retorte und schnupperte wie ein Hündchen. »Was ist das?«

»Wenn Sie länger so süß schnuppern, können Sie die Ruhr bekommen.«

»Sie kommen sich wohl sehr klug und männlich vor, nicht wahr, Herr Doktor?« Sie betonte das »Herr« besonders, aber mit einem provozierenden Unterton. »Ich habe bei meinem Vater nachgefragt. Auch er weiß nicht, was Sie ausgerechnet jetzt im Negev und gerade hier an der heißen Grenze wollen. Sie hatten einen Brief aus Jerusalem, aber der war ziemlich allgemein im Inhalt.«
»Vielleicht ist es eine geheime Kommandosache?«
»Quatsch!« Ariela streckte die schönen Beine von sich. Dr. Schumann ahnte, daß sie schön waren. Die Khakihose verhüllte sie. »Sie stellen bakteriologische Untersuchungen an. Aber warum nicht im Kibbuz? Warum müssen Sie da in die Wüste?«
»Ihr Interesse an meiner Person beschämt mich.« Dr. Schumann setzte sich neben Ariela auf den zweiten Klappstuhl. »Ich will Sie aufklären. Im Alter von drei Jahren hatte ich die Wasserpocken und —«
Mit einem Ruck sprang Ariela Golan auf. Sie warf den Stuhl dabei um, und weil er ihr Schienbein traf, trat sie dagegen und schleuderte ihn gegen das Bett. Joppa, das Äffchen, kreischte und turnte unter das Bett.
»Sie Ekel!« schrie sie. »Sie aufgeblasener Dummkopf!« Sie setzte ihr Käppi auf und wollte das Zelt verlassen. Aber am Eingang hielt sie jemand von hinten fest. Wütend drehte sie sich um, um Dr. Schumann auf die Hand zu schlagen; aber da war keine Hand, sondern Schumann hielt sie mit dem gebogenen Griff eines Spazierstockes fest, den er in den Bund ihrer Uniformhose gehakt hatte. Er selbst saß noch auf seinem Klappstuhl und lachte jungenhaft.
»Oh! Man müßte Sie ...« schrie Ariela. Sie sah herrlich aus. Sprachlos vor soviel ungebändigtem Temperament starrte Dr. Schumann sie an.
Sie riß den Stockgriff aus ihrem Hosenbund und ballte die Fäuste. Aber sie ging nicht hinaus, sie blieb im Zelt.
»So kann sich nur ein Deutscher benehmen«, sagte sie gepreßt.

Das Lächeln wich aus dem Gesicht des Arztes. Plötzlich sah er ernst und fremd aus.

»Das sollten Sie nie sagen, Ariela«, sagte er leise in die Stille hinein. »So etwas ist wie eine sich nie schließende Wunde. Ich weiß als Arzt, wieviel Kraft aus einer ständig offenen Wunde fließen kann ... und Kraft ist doch das, was wir hier alle brauchen ...«

Ariela senkte den schmalen Kopf. Sie nahm das Käppi ab und drückte es zwischen ihren Händen zusammen. »Verzeihen Sie«, sagte sie gepreßt. »Wie ... wie kann ich Ihnen anders sagen, daß ich Sie verabscheue? Ihre widerliche Männlichkeit ...«

»Ich stelle mich zur Verfügung für die ureigenste Form weiblicher Verteidigung: Ohrfeigen Sie mich.« Er trat nahe an sie heran. »Bitte, Ariela ... bedienen Sie sich ...«

Einen Augenblick sahen sie sich an mit großen, fragenden Augen. Und nichts war in diesen Augen von Haß oder Wut, Abscheu oder Gegenwehr. Die Sonne lag in ihrem Blick, die Weite der Wüste, das Blau des Himmels, die roten Felsen des Negev, die staubbedeckten Büsche der Tamarisken, die schmalen Wadis, in denen im Winter das kärgliche Wasser rinnt ... eine ganze Welt, ihre Welt lag vor ihnen und das Wissen, daß morgen alles zu Ende gehen konnte in Granaten, Bomben und Blut.

Langsam hob Ariela beide Arme und legte sie um den Nacken Dr. Schumanns. Er tat es ihr gleich, legte seine Hände auf ihre Schultern und zog sie an sich. Sie sprachen nicht dabei.

Dann küßten sie sich ... zuerst scheu, wie eine Frage: Willst du, Peter ... willst du, Ariela ... dann fester, inniger, den anderen an sich drückend, sich verschmelzend in diesem Kuß und den Sand mitküssend, der auf ihren Lippen lag.

Es war der 3. Juni 1967. Mittags gegen zwei Uhr.

Jenseits von Nitsana, in der Wüste Sinai, marschierten die ägyptischen Panzer auf.

Treibt die Israelis in das Meer ...

Mea Shearim, das Stadtviertel Jerusalems, in dem die »Frommen der Frommen« wohnen, die Jemeniten und bucharischen Juden, die orthodoxen Gläubigen und die polnischen Juden, ist ein Gewirr von kleinfenstrigen Häusern, engen Gassen, Straßenbögen und Toren. Das »hunderttorige Viertel« nennt man Mea Shearim. Hunde und Katzen jagen sich auf den Gassen, aus den Eingängen höhlenartiger Läden klingt das Hämmern der Gold- und Silberschmiede, klappern Webrahmen, dringen murmelnde Stimmen durch die heiße, drückende Stille. Hier betet man viel, hier ist der Glaube mehr als das halbe Leben. Von den flachen Dächern und den Türmchen der Straßentempelchen blickt man hinüber in das geteilte Jerusalem, in den jordanischen Teil der Heiligen Stadt. Dicke Betonmauern hat man hier errichtet, mit Schießscharten versehen. Hinter ihnen ist ein Trümmerfeld, liegen zerstörte Häuser in der Sonne, ahnt man in den Ruinen der einsamen Straßen, der verlassenen Gebetshäuser, der Mauerreste die Maschinengewehrnester der jordanischen Armee, die Granatwerfer, die leichten Geschütze. Ab und zu blitzen in den Trümmern flache Stahlhelme auf, sieht man sie durch die Ruinen laufen. Ewiger Krieg herrscht hier, wie überall an der Grenze Israels. Fast jeden Tag peitschen Gewehrschüsse aus diesem toten Streifen der Stadt hinüber in das jüdische Jerusalem. Vom Mandelbaumtor, dem einzigen Ausländerübergang in das jordanische Jerusalem, bis hinunter zum Berg Zion und dem Hinnom-Tal, stehen sie hinter Betonmauern und Sandsackbarrieren, liegen sie auf Dächern und hocken hinter Mauervorsprüngen ... Israelis und Araber, seit achtzehn Jahren. Und seit achtzehn Jahren fließt an jedem Tag Blut an dieser immer brennenden Grenze.

Für Mahmud ibn Sharat war das kein Problem mehr. Knallte es irgendwo zwischen der Deresch Hebron oder dem Damaskustor, so stellte er sich schnell in eine Haustür oder hinter eine der Betonmauern, die entlang der Demarkationslinie alle Straßen durchzogen, grau und häßlich, nur erbaut, um Leben zu schützen. Dort wartete er ab, bis die jordanischen Soldaten ihre Schießübungen beendet hatten. Meist gab es einen Toten, zuletzt ein vierzehnjähriges Schulkind, ein Mädchen, das von der Schule nach Hause ging. Die Zeitungen schrieben dann darüber, in der Knesseth, dem Parlament Israels, wurde eine Gedenkminute eingelegt ... und dann ging das Leben weiter. Ein toter Mensch an Israels Grenze ... er war alltäglich wie ein fallendes Blatt vom Ölbaum, wie das Verwehen des gelben Blütenstaubes der Mimosen.

Mahmud ibn Sharat war Fellhändler. Das war ein einträglicher Beruf. Er verkaufte Kuhfelle an die Gerbereien, Ziegenfelle für die Deckenherstellung, Schaffelle für den Export als Bettvorleger. Aber auch die Häute der Dachse und der possierlichen Hüpfmaus brachten Geld. Aus der Negev-Wüste bezog er die Felle des Wabs, einer Kaninchenart, aus denen man schöne, warme Schlafdecken herstellen konnte. Das alles aber war nur ein Aushängeschild des immer höflichen und lächelnden Mahmud. Durch seine Geschäfte kam er überall hin, hatte überall gute Freunde, saß auf der Terrasse des berühmten King-David-Hotels mit ausländischen Importeuren zusammen, trank Tee, sah nachdenklich hinüber auf die Mauern der Altstadt, die Kuppeln und Türmchen des Heiligen Grabes, die Betonmauern und Maschinengewehrnester der Waffenstillstandslinie. Dann seufzte er laut, faltete die Hände über dem Bauch und legte sein braunes Gesicht in Falten. »Die Menschen«, sagte er wehmütig, »sie begreifen nicht, was Frieden ist.«

Der andere Mahmud ibn Sharat war weitgehend unbekannt. Nur eine Handvoll Menschen wußte, daß er das Auge Jordaniens im jüdischen Jerusalem war. Seine Ohren hörten alles, seine Blicke nahmen alles wahr, sein Gehirn speicherte jedes Gespräch mit den Ausländern. Was in keiner Zeitung stand — Mahmud erfuhr es beim Tee im King-David-Hotel oder am

Swimming-pool des President-Hotels. Er hatte einen eigenen Weg von Jordanien nach Jerusalem und zurück ... einen unterirdischen Gang unter den Trümmern der zerschossenen Häuser im Stadtteil Musrara. Vor zwei Jahren hatten zwei spielende Kinder orthodoxer Juden diesen Gang entdeckt, fröhliche kleine Jungen von zehn Jahren mit langen schwarzen, gedrehten Löckchen. Man sah sie nie wieder und fand sie auch nicht. Mahmud aber saß am nächsten Tag wieder lächelnd auf der Teeterrasse des King-David und erzählte seinen Freunden aus Europa von der Schönheit des *bulbul*, der Nachtigall am Wüstenrand.

Das Haus Mahmuds in Mea Shearim war eng, durch das ewige Halbdunkel auch im Sommer kühl und fast ohne Möbel. Ein großer Teppich, sechs Sitzkissen und ein flaches Tischchen waren alles, was den Wohnraum wohnlich machte. Die Wände, mit Lehm beworfen, waren weiß gekalkt. Der Fußboden bestand aus roten Ziegeln. Hier lebte er, ein bescheidener Mann. Wer wußte, daß er nördlich von Amman eine Villa in einem Park besaß, mit Springbrunnen und einem Serail, in dem zwanzig Frauen warteten, daß der Herr sie besuchte?

Mahmud ibn Sharat hatte gerade ein Täßchen süßen Kaffee getrunken, als er Schritte hörte. Höflich stand er auf und verbeugte sich, als eine junge Frau eintrat, europäisch gekleidet, das schwarze Haar kurz geschnitten wie die Frauen aus dem Norden. Sie war schlank und mittelgroß, ihr Gesicht von jener Feinheit und Zartheit, die orientalische Frauen der oberen Kreise auszeichnet. Wohlgefällig ließ Mahmud seine Blicke über ihre Gestalt gleiten. Er war ein Frauenkenner, und immer, wenn er Narriman sah, ertappte er sich bei dem Gedanken, daß keine seiner zwanzig Frauen in Amman so schön war wie sie.

»Er ist also weg?« Die Stimme der Frau war kalt und befehlend. Mahmud nickte und verbeugte sich wieder.

»Salam«, sagte er höflich. »Sie sehen verführerisch aus, Narriman.«

»Die Lage ist ernst. In zwei, drei Tagen werden wir Krieg haben! Unsere Freunde marschieren an allen Grenzen auf. Die Flugzeuge sind aufgetankt, um die Luft zu erobern. In einer Woche existiert Israel nicht mehr. Und Sie lassen ihn weggehen . . .«
»Was sollte ich machen? Sollte ich ihn stehlen?« Mahmud hob beide Hände wie ein Bettler. »Ich hatte den Auftrag, ihn nur zu beobachten.«
»Sie wissen, worum es geht! Man hat Ihnen gesagt, was in den nächsten Tagen geschehen wird. Die ganze Welt wird auf den Heiligen Krieg der Araber blicken. Er soll mit anständigen Mitteln geführt werden, mit Feuer und Mut.« Die schöne Frau in dem modernen französischen Kostüm lächelte schwach. »Oder mit Mitteln, die niemand sieht . . .«
Mahmud ibn Sharat setzte sich auf eins seiner ledernen Sitzkissen und holte eine Zigarettenschachtel aus der Tasche. »Man hat mir gesagt: kein Aufsehen. Genau das habe ich befolgt. Aber ich weiß, wo er jetzt ist.«
»Nun sagen Sie es schon!« Eine kalte Stimme. Mahmud sah auf die geschminkten Lippen. Warum küssen sie nicht, warum müssen sie befehlen? dachte er traurig.
»In Beersheba. Mein Freund Karim hat mich angerufen. Er ist von Beersheba weitergefahren in die Wüste in Richtung Revivim.«
»Das ist merkwürdig.« Narriman setzte sich auch, nahm eine Zigarette von Mahmud und ließ sie sich anzünden. Sie sah dem Rauch nach, und ihre schönen dunklen Augen waren tief wie ein See . . . das fand Mahmud.
Narriman war seit vier Jahren mit einem Deutschen verheiratet. Herbert Frank, ihr Mann, hatte vor fünf Jahren einen Vertrag mit Jordanien unterschrieben und war nach Amman ausgewandert. Dort arbeitete er jetzt an einem Institut, das sich »Forschungsanstalt für Flugtechnik« nannte. Nur wenige wußten, daß

sich hinter diesem Namen ein kleiner Stab von Spezialisten verbarg, die für Jordaniens König Hussein eine eigene Kurz- und Mittelstrecken-Rakete entwickeln sollten.
»Machen Sie Jordanien zum stärksten Staat der arabischen Welt«, hatte König Hussein zu diesen Wissenschaftlern gesagt. Franzosen und Engländer waren darunter, sogar zwei Exilrussen. Und der Deutsche Herbert Frank. »Machen Sie uns so stark, daß wir Israel von der Weltkarte fegen können. Das Land am Meer ist unser Land!«
»Woran denken Sie?« fragte Mahmud seufzend.
»Ich sollte nach Beersheba fahren.«
»Unmöglich!« Mahmud sprang auf. »Wenn es Krieg gibt, sind Sie mitten im Schlachtfeld.«
»Das bin ich immer, wenn ich in Jerusalem wohne.« Narriman suchte einen Aschenbecher. Mahmud bückte sich, zog einen seiner Pantoffeln aus und reichte ihn hin. Sie zerdrückte die kaum angerauchte Zigarette auf der Innensohle. Der Geruch verbrannten Filzes durchzog das Zimmer. »Es gibt keine andere Möglichkeit als diese. Jeder Mann ist verdächtig ... eine Frau nicht. Wer soll ihn herüberlocken zu uns? Sie etwa, Mahmud? Womit denn? Mit Ziegenfellen? Nein, das kann nur eine Frau.«
»Eine so herrliche Frau wie Sie, Narriman.«
»Doktor Schumann muß in Amman sein, bevor der Krieg ausbricht.« Narriman Frank wanderte auf dem großen Teppich hin und her, und Mahmud sah ihr mit gierigen Augen nach. Welch ein Weib, dachte er. Ein Raubtier hat keinen schöneren Gang. »Die israelische Armee ist stark. Ihre Soldaten sind mutig ... wer will das leugnen? Man wird wieder Moshe Dayan an ihre Spitze stellen, wenn es Krieg gibt, und er kann sie mitreißen, daß sie wie junge Löwen kämpfen. Es wird ein harter Kampf werden, Mahmud.«
»Aber das Ziel ist groß, Narriman. Das Meer soll rot werden vom Blut.«

»Man will in Amman sichergehen. Gibt es Rückschläge, brauchen wir Doktor Schumanns ›stillen Tod‹ — so nennen sie es bei uns.«
»Ein schöner Name.« Mahmud versank in Gedanken. Er war stolz darauf, daß er es gewesen war, der diese Nachricht nach Amman hatte melden können. Ein junger Forscher aus dem bakteriologischen Labor des großen Hanevi'im-Hospitals hatte es ihm in einer Whiskylaune hinter der vorgehaltenen Hand verraten: Der deutsche Arzt Dr. Schumann hatte eine konzentrierte Bakterienkolonie entwickelt. Zehn Gramm dieser Bakterien in Reinkultur genügten, um das Trinkwasser Jerusalems zu vergiften. Hundert Gramm in die großen Wasserleitungen des Negev und am Gazastreifen geschüttet, und der Krieg war beendet. Nicht, daß es Millionen Tote gab ... es gab nur Kranke. Das verseuchte Wasser, geruch- und geschmacklos, verursachte eine Krankheit wie Ruhr oder Cholera. Und wie kann man kämpfen, wenn ein ganzes Volk tagelang nicht mehr von den Toiletten kommt, wenn Divisionen von Soldaten mit entblößtem Hintern in den Erdlöchern hocken und sich die Seele aus dem Leib drükken?
Welch ein Gedanke! Welch ein Sieg! Ein solches Land war mühelos zu erobern.
Ein breites Lächeln lag auf den Zügen Mahmuds.
»Er ist wirklich wertvoll für uns, dieser deutsche Arzt«, sagte er langsam. »Aber ich sehe Sie nicht gern in Beersheba, Narriman.«
»Es ist der einzige Weg. Ich fahre heute noch in den Süden. Können Sie mir einen Wagen besorgen, Mahmud?«
»Einen Landrover, ja. Darf ich mitfahren?«
»Nein. Ich fahre allein.«
»Allein? In die Wüste?« Mahmud hob beide Arme hoch empor. »Versuchen Sie die Güte Allahs nicht, Narriman!«
»Sie sollten sich solche Auftritte sparen, Mahmud.« Narriman Frank trat hinaus auf den Flur des halbdunklen Hauses. »Wann kann ich den Wagen haben?«

»In einer halben Stunde.«
»Ich warte an der Deresch Gaza — Ecke Rehov Ramban.«
»Narriman ...« Mahmud lief ihr nach bis zur Haustür. »Erlauben Sie mir ...«
»Handeln Sie, Mahmud!« Die Stimme Narriman Franks war von einer kalten Schärfe. »Wir haben keine Zeit, uns mit Dummheiten aufzuhalten.«

Major Moshe Rishon stand dem Abschnittskommandanten der Nitsana-Front gegenüber. Das Hauptquartier war ein moderner Steinbau in Beersheba, nahe dem schönen neuen Krankenhaus. Einen guten Steinwurf weit begann die Eingeborenenstadt mit dem berühmten Kamelmarkt, zogen die Nomaden aus der Wüste herbei, zelteten am Stadtrand oder krochen unter in den Rasthäusern rund um den Markt.
In diesen Tagen hatte Beersheba viel von der Romantik einer Wüstenhauptstadt verloren. Mehr als die Nomaden, Gestalten wie aus einem Märchen, beherrschten Lastwagen, Panzer und Schützenwagen das Straßenbild. Funkstationen waren aufgebaut, Hubschrauber kreisten über der Stadt, aus dem Norden, über die Gazastraße, rückten stündlich neue Soldaten heran. Ein Frauenbataillon war eingesetzt zur Betreuung der Truppen. Sie kochten und bauten Krankenstationen auf dem Weg nach Nitsana auf, stellten Krankenschwestern zur Verfügung, die auf den Panzern, neben den Soldaten, durch glühende Sonne und Wüstenstaub nach Süden fuhren. Sie lösten die Funker ab und die Schreiber in den Schreibstuben. Jeder Mann soll ein Held sein, hatte Oberst Amos Golan in einem Tagesbefehl gesagt. Jeder Finger an einem Gewehr rettet Israel. Was sonst noch zu tun ist, machen unsere Frauen. Und wenn es zu kämpfen gilt, werden auch sie schießen und für Israel bluten.
Major Rishon war aus Jerusalem gekommen. Mit einem Hubschrauber war er auf dem Platz vor dem Hauptquartier gelan-

det und hatte sofort Zutritt zu Oberst Golan bekommen. Nun standen sie sich gegenüber ... der »Eisenfresser« von Sinai, wie man Golan nannte, und der schlanke, breitschultrige Major vom militärischen Geheimdienst. Er war an die Negev-Front befohlen worden, um Gefangene zu verhören, wenn der Krieg beginnen sollte. Ein Stab von Spezialisten folgte ihm mit zwei Transportflugzeugen. Sie sollten die Lebensadern der Wüste, die Wasserleitungen, vor Saboteuren schützen und die Straßen von Minen freihalten.

»Willkommen, Moshe«, sagte Oberst Golan und umarmte Rishon. »Es ist schön, daß sie gerade dich zu mir schicken. Ariela wird sich auch freuen.«

»Ariela ist hier?« Major Rishon löste sich aus der Umarmung. »Sie studiert nicht mehr in Tel Aviv?«

»Seit dem 20. Mai trägt sie wieder Uniform.« Oberst Golan sagte es mit Stolz. Für ihn war das Militär die Mutter allen Lebens. Daß seine Tochter Ariela Kunstgeschichte studierte, fand er dumm. »Mit dem Wissen, wie ein romanischer Bogen aussieht, hält man sich seine Feinde nicht vom Leibe!« sagte er einmal, als er in Arielas Zimmer ein Buch über Baustile sah. »Aber mit dem Finger am Abzug eines Gewehrs lebst du ruhiger. Vergiß nicht: Du bist eine Israeli! Um dich wogt ein Meer von Haß.«

So war Amos Golan. Ein Mann, der wie ein verwitterter Fels aussah. Beim Sinaifeldzug hatte er sich verirrt ... neun Tage irrte er durch die Wüste, ohne Wasser. Er überlebte ... er schoß Geier und Käuzchen, die in den biblischen Ruinen hausten, und trank statt Wasser deren Blut. Er briet Schlangen und Eidechsen, und als ein Hubschrauber ihn nach neun Tagen in der Wüste entdeckte, weil Rauch aus einem engen Wadi quoll, hatte er kein Pfund seines Gewichts verloren, badete sich in Beersheba gründlich, rasierte sich, zog eine neue Uniform an und sagte: »Wo sind meine Leute? Bringt mich zu ihnen ...«

Major Rishon sah aus dem Fenster. Der Hubschrauber flog wieder ab. Einige Beduinen hielten ihre Dschellabahs fest, die im Propellerwind um ihre Körper flatterten. Eine Lastwagenkolonne mit Munition ratterte durch die Straße.

»Ist Ariela hier?« fragte er.

»Ich weiß nicht. Sie hat mit ihrer Kompanie die Straßenkontrolle bis Qetsiot übernommen. Du kennst sie doch, Moshe ... mit einem Motorrad saust sie hin und her.« Oberst Golan lächelte breit. »Sie hätte ein Junge werden sollen.«

»Und dabei gibt es nichts Weiblicheres als Ariela.« Major Rishon war plötzlich ernst. Er nahm sogar Haltung an, was Golan mit Verwunderung sah. Die Familien Rishon und Golan waren seit zwanzig Jahren befreundet. Ariela und Moshe waren nebeneinander aufgewachsen. Wenn der elfjährige Moshe aus der Schule kam, faßte er die einjährige Ariela an beiden Händchen und lehrte sie das Laufen. Die ersten Schritte hatte Ariela an der Hand Moshes getan. Später, als sie zwölf Jahre war, begleitete der zweiundzwanzigjährige Offiziersschüler Moshe sie zur Schule, das Gewehr unterm Arm, denn der Weg führte vorbei an der Betonmauer, hinter der die jordanischen Soldaten lagen und willkürlich schossen, wann es ihnen Spaß machte.

»Ich habe etwas zu sagen, Oberst«, erklärte Rishon militärisch knapp. »Der Krieg wird kommen. Wir werden siegen. Ich möchte als ein doppelt Glücklicher siegen. Geben Sie mir Ariela zur Frau.«

Rishon atmete nach diesen Sätzen auf. Es waren die schwersten Worte, die er je gesprochen hatte. Als er sah, daß Oberst Golan lächelte, seufzte er sogar.

»Ich habe es erwartet, Moshe.« Golan klopfte Rishon auf die Schulter. »Was sagt Ariela? Steht sie etwa draußen und wartet? Ist das ein Komplott gegen einen alten Vater? Moshe, ich kann wie ein Erzvater sein und Blitze schleudern!«

»Ariela weiß es noch nicht.« Major Rishon wischte sich über die glücklich glänzenden Augen.

»Dann wird es Zeit, Moshe.« Oberst Golan sah auf das Telefon. Eine rote Lampe flammte auf. Ein Anruf vom Oberkommando. Die Leitstelle hatte Befehl, diesen roten Signalknopf auszulösen, wenn General Rabin am Telefon war. »Wann wollt ihr heiraten?« fragte er schnell.
»Noch vor dem Krieg.«
»Dann müßt ihr euch beeilen.« Golan hob den Hörer ab. Sein verwittertes, kantiges Gesicht wurde noch härter. Stumm hörte er auf die Stimme aus der Ferne. Dann nickte er, als könne es der andere sehen, sagte: »Verstanden!« und legte auf.
Major Rishon nagte an der Unterlippe. »Rabin?«
»Nein. Der Alte. Dayan.« Oberst Golan starrte auf die Karte des Negev, die an der Schmalseite seines Zimmers hing. Wie ein Faustkeil stieß die Wüste in den Golf von Akaba und in das Rote Meer. »Es ist fünf Minuten vor zwölf, Moshe ...«
»Ich suche Ariela!« Major Rishon setzte seine Mütze auf. »Wenn ich bis Nitsana fahre, muß ich sie doch treffen.«
»Bestimmt.«
»Kann uns der Militär-Rabbiner heute noch trauen?«
»Aber ja.«
»Ich danke dir ... Vater.«
Rishon umarmte Golan, küßte ihn auf die Wange und rannte dann hinaus. Oberst Golan trat vor das Haus und sah, wie Rishon einen Jeep annektierte, den Fahrer anschrie, in den Wagen sprang und abbrauste.
»Viel Glück, mein Junge«, sagte Golan, und jetzt war er gar nicht mehr der »Eisenfresser«, sondern nur ein glücklicher Vater. Er hob den Arm und winkte Rishon nach.
Aber der sah es nicht mehr. In einer großen Staubwolke raste er der Wüste entgegen.

Über die Straße nach Nitsana rollten die Panzer. Schwere amerikanische Ungeheuer vom Typ M 48 mit einer 90-Millimeter-

Kanone und eingebautem optischen Entfernungsmesser, der bis auf 3000 Meter Entfernung einen Volltreffer schon beim ersten Schuß garantiert. Zwischen diesen modernsten Panzern wirbelten die alten englischen Centurion-Panzer den Sand auf. Ihre langen 105-Millimeter-Kanonen waren noch mit Zeltplanen gegen den Sand geschützt. Dazwischen rumpelten die Lastwagenkolonnen, Schützenpanzer und Jeeps. Bei Qetsiot teilten sich die Kolonnen ... ein Teil zog weiter nach Nitsana, der andere Teil bog nach Süden ab und durchpflügte Sand und Geröll auf der alten Karawanenstraße nach Ezuz. Ein Geschwader pfeilschneller Mystère-Jagdbomber brauste über Beersheba hinweg, drehte an der Grenze ab und flog nach Süden weiter, nach Eilat am Golf von Akaba. Ihnen folgten wie riesige Mücken die Mirage-Düsenjäger III C. Unter ihren Tragflächen hingen abschußbereit die französischen Matra-Raketen R 530. Raketen, die sich ihr Ziel selbst suchten.

Drüben, in den Wüstenforts der Sinai-Einöde, geschah um diese Zeit das gleiche. Ägyptische Panzer des sowjetischen Typs T 34 und T 54 fuhren in Angriffsstellung, auf den Flugplätzen warteten die sowjetischen Jäger und Jagdbomber vom Typ Mig-17, Mig-19, Iljuschin-28, Suchoi-27 und Mig-21 — der Stolz der ägyptischen Luftwaffe. Auch sie hatten doppelte Schallgeschwindigkeit, selbst ihr Ziel suchende Raketen vom Typ Atoll und zwei 30-Millimeter-Bordkanonen. »Ihr seid die stärksten Soldaten der arabischen Welt!« hatte Nasser zu ihnen gesagt. Sie glaubten es und träumten von der Stunde, in der man die Israelis ins Meer trieb.

Dr. Schumann und Ariela Golan hatten an diesem Tag einen Ausflug gemacht. Sie waren zu der herrlichen Ruinenstadt Subeita gefahren, ein Pompeji im kleinen, letzter wunderbarer Zeuge byzantinischer Blüte in der Negev-Wüste. Archäologen hatten die Ruinen der Basilika freigelegt, eine Klosteranlage von ergreifender Schönheit und Gottesverehrung.

Sie saßen auf der gelbroten Quadermauer der Ruine des Nordklosters und sahen hinüber zum Horizont, wo eine dichte Staubwolke über der Wüste hing. Eine Fernmeldeabteilung und drei Schützenpanzer lagen außerhalb der alten Stadtmauer. Der Sendemast war ausgefahren. Über einem offenen Feuer hingen eine Reihe Kochgeschirre. Das Lachen der Soldaten drang bis zu ihnen in die Ruinen der Basilika.

»Warum haben wir uns nicht eher getroffen, Peter?« fragte Ariela. Sie lehnte den Kopf an Schumanns Schulter und schloß die Augen. Das Haar hatte sie gelöst. Wie gesponnenes Kupfer floß es über die Khakibluse. Neben ihr auf der Mauer lag ein Stahlhelm, mit einem Tarnnetz überzogen. Im Gürtel ihrer Uniformhose trug sie ein Messer. Das Gewehr lehnte neben ihr im Geröll.

»Es ist nicht zu spät, Ariela.« Dr. Schumann legte den Arm um ihre Schulter. »Wir haben noch ein ganzes Leben vor uns.«

»Oder nur noch eine Nacht.«

»Es darf keinen Krieg geben! Es wäre eine Dummheit.«

»Die Dummheit reizt, Peter. Sechzig Millionen Araber jubeln, wenn es heißt: Tod den Israelis!«

»Die Großmächte werden es verhindern.«

»Keiner wird es verhindern! Wir werden allein sein ... wie immer.«

»Wer sagt das?«

»Mein Vater. Dayan. Eshkol. Alle! Wir werden uns mit den Zähnen wehren müssen.«

»Noch ist Frieden, Ariela. Und wir sind zusammen ...«

Über Subeita, das die Araber Shivta nennen, brausten die Staffeln der Mystère-Bomber. Schumann und Ariela starrten in den heißen, bleiernen Himmel und drückten sich enger aneinander.

»Laß uns glücklich sein«, sagte sie leise. »Laß uns jede Stunde glücklich sein. Noch ist der Sand nur heiß und nicht blutig. Aber er bleibt nicht so.«

Sie küßten sich, und es machte ihnen gar nichts aus, daß die Funker sie sehen konnten und die Soldaten am Feuer mit den Kochkesseln klapperten.
»Warum bist du hier?« fragte Ariela, als sie durch die leere Ruinenstadt gingen. Ein paar Geier kreisten lautlos am Himmel. Sie sind sofort zur Stelle, wo sich Leben regt ... denn wo Leben ist, ist auch Tod. »Ich weiß so wenig von dir ... nur daß ich dich liebe.«
»Seit Wochen laufen bei uns die Berichte aus den Kibbuzim des Negev ein. Unsere Statistiker haben errechnet, daß die Darmerkrankungen zugenommen haben. Erbrechen, Schwindel, teilweise sogar Lähmungen. Noch ist es nicht alarmierend, noch ist man in den Kibbuzim nicht besorgt, aber alle Erkrankungen müssen mit dem Wasser zusammenhängen. Von den Pumpstationen wird nur reines Wasser durch die Leitungen geschickt. Ich habe das kontrolliert. Aber plötzlich sind Bakterien drin ... mal dort, mal Kilometer weiter in einem andern Kibbuz. Es ist, als ob die Wasserleitungen an verschiedenen Stellen angebohrt und Bakterienlösungen hineingeschüttet würden. Um das herauszufinden, bin ich hier.«
Er wollte weitersprechen, als vor dem Haupttor der Ruinenstadt ein staubbedeckter Jeep hielt und ein großer Mann in Uniform heraussprang. Er winkte von weitem Ariela zu. »Hallo! Hallo!«
»Das ist ja Moshe! Wirklich, es ist Moshe!« Ariela winkte mit beiden Armen zurück und hüpfte wie ein kleines Mädchen auf der Stelle. Dr. Schumann sah ein wenig verwirrt dem Offizier entgegen, der mit langen Schritten herbeieilte. Ariela rannte ihm entgegen, fiel ihm um den Hals und küßte ihn.
Dr. Schumann überlief es heiß. Er spürte einen Stich im Herzen und biß die Zähne aufeinander. Ariela drehte sich um und rannte zu Schumann zurück.
»Das ist Major Moshe Rishon«, rief sie. »Wir sind aufgewachsen wie Geschwister. Seit einem halben Jahr habe ich ihn nicht

mehr gesehen. Nun ist er plötzlich hier. Ist das nicht wunderbar, Peter?«

»Ja, das ist schön.« Dr. Schumann atmete auf. Der Druck verflog. Zum erstenmal in seinem Leben hatte er das schreckliche Gefühl verspürt, als zerreiße man ihn. Wie ich sie liebe, dachte er. O Gott, wie ich sie liebe. Was war mein Leben bisher ohne sie? Erst jetzt hat es einen Sinn.

Major Rishon musterte den fremden Mann, nahm dann die Hacken zusammen und grüßte militärisch knapp. Er wußte nicht, wie er sich verhalten sollte. Als er vorhin durch die Funkstellung gefahren war, hinauf zum Tor der Ruinenstadt, hatte man ihm zugerufen: »Bleiben Sie, Major! Dort oben sind zwei Tauben, die schnäbeln wie im Frühling ...« Da hatte er erst recht Gas gegeben und war wie ein Teufel in die tote Stadt gefahren. Nun stand er dem Mann gegenüber, der hier allein mit Ariela gewesen war.

»Guten Tag, Major«, sagte der Mann freundlich.

Moshe Rishon zog die Luft durch die Nase.

»Sie sind Deutscher?« fragte er.

Mit großen Augen sah Ariela von Rishon zu Schumann. Und plötzlich begriff sie, daß der Krieg nicht nur an den Grenzen aufmarschierte, sondern daß er schon begonnen hatte ... hier zwischen ihnen, zwischen drei Menschen, von denen jeder eine eigene Sehnsucht hatte.

»Ja«, sagte Dr. Schumann laut. »Ich bin Deutscher.«

»Mein Großvater wurde in Maidanek vergast. Zwei Tanten starben in Theresienstadt. Meine Mutter nahm sich das Leben ... sie wurde in Amsterdam wahnsinnig. Ich war damals noch ein kleines Kind.«

»Das ist furchtbar«, sagte Dr. Schumann leise.

»Es bleibt unvergessen.«

»Als das damals geschah, muß ich vier oder fünf Jahre alt gewesen sein ...«

»Aber Sie sind ein Deutscher!« Major Rishon sah Ariela an. Seine dunklen Augen glühten. »Ich möchte dich mitnehmen nach Beersheba, Ariela. Komm . . .«
»Nein!« Sie warf den Kopf in den Nacken, ergriff ihre kupfernen Haare, drehte sie zusammen und setzte ihren Stahlhelm auf. »Ich habe heute dienstfrei. Ab morgen früh sieben Uhr kann man mir wieder befehlen.«
»Es ist kein Befehl, um Gottes willen, Ariela. Es ist eine Bitte. Dein Vater will dich sehen.«
»Auch Oberst Gorlan kann über meine Freizeit nicht verfügen. Morgen bin ich in Beersheba.«
Major Rishon wollte noch etwas sagen, aber die Haltung Arielas verschloß ihm den Mund. Er kannte sie zu gut . . . wenn die Falte zwischen den Augenbrauen erschien, gab es keine Diskussionen mehr.
»Was machen Sie hier?« fragte er statt dessen Schumann.
Seine Stimme war hell und schneidend.
»Ich bin Arzt.«
»In wessen Auftrag?«
»Soll das ein Verhör sein, Major?«
Rishons Augen wurden schmal. So blickt ein Adler, wenn er eine Maus sieht, dachte Schumann. Warum dieser Haß? Was habe ich ihm getan? Genügt es, Deutscher zu sein? Als seine Angehörigen getötet wurden, spielte ich im Sandkasten oder lernte das Abc. Gibt es denn nie eine Brücke zwischen den Völkern?
»Es wird vielleicht einmal nötig sein, Sie zu verhören«, sagte Moshe Rishon. »Dann werden Sie weniger stolz sein und weniger preußisch!« Er wandte sich an Ariela, die abseits stand. »Kommst du mit, Ariela?«
»Nein. Ich bleibe bei Peter.«
Es war Moshe Rishon, als habe er einen Schlag ins Gesicht bekommen. Sein Gesicht verfärbte sich, aber er behielt die Hal-

tung, die eines Offiziers würdig ist, wandte sich schroff um und verließ mit schnellen Schritten die Ruinenstadt. Ariela folgte ihm wie im Gleichschritt; am Tor blieb er stehen und wandte sich um. Sie waren so weit entfernt, daß Schumann ihre Worte nicht mehr hören konnte.

»Schämst du dich nicht?« fragte Rishon gepreßt.

»Nein. Warum?«

Sie sah ihn stolz an, und er wich ihrem Blick aus. Was er fühlte, war jetzt unwichtig. Von Liebe zu reden, war Unsinn.

»Morgen ist Krieg«, sagte er heiser.

»Du weißt es?«

»Ja. Dayan hat deinen Vater angerufen. Ich war dabei. Morgen früh kämpfen wir um unser Leben. Und du wirfst dich einem Deutschen an den Hals. Ein israelischer Leutnant ...«

»Peter liebt unser Land. Er wird immer hier bleiben.«

»Du willst ihn heiraten?«

»Ja.«

Moshe Rishon nickte ein paarmal, so wie es Spielzeugpuppen tun, wenn man sie anstößt. »Es wird sich alles regeln«, sagte er dumpf. »Es wird alles ins Gleichgewicht kommen. Der Krieg wird alle Probleme lösen. Auf Wiedersehen, Ariela.«

Sie gab keine Antwort. Sie sagte auch nichts, als er zögerte, sie fragend ansah, in den Jeep stieg und wartete, ehe er abfuhr.

Mit verschlossenem Gesicht sah sie ihm nach und merkte nicht, daß Schumann ihr gefolgt war, hinter ihr stand und über ihre Schulter ebenfalls dem davonfahrenden Jeep nachblickte.

Bist du wirklich Moshe Rishon, dachte sie. Wie anders bist du, Moischele. Du hast mich das Laufen gelehrt, du hast mir geholfen, die ersten Buchstaben zu schreiben.. Mit dem Gewehr im Arm hast du mich zur Schule gebracht und wieder abgeholt. Und auch den ersten Kuß bekam ich von dir, als ich Studentin wurde und nach Tel Aviv ging. Ich habe immer gedacht, es sei ein Bruderkuß gewesen ... Armes Moischele ...

Sie zuckte zusammen, als Schumann die Arme über ihre Brust legte. Da schloß sie die Augen und lehnte den Kopf weit zurück an seine Schulter.
»Er liebt dich auch«, sagte Schumann mit trockener Kehle.
»Jetzt erst weiß ich es.« Sie streckte die Arme aus und umklammerte seinen Nacken. Ein Zittern durchlief ihren Körper. »Und er wird nun unser Feind sein . . .«

Die Nacht war fast vorüber. Im Osten stieg der fahle Morgen über den Negev-Felsen empor. Es war kühl. Der Tau schimmerte an den Steinen und Tamarisken.
Im Kibbuz Qetsiot gingen die Feldarbeiter heute nicht zu den Geräteschuppen, um die Traktoren herauszufahren. Sie standen vor dem Gemeinschaftshaus, mit umgehängten Gewehren, Stahlhelmen auf den Köpfen, an den Koppeln Handgranaten und Spaten. Auch die Mädchen waren bewaffnet. Sie sahen zur ägyptischen Grenze hin und warteten. Auf der Straße von Revivim rollten ununterbrochen Lastwagenkolonnen und Schützenpanzer mit Infanterie.
Ariela hatte in Schumanns Zelt geschlafen. Das Feldbett war zwar schmal, aber wo hätten zwei Liebende keinen Platz? Joppa, das Äffchen, war der einzige, der nicht verstand, daß er nicht mehr zu Füßen seines Herrn schlafen konnte. Er hatte gekreischt und versucht, Ariela in die Finger zu beißen.
Wie kurz ist eine Nacht! Wie schnell vergehen die paar Stunden! Als sie zurückkamen aus Subeita, war es schon dunkel. Schumann zündete die Petroleumlampe an und beruhigte Joppa, das Äffchen, das laut protestierte, weil es den ganzen Tag allein hatte bleiben müssen mit einer Schüssel saurer Kamelmilch und vier Bananen. Dann machte Schumann eine Büchse mit Rindfleisch auf und holte aus einer Kühltasche Butter und Brot. Ariela saß auf dem Feldbett. Sie beobachtete ihn, wie er im Zelt hin und her ging, den Gaskocher entzündete, aus dem Wasserkanister

den Teekessel füllte, einen der Klapptische leerräumte und ihn deckte, mit unzerbrechlichen Plastiktellern, hohen Kaffeetassen und sogar einer Tischdecke, für die er einen Lappen Zellstoff aus dem großen Verbandkoffer abriß.

Ich liebe ihn, dachte Ariela und lehnte sich zurück. Er ist ein wunderbarer Mann. Mein Herz wird schwer, wenn ich ihn ansehe. Aber wieviel Zeit haben wir noch für uns? In der Luft riecht es nach Brand, nach glühendem Eisen und verwesenden Menschen. Ich rieche es ganz deutlich ...

»Ich habe gar keinen Hunger«, sagte sie leise.

Dr. Schumann drehte sich um. Als er Arielas Augen sah, stellte er die Fleischbüchse auf den Tisch zurück. Plötzlich war auch ihm bewußt, wie dumm und zeitraubend es war, sich jetzt an einen Tisch zu setzen und zu essen, als stehe die Uhr still während dieser Stunde. Er blickte auf Arielas aufgelöste kupferne Haare. Dann beugte er sich vor und legte sein Gesicht hinein. »Du ...«, sagte er heiser. »Du ...«

Kann man erklären, was ein Rausch ist, wenn der Himmel auf die Erde fällt oder die Erde aufbricht und alles wie in Flammen aufzugehen scheint? Wie zwei Meere, die gegeneinander branden, wie zwei heiße Stürme, die sich treffen und die Wolken aufreißen, so fielen sie sich in die Arme, ergaben sich dem Herrlichsten der Natur, vergaßen Vernunft und Hemmung.

Ein paarmal schrie sie auf, wie ein Adler in lichter Höhe, lachte und weinte zugleich, und in den wenigen Augenblicken klarer Nüchternheit sah sie, daß sie im Sand lagen, daß der Staub des Negev über ihre verschlungenen Körper wehte, Sand knirschte im Mund und in den Haaren. Dann fühlte sie ihn wieder, und alles ertrank.

Einmal, sie wußte nicht, wann, hob er sie auf und trug sie zum Bett. Mit einem nassen Handtuch rieb er sie ab, gab ihr zu trinken, und sie trank gierig den kalten Orangensaft, schlang dann die Arme wieder um seinen Nacken und zog ihn zu sich herunter. »Du kannst stolz sein!« keuchte sie und hielt ihn fest. »Oh, du kannst stolz sein ... Und dem Krieg kannst du danken ... den Panzern, die draußen fahren ... den Stimmen aus dem Radio, die von unserem Recht, zu leben, sprechen ... Ein Pulverfaß ist diese Welt, und die Lunte glimmt ... Und wir lieben uns, wir dürfen uns lieben, noch ein einziges Mal bis wir alle in die Luft fliegen! Es ist Wahnsinn, aber zum erstenmal ist der Wahnsinn schön. Morgen ist alles vorbei ...«

»Morgen ist ein Tag wie jeder andere, Ariela.« Er kniete vor ihr und hatte seinen Kopf auf ihren Leib gelegt.

»Du bist meine erste große Liebe, Peter.« Sie hielt ihm den Mund zu, als er etwas fragen wollte und nickte. Ihre Augen waren dunkel und weit. »Es gab schon einmal einen Mann. Vor vier Jahren. Wir lebten in einem Lager, zweihundert Mädchen, zum erstenmal in Uniform. Es war die Grundausbildung. Marschieren lernten wir, schießen, sich tarnen, über den Boden kriechen wie ein Molch, sich eingraben, stürmen, sich verstecken. Wir marschierten durch glühende Sonne und durch eiskalte Nächte, wuschen uns in Pfützen und schliefen im Sand. Aber abends kämmten wir uns den Sand aus den Haaren, rieben Creme in unser verbranntes Gesicht, holten den Lippenstift aus dem Versteck und machten uns hübsch.« Sie streichelte Schumanns Nakken und küßte sein linkes Ohr. »Er hieß David. Er war Student in Tel Aviv und arbeitete in den Semesterferien auf einem Moshav-Ovdim, der in der Nähe unseres Lagers war. Du kennst die kleinen Bauernsiedlungen ...« Sie wartete die Antwort nicht ab, sondern sprach schnell weiter. »Ich war achtzehn Jahre, und ich glaubte alles. Und ich war voll Neugier. Kennst du Neugier, Peter? Sie ist wie Hunger und Durst. Man muß ihr nachgeben. Als ich wußte, was es heißt, eine Frau zu sein, war ich glücklich und erschrocken zugleich über mich selbst. Nach den Semesterferien ging David wieder nach Tel Aviv. Er war ein Lügner. Er wollte sich nur amüsieren. Er wanderte aus nach Amerika und

verschwand.« Sie dehnte sich. »Nun bist du da ... und wieder wird alles zu Ende sein, ehe es begonnen hat, reines Glück zu werden. O Peter ... ich habe Angst vor dem Morgengrauen ...«
Später lagen sie eng nebeneinander auf dem schmalen, harten Bett. Er hatte sie immer wieder gestreichelt und ihre kühle, samtene Haut liebkost. Sie hatte ihr Gesicht an seine Brust gepreßt und in ihn hineingeschrien: »Ich liebe dich ... ich liebe dich ... O Gott ... O Gott ... ich liebe dich ...« Und sie hatte ihn gekratzt und seine Striemen geküßt, und ihre Brüste lagen in seinen Händen, und sie riß seinen Kopf hinab und er mußte ihn zwischen ihre Brüste legen und sich betäuben lassen von ihrer Liebe.
Ist soviel Glück möglich, dachte er und tastete über ihren blanken braunen Körper. Die Welt wird in Flammen stehen, und wir ertrinken in unserer Liebe. O Himmel, gütiger Himmel, zerstöre dieses Märchen nicht ...
Um sechs Uhr früh klingelte der Reisewecker neben den Reagenzgläsern. Ariela hatte ihn gestellt. Sie sprang aus dem Bett, dehnte sich, wusch sich in Schumanns Gummiwanne und zog sich dann an. Er sah ihr zu, während er den Kaffee aufbrühte. Als sie die Haare zusammenbinden wollte, wie es in Uniform Vorschrift war, hielt er ihre Hände fest.
»Nicht. Noch nicht ... bis du gehen mußt. Du siehst so streng aus mit dem Knoten. Wenn du den Helm aufsetzt, habe ich dich verloren. Bitte ...«
Sie ließ die Haare offen, und so tranken sie Kaffee. Die Morgenkühle war erfrischend nach der seligen Nacht, sie sprachen wenig in diesen Minuten, sahen sich nur an, und alle Zärtlichkeit sprach aus ihren Augen.
»Ich komme morgen wieder«, sagte Ariela und wußte, daß es eine Lüge war. »Ich werde mir wieder Urlaub geben lassen.«
Dr. Schumann nickte. Plötzliche Angst hemmte seinen Atem. Auf der Straße nach Nitsana ratterten die Panzer. Von weither

dröhnten Flugzeugmotoren durch die Morgendämmerung. Er hatte das Gefühl, daß heute alles anders klang, gefährlicher, näher.
Er trat hinaus vor das Zelt und lehnte sich an die Sandsackmauer. Noch war es dunkel, die Silhouetten der Panzer hoben sich gegen den Himmel ab wie Schattenspiele. Eine Rotte Jagdbomber fegte von Beersheba heran zur Grenze.
»Woran denkst du, Peter?«
Sie war auch aus dem Zelt gekommen, reisefertig, das Gewehr in der Hand. Dreißig Meter zur Straße hin, auf noch festem Boden, stand ein kleiner Lastwagen. Mit ihm war Ariela gekommen. Sie konnte alles. Motorradfahren, Lastwagen lenken, Schießen und Küssen.
»An den Krieg! An diesen verdammten Krieg!« Dr. Schumann ballte die Fäuste und trommelte gegen die Sandsackbarrikade. »Bleib hier, Ariela! Komm mit mir zurück nach Jerusalem . . .«
Sie sah ihn an, als spräche er eine unverständliche Sprache. »Nach Jerusalem?« wiederholte sie gedehnt. »Ich soll feige sein?«
»Du bist ein Mädchen! Ich liebe dich! Du gehörst zu mir!«
Er riß sie an sich. Sie stolperten, fielen gegen die Sandsäcke und hielten sich aneinander fest. Er vergrub sein Gesicht an ihrer Schulter und faßte mit beiden Händen in ihre offenen Haare. Er spürte, wie er vor Angst um dieses Mädchen keine Luft mehr bekam. »Dieser Krieg!« schrie er. »Was geht er uns an? Wir wollen leben . . .«
»Ich bin eine Sabra«, sagte Ariela ruhig. »Das ist das eine. Und ich liebe dich . . . das ist das andere. Doch wenn es um das Land geht, bin ich nur noch eine Sabra. Laß mich gehen, Peter . . .«
»Dieser verdammte Krieg!« schrie Schumann. »Ich verfluche alle, die das Wort Krieg aussprechen!« Er sah hinaus in die Wüste, über die die Morgendämmerung glitt. Der Himmel war fahl und weit. »Noch ist kein Krieg! Noch können wir hoffen . . .«

Über sie hinweg donnerte ein Geschwader Bomber. Und dann bebte die Erde unter ihnen, und der Morgenhimmel färbte sich rot mit Blitzen und Feuer. Dort, wo die Grenze nach Ägypten war, stiegen Staubfontänen hoch. Erst dann hörte man das Donnern von Kanonen, das Bersten der Bomben, das Rattern von Maschinengewehren. Vor ihnen, auf der Straße, neben der Straße, überall sprangen Erdfontänen hoch, heulten Granaten heran, stiegen Feuersäulen auf, sanken zusammen und hinterließen qualmende Trichter.

Dr. Schumann stand starr hinter seinen Sandsäcken und hielt Ariela umklammert.

»Der Krieg . . .« stammelte er. »Das ist der Krieg . . .«

Ariela sah auf ihre Armbanduhr. »Sieben Uhr. Moshe hat nicht gelogen.« Sie atmete tief auf. »Ich wußte es, Peter. Am fünften Juni um sieben Uhr beginnt der Krieg. Jetzt geht es um uns alle . . .«

Sie riß sich los, stülpte den Stahlhelm über ihre Haare, warf das Gewehr auf den Rücken und schwang sich über die Sandsäcke. Dr. Schumann griff ins Leere, als er sie zurückhalten wollte. Sie war schneller.

»Ariela!« brüllte er. »Bleib hier! Wo willst du denn hin? Du kannst doch bei dem Feuer nicht zum Wagen . . .«

Dreihundert Meter von ihnen explodierte ein Panzer. Ein Volltreffer der ägyptischen Artillerie hatte ihn zerfetzt.

»Ariela!« schrie er noch einmal. Dann sprang er aus der Dekkung und rannte ihr nach.

2

Niemand hätte geglaubt, daß Narriman bis Beersheba kommen würde. Als sie sich am Stadtrand von Jerusalem von Mahmud verabschiedete und in den Landrover stieg, einen wüstenerprobten, robusten Wagen mit dicken Profilreifen, die wie Ketten in den Sand griffen, hatte Mahmud die Hände gegen den Himmel gehoben und theatralisch gerufen: »Allah, verzeihe mir — ich habe getan, was ich konnte, um sie von dieser Dummheit abzuhalten! Aber Frauen und störrische Kamele brauchen eine Peitsche! Wie könnte ich Sie aber je schlagen, Narriman?«
Dann stand er in einer Staubwolke, hustete, wischte sich den Sand aus den Augenwinkeln und bewunderte diese Frau, die mehr Mut hatte als zehn Männer von der Art Mahmuds.
Die Fahrt war schrecklich.
Die breiten Staßen nach Tel Aviv, Ashkalon und in den Süden nach Sodom und Eilat waren völlig verstopft. In der Sonne rosa wogende Staubwolken schwebten gegen den vor Hitze milchigblauen Himmel. Panzer, Kettenfahrzeuge, Lastwagenkolonnen, Motorräder, marschierende Infanterie, Jeeps, Fernmeldetrupps, Artillerie, Omnibusse mit singenden Soldaten und uniformierten Mädchen versperrten selbst die sandigen Nebenstraßen. Es war, als sei ein ganzes Volk zu einem großen, herrlichen Fest aufgebrochen, als führen sie zu Tanz, Wein und Liebe und nicht zu dem, was sie erwartete: Schmerzen, Blut, Tränen und Tod. So fröhlich, so voller Lebenskraft und Lebenswillen, war noch kein Volk zu seinen Grenzen gezogen, um einen Wall aus Leibern zu bauen.
Narriman quälte sich über die verstopften Straßen. Die singenden Soldaten, die lustigen Zurufe, diese Fröhlichkeit, die wüstengelb gestrichenen Panzer mit den verhängten Kanonen, diese Heiterkeit des Opferns bedrückte sie und lud sie mit Haß auf. Ihr Lachen wird im Blut ersticken, dachte sie. Wie eine Sint-

flut werden wir Araber über sie kommen. Und es wird keine Arche mehr geben, die auch nur ein einziges Pärchen von ihnen rettet!

An fast allen Straßenkreuzungen wurde sie kontrolliert, mußte zur Seite fahren und ihre Papiere vorzeigen. Sie hatte einen guten Paß, so echt, wie nur ein Paß sein konnte. Ruth Aaron stand darin, und ihr Bild war vom Paßamt in Tel Aviv gestempelt. Die Militärpolizisten an den Straßenkreuzungen verglichen Bild und Person, lächelten die schöne Narriman an, grüßten und ließen sie weiterfahren in dem stählernen, singenden Strom, der nach Gaza und hinunter zur Sinai-Grenze floß.

Bei Mishmar Hanegev wurde sie aus einer Kolonne von Munitionslastwagen herausgeholt und an den Straßenrand dirigiert. Hier saß in einem Jeep, über den ein Zeltdach gespannt war, ein junger Offizier und musterte Narriman mit kritischen, durchdringenden Augen.

»Sie sind Landwirtschaftslehrerin?« fragte er und blätterte in dem Paß mit den Davidstern. »Warum fahren Sie nicht mit dem Zug oder dem Omnibus nach Beersheba?«

Narriman sah ihn irritiert an. »Haben Sie noch nicht gesehen, Oberleutnant, daß in Israel Mädchen mit einem Auto fahren?«

»Haben Sie Waffen im Wagen?«

»Nein.«

Der junge Offizier verzog die Lippen. »Warum nicht?«

»Warum sollte ich?« Das war eine unkluge Frage. Narriman fiel ein, daß kein Israeli sich in die Nähe der Grenze begibt, ohne sich zu schützen. »In den Kibbuzim sind genug Waffen.« Sie lächelte den jungen Offizier aus großen dunklen Augen an. »Bis nach Beersheba reise ich doch im Schutz unserer tapferen Armee.«

Es fiel ihr schwer, das zu sagen. Sie hätte eher Lust gehabt, auszuspucken. Hinter ihr rasselten die Panzer über die Straße, drei Wagen voll singender Soldaten folgten. Sie brachen in Jubel aus,

als sie das schöne Mädchen am Straßenrand stehen sahen. Lange Beine unter einem wehenden Rock, eine enge Bluse über den straffen Brüsten, auf den schwarzen Locken ein breiter, geflochtener Strohhut. Welcher Soldat fährt da stumm vorbei?
Der junge Offizier lächelte. Er gab den Paß zurück und grüßte. »Gute Fahrt«, sagte er. »Sie werden in Beersheba eine Klasse übernehmen?«
»Ja.« Narriman steckte den Paß in ihre Blusentasche. Der Offizier verfolgte ihre Handbewegung. »Ich lehre Pflanzenkunde.«
»Können wir uns wiedersehen?«
»Das liegt an Ihnen, Oberleutnant.«
»Nach dem Krieg werden wir viel Zeit haben.«
»Wird es Krieg geben?«
»Ich hoffe es.«
»Sie hoffen es?«
»Wenn einem jahrzehntelang der Hals zugedrückt wird, hat man Sehnsucht nach einem tiefen Atemzug. Jetzt ist der Augenblick gekommen.«
»Und wenn Sie sterben, Oberleutnant?«
»Was macht das? Es ist eine der seltenen Gelegenheiten, wo man wirklich weiß, wofür man stirbt.« Der junge Offizier atmete tief auf. »Wo werden Sie in Beersheba wohnen?«
»In der Schule. Im Schulheim.«
»Ich werde Sie besuchen, Ruth.«
»Das wäre schön, Oberleutnant.«
Er winkte Narriman nach, als sie sich wieder in den Strom der anderen Fahrzeuge einfädelte und weiter nach Beersheba fuhr. Im Rückspiegel sah sie es, aber sie winkte nicht zurück. Ihr Gesicht war verschlossen und mit Staub überkrustet.
Krieg, dachte sie. Sie träumen vom Sieg, die Juden, und wir werden sie wie Ratten ins Meer treiben. Einen kurzen Augenblick sah sie ihren Vater vor sich, zerlumpt, mit blutigen Fußsohlen von der langen Wanderung, ausgedörrt von der Sonne und zit-

ternd vor Durst. Damals war sie neun Jahre alt, und sie saßen auf einem großen Stein an der Straße nach Bethlehem. Tausende Araber waren auf der Flucht vor den Juden ... die Mütter trugen die Kinder auf den Schultern, die Männer zogen Esel und Kamele und Schafe hinter sich her, die größeren Kinder schleppten Säcke mit Wäsche und Töpfen und dem letzten Mehl, aus dem man seitlich der Straße auf Öfen aus Wüstensteinen die dünnen Fladen buk.

»Allah, verfluche die Juden!« hatte ihr Vater geschrien, als sich in Bethlehem die Mutter niederlegte und kein Arzt da war, der sie untersuchte oder ihr Medikamente gab, denn man war arm geworden und hatte keinen Dinar mehr. Dann hatte er geweint, und die Mutter war in dem steinigen, öden Boden verscharrt worden, den man das »Feld der Kichererbsen« nennt. Hier war es, wo Christus einst einen Bauern fragte, was er in dieser heißen Öde säe. »Ich säe Steine, Herr!« sagte der Bauer keck. Und Christus antwortete: »Dann wirst du Steine ernten!« Zwei Tage hatten sie am Grab der Mutter gebetet und um Allahs Rache an Israel gefleht. Dann war auch der Vater gestorben, die blutigen Fußsohlen gegen Osten, als wolle er noch bis Mekka laufen.

Narriman schrak auf. Vor ihr lag Beersheba. Ein modernes Wunder in der Wüste. Auf den Feldern rund um die Stadt arbeiteten die Bauern und Mädchen, als sei tiefer Frieden. Aber neben den Gerätewagen standen Gewehre, und Stahlhelme hingen an den Sitzen. Ein Signal nur, und sie würden von den Feldern rennen, ihre Harken und Schaufeln wegwerfen, die Helme aufsetzen, die Gewehre nehmen und sich singend einreihen in die Kolonnen, die zur Grenze zogen.

Narriman fuhr durch die Stadt, und niemand hielt sie mehr an. Sie gehörte jetzt dazu, sie war ein Mädchen unter tausenden, das einen verdreckten, staubigen Wagen fuhr. Die Altstadt war menschenleer. Die arabischen Beduinen blieben in den Häusern,

vor den Fenstern waren die Läden geschlossen. Soldaten und Jeeps patrouillierten durch die engen Gassen. Rund um Beersheba hatte sich Flak eingegraben. Die langen Rohre der Flugabwehrkanonen ragten schußbereit in die hitzeflimmernde Luft.
Narriman fuhr einmal kreuz und quer durch die Stadt, ehe sie vor dem Haus der Landwirtschaftskammer hielt. Durch etliche Zimmer mußte sie sich durchfragen, ehe sie den Mann fand, der über Dr. Schumann Auskunft geben konnte. Er saß in einem Zimmer im Parterre und blickte über Sandsäcke hinweg auf die Straße.
»Doktor Schumann?« sagte er. »Natürlich, Fräulein Aaron. Er muß in der Gegend von Qetsiot sein, wenn er nicht schon auf dem Rückweg ist. Nach Qetsiot kommen Sie auf keinen Fall. Der Kibbuz ist gesperrt. Nur Militär darf hin. Warten Sie hier. Das ist am sichersten.«
Im großen Hias-Hotel in der Neustadt bekam Narriman ein Zimmer. Das Hotel war verlassen. Die Touristengruppen hatte man rechtzeitig abtransportiert, ein paar Geschäftsreisende saßen untätig herum und hofften, daß es keinen Krieg gäbe. Dafür wimmelte es von Uniformen. Im Restaurant des Kulturhauses aß sie zu Abend, ging dann zu Fuß zum Hotel zurück und hatte Zeit genug, nach einem Weg zu suchen, der sie nach Qetsiot zu Dr. Schumann führen konnte.
Es war schon dunkel, als Narriman auf dem Flur, an dem auch ihr Zimmer lag, ein Mädchen in der Uniform eines Feldwebels der Sanitätstruppe traf. Durch den Spalt der nur angelehnten Tür beobachtete Narriman, in welches Zimmer das Mädchen ging. Sie hatte gelächelt und sah so glücklich aus, daß Narriman voll weiblichen Einfühlungsvermögens wußte, daß sie verliebt war und sich an diesem Abend noch mit einem Mann treffen würde. So blieb sie an der Tür, wartete, rauchte nervös ein paar Zigaretten und hörte, wie Bomberstaffeln über das Hotel donnerten und schwere Panzer unten auf der Straße die Mauern erbeben ließen.

Nach einer Stunde verließ das Mädchen ihr Zimmer. Sie trug jetzt ein geblümtes, kurzes Kleid, hatte die Haare zu einem dikken Zopf geflochten und ihr Gesicht geschminkt und gepudert. Mit schnellen, kleinen Schritten eilte sie davon.

Narriman verspürte keine Spur von Angst, als sie aufrecht, als sei es ihr eigenes Zimmer, den fremden Raum betrat. Im Halbdunkel sah sie die Uniform ... sie lag, militärisch korrekt, auf dem Bett, ausgebürstet und sauber. Auch die Stiefel waren geputzt. Das Schnellfeuergewehr hing an einem Haken an der Tür zur Brausekabine. Mit ruhiger Gelassenheit legte Narriman die Uniform über den Arm, klemmte das Gewehr unter die Achsel und ging hinüber in ihr eigenes Zimmer. Dort zog sie sich um, wickelte ihre Kleider zu einem Bündel zusammen, stopfte es in eine Segeltuchtasche, steckte ihr Haar im Nacken zusammen, wie es für die israelischen Mädchen in Uniform Vorschrift ist, setzte das Käppi auf und betrachtete sich im Spiegel.

Es tat ihr körperlich weh, sich als jüdische Kriegerin zu sehen. Ihr Herz brannte. Aber dann riß sie sich von diesem schändlichen Anblick los, nahm Gewehr und Tasche und verließ unbeachtet das Hotel Hias.

Die Kälte der Wüstennacht war ihr noch nie so durchdringend vorgekommen wie heute. Sie setzte sich in den Wagen, legte eine Decke über ihre Schultern und fuhr hinaus in den Negev.

Aber sie kam nicht weit. In der Nähe des Wadi Habesor, beim Bir Paqua, einem der elenden Wüstenbrunnen, wurde sie angehalten. Eine kleine Zeltstadt war zwischen Geröll und Steinen aufgebaut. Die Fahnen Israels und des Roten Kreuzes wehten auf dem Platz, um den sich die Zelte scharten.

»Aha! Da sind Sie endlich!« rief ein Militärarzt, als der Posten Narriman in eines der Langzelte führte. Drei Operationstische standen in diesem Zelt, von einem Leichtmetallgestänge baumelten starke Lampen herab. Sanitäter und Krankenschwestern waren dabei, die Klapptragen aufzustellen und Kisten mit Binden und Medikamenten auszupacken. »Sie sind doch die Operationsschwester, nicht wahr?«

»Ja«, sagte Narriman. »Ich bin es.«

»Kümmern Sie sich um die Instrumente.« Der Militärarzt drehte das Transistorradio lauter, das auf einer Kiste stand. So war es jetzt überall, von Metulla im Norden an der libanesischen Grenze bis tief im Süden in Eilat am Golf von Akaba: 2,5 Millionen Menschen saßen vor den Lautsprechern und warteten ... und warteten ... und hofften und beteten und glaubten ... und lauschten auf die Stimme im Radio, auf die Musik, auf die Pausen, nach deren Stille es sich entschied: Musik oder Krieg. Noch eine Nacht des Friedens oder eine Nacht des Aufbruchs.

»Hören Sie!« Der Arzt deutete auf sein Transistorgerät. Eine Stimme sprach aus New York. Der Weltsicherheitsrat tagte. Dann ein Bericht aus Eilat. Von der ägyptischen Festung Scharm el Scheich waren die Minenboote Nassers ausgelaufen und versperrten die Straße von Tiran mit Minen. »Sie schneiden uns den Nerv durch«, sagte der Arzt. »Sie machen uns fertig!«

Ein Gefühl stiller Freude durchrann Narriman. Sie dachte wieder an ihre Mutter im Grab an der Straße, an den Vater, der mit blutigen Füßen weinend verendete, und lächelte glücklich. Der israelische Arzt sah sie kurz an.

»Sie freuen sich auf den Sieg?«

Narriman nickte. »Ja, ich freue mich auf den Sieg!«

Dann ging sie an eine Kiste und packte Operationsinstrumente aus.

Um sieben Uhr früh donnerten und rauschten die Flugzeuge über das Wüstenlazarett, weit in der Ferne grollte es wie ein riesiges Gewitter. Der Wind, der von Revivim, dem Musterkibbuz im Negev, herüberkam, brachte das Geheul von Sirenen mit.

Die Ärzte, die Schwestern und Sanitäter standen um das Radio. Eine ruhige Stimme sprach zu ihnen.

»Im Süden des Landes haben ägyptische Truppen im Morgen-

grauen unsere Grenzen überschritten. An die Truppen Israels ist daraufhin der Befehl zum Gegenangriff gegeben worden.«
»Der Krieg!« sagte der Stabsarzt laut. »Leute, nun ist er da!«
Eine andere Stimme, klar und nüchtern, klang aus dem Radio. Durch die Männer ging es wie ein Schlag. Sie standen straffer, in ihre Augen kam tiefer Ernst.
Moshe Dayan sprach.
»Jungens, das ist euer Tag! Verteidigt eure überfallene Heimat!«
Und wieder eine neue Stimme. Der oberste Militär-Rabbiner Israels, der Fallschirmjäger-General Schlomo Goren:
»Gott ist mit euch! Fürchtet den Feind nicht, denn der Gott der Selbstverteidigung ist auf eurer Seite!«
Narriman rannte aus dem großen Operationszelt. Ihr Herz glühte vor Haß. Sie sprang in ihren Wagen, raste auf die Straße und fuhr hinunter zur Grenze, umgeben vom fernen Grollen der Schlacht, dem Heulen der Düsenjäger und dem knirschenden Mahlen der Panzerketten.
Und niemand hielt sie an.

Er wußte nicht mehr, was er tat. Er schrie und rannte, er brüllte den Namen Ariela und fluchte zugleich. Die Wüste staubte unter seinen Stiefeln. Um ihn herum krepierten Granaten, auf der Straße brannte ein Panzer lichterloh, zwei Gestalten krochen um den brodelnden Schrotthaufen und schrien gräßlich.
Fünf Meter vor Arielas kleinem Lastwagen stolperte Dr. Schumann und fiel in den Sand. Er stürzte mit dem Gesicht nach unten, seine Mundhöhle füllte sich mit harten, spitzen Körnern, er mußte husten, daß ihm die Tränen in die Augen schossen. Auf den Knien hockte er dann, blind und nach Luft ringend, und spuckte den Sand aus. Er hörte es durch die Luft herankommen, und der Ton war dunkel wie eine Orgel, deren Blasebalg ein Loch bekommen hat.

»Ariela!« schrie er noch einmal. Aber sein Schrei ging unter in dem Gemisch aus Sand und Tränen, das seinen Mund verklebte. Er ging unter in dem Aufbrüllen, mit dem sich die Erde eine neue Wunde schlagen ließ.

Vor ihm, auf der Straße, hob eine feurige Riesenfaust den Wagen Arielas hoch und zerfetzte ihn in der Luft. Die Stücke fielen wie ein glühender Regen zurück in die Wüste und begruben Dr. Schumann und Ariela. Wie ein Wüstenwurm wühlte sich der Arzt in den Sand, ein breites Blechstück – es war der linke Kotflügel – fiel auf ihn und deckte ihn zu. Gepanzert wie eine Schildkröte lag er darunter und hörte schaudernd den Regen von Stahl, Feuer und Steinen, der auf ihn herunterprasselte und von seinem Blechpanzer abprallte.

Dann war auch das vorbei. Der Geruch von Schwefel und Benzin umgab ihn, er wühlte sich unter seinem Panzer hervor und hob den Kopf.

Ein formloser Klumpen versperrte die Straße. Ein rauchender Haufen aus Eisen und Holz. Davor, lang hingestreckt, die Arme ausgebreitet, lag Ariela. Sie lebte noch ... ihre Beine in den zerrissenen Hosen schabten über den Sand.

Dr. Schumann versuchte aufzustehen. Wie ein Betrunkener taumelte er die paar Meter bis zu Ariela und stürzte dann neben ihr wieder in die Knie. Das Feuer der ägyptischen schweren Artillerie lag jetzt weiter hinter ihnen und schlug in die Felder des Kibbuz Qetsiot, pflügte den kargen Boden um, wirbelte Eukalyptusbäume durch die Luft und riß die Tamarisken aus der Erde.

Sie lag auf dem Rücken und sah ihn an. Von der rechten Schulter floß Blut in den Sand, die Khakibluse war bis zum Gürtel der Uniformhose aufgerissen, und ihre Brust war voller Staub und Blut. Er suchte in seinen Taschen, fand ein Taschentuch und drückte es auf die Wunde. Es war das einzige, was er tun konnte.

Als die Granaten wieder näher kamen, legte er sich über Ariela und deckte sie mit seinem Körper zu.

»Peter . . .«, sagte sie leise. Er hörte es nicht, nur an der Bewegung ihrer Lippen sah er, daß sie seinen Namen sprach. Er legte sein Ohr an ihre Lippen. »Es mußte so kommen . . . Ich wußte es . . .«

»Du lebst. Mein Gott, du lebst, Ariela.«

Die Feuerwalze ging vorbei. Ganz in der Ferne detonierten Bomben. Er fühlte, wie sie nach ihm tastete, und legte ihre linke Hand auf seine Schulter. So lagen sie im Sand, und wer an ihnen vorbeifuhr, konnte denken, da liebten sich zwei weltvergessen inmitten von Granaten und Vernichtung. Nur das Blut, das neben ihrer Schulter in den Sand rann, die Regungslosigkeit ihrer Körper, die zerfetzte Kleidung sprachen dagegen.

»Leb wohl«, flüsterte sie an seinem Ohr. »Leb wohl, Peter! Gott schütze dich. Schalom . . .«

»Du lebst!« Dr. Schumann richtete sich auf. Von seinem Zelt war nichts mehr zu sehen, die Sandsackbarrikade war wie umgeweht. Wie zum Hohn stand in einer Mulde sein Jeep mit flatterndem, zerrissenem Verdeck. »Ich bringe dich weg. Kannst du die Beine bewegen, Ariela? Hast du Gefühl in den Beinen?«

Sie sah ihn aus großen Augen an und streichelte über sein Gesicht. »Ich liebe dich«, sagte sie müde. »Ich liebe dich. Ich bin so glücklich . . .«

Ihr Kopf sank zur Seite, die Augen schlossen sich, aber das Lächeln blieb auf ihren Lippen.

Er stand auf, schob die Arme unter ihren Körper und hob sie hoch. Nach ein paar Schritten schlugen wieder Granaten um ihn ein. Vereinzelt nur, weit verstreut, so, als schössen die Ägypter planlos in die Gegend, nur um zu schießen und das Gefühl zu haben, sich zu wehren.

Da begann er zu rennen, preßte Ariela an sich und stolperte zu seinen umgerissenen Sandsäcken. Sein kleines transportables Labor war zerstört, das Zelt vom Luftdruck weggerissen. Zwischen umgestürzten Tischen, Gläsern, Kolben und Retorten, in dem Gewirr von Kisten und Kartons lag Joppa, das Äffchen. Ein losgerissener Kistendeckel hatte es erschlagen. Mit ausgestreckten Gliedern, wie eine weggeworfene Puppe, lag es neben dem umgestürzten Bett, die Zähne bleckend, als habe es die Granaten angefaucht, die über das Zelt gerauscht waren.

Dr. Schumann legte Ariela auf die Sandsäcke und wühlte eine Kiste aus dem Schutt. Es war die Verbandskiste, und sie war unversehrt. Er reinigte die Schulterwunde und sah, daß sie harmlos war. Nur der Blutverlust war groß. Dicke Lagen blutstillender Watte preßte er darauf und umwickelte die Schulter mit einem breiten Verband. Dann zog er die Bluse über Arielas Brüste, nahm zwei Wundklammern und hielt mit ihnen den Riß zusammen. Etwas wie Eifersucht war in dieser Handlung. Niemand sollte Arielas Brust sehen. Es war sein Körper, es war sein Mädchen, sie gehörte ihm allein.

Schlagartig hörte das Artilleriefeuer auf. Es war der Augenblick, da die israelischen Panzerspitzen die ägyptischen Artilleriestellungen erreichten, da die Kanoniere ihre Uniformen auszogen, die Schuhe wegwarfen und barfuß in die Sinai-Wüste liefen, weil man mit nackten Sohlen besser flüchten kann. Es war der Augenblick, da auf den Flugplätzen im Gazastreifen, am Suezkanal, bei Kairo, an der Meerenge bei Tiran und in der Wüste die ägyptischen Jäger und Bomber auf dem Boden zerfetzt wurden, noch ehe sie aufsteigen konnten. Es war die Stunde, in der Israel den Krieg gewann, noch ehe er begonnen hatte, ein Krieg zu sein.

Dr. Schumann trug Ariela hinüber zu seinem Jeep, riß das Verdeck herunter und startete. Der Wagen sprang an, kletterte aus der Mulde und knatterte auf die Straße. Es waren Minuten, in denen Dr. Schumann an ein Wunder zu glauben begann, an die Liebe eines Gottes, den er nie sonderlich verehrt hatte.

Auf der Straße trat Schumann das Gaspedal so tief herunter, daß der Motor aufheulte und der kleine Jeep zu tanzen begann.

Lastwagen mit Infanterie begegneten ihnen, und die Soldaten sahen zu ihnen hinab. Die Kolonne einer Werkstattkompanie, die am Straßenrand rastete, als habe der Krieg noch nicht begonnen, ging unter im Staub, den der rasende Jeep über sie wirbelte.
Durch Quetsiot, das einem Heerlager glich und in dem die wenigen Schäden des Artilleriefeuers schon ausgebessert wurden, fuhr Schumann in rasender Fahrt. Man sah ihm nach und funkte an die nächsten Streifen, auf einen Jeep zu achten, den anscheinend ein Verrückter steuerte.
Er fuhr eine Viertelstunde, als sich Ariela hinter ihm bewegte und ihr Kopf an seinen Rücken sank. Ihr Arme umschlangen seinen Leib, und sie stöhnte dabei und klapperte mit den Zähnen, denn die Wunde in der Schulter brannte, als habe man sie mit heißem Pech ausgegossen.
»Leg dich zurück!« schrie Dr. Schumann gegen den Fahrtwind. »Ich fahre durch bis Beersheba. Dort operiere ich dich! Dort ist ein großes, neues, modernes Krankenhaus.«
»Ich liebe dich . . .« sagte sie. Sie drückte das Gesicht an seinen Rücken und biß ihn durch das Hemd ins Fleisch, weil die Schmerzen in der Wunde unerträglich wurden. Dann schloß sie wieder die Augen und rutschte mit dem Kopf auf die harte Lehne des Sitzes. »Ich liebe dich . . .«
Kurz vor der Abzweigung nach Subeita sah Dr. Schumann einen Landrover auf sich zukommen. An der Windschutzscheibe flatterte eine Fahne mit dem Roten Kreuz. Mit einem großen Satz sprang er auf die Straße und winkte mit beiden Armen. Der Wagen hielt knapp vor ihm, und eine Frau in Uniform kletterte heraus.
»Haben Sie Blutplasma bei sich?« schrie Dr. Schumann. »Ich habe einen Verwundeten bei mir. Einen Leutnant! Er ist wieder ohnmächtig! Ich bin Doktor Schumann.«
Narriman starrte den verschwitzten, blutbeschmierten Mann an.

Ihr Herzschlag stockte, und sie hatte Lust, die Arme auszubreiten und den Mann zu umarmen. Dann besann sie sich, daß sie eine israelische Uniform trug, daß Krieg war, daß die arabische Welt aufgestanden war, Israel für alle Zeiten zu vernichten, und daß der Mann vor ihr stand, der es in der Hand hatte, diesen großen Sieg zu vollenden.

»Ich habe nichts bei mir. Ich bin auf dem Weg zu einem Lazarett. Wo wollen Sie denn hin mit dem Verwundeten?« Narriman lief zu dem kleinen Jeep und blickte auf Ariela, deren Kopf beim scharfen Bremsen nach hinten gesunken war. Die Wundklammern, mit denen ihre Bluse zugesteckt war, blinkten in der Morgensonne. In der Ferne flammte ein Farbenspiel auf. Die Berge des Negev hatten blaue Kuppen, in den Tälern brodelte die Luft rosabraun. »Kommen Sie, laden Sie den Leutnant in meinen Wagen um«, sagte sie und schob ihre Hände vorsichtig unter Arielas Kopf. »Er ist schneller als Ihr Jeep. Ich nehme an, Sie wollen nach Beersheba?«

»Ja. Nehmen Sie die Beine ... ich trage den Oberkörper auf den Armen ...«

Im Wagen Narrimans blieb Dr. Schumann neben Ariela auf dem Hintersitz. Er hatte ihren Kopf in seinen Schoß gelegt und fühlte den Puls. Er war weich und flatternd.

Vorsichtig fuhr Narriman an, drehte auf der Straße und fuhr zurück nach Beersheba. Als sie am Feldlazarett in Bir Paqua vorbeikamen, hielt Narriman an und wandte sich zu Dr. Schumann um. »Fahren Sie weiter, Doktor Schumann«, sagte sie. »Ich erkläre es Ihnen später.« Sie stieg aus und holte ihr Gewehr vom Hintersitz. »Ich gehe vor. Wir treffen uns wieder hinter Bir Paqua auf der Straße. Ich warte.«

Dr. Schumann hatte keine Zeit, sich über das merkwürdige Verhalten dieses israelischen Sanitätsfeldwebels Gedanken zu machen. Er setzte sich hinter das Steuer des Landrover und raste mit einer Wolke von Sand und Geröll in die kleine Zeltstadt.

Ariela war der erste Verwundete, der in das Operationszelt getragen wurde. Durch Funk waren drei Transporte angekündigt. Sie waren unterwegs von Nitsana. Auch die ersten Toten kamen mit. Ein Militär-Rabbiner wartete im Zelt, um sie zu segnen.
Kaum fünf Minuten später lag Ariela auf einem der Tische. Drei Ärzte bemühten sich um sie. Aus einer Plasmaflasche tropfte Blutersatz in ihre rechte Armvene. Der Stabsarzt schnitt den Verband auf, pickte die blutstillende Watte aus der Wunde und reinigte sie. Sie begann erneut zu bluten, und das war gut so, denn es beugte einer Infektion vor.
»Wer ist sie?« fragte der Stabsarzt und sah Dr. Schumann an, der auf einem Klappstuhl saß und heißen Kaffee trank.
»Ariela Golan, die Tochter von Oberst Golan.«
»Sie wollen sie nach Beersheba mitnehmen?«
»Ja, ich denke mir, daß ihr Vater sie gern in Sicherheit hat.«
»Der Oberst dürfte schon an der Front sein. Wie wir ihn kennen, sitzt er im ersten Panzer, der über die ägyptische Grenze rollt.«
»Trotzdem. Wenn Sie mir Ariela Golan anvertrauen, will ich versuchen, ob ich sie von Beersheba aus weiter nach Jerusalem schaffen kann.«
»Haben Sie gehört? Jerusalem wird bombardiert. An der Demarkationslinie tobt eine Schlacht. Um jedes Haus wird gekämpft. Mann gegen Mann. Die Jordanier sind ein verteufelt tapferes Volk! Aber wir sind schon im anderen Teil Jerusalems. Wir stehen in der Altstadt. Unsere Soldaten können die Klagemauer sehen.« Der Arzt wischte sich ergriffen über das Gesicht. »Ist das nicht herrlich, Kollege?«
»Darauf hat Ihr Volk fast zweitausend Jahre lang gewartet ...«
»Ja. Und jetzt nimmt Gott den Fluch von uns. Es ist einfach herrlich, das zu erleben ...«
Die Wunde Arielas wurde vernäht, aber man setzte einen Drain ein, um den Eiter, falls er sich bildete, abfließen zu lassen. Man

hatte ihr Penicillinpuder in die Wunde gestreut; mit einer zweiten Infusion bekam sie Traubenzucker und Kochsalzlösung, zur Stärkung und zum Ausgleich des Flüssigkeitsverlustes. Dann trug man Ariela zurück zum Wagen; auf dem Weg dorthin wachte sie auf und sah mit klaren Augen um sich.

»Peter«, sagte sie deutlich. »O Peter ...«

»Es ist alles gut, Ariela«, erwiderte Dr. Schumann, beugte sich über sie und küßte sie. Der Stabsarzt lächelte etwas zurückhaltend.

»Ach so«, sagte er.

»Ja.«

»Ich wünsche Ihnen Glück, Kollege.«

»Danke.«

»Sie sind Deutscher?«

»Ja.«

»Dann noch mehr Glück.« Er deckte Ariela zu und sprach weiter, ohne Dr. Schumann anzusehen. »Kennen Sie Rüblinghausen?«

»Nein.« Dr. Schumann wußte, was kam. Es kam immer, wenn der Name Deutschland fiel. Und er wurde immer wieder rot, obwohl er doch damals ein kleiner Junge gewesen war und sich manchmal gewundert hatte, daß sein Vater, vor dem er soviel Achtung hatte, vor anderen strammstand und »Heil! Heil!« brüllte.

»Rüblinghausen ist ein kleiner Ort im Sauerland. Nicht größer als einer unserer Kibbuzim. Mein Vater war früher dort Viehhändler.«

Der Stabsarzt richtete sich auf. Dr. Schumann nickte.

»Ich weiß«, sagte er rauh. »Ich weiß.«

»Trotzdem – oder gerade deshalb – viel, viel Glück!« Der Stabsarzt drückte Dr. Schumann beide Hände. Er schüttelte sie wie einem guten Freund. Dabei sahen sie sich an und wußten, daß Erinnerungen keine Bausteine für die Zukunft sind.

»Schalom«, sagte der Stabsarzt bewegt.
»Schalom«, antwortete Dr. Schumann.
Das Wort heißt »Frieden«. Dr. Schumann schluckte wie an einem dicken Kloß. Ein Volk, das »Frieden« zum täglichen Gruß nimmt, ist Gottes Volk. Nie empfand er es so stark wie jetzt, da der Krieg über die Grenzen rollte.
Hinter Bir Paqua, an der Kreuzung zur Beduinenpiste nach Sede Boqer, trafen sie wieder auf Narriman. Sie saß neben der Straße im Geröll und stieg zu, als sei das selbstverständlich.
»Alles in Ordnung?« fragte sie.
»Alles!« sagte Dr. Schumann befreit.
Sie drehte sich zu Ariela um und streckte ihr die Hand hin.
»Ich bin Ruth Aaron.«
Ariela gab ihr die linke Hand, der rechte Arm lag in einer Schlinge. Sie war müde, die schmerzstillenden Spritzen, die sie bekommen hatte, begannen zu wirken. Aber sie hatte noch Kraft genug, Ruth Aaron mißtrauisch anzusehen und dann Dr. Schumann. Ein Funke glomm in ihren Augen auf. Wer ist dieses Mädchen, fragten ihre Blicke. Aber dann verließ sie die Kraft völlig, sie atmete tief, legte den Kopf auf ein Polster aus Decken und schlief ein.

Im King-David-Hotel in Jerusalem saß eine deutsche Reisegruppe fest. Bevor die Kriegsgefahr akut wurde, hatte sie noch Tel Aviv besichtigt, war zum Berg Karmel gefahren, in den Ruinen der Kreuzfahrerburg Montfort herumgekrochen und hatte die Enttäuschung erlebt, daß Nazareth anders aussah, als es die Bibel beschrieb.
»Jung, dat is ja wie auf der Isola bella!« sagte Willi Müller aus Köln. »Nur 'n bißchen arabischer. Üwerall Andenkenbuden. Wissen Se, am Rhein, am Drachenfels, is dat jenauso! Da han se Esel mit 'nem trillernden Schwanz ... hier kannste Tontrommeln kaufen und Kupferkännchen mit 'nem Schnäbelche.«

»Und schmutzig ist das alles. Sehen Sie sich nur die Frauen an. Schleppen das Wasser vom Brunnen nach Hause. Solche Riesentonkrüge auf dem Kopf. Daß die keinen Kropf kriegen!«
So war man durch das Heilige Land gefahren, mit einem Omnibus, den ein schweigsamer Israeli lenkte. Man hatte nur erfahren, daß er Chaim hieß.
»Chaim ...« flüsterte Johann Drummser aus München seinem Nachbarn zu. »Typisch jiddisch, was?«
»Sieht aber aus wie 'n Norweger.« Willi Müller lächelte dem stillen Chauffeur breit zu. »Könnte direkt 'n Arier sein.«
Die deutsche Reisegesellschaft war klein, sie bestand aus zehn Personen. Außer Willi Müller und Johann Drummser fuhren noch Theobald Kurzleb und Harald Freitag mit, drei Ordensschwestern von der Kongregation Maria zum blutenden Herzen, zwei miteinander befreundete Studienräte aus Dortmund und eine Sozialfürsorgerin aus Hameln. Reiseleiter war Wolfgang Hopps, der in Tel Aviv wohnte und Angestellter eines deutschen Reisebüros war.
Schon nach zwei Tagen hatten sich unter den zehn Deutschen drei Gruppen gebildet. Müller, Drummser und Kurzleb fanden sich sofort zu einer Skatrunde zusammen und entdeckten die gleiche Vorliebe für Bier. Mit den beiden Studienräten und der Sozialfürsorgerin war nach ihrer Ansicht nicht zu reden, denn die liefen mit Landkarten und Reiseführern herum, bewunderten jeden historischen Stein, fragten nach der Marienquelle, dem Pilgerschloß von Atlit und nach Tabgha, wo Christus die Vermehrung der Brote und Fische vorgenommen hatte, sie standen an der Stelle am See Genezareth, wo Jesus über das Wasser gewandelt war. Willi Müller grinste und stieß dabei Drummser in die Seite. »Physikalisch unmöglich!« flüsterte er. Aber die beiden Studienräte aus Dortmund und die Fürsorgerin aus Hameln fotografierten alles und strichen sich die entsprechenden Stellen in ihren Führern an.

Die dritte Gruppe bildeten die drei Ordensschwestern Angela, Edwiga und Brunona. Von Müller und Drummser wurden sie als Belastung der Reisegruppe betrachtet. Schwester Brunona war, wie man erfuhr, schon sechsundsiebzig Jahre alt und wollte vor ihrem Tode noch am Grab Christi beten. Sie war fast blind und hatte Arthritis in den Gelenken, wurde von ihren beiden Mitschwestern geführt und gestützt und von einer biblischen Stelle zur anderen geschleppt. Im See Genezareth wusch sich Schwester Brunona die Augen, in Nazareth betete sie am Brunnen der Heiligen Jungfrau und ließ sich auf den Berg im Norden der Stadt tragen, wo die Kirche des jungen Jesus liegt.
Zwischen diesen Gruppen stand ein einzelner junger Mann, Harald Freitag aus Hannover. Er war nach eigenen Angaben dreiundzwanzig Jahre alt und wollte Archäologie studieren, wenn er das nötige Geld zusammen hatte, das er sich als Autoschlosser verdiente. Er half ein paarmal aus, wenn Theobald Kurzleb in einer mitgebrachten Entwicklerdose seine Filme im Hotelzimmer selbst entwickelte, und spielte Skat, aber er unterhielt sich auch mit den beiden Studienräten und schleppte Schwester Brunona in Nazareth durch die unterirdischen Felshöhlen und Heiligengräber, in denen sich die verfolgten Christen verkrochen hatten, als Mohammed das Land beherrschte. Das machte Harald Freitag verdächtig.
Nun saß man in Jerusalem fest. Man hatte die Stadt gerade noch erreicht, ehe die Kriegsgefahr akut wurde. Sandsäcke versperrten alle Wege zur Demarkationslinie, in den Häusern an der Grenze lag Infanterie, leichte Geschütze fuhren in den Straßen auf, auf den Dächern wurden schwere Flugabwehr-Maschinengewehre montiert. Die Plätze waren durch Panzer versperrt, am Jaffator, Damaskustor und Mandelbaumtor bildeten sich Sturmabteilungen.
»Dat is 'ne Scheiße!« sagte Willi Müller, als Reiseleiter Hopps die Gesellschaft im kleinen Speisesaal des Hotels davon unter-

richtete, daß es nach Ansicht der israelischen Behörden sicherer sei, in Jerusalem zu bleiben und bei Bedarf den Luftschutzkeller aufzusuchen, als ungedeckt durchs Land zu fahren. »Bin isch nach Israel jekommen, um wieder im Bunker zu hocken? Dat hab isch sechs Jahre lang jetan. Können die Juden denn nicht endlich still sein?«
Er sah hinüber zu Johann Drummser, der mißmutig hinter einem Bier saß. Es war englisches Ale. Für einen Bayern schmeckt es wie aufgekochtes Zuckerwasser, in das man Rübenkraut gerührt hat.
Drummser nickte. »I hob zahlt für an Ausflug!« schrie er. Die drei Schwestern zuckten zusammen. Sie lasen gerade in ihrem Gebetbuch.
»Wos is nachher, wenn's schiaßn?«
»Der Luftschutzkeller ist sicher, meine Herrschaften.« Reiseleiter Hopps machte ein unglückliches Gesicht. Ihn traf der Zorn, und er hatte doch alles versucht, um noch zurück an die Küste zu kommen. Noch glaubte keiner an den Krieg ... aber wenn man von der Hotelterrasse hinüberschaute zur Altstadt und in die Straßen Jerusalems, sah man eine Frontstadt, in der die Uniform vorherrschte.
»Luftschutzkeller! Jo, sag amal, hob i zahlt für in 'n Keller zu hocken? Und dös Bier is a G'söff! O mei, wenn oana scho zu dene Judn reist ...«
Am Abend des 4. Juni aß man noch gemeinsam im Hotel, saß dann auf der Terrasse, sah auf die Altstadt mit Grabeskirche und Haram Es Sherif-Moschee, trank den herrlichen Wein Ashgelon rosé — »Is a g'färbter Essig!« murrte Drummser — und ließ sich von Reiseleiter Hopps erklären, was man hätte sehen können, wenn man am Ende der Reise durch das Mandelbaumtor nach Jordanien gefahren wäre. Die beiden Studienräte machten sich Notizen und fotografierten. Die Schwestern lauschten mit gefalteten Händen. Ihnen genügte es jetzt, daß sie die Gra-

beskirche sahen, daß die Luft, die um ihre Kuppeln und Türme strich, auch zu ihnen herüberwehte.

»Sense!« sagte Willi Müller, als es dunkel wurde. Jerusalem versank in der Nacht. Verdunkelung war angeordnet. »Wie 1939! Papier vor die Fenster! Und dafür bezahle ich jetzt so viel Geld! Wer spielt auf'm Zimmer en Ründchen Skat?«

Im Morgengrauen heulten die Sirenen über Jerusalem. Vom Allenbyplatz und am Mandelbaumtor knatterten Maschinengewehre. Dazwischen hörte man die dumpfen Einschläge der Granaten und das Zerplatzen der Gewehrgranaten und Minen. Über die Stadt donnerten Flugzeuge, die Flak schoß.

Über die Flure und Treppen des Hotels rannten die Gäste, mit den Lifts und Lastenaufzügen fuhren sie in den Luftschutzkeller. Angela und Edwiga trugen Schwester Brunona mit einem Stuhl zum Lift. Die beiden Studienräte und die Fürsorgerin aus Hameln waren in korrekter Kleidung, als hätten sie angezogen auf diesen Alarm gewartet.

Müller aus Köln rannte in Hose und Hemd ins Nebenzimmer, wo Johann Drummser auf der Bettkante saß und sich die Brust kratzte.

»Die machen Krieg!« rief Müller. »Die machen dat wahr! Junge, jetzt kriegen die Juden einen auf 'n Sack!«

Er setzte sich an den Tisch und schaltete die Notbeleuchtung ein, die aus einer schwachen Birne bestand. Johann Drummser zog sich umständlich an, er hatte großen Durst. Der gute Wein hatte in ihm die Sehnsucht nach Bier geweckt.

Es klopfte. »Herein!« rief Willi Müller. In der Tür stand der junge Harald Freitag. Er war ein wenig verstört und schleppte sein ganzes Gepäck mit sich.

»Sie schießen!« sagte er. »Der Portier sagt: Es ist Krieg. An der Mauer wird gekämpft. Hören Sie — das sind Kanonen ...«

»Na und?« Willi Müller lächelte mitleidig. »Regt Sie dat auf? Dat haben wir sechs Jahre lang jehört, wat, Herr Drummser?

Quer durch Polen, wie'n Wind, dann Rußland ... Winter 1942, dat war wat, wat? Da wurde dat Jefrierfleisch erfunden, Junge. Aber lebend! Und dann die Rollbahn ... Smolensk ... In Moskau machten die sich schon in die Hose! Jawoll, unser alter Guderian! Unser Kommandeur, Oberst Vietzheim, immer mit Witz! Winter 42, keine Munition an der Front. Die Züge blieben einfach stecken. ›Scheißt in die Luft, Jungs!‹ sagte der Alte. ›Das gefriert sofort. Und dann dreht Patronen daraus! Wir schlagen die Iwans auch mit Scheiße!‹« Er lauschte nach draußen, wo heftiges Geknatter zu hören war. »Zwei deutsche MG 42 ... ratatatat ... und der Krieg ist hier gewonnen. Wat, Herr Drummser?«
Harald Freitag setzte sich zögernd. Er wollte nicht feig erscheinen. Es war sein erster Krieg, und er hatte gelernt, daß Krieg etwas Fürchterliches, etwas Gemeines, etwas abgrundtief Schmutziges war. Er sah die beiden älteren Reisegefährten an und verstand nicht, wieso sie so merkwürdig fröhlich waren. Drummser holte sogar seine große Reisekarte von Israel und Umgebung und breitete sie aus. Willi Müller beugte sich darüber und klopfte mit dem Knöchel seines Zeigefingers auf den Punkt, wo Jerusalem eingezeichnet war.
»Die Lage ist doch klar«, sagte er mit fester Stimme. »Rund herum lauter Araber. Eine Kesselschlacht im großen. Im Rücken dat Meer. Mensch, wenn wir so 'n Dusel jehabt hätten beim Aufmarsch! Kommen Sie mal her.« Er winkte Freitag und machte an der Karte Platz. Drummser trank ein großes Glas Wasser. Ein Bayer, der Wasser trinkt, muß schon verzweifelt sein. »Sie haben keine Ahnung vom Krieg, wat?«
»Nein«, sagte Freitag betreten. »Als der Krieg zu Ende ging, war ich ein Jahr alt.«
»Haha! Und in der Schule haben Sie auch nicht gelernt, wat Taktik ist!«
»Wir haben gelernt, daß Kriege Völkermorde sind.«
»Quatsch!« Johann Drummser schaltete sich ein. Er beugte sich

über den Tisch. Sein runder Kopf glänzte. »Ich war Unteroffizier, mein Junge. Mit Nahkampfspange.«
»Und ich Feldwebel. Müller XII! Wir hatten neunzehn Müllers in der Kompanie.« Willi Müller lachte dröhnend. »Nun hören Sie mal zu, wat alte erfahrene Landser Ihnen sagen: Wenn jetzt der Rommel hier wäre, liefe die janze Sache so. Angriff von hier . . .« Müllers Hand beschrieb weite Kreise auf der großen Karte. Die Augen Freitags verfolgten seine Bewegungen irritiert und fast scheu. »Und von hier. Zangenbewegung nennt man dat, Junge. Und dann ein Keil von hier, der ihnen den Arsch aufreißt! Bei Jaffa vereinigen sich die Keile und teilen dat Land in zwei Teile. Und dann alles jeschwenkt und drauf! In vierzehn Tagen ist die Chose vergessen.«
»Und die Wüste?« fragte Freitag, während er die Karte betrachtete. »Sie haben den Negev vergessen, Herr Müller.«
»In der Wüste leben Flöhe, Heidemarie . . .« Müller XII war in Stimmung. Er wischte großzügig über die Karte. »Die Wüste ist uninteressant. Die räumen wir. wenn dat andere im Eimer ist. Hält nur auf, durch 'n Sand zu sausen! Jaffa, Haifa, Jerusalem . . . da wird der Krieg jewonnen! Denken Sie an Rommel . . . Panzerkeile vor! Knackt die Riegel! Herrjott, Drummser, war dat eine Zeit!«
Sie hockten vor der Karte und ließen Panzerdivisionen hin und her rollen. Ein Boy klopfte an die Tür und rief: »Bitte in den Luftschutzkeller!«
»Am Oarsch leckst mi!« sagte Drummser gemütlich und legte seine dicke Hand auf die Karte. »Wenn i wos zum sagen hätt . . . i würd an der Israeli Stelle zum Suez gehen!«
Müller XII starrte Drummser entgeistert an. Erst dann schien er zu begreifen, was dieser gesagt hatte, als Freitag bestätigte: »Wenn sie den Suez jemals erreichen, haben sie gewonnen.«
»Ja, seid ihr denn alle verrückt?« sagte Müller XII tief atmend. »Ihr haltet mit den Juden?«

»Sie kämpfen um ihr Lebensrecht!«
»Und wir?« brüllte Müller. Er sprang auf und hieb auf den Tisch. »Worum haben wir gekämpft? Awwer jetzt sind wir an allem schuld! Wenn isch dat höre: Lebensrecht! Wat haben se in Nürnberg mit uns jemacht? War dat Lebensrecht?«
Betretene Stille herrschte plötzlich in dem großen Zimmer. Von der Waffenstillstandslinie krachte und donnerte es. Flugzeuge zogen nicht mehr über die Stadt, dafür schoß die Flak im Erdbeschuß und zertrümmerte die Befestigungen der Jordanier. Panzer rumpelten durch die Straßen, Sanitätswagen mit Blaulicht rasten heulend zu den Hospitälern. Drummser winkte. Müller machte das Licht aus. Sie stießen die Tür zum Balkon auf und traten hinaus. Am Mandelbaumtor, in der Altstadt und nördlich von Mea Shearim brannten Häuser. Am Damaskustor, in Richtung der Klagemauer, flammten Einschläge auf. Es wurde heftig und ununterbrochen geschossen.
»Dat is doch kein Krieg!« sagte Müller enttäuscht. »Ein deutscher Feuerüberfall ... und Jerusalem is platt wie 'ne Wanze. Tak-tak-tak-tak ... is dat Maschinenjewehrfeuer? Herr Drummser, unsere MG 42, wat? Rrr ... Dat jing direkt ins Jemüt!«
»Darum sind wir auch überall so beliebt«, sagte Harald Freitag bedrückt. Ihm lastete der Krieg auf der Seele, als sei er einer der Mitschuldigen. Er hatte das Heilige Land mit wachen Augen gesehen. Er hatte erkannt, wie ein Volk um sein nacktes Leben bangte.
Willi Müller sah Harald Freitag böse an. »Verschonen Sie uns mit Ihrer Kindermoral, bitte!« sagte er laut. Er zuckte zusammen. In der Hebron-Straße stieg ein Feuerpilz hoch. Eine jordanische Granate hatte einen Benzinwagen getroffen. Mit ohrenbetäubendem Krach explodierte er. Der Luftdruck der Explosion schleuderte Müller, Drummser und Freitag gegen die Wand des Balkons. Dann verdeckten dicke, fettige Rauchschwaden die Sicht auf die Altstadt.

»Sollten wir nicht doch in den Luftschutzkeller zu den anderen?« keuchte Freitag. Der Ölqualm klebte in seiner Kehle. Sie waren ins Zimmer zurückgerannt, über Glasscherben, denn die Balkontür war durch die Explosion zersplittert.
»Nein! Hierjeblieben!« Müller XII zeigte auf die Karte. »Ich würde dat so machen — und der Rommel auch! — daß eine Kompanie Fallschirmjäger im Gegenstoß von hier und hier ...«
Als die Sonne schien, war die Lage zu übersehen. Israelische Truppen hatten die Altstadt erobert. Von Haus zu Haus kämpften sie sich vor, von Gasse zu Gasse, Meter um Meter ... vor sich das große Ziel, das Symbol ihrer Freiheit: die Klagemauer. Der Bürgermeister von Jerusalem, Teddy Kollek, war mitten unter ihnen. In einem amerikanischen Jeep fuhr er herum, rief den Soldaten zu und zeigte nach Osten. Sie alle verstanden ihn. Erobert das Löwentor, erreicht die Tempelmauer, stürmt die Freiheit!
»Es scheint, als würden die Israelis gewinnen!« sagte Harald Freitag. Sie standen wieder auf dem Balkon und blickten hinüber zu den brennenden Häusern und den Einschlägen der Granaten. Willi Müller hob die Schultern und ging ins Zimmer zurück.
»Es läuft nicht immer so, wie's soll!« sagte er böse.
Freitag, der ihm gefolgt war, ließ sich auf einen Stuhl fallen. Er war müde und doch froh, daß der Krieg an ihnen vorbeiging.
»Warum sind Sie eigentlich nach Israel gefahren?« fragte er.
Müller XII steckte sich eine Zigarette an und grinste.
»Aus Neugier«, sagte er. »Die Israelis sollen die schönsten Weiber der Welt haben, heißt es. Dat wollt ich sehen und jenießen. Immer mitnehmen, solange man noch kann!« Er lachte und klopfte Drummser auf die Schulter, der nichts empfand als Sehnsucht nach Bier. Kaltes, schäumendes, würziges Bier. Ein Märzen! Ein Urbock! Ein Doppelbock!
Ein Land ohne Bier ist ein Scheißland, dachte er mißmutig.

»Die Mädchen, wat?« rief Müller.
Harald Freitag senkte den Kopf.
Warum bin ich Deutscher, dachte er. Warum muß ich gerade heute und hier ein Deutscher sein?
Über die König-Salomon-Straße rollten feuernd die israelischen Panzer.

Auf der Straße nach Beersheba, am Wadi Sekher, trafen sich Vater und Tochter.
Eine Kolonne Panzerfahrzeuge zwang Dr. Schumann, am Straßenrand stehenzubleiben und zu warten. Er stritt sich sogar mit einem Offizier der Feldpolizei, der ihn von der Straße gewiesen hatte.
»Ich muß zum Lazarett!« schrie Dr. Schumann.
»Die Panzer müssen an die Front!« rief der Offizier zurück.
»Ich habe einen Verwundeten im Wagen.«
»Es wird nicht der letzte sein!«
»Es ist Ariela Golan, die Tochter von Oberst Golan.«
»Die Panzer sind wichtiger! Warten Sie!«
So standen sie am Wegrand, und die stählernen Riesen donnerten an ihnen vorbei, bewarfen sie mit Sand und Steinen. Danach sahen sie aus, als hätten sie in einem Mehlfaß gelegen. Ariela hatte sich aufgesetzt, die Spritzen hatten ihr die Schmerzen genommen, sie hatte ein wenig geschlafen und war merkwürdig erfrischt.
Ein Jeep, der sich zwischen den Panzern durchschlängelte, hielt vor ihnen. Ein Offizier, unrasiert und schmutzig, sprang heraus.
»Moshe!« rief Ariela. Sie hob den linken Arm. »Ich lebe! Ich lebe!«
Major Rishon lief an Dr. Schumann, den er mit keinem Blick beachtete, vorbei zum Wagen und beugte sich über Ariela.
»Du bist verwundet?« keuchte er. »Schwer? Die Schulter? Ist der Knochen verletzt? Hast du Schmerzen?«

»Es ist nichts, Moshe. Eine Fleischwunde. Sie heilt. Nur eine Narbe wird bleiben.«
»Eine Narbe auf dem schönsten Mädchenkörper. Eine Narbe für die Freiheit Israels!« Major Rishon umfaßte mit beiden Händen Arielas schmalen, bleichen Kopf. »Gib mir einen Kuß«, sagte er heiser vor Erregung. »Nur einen Kuß! Um die Mittagszeit greifen wir in die Panzerschlacht ein. Wir haben schon El Kuntilla erobert. Der Vormarsch geht weiter nach Bir Hasana! Wir siegen!«
Ariela nickte. Rishon beugte sich über sie und küßte sie lange und innig. Dann ließ er ihren Kopf los und atmete schwer.
»Danke, Ariela«, sagte er. »Du bleibst bei dem Deutschen?«
»Ja, Moshe. Gott sei mit dir.«
Major Rishon senkte den Blick und blieb stehen. Es war, als genieße er die letzten Sekunden in ihrer Nähe, als atmete er ihren Duft ein, als sei sie eine Rose, die er nie wieder blühen sehen würde.
»Dein Vater kommt gleich vorbei«, sagte er dann. »Er führt den zweiten Angriff. Leb wohl, Ariela.«
»Leb wohl, Moischele . . .«
Dann trafen sie sich, Oberst Golan und seine Tochter, nachdem Major Rishon weitergefahren war.
Der Oberst stand in der offenen Luke seines Befehlspanzers, hatte die Kopfhörer hochgeschoben und blickte zu seiner Tochter hinunter. Ariela saß im Wagen und lachte zu ihm hinauf. Ihr Gesicht war glücklich und von einem fraulichen Leuchten.
»Du bist verwundet?« rief Oberst Golan aus der Luke. Der Panzer dröhnte. Die Kolonne stockte.
»Ja, Vater!«
»Schwer?«
»Nein.«
»Laß es dir gutgehen, Ariela!«
»Danke, Vater.«

Oberst Golan wandte den Kopf zu Dr. Schumann. »Sie sorgen für Ariela?«
»Ich möchte sie nach Jerusalem mitnehmen, wenn es möglich ist...«
»Ich werde per Funk in Beersheba anordnen, daß man Ihnen die Verlegung genehmigt. Ich danke Ihnen, Doktor.«
»Es ist selbstverständlich, Oberst.«
Oberst Golan sah zurück. Die Panzer waren aufgefahren. Fünf Minuten Aufenthalt... das war schon zuviel. In fünf Minuten kann man fünfzig Meter erobern.
»Auf Wiedersehen, Ariela!« rief er und hob die Hand grüßend an seine Mütze.
»Gott mit dir, Vater!« Sie hob die Linke und grüßte zurück.
»Schalom...«
Der Panzer fuhr an. Die schweren Motoren heulten. Staub wirbelte auf, über Schumann, Narriman und Ariela. Als er sich verzog, als sie die brennenden Augen wieder öffnen konnten, war Oberst Golan in der Masse der stählernen Riesen verschwunden, über denen die Sonne wie in Nebeln schwamm.
»Schalom«, sagte Ariela leise. Dann wandte sie sich ab, legte sich hin und deckte ein Tuch über ihr Gesicht.
Niemand sollte sehen, daß sie weinte.
Nach einer Stunde erreichten sie Beersheba.
Auf den Straßen tanzten Männer und Frauen, umarmten und küßten sich. Radios standen in den Fenstern. Eine ganze Stadt berauschte sich an den Worten, die aus dem fernen Jerusalem in die Wüste drangen.
»In der Altstadt wird erbittert gekämpft. Der Tempel Salomons liegt vor unseren Augen. Die Klagemauer. Mann gegen Mann wird gekämpft, mit Bajonetten, mit Messern, mit den Kolben, mit Händen und Zähnen! Mit unseren Leibern pflastern wir den Weg zur heiligen Mauer. Hedad! Hedad! Die Stadt Davids muß unser sein!«

In einer Haustür saß ein uralter Mann, weinte und betete.
Narriman sah Dr. Schumann von der Seite an. Ihr Blick war hart. Ich werde nicht von deiner Seite weichen, dachte sie. Das Volk der Juden siegt. Jetzt brauchen wir dich, um zu überleben. Dich und deinen geheimnisvollen »stillen Tod«.

In Beersheba erwartete man sie bereits. Oberst Golan hatte den Funkspruch durchgegeben. Mit einem Lazarettwagen wurde Ariela nach Jerusalem gebracht. Die Sanitätskommandantur bestand darauf, daß Ariela von jetzt an fachgerecht transportiert wurde. Dr. Schumann wurde erlaubt, hinterherzufahren. Narriman erhielt, weil sie Feldwebel Ruth Aaron war, den Befehl, an die Front zurückzukehren und sich in Bir Paqua zu melden.
»Ich fahre mit Ihnen nach Jerusalem«, sagte Narriman, als er ihr den Wagen zurückgab und sich von einem Lastwagen mitnehmen lassen wollte, der Nachschub heranbrachte. Aus dem Radio tönten immer neue Siegesmeldungen auf die Straße. 350 Flugzeuge vernichtet. Drei Stoßkeile von Panzern erobern die Wüste Sinai. Gaza unter schwerem Beschuß. Jerusalem bald frei. Das Herz Narrimans erstarrte. Ihr Mund lächelte zwar, aber ihre Seele war tot. Die Schmach, die den Arabern zugefügt wurde, war unerträglich. »Kommen Sie, steigen Sie ein, Doktor. Wir fahren voraus. Wenn Ariela in Jerusalem eintrifft, sind Sie schon gebadet, rasiert, neu eingekleidet. Fein, wie ein Bräutigam sein soll!«
»Aber das geht doch nicht!« Dr. Schumann sah auf den Sanitätswagen, der gerade aus dem Hof fuhr. Mit zehn anderen Verwundeten wurde Ariela auf Tragbahren befördert. Es war ein großer Lastwagen, der besonders gut gefedert war. »Ihr Befehl?«
»Wir sind keine Preußen!« Narriman legte die Hand auf Schumanns Schulter. »Steigen Sie ein. Ich habe in Jerusalem zu tun, also fahre ich dorthin.«

»Das kommt mir merkwürdig vor, Fräulein Aaron. Ich kenne die eiserne Disziplin der Armee.« Dr. Schumann blickte Narriman fragend an. »Sagen Sie ... begleiten Sie mich im Auftrag von Major Rishon?«

Narrimans Lächeln verstärkte sich. Sie wußte nicht, wer Rishon war, aber sie ahnte, daß er eine große Rolle spielen mußte.

»Fragen Sie nicht«, erwiderte sie. »Fahren wir.«

»Nun gut.« Schumann ließ sich in den Sitz fallen. Narriman fuhr jetzt selbst, das hatte sie verlangt. »Aber ich sage Ihnen, Ruth, Rishon irrt sich. Ich liebe dieses Land.«

»Und Ariela.«

»Ist das ein Verbrechen?«

»Nein. Ich finde es glänzend.«

»Ihr Chef nicht.«

»Vielleicht irren Sie sich?«

Sie fuhren aus Beersheba hinaus, nach Norden, nach Jerusalem. Mein Chef ist Hussein ben Suleiman, dachte Narriman. Du wirst ihn kennenlernen. Und er wird dir sagen, daß es gut ist, ein Mädchen zu lieben, dessen Vater Oberst ist.

Sie überholten die Kolonne, den Sanitätswagen, sie fuhren wie gehetzt und erreichten Jerusalem in der Abenddämmerung.

Feuer stand über der Altstadt. Das Knattern der Gewehre wehte ihnen entgegen. Sie passierten ungehindert Polizeikontrollen und Straßenposten ... die Sanitätsfahne an ihrer Scheibe war Ausweis genug. In der Neustadt war alles still. Hier schien es keinen Krieg zu geben. Sogar die Cafés waren geöffnet. An den Tischen saßen wie immer die Gäste, nur lehnte an den meisten Tischen ein Gewehr, und unter dem Stuhl lag ein Stahlhelm auf dem Boden.

»Wo soll ich Sie absetzen, Doktor?« fragte Narriman.

»Vor dem Hanevi'im-Hospital.«

Sie fuhren die Jaffa-Straße hinunter. An der Hanevi'im-Straße hielt sie und sah Schumann aufatmend an.

»Ich bin glücklich, Sie heil hierhergebracht zu haben«, sagte sie ehrlich. »Sehen wir uns heute noch?«
»Wenn Sie nicht zu müde sind, gern. Ich werde Arielas Ankunft abwarten und bin dann frei. Wo treffen wir uns?«
»Ich wohne bei meinen Eltern in Mea Shearim. Sie werden sich freuen, Sie kennenzulernen. Ist es Ihnen recht?«
»Natürlich, Ruth.« Er stieg aus, drückte ihre Hand und sah erst jetzt, wie schön sie war und daß er sich in sie verlieben könnte, wenn es keine Ariela gäbe. »Bis nachher.«
Er wiederholte die Straße und die Hausnummer, die sie ihm nannte. Es war das Haus von Mahmud ibn Sharat. Dann lief er über die Straßenkreuzung, winkte von der anderen Seite noch einmal zurück und war so jung und fröhlich, daß Narriman melancholische Augen bekam.
Sie winkte zurück und dachte an die kommende Nacht.
Israel siegte an allen Fronten. Wir brauchen Dr. Schumann.
Allah hat ein Herz gemacht zum Lieben und zum Hassen.
Uns bleibt jetzt nur der Haß!

3

»Vorsichtig!« flüsterte Narriman, als die Haustür aufschwang und die Stimme Schumanns durch den halbdunklen, schwach erleuchteten Flur klang. »Hallo, Ruth Aaron! Bin ich hier richtig?«

Mahmud grinste breit. Sein Bart zitterte vor Vergnügen. Er stand hinter der offenen Tür, einen Strumpf, gefüllt mit Sand, in beiden Händen.

»Nur betäuben! Schlagen Sie ihn tot, bringe ich Sie um.«

»In den Nacken, Narriman?« flüsterte er zurück.

»Nein. Auf den Kopf!«

Sie trat hinaus, machte helles Licht und winkte Schumann zu, der unten im Hausflur stand.

»Willkommen!« sagte Narriman. »Sie sehen, es ist kein Palast. Wir sind arme Leute, Doktor. Aber es gibt immer einen guten Kaffee und knuspriges Gebäck. Kommen Sie herauf.«

Ein Strauß roter Rosen leuchtete im Treppenlicht. Narriman senkte den Blick. Hassen! sagte sie sich. Hassen! Hassen!

Dr. Schumann nahm zwei Treppenstufen auf einmal und schwenkte seinen Rosenstrauß. »Nicht für Sie, Ruth!« rief er lachend. »Rote Rosen wären zu gefährlich! Er ist für Ihre Mutter. Übrigens — Ariela geht es gut. Sie hat ein sauberes Bett und keine Schmerzen mehr.« Er blieb an der Tür stehen und sah ins Zimmer. Auf einem Tischchen glänzten die aus Kupfer getriebenen Kaffeekannen. Sitzkissen lagen auf dem Teppich.

Hinter der Tür hielt Mahmud den Atem an. Mit beiden Händen hob er den mit Sand gefüllten Strumpf hoch.

»Bitte«, sagte Narriman und zeigte in den Raum. »Treten Sie ein.«

Mahmud atmete tief durch die Nase. Ein Kopf erschien, eine Schulter, ein Rosenstrauß. Dumpf fiel der sandgefüllte Strumpf herab. Ohne einen Laut sank Dr. Schumann zu Boden.

Der Gang war etwa mannshoch, zwei Meter breit und in mühseliger Arbeit unter der Erdoberfläche durch die Felsen gebrochen. Da man nicht hatte sprengen können, denn die Anlegung dieser unterirdischen Privatstraße zwischen Israel und Jordanien gehörte zu den größten Geheimnissen dieses an Geheimnissen so reichen Landes, hatten sich jordanische Arbeiter mit Preßlufthämmern, Schaufeln und Pickeln durch den Felsen gefressen. Sie gruben am Tag, denn der Lärm der Straßen, die einige Meter über dem Gang lagen, übertönte alle Geräusche aus der Tiefe.
Sechs Jahre war der Gang alt, und Mahmud ibn Sharat verdankte ihm ein Vermögen. Er hatte ihn damals auf eigene Kosten bauen lassen und dann mit dem Sinn des Orientalen für Handel und Gewinn gewissermaßen an den jordanischen Staat vermietet.
»Mein Gang ist die einzige sichere Möglichkeit, von Jordanien nach Israel zu gelangen«, hatte er gesagt. »Uns braucht kein Vertrag, keine UNO, keine Waffenstillstandslinie zu kümmern. Wir können Saboteure mit allen Geräten hinüberbringen, Agenten können hin und her reisen. Wo gibt es das sonst noch?«
In der alten haschemitischen Königsstadt Amman sah man das ein. Eine Gruppe Offiziere besichtigte den Gang, legte mehrmals den Weg zwischen Mea Shearim und einer kleinen winkligen Straße in der Nähe der Djaulana-Moschee zurück und erklärte diesen Gang zum Staatsgeheimnis.
Mahmuds große Stunde kam. Unter militärischem Schutz wikkelte er unterirdisch seine Geschäfte ab. Perlen und Goldwaren, Edelsteine und Teppiche wurden nach Israel getragen . . . Medikamente, chemische Waren und optische Artikel schmuggelte man nach Jordanien. Das alles geschah unter dem Mantel »Staatsgeheimnis«. Niemand durfte kontrollieren, was Mahmud oder seine Leute hin und her schleppten. Natürlich tastete sich auch ab und zu ein Agent durch den glitschigen, modrig riechenden Felsengang. Vor allem kurz vor Ausbruch des Krieges war

der Gang belebt wie eine Straße, aber in der Hauptsache diente er Mahmuds Privatgeschäften. Vom jordanischen Staat erhielt er für die Pflege dieser unterirdischen Straße jährlich 3000 Dinare. Sie waren für Mahmud eine Art Taschengeld, verglichen mit dem, was er sonst einnahm, aber sie reichten aus, seinen Lieblingsfrauen im Harem bei Amman seidene Kleider zu kaufen und die neueste Errungenschaft westlicher Industrie: künstliche, immerblühende Blumen aus Plastik und Schaumgummi. Als Mahmud mit ihnen zum erstenmal im Harem erschien, hallte Jubel durch die prunkvollen Räume mit den kleinen marmornen Brunnen, in denen duftendes Wasser die heiße Luft kühlte und den Geruch der Wüste verdrängte.

Mahmud war sehr zufrieden mit sich und seinem Leben.

In dieser Nacht aber war er unzufrieden. Er hatte mit seinem sandgefüllten Strumpf Dr. Schumann niedergeschlagen, er hatte ihn ins Zimmer geschleift und in einer Aufwallung seiner arabischen Seele angespuckt. Daß der Krieg gegen Israel ganz anders verlief, als 99 Millionen Araber gehofft hatten, erschütterte Mahmud weniger als der Verlust, den er sich ausrechnete, wenn der Krieg tatsächlich verlorenging. Trotz der wenigen Stunden des Kampfes zeichnete sich das schon ab, Radio Amman und Radio Kairo berichteten stündlich darüber ... auch über die Sympathie, die man den Juden in der ganzen Welt entgegenbrachte, vor allem im Westen.

»Lassen Sie!« sagte Narriman streng, als Mahmud sich anschickte, Dr. Schumann noch einmal anzuspucken. »Und legen Sie den Strumpf weg. Es genügt so.«

»In mir quillt Haß hoch, Narriman!« Mahmud setzte sich neben den Körper des deutschen Arztes. »Haben Sie die Meldungen aus Jerusalem gehört! Sie marschieren zum Suezkanal! Sie reißen die Sinaifront auf. Sie rücken auf Akaba vor. Warum schweigt Allah?«

Narriman sah Dr. Schumann an. Sein in der Ohnmacht noch

erstauntes, ja verblüfftes Gesicht faszinierte sie. »Ist alles vorbereitet?« fragte sie.
»Hier ja! Was drüben ist ... wer weiß es?« Mahmud klopfte mit dem sandgefüllten Strumpf auf seine Knie. »Es kann sein, daß die Juden schon im Haus sitzen, wenn wir aus dem Gang kommen. Ich weiß, daß zwischen der Salomon-Straße und der Via Dolorosa erbittert gekämpft wird. Mit Bajonetten sind sie aufeinander losgegangen, wie in alten Zeiten!«
»Wir müssen durch nach Amman!« Narriman beugte sich über Dr. Schumann und schob sein linkes Augenlid hoch. »Wie fest haben Sie zugeschlagen, Sie Esel?«
»Ich habe ihn nur angetippt, Narriman. Sie haben einen schwachen Kopf, diese Wissenschaftler.«
»Los dann!« Narriman bückte sich und nickte Mahmud zu. Sie faßten ihn unter die Schultern und schleiften ihn die Treppe hinunter zu einem kleinen Keller, dessen Eingang durch einen Teppich verdeckt war. Hier schloß Mahmud eine Stahltür auf, ließ eine Taschenlampe aufleuchten und richtete den Lichtstrahl nach unten. Zehn in Stein gehauene Stufen führten noch tiefer, und dort begann der gewölbte, durch den Fels gebrochene Gang. Kühle und Modergeruch wehte ihnen entgegen. Irgendwo mußte der Gang an einer Wasserader vorbeiführen. Etwa auf halber Wegstrecke wurde der Fels naß, und wenn es in Jerusalem einmal regnete, mußte man in diesem Gang knöcheltief durch Wasser waten.
Narriman und Mahmud faßten Dr. Schumann wieder unter und schleiften ihn die Treppe hinab. Dann rannte Mahmud zurück, verschloß die Tür und steckte die brennende Taschenlampe in den Gürtel, mit dem er seine wallende Dschellabah zusammengebunden hatte. Es war das einzige Licht in dieser steinigen, kühlen, lautlosen Unterwelt. Narriman hob die Schultern. Immer wenn sie durch diesen Gang ging, fror sie. Sie war eine mutige Frau, aber die Enge, die rauhen Felsen, die absolute Stille,

das Bewußtsein, daß sie metertief unter den Straßen Jerusalems waren und es vielleicht nur einer großen Erschütterung bedurfte, damit der Gang einstürzte und zu einem schrecklichen Grab wurde, in dem man langsam erstickte, erzeugten in ihr das Gefühl, dauernd schreien und sich die Kleider vom Leibe reißen zu müssen.

»Weiter!« sagte Narriman heiser. »Vielleicht haben wir Glück und erreichen den Ausstieg vor den Juden.«

Wieder packten sie Dr. Schumann unter beiden Achseln, holten tief Luft und schleiften ihn weiter. Seine Beine schlugen auf den unebenen, feuchten Boden.

»Er ist schwer!« keuchte Mahmud nach fünfzig Metern. »O Allah, hat er ein Gewicht!«

»Er ist ein Mann!« sagte Narriman deutlich. Mahmud verstand. Sein Gesicht wurde eine schiefe Fratze. Er ließ Dr. Schumann fallen, als dieser plötzlich zu stöhnen begann und noch halb benommen den Kopf hob. Mit der geballten Faust schlug ihm Mahmud gegen die Schläfe. Ächzend streckte sich der Körper des Arztes.

»Sind Sie verrückt?« schrie Narriman. Sie hatte die ganze Last festzuhalten und schwankte.

»Ein Mann!« Mahmud nahm wieder den anderen Arm Schumanns. »Er hat ein Köpfchen wie ein Lamm! Mit meinen Knöcheln kann ich ihn aufklopfen wie ein Ei!«

»Ich habe Ihnen gesagt, daß er gesund bleiben muß!« Die Augen Narrimans glühten im Schein der Taschenlampe. »Wenn Sie ihm Schaden zufügen, werde ich Sie hängen lassen. Sie wissen, daß ich das kann!«

»Sie können alles, Narriman.« Mahmud seufzte. Sein Gesicht war im Halbdunkel wie zerknittert. »Ich hasse alles, worauf Ihr Wohlwollen fällt. Ich könnte die Blumen köpfen, an denen Sie vorbeigehen und die Ihre Beine sehen dürfen. Ich könnte die Fliege zerreißen, die sich im Duft Ihres Haares badet.« Er schrak

zusammen. Dr. Schumann regte sich wieder. »Aha! Noch einmal!«
»Vorsichtig, Mahmud!« rief Narriman.
»Es geht nicht ohne Beulen, Narriman.« Mahmud schlug wieder zu. Es sah für Narriman wie ein leichter Schlag aus, dabei war gerade dieser Hieb von größerer Wucht als der erste. Nun wird er Ruhe geben bis zum Ausstieg, dachte Mahmud und sah in das verzerrte Gesicht des Arztes. Das Erstaunen war verschwunden ... Schrecken hatte die Gesichtszüge völlig verändert.
Nach nochmals fünfzig Metern waren sie jenseits der Betonmauern und israelischen Befestigungen. Die Altstadt Jerusalems lag über ihnen, das Damaskustor, das Gewirr der Gassen und überbauten Gänge des mohammedanischen Viertels. Noch dreißig Meter... und neunundzwanzig Stufen führten wieder empor zum Licht. Der Gedanke daran war herrlich. Ein weiter Himmel, ein weites Land, eine Luft, die prall die Lungen füllte. Narriman hielt an und lehnte sich erschöpft gegen die Felswand. Dr. Schumann sank mit der Schulter auf den feuchten Boden.
»Sie kämpfen noch«, sagte Mahmud leise, als könne man sie hier unten hören.
Über ihnen zitterte die felsige Decke. Selbst in der Tiefe vernahm man das Grollen der Artillerie und spürte das Beben, wenn die Granaten einschlugen.
»Weiter!« keuchte Narriman und hob Schumann vom Boden. »Nur weiter! Ich bekomme keine Luft mehr.«
»Der Lärm ist vor uns. Die Juden sind über unseren Ausstieg hinaus!« Mahmud schlang seinen Gürtel um die Brust Schumanns und drängte dann Narriman zur Seite. Wie einen Sack schleifte er ihn hinter sich her. Narriman ging nebenher, nach Atem ringend, schwitzend und mit zitternden Beinen.
»Wir müssen nach Amman!« sagte sie. Ihre Stimme hatte keinen Klang mehr. Die Erschöpfung zerfraß sie wie Rost. »Wir müssen es, Mahmud!«

Am Ende ihrer Kräfte erreichten sie die Treppen. Mahmud ließ Narriman mit Schumann unten und stieg allein hinauf. Dann schlug eine Eisentür zu. Narriman setzte sich auf die unterste Stufe, legte den Kopf Schumanns in ihren Schoß und wartete. Und da sie allein war, gestand sie sich ein, Angst zu haben. Schreckliche Angst, lebendig begraben zu sein.

Sie zuckte zusammen und stieß einen unterdrückten Schrei aus, als plötzlich eine Stimme um sie war. In der Stille wirkte sie überlaut, wie aus zehn Lautsprechern dröhnend. Erst nach diesem explosionsartigen Schreck merkte sie, daß die Stimme aus ihrem Schoß kam. Bewegungslos lag Dr. Schumann im Gang, aber er hatte die Augen offen. Narriman konnte es nicht sehen, Dunkelheit war um sie, denn die Taschenlampe hatte Mahmud mitgenommen. Aber als sie mit beiden Händen über Schumanns Gesicht tastete, wie es Blinde tun und damit sehen, als sei ihre Welt voll Sonne, spürten ihre Fingerspitzen seine aufgeschlagenen Wimpern, die Wärme seiner geöffneten Lippen.

»Sie sind wach, Peter?« fragte sie. Ihre Stimme erkannte sie nicht wieder. So spricht ein kleines Mädchen, das sich im Wald verirrt hat.

»Ja. Schon eine ganze Zeit.« Dr. Schumann hob den Kopf, aber Narriman hielt ihn mit beiden Händen umklammert. Es war kein Festhalten, keine Gefangennahme, es war mehr wie ein zärtliches Besitzergreifen, wie das Auffangen eroberten Lebens.

»Und warum sagten Sie nichts?«

»Ich habe eine Abneigung gegen Schläge an die Schläfe.«

Dr. Schumann streckte den Kopf vor. Ihre Gesichter waren sich jetzt so nahe, daß ihr Atem sich vermischte. »Wer sind Sie, Ruth?«

»Ich heiße nicht Ruth. Ich heiße Narriman.«

»Eine Ägypterin?«

»Nein. Mein Vater war ein jordanischer Silberschmied. Meine

Mutter kam aus dem Nildelta. Ich wuchs auf in Afula bei Nazareth. Dort vertrieben uns die Juden, als sie 1949 ihren eigenen Staat gründeten. Den Dorn im Fleisch jedes Arabers.«
»Und was tun Sie mit mir? Wohin bringen Sie mich?«
»Nach Amman.«
»Warum?«
»Die arabische Welt braucht Ihr Wissen! Ihre Bakterienforschung.«
»Ich ahne etwas ...« sagte Dr. Schumann. Er befreite sich aus den Händen Narrimans und strich sich über das feuchte Gesicht. »Ich soll Israel ausrotten ...«
»Ja!« Das Wort klang hart, mitleidlos durch die dunkle Stille. »Sie könnten es ... lautlos, auf dem Wege einer Epidemie, unter den wachsamen Augen der ganzen Welt, die schaudern wird, aber nichts ahnt, die bedauern wird und hilft und am Ende vor diesem Gottesgericht streiken muß. Ihre Bakterien werden stärker sein! Und in den Geschichtsbüchern wird für die Jahrhunderte nach uns stehen: Eine Seuche ungeheuren Ausmaßes, die nicht mehr unter Kontrolle gebracht werden konnte, vernichtete den gesamten Staat Israel.«
»Wie kann eine Frau so reden«, sagte Dr. Schumann leise. »Ich bin keine Frau ... ich bin Haß!« Narriman faßte nach Schumanns Schulter. Oben ging die Stahltür auf. Kanonendonner grollte in die finstere Tiefe. »Mahmud kommt. Legen Sie den Kopf wieder in meinen Schoß und seien Sie ohnmächtig ...« Sie tastete mit den Händen nach seinem Kopf, umfing ihn und zog ihn zu sich herab.
»Ich werde meine Entdeckung niemals preisgeben!« flüsterte Schumann.
»Seien Sie still!« Sie legte ihm die Hand auf den Mund. Mahmud leuchtete mit seiner Taschenlampe die Treppe hinunter. Seine Schritte hallten wie Gongschläge in dieser Felsengruft.
»War er wach?« fragte er.

»Ja. Ich habe ihn wieder zum Schweigen gebracht.«
Mahmud setzte sich neben Narriman auf die Treppenstufe und leuchtete Dr. Schumann ins Gesicht.
»Es wird ein Problem, Narriman«, sagte er nachdenklich. »Das Haus liegt im bereits eroberten Teil. Auf dem Dach haben sich israelische Maschinengewehre eingenistet. Vor der Tür steht ein Schützenpanzer. Wir kommen nicht heraus ... wir müssen hier unten bleiben ...« Mahmud knipste die Lampe aus — man brauchte die Batterie noch lange. »Und wir haben nichts zu essen und zu trinken ...« fügte er leise hinzu. »Allah muß uns helfen ...«
Dr. Schumann bewegte sich leicht. Narriman drückte ihm wieder die Hand auf den Mund. Dann ließ der Druck nach, und sie streichelte sanft über seine Stirn, über die Augen, über das feuchte Haar.
»Der Krieg wird weiterziehen«, sagte sie tief atmend.
Unter ihren Händen war es, als streichele sie Feuer. »Jede Stunde rinnt für uns in die Zukunft ...«
Über ihnen bebte die Erde. Felssplitter rieselten herab. Narriman umklammerte die Schultern des Arztes.
»Wir werden siegen. Wir Araber ...« sagte sie ganz nahe an seinem Ohr. »Auf uns liegt kein Fluch eines Gottes ... auf uns brennt die Liebe Allahs ...«
Über ihnen stürmten israelische Soldaten vorwärts, dem großen Ziel entgegen ... der hohen, aus mächtigen Quadern aufgeschichteten Mauer des Tempels Salomons.
Ein Kampf um ein Symbol.
Das Stalingrad des Heiligen Landes ...

Die Mauer ist lang und hoch, verwittert, staubüberzogen, ewig. Hier weinten die Juden um ihren zerstörten Tempel, während die Legionen des römischen Kaisers Titus im Gleichschritt durch Jerusalem zogen. Hier legten sie Opfergaben nieder, hier sprachen sie unmittelbar mit ihrem Gott, hier waren sie Moses und Hiob in einer Person, hier breiteten sie ihre Seele aus, damit Gott in ihr lese wie in einem Buch.

Als die ersten israelischen Truppen mitten durch die Stellungen der jordanischen Armee zur Klagemauer brausten, als der Kurier Asarjah mit seinem Motorrad als erster vor der Mauer stand, umschwirrt vom Kugelregen, und ihm die Tränen über die Wangen rannen, als er mit ausgebreiteten Armen zu den Quadern rannte, sich an sie preßte und stammelnd den Staub von den Steinen küßte, veränderte sich die Weltgeschichte. Ein paar Minuten später hatte ein Offizier mit einigen Soldaten die heilige Mauer erklettert und steckte die Fahne Israels in einen Spalt zwischen den Felsblöcken.

Über das Donnern der Geschütze hinweg, das Motorengedröhn der Panzer und das Knattern der Maschinengewehre übertönend, stieg der Jubel tausender Soldaten in den heißen Himmel Jerusalems. Sie umarmten sich, sie küßten sich, sie tanzten auf den Straßen und schwenkten ihre Waffen wie Fackeln. Sie rannten zu den Verwundeten und riefen ihnen zu: »Wir stehen an der Mauer! Wir haben sie! Wir haben sie!« Sie knieten neben den Sterbenden und beteten nicht zu Gott, sondern hoben ihre Köpfe hoch und sagten ihnen in das letzte Bewußtsein hinein:

»Wir haben unsere Mauer . . .«

Dann wurde es still, bis auf das Schießen jenseits des Tempels. Schlomo Goren, Fallschirmjäger-General und oberster Militär-Rabbiner, stand an der Mauer und sah sie mit einem langen Blick an. Dann hob er das Schofarhorn an die Lippen und blies das Signal, das heute eine ganze Welt vernahm.

Die Stadt Davids ist unser!

Gott, wir danken dir.

Als das Signal verhallt war und Schlomo Goren das Widderhorn absetzte, flogen die Stahlhelme der Soldaten hoch in die heiße Luft.

»Hedad! Hedad!« schrien sie. Und dann traten auch sie an die Mauer heran, küßten die Steine, breiteten die Arme aus und beteten.
»Gelobt seist du, unser Gott, der uns zurückführt nach Zion, der Jerusalem erbaute.«
Und während die Juden beteten, schossen die Jordanier weiter von Dächern und aus Fenstern, hinter Mauern und Barrikaden hervor. Lautlos sank einer der Betenden zusammen, von einer Kugel in den Rücken getroffen ... man trug ihn in den Schatten, und dort starb er, den Blick auf die Mauer gerichtet, in den zitternden Händen das schmale Gebetbuch und noch den Kugelschreiber, mit dem er einen Zettel geschrieben und diesen in eine Ritze der Mauer gesteckt hatte.
»Mein Gott, schütze mich, Rachel, meine Frau, meine zwei Kinder Yosoa und Judith und schütze mein Volk ...«
Er starb, als an der Mauer die Soldaten die Nationalhymne sangen. Hatikwa heißt sie.
Hoffnung.
Er starb, als ein Rabbi unter den Soldaten die Hände hoch gegen den Himmel streckte und mit Tränen in den Augen rief: »Laßt uns beten für die, die gefallen sind für die Heiligung des Namens Gottes, bei der Befreiung der Heiligen Stadt Jerusalem. Laßt uns das Kadisch sprechen.«
Und dann sprachen sie das Totengebet, während um sie herum die jordanischen Scharfschützen in den Häusern lagen und auf alles schossen, was sich ohne Deckung bewegte.
In dieser Stunde, als der Soldat an der Klagemauer starb, hörte eine vom Siegeslauf der Israelis faszinierte Welt die Stimme eines israelischen Rundfunksprechers, der als einer der ersten mit den Soldaten die Mauer erreichte. Es war eine Stimme, in der es wie Schluchzen und Triumph klang:
»In diesen Minuten gehe ich auf die Klagemauer zu. Noch drei Sekunden ... noch zwei Sekunden ... noch einen Schritt ... Ich

bin an der Mauer! Leute, ich bin kein frommer Mensch, niemals war ich fromm, aber hier an der Tempelmauer ... ich kann es einfach nicht fassen!«

Dann legte er sein Mikrophon weg, wie die anderen ihre Waffen, und betete.

Aus den Lautsprechern tönte der Sieg in alle Krankenzimmer. Auch Ariela lag weinend in ihrem Bett. Das ist der Sieg, dachte sie. Frieden wird über unser Land kommen, und wir werden heiraten können und Kinder bekommen, und das Land wird blühen und Gottes Garten werden.

Sie schloß die Augen und träumte, während die Nationalhymne aus dem Lautsprecher erklang.

Ein Leben mit Peter. Ein ganzes Leben!

Das Meer rauscht. Kennst du Herzlia, den weißen Strand, die Dünen, die sich hinüberziehen nach Arsuf, der alten Festung, vor der Richard Löwenherz die Fahne des Propheten von Sultan Saladin eroberte?

Kennst du den See Genezareth? Wir werden am Ufer liegen und hinübersehen zu der Stelle, wo Christus seine Gleichnisse predigte, wo er Gerasa vom Wahnsinn heilte und die bösen Geister in eine Schweineherde fahren ließ, die sich brüllend in den See stürzte und ertränkte.

Kennst du Eilat? Das Wasser ist klar wie Kristall. In Booten mit gläsernem Boden kannst du ins Meer hinausfahren und unter dir die roten Korallen und die Schwärme bunter Fische sehen. Oh, unser Land ist schön, Peter. Und Gott liebt es. Wir werden glücklich sein.

Eine Stunde nach der Eroberung der Klagemauer stand Ariela auf, obwohl man es ihr verboten hatte, und ging ins Schwesternzimmer. »Ich möchte telefonieren«, sagte sie. »Kann man wieder telefonieren?«

»Wohin?« Die Schwester saß an einem Tisch und wickelte gewaschene Mullbinden auf. »In der Neustadt ist viel zerstört.

Dort haben die Granaten der Jordanier über fünfhundert Menschen getötet.«

»Das Hanevi'im-Krankenhaus. Doktor Schumann. Wenn es möglich ist, Schwester. Bitte ...«

Die Leitung war nicht zerstört, aber es dauerte lange, bis Ariela die Stelle bekam, die Dr. Schumann kannte. Eine nüchterne Frauenstimme meldete sich.

»Doktor Schumann hat gestern abend das Haus verlassen«, sagte sie. »Er ist noch nicht wieder zurück.«

»Noch nicht zurück?« Ariela atmete tief auf. Eine furchtbare Beklemmung legte sich auf sie und würgte ihre Stimme ab. »Wissen Sie, wohin er —«

»Nein! Wir wissen selbst nichts. Wir warten auch auf eine Nachricht. Wer sind Sie?«

»Ich bin Ariela Golan.«

»Ich notiere Ihren Namen. Soll Doktor Schumann Sie anrufen?«

Ariela lehnte die Stirn gegen die Wand. Eine Schwäche, einer leichten Betäubung gleich, machte es ihr schwer, sich aufrecht zu halten.

»Wenn Sie meinen Namen nennen, weiß er alles«, sagte sie mit Mühe. Dann legte sie den Hörer auf und wandte sich zu der Schwester um.

»Er ist nicht wiedergekommen«, sagte sie leise. »Er ist weggegangen ... und nicht wiedergekommen. O Gott, o mein Gott ... er ist nicht wiedergekommen ...«

»Wir wollen nicht das Schlimmste denken, Fräulein Golan.«

Die Schwester schob ihr einen Stuhl hin und holte eine Tasse kalten Tee mit Zitronensaft. Als Ariela den Kopf schüttelte, machte sie gar nicht den Versuch, sie zu überreden ... sie setzte ihr einfach die Tasse an die Lippen, kippte sie und zwang sie so, den Tee zu trinken.

»Danke«, sagte Ariela, als sie die Tasse ausgetrunken hatte.

»Ich danke Ihnen. Wissen Sie, wo es die meisten Toten gegeben hat?«
»Man sagt, die Jordanier hätten die ›Kirche des Hinscheidens Mariae‹ völlig zerstört. Das israelische Museum wurde beschädigt, und ein Krankenhaus wurde auch mehrfach getroffen . . .«
»Ein Krankenhaus?« Ariela wandte sich ab. In der Schulterwunde zuckte der Schmerz. »Ein Krankenhaus . . .«
»Er braucht ja nicht gerade in diesem Augenblick dort gewesen zu sein.« Die Schwester sah auf die Uhr. Es war fünf Uhr nachmittags. Aus dem Radio kamen neue Meldungen.
Die Panzer erobern die Sinai-Wüste.
Die ägyptische Luftwaffe ist am Boden zerstört worden.
Im Gazastreifen blutige Verfolgungsschlachten.
Die syrische Artillerie beschießt Nazareth.
Aus der Negev-Wüste heraus stoßen Panzerkeile unaufhaltsam zum Suezkanal.
Sieg! Sieg!
Die Krankenschwester zeigte auf das Radio. »Sie sollten mit uns allen jubeln, Fräulein Golan!« rief sie. Ariela ging langsam in ihr Zimmer zurück. Recht hat sie, ich müßte jubeln, dachte sie. Die große Stunde meines Volkes ist gekommen.
Aber ich bin leer. Leer wie eine taube Nuß. Ich bin so leer, daß die Öde der Wüste laut wirkt wie eine Großstadt am Freitagabend.
Er ist weggegangen und nicht zurückgekommen . . .
Und plötzlich haßte sie den Krieg.
Sie hielt mit den Händen die Ohren zu, um die Siegesmeldungen nicht mehr zu hören, und in ihrem Zimmer stellte sie sich an das Fenster und blickte finster hinaus auf die in der Hitze flimmernde Stadt.
Hinter dem Berg Zion, im Hinnom-Tal, ging die Sonne unter. Über dem Ölberg schwebte ein rosa Schleier. Die Luft kochte im Abendrot. Von fern klang Gewehrfeuer herüber. Um das UNO-

gebäude im Norden der Stadt, das die Jordanier besetzt hatten, detonierten Granaten.
Ariela ballte die Fäuste und drückte die Stirn an die Fensterscheibe.
»Krieg!« sagte sie laut. »Mistkrieg! Ich werde die Uniform verbrennen, wenn du vorbei bist . . .«

In riesigen Staubwolken fuhren die Panzer zum Angriff.
Vor ihnen lag das Wüstendorf Bir Hasana. Flugzeuge, die vom Suezkanal zurückkehrten, hatten es nach unten zu den Erdtruppen gefunkt: Vor Bir Hasana stehen ägyptische Panzer. Ein ganzes Regiment. Die Straße nach Südwesten, zum Mitla-Paß, ist voll von ägyptischen Lastwagen und Kolonnen.
»Wir brauchen keine Luftunterstützung!« funkte Oberst Golan zurück. »Kümmert ihr euch um die Flugzeuge! Die Panzer sind unsere Sache. Wir werden die Straße zum Kanal frei machen.«
Mitten in der Wüste hielten die Panzer an. Oberst Golan reckte sich aus der Luke. Von den anderen stählernen Kolossen sprangen die Kommandanten ab und rannten durch den Sand zu ihm hin. Hinter den Panzern fuhren Kettenfahrzeuge mit aufgesessener Infanterie. Ihnen folgte eine Lastwagenreihe. Munition. Wasser. Treibstoff. Und ein Lastwagen mit Sanitätern, Tragen und Kisten mit Blutplasma.
»Jungs«, sagte der Oberst knapp und zeigte in die vor Hitze dampfende Wüste hinein. »Dort ist der letzte Riegel! Knacken wir ihn, ist der Weg frei zum Mitla-Paß und zum Suezkanal.« Er sah seine stummen, verstaubten, übermüdeten Offiziere der Reihe nach an. Sie waren den vorigen Tag und die ganze Nacht und jetzt wieder einen halben Tag gefahren, ohne Aufenthalt, durch die Wüste, über der die Sterne funkelten, durch die Wüste, über der ein Feuerball hing, über eine Wüste, die immer ein Feind war. »Wir knacken den Riegel, Jungs! Aufgesessen!«
Das war noch ein altes Kommando aus seiner Zeit als Kavallerist.

Oberst Golan sah stolz auf seine Offiziere hinab, wie sie zu ihren Panzern rannten, den Turm erkletterten, in der Luke verschwanden und die Deckel zuschlugen.
Golan sah an sich hinunter. Unten, im glühenden Bauch des Stahlsarges, hockte der Fahrer. Seine Haut blinkte im Halbdunkel. Er war nackt. Wartend blickte er zu seinem Oberst empor.
»Fertig, David?«
»Fertig, Herr Oberst.«
Oberst Golan griff an den Gürtel. Er setzte seinen ledernen Panzerhelm mit den eingebauten Kopfhörern und dem Kehlkopfmikrophon auf, eine Sonnenbrille auf die Nase und stopfte über den Mund ein nasses Taschentuch in den Doppelkinnriemen.
»Los! Und nicht halten, David! Es gibt nichts auf der Welt, was uns zwingen könnte, anzuhalten!«
»Nichts, Herr Oberst.« Der nackte Mann beugte sich vor zum Sehschlitz. Die Motoren heulten auf. Die Panzerketten schleuderten den Sand hoch und hüllten die Stahlleiber in einen Schleier aus Staub. Golan blieb im offenen Turm stehen ... er wollte den Feind sehen in der Freiheit, die er eroberte.
Nach drei Kilometern tickte es im Kopfhörer Golans. Ein Aufklärungsflugzeug funkte.
»Ägyptische Panzer links und rechts der Straße. Sie fahren nicht. Sie haben sich eingegraben. Die Panzerbunker stehen in sieben Reihen hintereinander auf einer Länge von zwei Kilometern. Hinter Bir Hasana Rückwärtsbewegung der LKW-Kolonnen. Ende.«
»Ende!« sagte Oberst Golan laut. Er sprach es aus wie ein Gebet. Dann reckte er sich aus dem Turm und hob den Arm hoch empor.
Angriff!
Zur Attacke!
Jungs, vergeßt nicht, die Panzerwaffe entwickelte sich aus der Kavallerie!
Für uns gibt es kein Hindernis.

Die Geschützrohre mit den automatischen Feuerleiteinrichtungen und den optischen Entfernungsmessern schoben sich empor. In Keilform stießen sie vor ... an der Spitze Amos Golan, der aus der offenen Turmluke sah.
Sie fuhren in eine Hölle aus Feuer und glühendem Eisen. Links und rechts der Straße, wie schwarze Steine im Wüstensand, lagen die eingegrabenen ägyptischen Panzer. Wie im Häuserkampf in Jerusalem Mann gegen Mann, so schossen jetzt Panzer gegen Panzer.
Vier lodernde Feuersäulen, umgeben von dicken schwarzen Ölbrandwolken, stiegen hinter Golan auf. Dann explodierten die Panzer, stiegen in Einzelteilen zum Himmel und fielen wie ein eiserner Regen zurück in den Wüstensand.
Oberst Golan atmete tief auf. Er kannte sie alle, die jetzt nicht mehr waren, für die es keinen Sarg mehr gab, sondern nur einen Gedenkstein. Den Leutnant Schmulach aus Tel Aviv. Den Feldwebel Eisenerz aus dem Kibbuz Yashuv. Den Oberleutnant Dogan, der ein Hotel in Haifa hatte. Den Leutnant Berni Abraham, der sich verloben wollte und der so gern Beatmusik gehört hatte.
»Weiter!« schrie Golan seinem Fahrer zu, als er hörte, wie der Motor gedrosselt wurde. »Bist du verrückt, David. Die Zügel los! Vollgas!«
Der Panzer zitterte und klirrte. Das 90-Millimeter-Geschütz feuerte. »Nach links!« schrie Golan seinen Fahrer an. »Nach links, David. Auf den Kerl zu!«
Der schwere M 48 drehte sich. Frontal fuhr er auf die beiden eingegrabenen ägyptischen Panzer zu, die mit ihren Türmen erstaunliche Schwenker machten und wild durch die Gegend schossen.
Es war ein Angriff, der fünf Minuten dauerte. In der sechsten Minute brannte der erste, in der siebten Minute der zweite ägyptische T 54. Aus den Turmluken kletterten die Soldaten, sie

schrien, hoben die Hände, liefen vom Panzer weg ... drei brannten bereits, rissen sich die Uniformen vom Leib und wälzten sich im Sand, um ihre brennende Haut zu löschen.
Oberst Golan ließ halten. Er riß eine Decke aus dem Fahrzeug und kletterte aus der Luke, lief zu einem ägyptischem Offizier, der sich im Sand wand und die Flammen seiner Uniform nicht mehr ersticken konnte. Er war mit Öl bespritzt, und dieses Öl auf seinem Körper brannte lichterloh.
Golan warf die Decke über ihn, rollte ihn hinein und schlug auf den sich windenden Körper ein, um die Flammen zu löschen. In diesem Augenblick, als er sich bückte und den jungen Offizier auf den Rücken drehte, traf ihn ein Schuß. Neben dem brennenden Panzer kniete ein ägyptischer Soldat; er schrie mit einem Jubel, der schon an Wahnsinn grenzte, auf, als er den Oberst fallen sah, dann preßte er das Gewehr an seine Brust und drückte ab. Der Schuß zerschmetterte sein Kinn, durchschlug seinen Kopf und trat oben an den Haaren wieder heraus. Er war tot, bevor sieben Israelis sich auf ihn stürzten und ihn mit ihren Schnellfeuergewehren wie ein Sieb durchlöcherten.
Während die Panzer weiterrollten nach Bir Hasana, lag Oberst Golan unter der Plane des Lazarettwagens und atmete schaumiges Blut aus. Der junge Militärarzt sagte nichts ... aber da er auch nichts tat, wußte Golan, daß es hoffnungslos war. Er hatte keine Schmerzen, nur ein Gefühl der Leichtigkeit und eine sinnlose Fröhlichkeit. Bloß der Schaum vor dem Mund störte, und er sah den Sanitäter dankbar an, als dieser ihm ab und zu den Mund abtupfte.
Hinter Golans Kopf spielte ein Transistorradio. Und während der Oberst mit wachem Verstand an seine Panzer dachte, die jetzt weiterfuhren und noch fünf Riegel zu überwinden hatten, während er daran dachte, was wohl Ariela tun würde, wenn sie erfuhr, daß er gestorben war, während er sich sagte, er habe versäumt, Rishon und Ariela zu verloben, damit es eine neue, ge-

sunde Familie in Israel gäbe, brach die Musik ab und eine aufgeregte Stimme sprach.

»... In diesen Minuten gehe ich auf die Klagemauer zu ...«

Die Gestalt Golans streckte sich. Er hielt den Atem an. Der Arzt beugte sich über ihn. »Haben Sie Schmerzen, Oberst?«

Golan wollte etwas sagen, aber nur blutiger Schaum quoll wieder über seine Lippen. Dann schüttelte er den Kopf. Halt den Mund, dachte er. Junge, halt den Mund. Sie sprechen von der Mauer ...

Und so erlebte er es, unter einer Plane liegend, über die Wüstenstraße schaukelnd, den Panzern nach, seinen Panzern, die den Weg zum Suezkanal freischossen:

Das Widderhorn blies ... die Soldaten sangen ... Hatikwa ... Sie beten das Kadisch ...

Amos Golan faltete mit großer Mühe die Hände. Er sah die Mauer vor sich, Quader über Quader aufgerichtet, für die Ewigkeit gebaut.

Zweitausend Jahre waren über sie hinweggezogen. Völker waren gestorben, Nationen geboren worden. Kriege hatten Kontinente zerstört.

Königreiche waren wie Spreu im Wind verweht. Aber die Mauer stand noch ... und sie stand weiter zweitausend Jahre ... und noch einmal zweitausend ... so lange stand sie, bis Gott zur Erde kam und die Posaunen der Engel alle Mauern umbliesen ...

»Wir haben die Mauer, Herr Oberst«, sagte der junge Arzt hinter Golans Kopf. »Wir haben sie ... O Gott im Himmel!«

Golan hob mit letzter Anstrengung den Kopf. Sogar die Kraft hatte er jetzt noch, sich den blutigen Schaum von den Lippen zu wischen und zu rufen: »Nimm die Plane weg!« Und wenn es auch nur ein Gurgeln war, das aus seiner zerfetzten Lunge schäumte, man verstand ihn doch. Der Arzt und der Sanitäter schoben die Plane etwas nach vorn. Golan sah hinaus.

Die Wüste. Ockergelb oder rötlich. Wenn der Abend kam, lagen blaue Schatten in den Dünensenken. Die Felsen glänzten lavendelfarben, und sie hatten Kronen aus rosa Zacken.
Der Himmel. Wie blau er war! Wie ungeheuer weit. Als junger Mann hatte er einmal gesagt: »Der Himmel ist ein Beweis, daß es Unsterblichkeit gibt!« Damals war er dreiundzwanzig Jahre alt und verliebt in ein jüdisches Mädchen, das er später heiratete. Die Mutter Arielas.
Ariela. Ein Stern ist sie, wie ihr Name. Leuchte in der Finsternis, Ariela ... Es wird dunkel werden um uns, denn unser Sieg wird uns nicht gegönnt. Von den Feinden nicht, das kann man verstehen ... von den Freunden auch nicht, das kann man nicht verstehen. Und doch ist es so einfach, dieses Rätsel: Wir sind ein Volk, das niemand liebt. Warum, fragst du, Ariela?
Frage Gott danach. Du kannst es jetzt. Wir haben die Mauer.
Er drehte den Kopf zur Seite und starrte in den aufwirbelnden Wüstensand. In seiner Brust bohrten tausend kleine Teufel mit glühenden Lanzen. Und die Wüste wurde plötzlich grün ... der Staub verflog ... sie fuhren über einen weichen Grasteppich, Blumen leuchteten am Straßenrand, Mädchen liefen neben dem Wagen her, lachten und klatschten in die Hände.
Amos Golan lächelte glücklich. Er hustete, ein Blutstrom brach aus seinem Mund. Der Arzt und der Sanitäter hielten seinen Kopf fest und drückten seine um sich schlagenden Arme herunter ...
Er spürte von alledem nichts. Er sah die Wüste blühen. Er sah Palmenwälder. Orangenhaine. Blumenfelder. Wogendes Korn. »Schalom ...« sagte Golan. »O mein Gott, mein Gott ... Amen ...«
Der Arzt legte Golans Kopf zurück und breitete ein Tuch über das entspannte, bleiche, mit einem Brei aus Blut und Staub überzogene Gesicht.
Der Sand der Wüste zog wie Nebel über ihn.

Der Vormarsch ging weiter. Schneller! Schneller! Zum Mitla-Paß. Zum Suezkanal. Die Panzer brachen durch, die Infanterie folgte. Den Weg säumten brennende Trümmer und verkrümmte Tote.
Oberst Golan zog mit.
Auf seiner Bahre, ein Leichnam, den niemand als Toten ansah, eroberte er den Suezkanal.
Am 7. Juni erreichten die ersten Panzer die Wasserstraße.
Vier Offiziere, zum Umfallen müde, trugen die Bahre mit Oberst Golan ans Ufer, setzten sie in den Sand und zogen das Tuch von seinem Gesicht.
Er hatte die Augen offen, und sein Mund lächelte noch.
»Ich melde, Herr Oberst«, sagte der ranghöchste Offizier und legte die zitternde Hand an den Stahlhelm, »wir haben den Kanal erreicht!«
Dann wandte er sich ab, senkte den Kopf und weinte.

Im King-David-Hotel saßen die Mitglieder der deutschen Reisegesellschaft in der Halle auf ihren Koffern und warteten. Wolfgang Hopps, dem Reiseleiter, war es nach dem ersten Kriegssturm gelungen, doch noch einen Omnibus zu bekommen, der nach Tel Aviv fahren wollte. Dort war man sicherer, ja, dort war schon Frieden, denn es gab keine arabischen Flugzeuge mehr, die die Stadt bombardieren konnten.
Aber eine Abfahrt aus Jerusalem war unmöglich. Man war nicht mehr vollzählig. Es fehlten Willi Müller, Johann Drummser und Harald Freitag. Beim Mittagessen waren sie noch da ... als der Bus gegen Abend vor dem Hotel eintraf, half kein Suchen und kein Rufen: Sie waren fort.
In den Zimmern fand man ihr Gepäck. Um das Bett Drummsers herum standen sechs leere Bierdosen. Bei Freitag fand man einen angefangenen Brief an seine Mutter.
»... nun ist Krieg in Israel. Wir können hinübersehen in die

Altstadt und auf die Grabeskirche, überall hört man schießen, die Straßen sind voller Panzer und Soldaten. Außerhalb der Altstadt, auf der Straße nach Bethlehem und Jericho, steigen die Rauchpilze der Granaten in den Himmel. Von hier sieht das alles wie in einem amerikanischen Breitwandfilm aus ... aber dann sieht man die Toten und Verwundeten, die unten vorbeigetragen werden, und ihre starren, verschmutzten, blutigen Gesichter sind Anklagen gegen die ganze Menschheit: Warum können wir nicht alle Brüder sein? Vati hat so oft von ›seinem‹ Krieg erzählt, von Polen, Rußland und der Ardennenschlacht. Ich habe damals zugehört, so wie man früher einem Märchen zuhörte. Was wußte ich, was Krieg ist? Auch was ich jetzt hier sehe, ist im Vergleich zu Vatis Krieg ein kleiner Krieg oder wie Herr Müller, ein Herr aus der Reisegesellschaft, sagte: ›Bei Wjasma und Brjansk han mer auf ene Rutsch 300 000 Iwans jefange jenomme. Sovill Soldate han die Israelis jar nich ...‹ Und trotzdem: Jeder Krieg, und wenn es nur einen Toten, einen einzigen Verwundeten gibt, ist ein Verbrechen. Aber es gibt immer einige, die das nicht begreifen, und merkwürdigerweise sitzen diese wenigen immer in der Regierung ...«

So schön der Brief war, man kam nicht weiter! Die drei Männer fehlten, und Reiseleiter Hopps weigerte sich, ohne sie nach Tel Aviv zu fahren. Es gab erregte Diskussionen. Die beiden Studienräte machten darauf aufmerksam, daß die Sicherheit der Gemeinschaft wichtiger sei als die des einzelnen, die Sozialfürsorgerin berichtete vom Ausflug einer Erziehungsanstalt in den Zoo von Hannover, wo zwei Jungen abhanden kamen und im Affenhaus gefunden wurden. Man müsse nur intensiv suchen.

»Hier gibt es leider kein Affenhaus!« sagte Theobald Kurzleb vom Titisee böse. »Ich bin dafür, daß wir bleiben. Der Krieg ist ein Blitzkrieg ... und schließlich haben wir die Reise ja gebucht, um auf den Spuren unseres Herrn zu wandeln, und nicht, um Hotelzimmer in Tel Aviv zu bevölkern.«

Schwester Brunona nickte Beifall. Sie sah kaum etwas, aber was ihre Mitschwestern Edwiga und Angela berichteten, reichte aus, um die meisten Stunden des Tages im Gebet zu verbringen. Als der Kriegslärm sich legte und das israelische Jerusalem bereits begann, die Trümmer wegzuräumen, in dem festen Glauben, es gäbe nun keine neuen Ruinen mehr, saß Schwester Brunona auf dem Balkon ihres Zimmers und sah in die Richtung, in die ihre Mitschwestern Angela und Edwiga sie auf dem Korbstuhl drehten.

»Was sehen wir?« fragte Brunona.

»Vor uns das Heilige Grab, Ehrwürdige Mutter.«

»Lasset uns beten.«

Sie beteten, dann drehte Schwester Edwiga den Stuhl etwas nach links.

»Was sehen wir?« fragte Brunona wieder.

»Die Kirche St. Anna, Ehrwürdige Mutter. Dort beginnt die Via Dolorosa. Gleich daneben ist der Teich Bethesda.«

»An ihm heilte Christus den Gelähmten. Lasset uns beten ...«

Eine Stunde der Ergriffenheit folgte. Im Geist gingen die drei Schwestern vierzehn Stationen der Leiden Christi durch, wie sie auf der Via Dolorosa angezeichnet waren ... von der Verurteilung zum Tode am Kreuz durch Pilatus bis zum Felsengrab. Schwester Brunonas faltiges Gesicht glänzte. Ihre matten Augen bekamen wieder Leben.

»Was sehen wir noch?« fragte sie, die Hände gefaltet.

Schwester Edwiga stand hinter dem Korbstuhl und blickte mit einem Fernglas über Jerusalem. Ihre Haube flatterte im Wind, die langen Röcke bauschten sich.

»Ich sehe den Ölberg, Ehrwürdige Mutter«, sagte sie. »Die Gethsemane-Kirche ... und dort, am Flusse Kedron, liegt das Grab Marias ...«

»O Schwestern«, sagte die alte Brunona bewegt. Sie stand auf, obgleich die Gicht sie marterte, trat an das Balkongitter und sah mit ihren fast blinden Augen über die Stadt. Schwester Edwiga drehte ihren Kopf sanft in die Richtung, wo das Grab Marias liegen mußte. »Wir sind gesegnet, dies zu sehen. Wie nahe ist jetzt der Weg zu Gott. Lasset uns beten ...«

Müller XII, Johann Drummser und Harald Freitag lagen um diese Zeit schwitzend und verdreckt auf dem flachen Dach eines Hauses nahe der ehemaligen Demarkationslinie. Sie hatten sich durch Sandsäcke geschützt und starrten auf den Teil der Altstadt, in dem noch gekämpft wurde, wo die Häuser einzeln erobert wurden, wo Panzer feuernd durchbrachen, um das UNO-Gebäude zu erreichen, wo sich eine starke jordanische Artillerie-Einheit eingegraben hatte.

Die Idee, am Kampfgeschehen teilzunehmen, kam von Müller XII. Nach dem Mittagessen, als Panzer der Israelis in Richtung Bethlehem und Jericho vorstießen, hatte Müller den brummigen Drummser und den jungen Freitag zur Seite genommen.

»Wir machen uns selbständig«, sagte er. »Oder haben Sie Lust, im Keller zu hocken und einen Vortrag der Studienräte über die Schriftrollen von Qumram zu hören?«

»Wenn i wüßt«, sagte Drummser, »daß a Bierlager in Jordanien war, würd i mitstürmen, mit der MP, gottssackra!«

»Dat is 'ne historische Stunde. Christus hin und Maria her ... wat jibt dat zu erzählen in Köln! Müller an der Front! Dat muß ja 'ne Blitzkrieg jeben ...«

»Sie sprechen über den Krieg, als sei er ein Vergnügen«, sagte der junge Freitag. »Und die Toten? Die Verkrüppelten?«

»Wenn Sie 'ne Tür hobeln, damit se zujeht, jibt et auch Hobelspäne! Üwwerhaupt, wat sind dat für Ansichten? Sie haben ja ein völlig schiefes Jeschichtsbild, Junge! Drummser ... isch han en Idee! Mer sehen uns dat Spill an! Ranjeschlichen wie bei Orscha! Da war wat! Isch robbe in so 'n Panjedorf, soll janz verlassen sein, und wie isch an 'ner Banja vorbeikomme, plätschert dat da drinnen. Und wat soll isch sajen: Steht doch 'ne Madka im Holztrog, janz nackt, und wäscht sich. Junge ...« Müller XII machte mit beiden Händen eine umfassende Bewegung. »Und wat sagt die auch noch: Nix schießen, soldati! Liebe Dunja, nix tott machen!« Müller XII blinzelte. »Dat war meine liebste Kriegsjefangene ...«

Nun lagen sie auf dem Flachdach, das Drummser, der etwas französisch sprach, von dem armenischen Hausbesitzer gemietet hatte. Von hier aus erlebten Müller, Drummser und Freitag die Eroberung der Klagemauer mit, ja, sie wurden sogar von jordanischen Scharfschützen unter Feuer genommen, was Müller XII hell entzückte.

»Rübe runter!« brüllte er und drückte sich an die Sandsäcke. »Freitag, Sie Pflaume ... Hacken flach und den Arsch einziehen! Sind wohl schräg, wat? Könnte Ihnen so passen, sich den Arsch durchsieben zu lassen, Sie Lustlümmel!«

Drummser lag mit stoischer Ruhe auf dem glühenden Dach und beobachtete durch eine Ritze der Sandsackmauer die Altstadt. Freitag kroch neben ihn, der Schweiß lief ihm über das Gesicht. Er zitterte und hatte Angst.

Warum das alles, dachte er. Warum bin ich bloß mitgegangen? Diese beiden alten Schwätzer, diese Pulvergierigen, diese ewig Gestrigen! In ihnen zuckt das Feldwebelherz, wenn sie es knallen hören! Sie sind auch diejenigen, die beim Schützenfest mit Adlerblick und hohlem Kreuz im Gleichschritt marschieren und leise ihren jüngeren Nebenmännern zuflüstern: Links — rechts — links — rechts. Schritt wechseln. Seitenrichtung — Vordermann ... Links — rechts ... Warum bin ich bloß mitgegangen?

Und dann überfiel es ihn mit erschreckender Deutlichkeit: Ja, so ist es. So ist es immer. Da sind einige, die haben die Stärke in der Schnauze, und da sind die vielen anderen, die folgen ihnen und wissen nicht, warum. Die kriechen ihnen nach durch Trümmer ... wie ich ... die liegen auf einem glühenden Dach in der Sonne hinter Sandsäcken ... wie ich ... die lassen sich beschie-

ßen ... wie ich ... die sterben, verbluten, werden Krüppel, verhungern, erfrieren, werden wie tolle Hunde erschlagen ... und wissen nicht, warum.
Wie ich!
»Ha!« schrie Müller XII auf. Er lag neben Freitag und verfolgte durch ein Fernglas den Angriff der israelischen Panzer auf eine Stellung der Jordanier am Ölberg. »Diese Idioten! Nu sehen Se sich dat an! In breiter Formation! Ja, spillen mer denn Manöver? Wenn dat der jute alte Guderian sähe! Panzerkeile ... awwer erst trommeln! Trommeln! Feuerschlag à la Stalingrad! Da han die Ratten sich vor Angst in dä eijene Schwanz jebisse! Is dat denn möglich! Die jreifen an ohne Artillerie!«
»Sie wollen die heiligen Stätten schonen«, sagte Freitag. Die glühende Hitze auf dem Dach nahm ihm fast den Atem. Aber er hielt an der Seite Drummsers und Müllers aus, er wollte kein Feigling sein. »Dort liegt das Mariengrab, die Marienquelle, das Grab der Propheten ...«
»Wat jehen uns die bärtigen Methusalems an?« schrie Müller XII. »Die hatten zweitausend Jahre Ruhe! Jetzt rummst's! Feuerschlag, sag ich! Alle Rohre los! Und noch während et orjelt und einschlägt, Panzer vor. Nicht mal Zeit zum Angstpinkeln hätten die! Awwer dat da! Dat is ja beschämend! Dat is doch keine Krieg ...«
Um sie herum summte es. Müller XII ging mit einem Schwung in Deckung. Auch Drummser und Freitag drückten sich an die Sandsäcke. Zwitschernd schlug es vor ihnen ein, an den Dachrand, in die Säcke, pulverfeiner Sand sprühte über sie. Freitag schloß die Augen. Er tastete nach Drummser und ergriff seine Hand. Und Drummser verstand ihn und hielt seine Hand fest, wie ein Vater dem ängstlichen Sohn.
»Heckenschützen!« schrie Müller XII. »Arsch einziehen, Freitag! Wie in Gorki is dat! Saßen in den Bäumen, auch Weiber! Awwer die haben wir runterjeholt wie die Spatzen! Deckung!«

Eine Salve schwirrte über sie hinweg und schlug hinter ihnen in die Mauer, die die Dachtreppe schützte. Müller XII stieß Freitag in die Seite.
»Nun han Sie die Feuertaufe, mein Junge«, sagte er keuchend. Sand war in seinen Mund gekommen, er spuckte und hustete. »Nun sind Sie erst 'ne richtige Mann ...«
Freitag nickte stumm. Drummser hielt noch immer seine Hand. Wie gut das tat.
Und während Müller XII von Rußland und den Flintenweibern erzählte, dachte Freitag an seine Mutter. Sie saß jetzt, um diese Zeit, am runden Tisch im Wohnzimmer und trank ein Täßchen Kaffee und aß einen Königskuchen dazu. Und sie dachte an ihren Sohn, der irgendwo in Israel die heiligen Stätten besichtigte. Sicherlich ging es ihm gut. Nur die Sonne, ja ... ›Harald, setz immer einen Hut auf, du weißt, Onkel Max hat mal einen Sonnenstich bekommen, bei den Pyramiden ...‹
O Mutter. Wenn du wüßtest, wo ich jetzt liege.
Frag nicht, warum. Frag bloß nicht, warum! Ich weiß jetzt die Antwort auf alle diese Fragen. Sie ist so schrecklich beschämend. Keiner will ein Feigling sein — das ist es.
Der Urstolz des Mannes.
Oder haben wir Männer anderes Blut?
Es ist alles so beschämend, Mutter ...
In der Nacht kamen Müller, Drummser und Freitag ins King-David-Hotel zurück. Müde, schmutzig und ausgedörrt. Freitag ging sofort auf sein Zimmer und warf sich aufs Bett, Drummser stürzte sich an die Theke und goß drei Gläser Sprudelwasser hinunter — als Bayer! Nur Müller XII war in gehobener Laune, hatte ein zerbrochenes jordanisches Gewehr geschultert, marschierte durch die Hotelhalle und sang: »In der Heimat, in der Heimat, da gibt's ein Wiedersehn ...«
Drei Engländer, die still in einer Ecke der Halle ihren Whisky tranken, sahen sich verständnislos an. Dann lächelten sie.

Jaja, die Kölner. Haben immer Karneval.
Sorry ...
Der Krieg war jetzt vierzig Stunden alt.

Sie fuhren über die alte Straße durch die Wüste Ghor nach Amman. Israelische Lastwagen überholten sie, bedeckten sie mit Staub, beachteten sie aber nicht. Hunderte Ochsenkarren wie der ihrige waren jetzt unterwegs, eine lange Schlange arabischer Flüchtlinge, die von Jerusalem wegzog, den alten Weg über Jericho zum Toten Meer und weiter nach Amman. Dreißigtausend waren unterwegs, hatten ihre Dörfer rund um Jerusalem verlassen, ihre Häuser aufgegeben, das Nötigste an Geschirr, Teppichen und Hausrat auf Karren, Esel, Kamele oder in große Säcke verschnürt ... und jetzt wanderten sie durch die Wüste nach Osten, irgendwohin, wo Allah ihnen gnädig war, ohne Ziel, nur weg aus der Luft, die die Juden atmeten, nur weg von den Menschen, die sie mehr haßten als den Teufel ihres Korans. Ein Heer von Männern, Frauen, Kindern und Greisen wälzte sich am Straßenrand von Jerusalem weg. Schafherden wurden nebenher durch die Wüste getrieben. Ab und zu sah man Gruppen arabischer Flüchtlinge im Sand sitzen, ein Kreis um einen langgestreckten Körper, die Hände flach auf den Schenkeln. Sie beteten für den Toten, der am Straßenrand gestorben war.
Narriman saß hinten in dem klapprigen Ochsenwagen mit den unbeschlagenen Holzrädern auf einer Kiste und hatte sich wie alle arabischen Frauen in schwarze wallende. Tücher gehüllt. Mahmud, der die beiden langhörnigen gelben Ochsen lenkte, sah aus wie ein verhungerter Bauer. Sein Bart war schmutzig und wirr, seine Hosen waren an vielen Stellen zerrissen, und das Hemd, das er trug, war eine einzige Klage an die Not, aus der sie mit ihrer letzten Habe wegzogen in eine neue, noch unbekannte, noch größere Not. Aber frei von den Juden! Das mußte Allah segnen ...

Unter einem Berg von Decken und Teppichen lag Dr. Schumann auf dem harten Holzboden des Wagenkastens. Mahmud hatte ihn gefesselt, aber nicht geknebelt. Ab und zu hob Narriman einen Deckenzipfel hoch und setzte eine Wasserflasche an die aufgesprungenen Lippen des Arztes. Gierig trank er das warme Wasser und sah Narriman dankbar an.
»Wo sind wir?« fragte er, als sie einmal hielten. Eine Panzerkolonne überholte sie. Alles mußte weg von der Straße. Schreiend trieben die Araber ihre Karren, Kamele und Schafe seitlich in die Wüste.
»Kurz vor Jericho«, sagte Narriman. »Wenn Sie mir Ihr Ehrenwort geben, daß Sie sich vernünftig verhalten, dürfen Sie Luft schnappen.«
Zwischen einigen Ruinen machten sie dann halt und aßen Mehlfladen und Ziegenkäse. Schumann mußte unter seinen Decken bleiben, aber Narriman räumte sie so weit zur Seite, daß er sich im Liegen bewegen konnte. Mahmud erkundigte sich bei einem anderen Flüchtling, der ein Transistorradio mitgenommen hatte, nach dem Stand der Kämpfe. Die jordanischen Kriegsmeldungen waren lückenhaft, die Israelis dagegen sprachen vom großen Siegen an allen Fronten. Mahmud war sehr traurig. Für ihn war diese Flucht von Jerusalem nach Amman kein Theater ... für ihn war es ernst. Sah er Jerusalem jemals wieder? Wenn man seinen Gang entdeckte, konnte er die Heilige Stadt aus seinem Gedächtnis streichen. Er liebte Jerusalem — es hatte ihn reich gemacht.
»Diese Mühe, und ganz vergebens«, sagte Dr. Schumann, als er etwas gegessen hatte und sich kräftiger fühlte.
»Das ist Ansichtssache, Doktor Schumann. Darüber unterhalten wir uns später. Erst müssen wir in Amman sein ...«
»Es ist noch nie ein wertloserer Gegenstand mit soviel Gefahr und Aufwand transportiert worden als ich.« Dr. Schumann trank mit kleinen Schlucken Wasser, in das Narriman eine Zitrone ge-

preßt hatte. Nach der glühenden Hitze unter den Decken war dieser Trunk von unbeschreiblicher Köstlichkeit. »Sie glauben doch nicht, daß ich eine einzige Formel verrate?«
»Sie werden sogar produzieren, Doktor Schumann.«
»Nie!«
»Man soll niemals nie sagen.« Narriman setzte sich neben ihn auf den Wagenboden. Unter ihren wallenden schwarzen Beduinengewändern trug sie nur ein kurzes Höschen und einen schmalen Büstenhalter. Sie hatte die Gewänder geöffnet und Schumann sah ihre braune, glatte, straffe Haut.
»Sie leben in Amman?« fragte er.
»Ja. Ich bin dort verheiratet.«
»Ach! Und Ihr Mann ist auch Agent?«
»Nein. Er ist Radar-Ingenieur. Er ist ein Deutscher. Ich heiße Narriman Frank.«
Dr. Schumann war einen Augenblick ehrlich verblüfft. Als er zu Narriman aufsah, trafen ihn dunkle, tiefe Blicke.
»Haben Sie das nötig?« fragte er.
»Ja.« Ihre Antwort war fest und eindeutig.
»Was sagt Ihr Mann dazu?«
»Ihm ist es gleichgültig.«
»Das verstehe ich nicht.«
»Ich hasse die Juden. Ich werde Ihnen eines Tages erzählen, warum. Dieser Haß bewog mich auch, Herbert Frank zu heiraten. Nur mit dieser Heirat bekam ich ihn nach Amman. Jetzt entwickelt er Raketen, die aus der Tiefe Jordaniens heraus ganz Israel in ein Feuermeer verwandeln können. Sie sehen, der Zweck ist erreicht ... Was geht mich jetzt noch der Mann Herbert Frank an?«
Dr. Schumann sah an Narriman vorbei in die Wüste und auf die Straße. Über sie zogen wieder die endlosen dunklen Kolonnen der arabischen Flüchtlinge. »Sie sind eiskalt, nicht wahr, Narriman?«

»Nicht immer, Doktor Schumann. Ich bin auch eine Frau ...«
»Sie zu lieben, wäre ein Selbstmord auf Raten!«
»Der schönste Tod ...«
»Ich bedauere Ihren Mann.«
»Sie werden ihn kennenlernen und sprechen. Er ist glücklich.«
»Unmöglich!«
Mahmud kam durch die Ruinen und klatschte in die Hände.
»Weiter!« rief er. »Wir müssen in der Nacht in Djiftlik sein! Kriech unter die Decken, du weißes Schwein!«
»Ein unhöflicher Mensch!« sagte Schumann. Narriman schob die Decken über ihn. Die dumpfe Hitze hüllte ihn wieder ein.
»Ein hirnloser Schwätzer.« Narriman hockte sich auf die Kiste, während Mahmud mit lautem Geschrei und Stockhieben die Ochsen zurück auf die Straße trieb. »Aber die Hirnlosen sind die größten Patrioten.«
»Auch bei Ihnen?« fragte Dr. Schumann bitter.
»Überall.«
»Aber Sie sind doch klug, Narriman.«
»Ich bin auch kein Patriot. Ich bin nur eine Frau, die glühend haßt. Wissen Sie etwas von diesem Unterschied?«
»Ich ahne ihn. Dummkopf und Satan ... so ist es doch?«
Sie hatten die Straße erreicht. Die Fahrt ging weiter. Schumann legte seinen Kopf auf den Holzboden und atmete tief die stickige Luft ein. Der Weg vom modrigen unterirdischen Gang zum Ochsenkarren eines Jerusalemflüchtlings bis hierher zur Straße nach Jericho war an die Grenze seiner Kräfte gegangen. Was aber erwartete ihn in Amman? Wer war Herbert Frank? Und plötzlich kam ihm zum Bewußtsein, daß er die letzte Fahrt seines Lebens angetreten hatte, daß er dem letzten Ziel entgegenfuhr ... denn war er einmal in Amman, würde er diese Stadt nie mehr verlassen können.
Mein letzter Weg, dachte er. In der Wüste werde ich enden. Ariela ... Gott mit dir. Wir sehen uns nicht mehr.

Er schloß die Augen, dachte an Ariela und an die einzige Nacht, in der er wirklich glücklich gewesen war.
Und auch da war Wüste um ihn gewesen, und die Sterne der kalten Nacht hatten über dem Zelt gestanden.
Vor Erschöpfung schlief er ein.

4

Mit einem Hubschrauber traf Major Moshe Rishon in Jerusalem ein. Er kam aus der Sinai-Wüste und brachte drei gefangene ägyptische Generale zum Hauptquartier Moshe Dayans.
Aber er brachte noch zwei schwerere Lasten mit. Die Todesnachricht von Oberst Amos Golan und die vom Geheimdienst erkannte Wahrheit, daß der Arzt Dr. Peter Schumann auf ägyptischer Seite stand und in Israel Spionagedienste geleistet hatte.
Für Major Rishon war es ein schrecklicher Gang zum Krankenhaus und ins Zimmer Arielas. Noch schwerer wurde es ihm, als er von der Stationsschwester erfuhr, Ariela sei völlig verstört. Sie habe erfahren, ihr Geliebter sei plötzlich verschwunden.
»In Ägypten ist er!« knirschte Rishon. »Er hat uns alle getäuscht! Er hat Ariela schamlos belogen!«
Dann stand er vor ihrer Tür und wußte nicht, wie er nach der Begrüßung anfangen sollte.
Wie sagt man einer Tochter, daß der Vater tot ist? Wie kann man danach noch erklären, daß der Geliebte ein Schuft ist?
Moshe Rishon drückte die Klinke herunter und trat ein. Ariela saß am Fenster und sah in den Klinikgarten hinaus. Sie wirkte schmal und zerbrechlich in dem dünnen Schlafanzug. Um ihre rechte Schulter lag der dicke Verband.
»Moshe!« rief sie und streckte die linke Hand nach ihm aus. »O Moshe! Endlich einer, der mir helfen kann! Ich bin verzweifelt. Ich vergehe wie ein Wassertropfen in der Sonne. Hilf mir, Moshe ...«
Es war das erstemal, daß Major Rishon sich hilflos vorkam. Dieser unbekannte Zustand machte ihn linkisch und tapsig; er ging auf Ariela zu, gab ihr die Hand, als begrüße er einen Kameraden, aber kein Mädchen, das ihn um Hilfe anflehte, dann sah er an ihr vorbei ebenfalls aus dem Fenster, behielt ihre Hand in der seinen und streichelte sie stumm.

Arielas Augen wurden groß. »Was ist geschehen?« fragte sie leise. »Moshe ... warum bist du gekommen? Du bist so verändert? Hast du etwas von Peter Schumann erfahren?« Sie hielt mit der anderen Hand seine streichelnden Finger fest und umklammerte sie. »Hat man ihn gefunden? War er in dem bombardierten Krankenhaus? Sag es ... sag es ruhig ... ich kann es hören! Ich habe mich auf diese Nachricht vorbereitet ...«

Moshe Rishon schüttelte langsam den Kopf. Es fiel ihm schwer, zu sprechen. Es war ihm, als steckte seine Kehle voller Sand. Die Worte klangen dumpf von seinen Lippen.

»Ich komme von der Front«, sagte er. »Unsere Panzerspitzen haben den Suezkanal erreicht. Einer der ersten, die den Kanal vor Augen hatten, war Oberst Golan ...«

»Glücklicher Vater!« Ariela legte den Kopf an Rishons Schulter. »Es war eine große Stunde für ihn ... Er hat immer daran geglaubt ...«

»Ja«, sagte Rishon heiser.

»Du warst bei ihm?«

»Nein. Aber ich habe ihn hinterher gesehen.« Major Rishon griff in die Brusttasche seiner Uniform und holte ein schmales ledernes Mäppchen heraus. Stumm gab er es Ariela. Sie klappte es auf. Zwei Bilder steckten darin. Ihre Mutter, als sie so jung war wie Ariela, und Ariela nach der bestandenen Leutnantsprüfung, lachend, das Käppi schief auf den kupferfarbenen langen Haaren.

Das Mäppchen begann in Arielas Händen zu zittern.

»Das hat er dir nicht mitgegeben ...« sagte sie leise. »Davon trennte er sich nie ... Das hatte er immer bei sich ...«

Ihre Augen bettelten um eine Erklärung. Major Rishon schwieg und wandte sich ab. Er senkte den Kopf und faltete die Hände.

»Er ist tot!« sagte Ariela laut. Rishon zuckte zusammen. Er hatte einen Aufschrei erwartet; was er hörte, klang wie ein Kommando. »Wo?«

»Beim Sturm auf Bir Hasana. Und sie haben ihn mitgenommen zum Suezkanal und haben ihn dort zum Wasser getragen. Er soll hinüber nach Ägypten geblickt haben, als ob er noch lebe ...«

»Ja, so war er.« Ariela klappte das Ledermäppchen zu und steckte es in die Tasche ihres Schlafanzugs. Sie weinte nicht, warum auch? Ein Soldat muß sterben, das hatte ihr Vater immer gesagt, und solange sie denken konnte, hatte sie in dem Glauben gelebt, daß ihr Vater ein Held sei. Sie war damit aufgewachsen, daß man auf diesem heißen Flecken Erde lebte, um dem Vaterland zu dienen, und daß es nichts Höheres gibt als das Vaterland, ausgenommen Gott. Nun war Amos Golan gefallen, aber er hatte sein Ziel erreicht und den Suezkanal gesehen, und wenn auch die Augen gebrochen waren, seine Seele war voll Freude.

So fest war dieser Glaube in Ariela, daß sie nicht weinte, nur das Herz zuckte ein paarmal schmerzlich ... aber das sah niemand.

»Ist er am Kanal begraben?« fragte sie nach einer Zeit des Schweigens. Major Rishon schüttelte den Kopf.

»Er ist zurückgeflogen worden nach Jerusalem. Morgen wird er begraben. In den Kriegswirren wußte niemand, wo du bist. Man konnte dich nicht benachrichtigen. Ich habe Stunden gebraucht, um dich endlich zu finden. Die Verwaltung hat dazu keine Zeit. Es schlägt alles über uns zusammen. Fünfzehntausend Gefangene allein im Gazastreifen, Tausende Verwundete, Tausende Versprengte in der Wüste, ohne Wasser und Verpflegung — und dazu noch an allen Fronten Krieg.« Rishon zog Ariela an sich. Jetzt ist sie wie ein aus dem Nest gefallenes junges Vögelchen, dachte er. Jetzt ist sie ganz allein auf der Welt; sie hat niemanden mehr, der sich um sie kümmert.

»Willst du ihn sehen?« fragte er leise.

Ariela schüttelte den Kopf. Ihr Gesicht lag an Rishons Brust. »Ich habe ihn zuletzt gesehen, wie er im Panzer stand, wie er die Hand hob und durch die Wüste fuhr, dem Feind entgegen. Das war seine Welt ... so will ich ihn immer vor Augen haben, wenn ich an ihn denke ... nicht als blasse Hülle. Für mich lebt Amos Golan ewig ... er ist nur fort, irgendwo dort hinten im heißen Sand mit seinen Panzern.« Sie atmete tief auf, und Rishon wußte, daß für sie Amos Golan nun begraben war. Angstvoll wartete er auf die nächste Frage, die nach diesem Seufzer kommen mußte. Und sie kam.

»Was ist mit Peter Schumann?«

»Das ist ein Kapitel für sich«, sagte er düster. Ariela hob den Kopf. Das kantige Gesicht Rishons über ihr war wie ein Stein aus dem Negev. »Er lebt ...«

»Er lebt?«

Diesmal war es ein Aufschrei. Er zerschnitt Rishon das Herz, und er zwang sich, Ariela nicht von sich zu stoßen und zu schreien: ›Juble nicht! Ein Schuft ist er! Ein Schurke! Ein Verräter! Ich würde ihn mit meinen Händen erwürgen, wenn ich ihn vor mir hätte!‹ Aber er schwieg, bis Arielas Glücksschrei verhallt war und sie vor ihm stand, die Linke aufs Herz gepreßt, wie eine Beschenkte, die ergriffen ist von der Schönheit des Geschenkes.

»Er lebt wirklich ...« sagte sie leise. »Warum kommt er dann nicht? Ist er verwundet?«

»Nein! Er ist bei bester Gesundheit.« Rishon sah an die getünchte Decke. Seine Zähne knirschten aufeinander. Ariela, die hinter ihm stand, ergriff seinen Arm und drehte Rishon zu sich herum.

»Was verschweigst du mir, Moshe?« Ihre Augen waren von einer gefährlichen Dunkelheit. »Ich weiß, daß du ihn haßt! Aber es hat keinen Sinn, zu hassen, Moshe. Ich liebe ihn ... Oh, ich weiß — er ist alles, was er nicht sein dürfte. Er ist Christ, er ist Deutscher, vielleicht war sein Vater sogar in der Hitlerpartei und hatte dort einen Posten ... Ich weiß es nicht! Ich will es auch nicht wissen! Er ist ein Mensch, den ich liebe! Ein Mensch, weiter nichts! Warum hängt man ihm an, was seine Vorfahren taten? Ist es seine Schuld, als Deutscher geboren zu sein? Ebenso könnte man sagen: Seht dieses Volk der Juden ... es hatte einen Angehörigen, der hieß Abraham und war bereit, seinen Sohn auf einem Opferstein zu schlachten! Mit einem solchen Volk kann man nicht verkehren ... Laß ihn endlich in Ruhe, Moshe! Ich liebe ihn!« Sie stampfte mit den Füßen auf, und Rishons Herz zuckte, denn sie sah herrlich aus in ihrem wilden Zorn. »Weißt du, wo er ist?«

»Ja«, antwortete Rishon dumpf.

»Wo?«

»Irgendwo in Ägypten ...«

Ariela starrte Rishon an, als habe sich dieser in eine Salzsäule verwandelt, wie es damals bei Lots neugierigem Weib geschah.

»Ägypten?« wiederholte sie. »Träumst du, Moshe?«

»Zwei gefangene ägyptische Generale haben ihn gesehen. Ich habe sie verhört und vor zwei Stunden bei Dayan abgeliefert.«

Major Rishon wollte Ariela an sich ziehen, aber sie wich vor ihm zurück, als wolle er ihr etwas zuleide tun. Rishon ließ die Arme sinken. Auf seiner braunen Stirn stand plötzlich Schweiß. »Es ist kein Haß, Ariela. Die Lüge könnte nicht schrecklicher sein als die Wahrheit: Er ist ein Spion ...«

»Das muß ein Irrtum sein«, sagte Ariela langsam. Sie dachte an das Zelt beim Kibbuz Qetsiot, an die Klapptische mit den Chemikalien, an ihre Verwunderung, daß man einen einzelnen Mann in die Wüste schickte, um Wasser zu untersuchen. Und das in diesen Stunden, an diesen Stellen, wo Israels Panzer auffuhren, um das nackte Leben eines Volkes zu schützen.

Rishon beobachtete sie, aber ihr Gesicht war glatt und braun und von einem fast hochmütigen Stolz.

»Es ist kein Irrtum«, erwiderte er hart. »Er fuhr in seinem Jeep bei Bir Gifgafa herum und flüchtete, als unsere Panzer kamen. Der andere General sah ihn bei Talata am Kanal. Er ist einer der Instrukteure, die der Generalstab der ägyptischen Armee an die Front geschickt hat. Einer der Generale sprach ihn an ... der Mann antwortete ihm in einer unverständlichen harten Sprache. Es war deutsch, sagte der General. Auch die Beschreibung stimmt genau. Ein Meter achtzig groß, dunkle Haare, sportliche Erscheinung, bekleidet mit einer Khakihose und —«

»Wer will das hören? Hör auf! Hör auf!« Ariela drückte die Hände gegen die Ohren. Ihr Gesicht verzog sich vor Schmerzen ... es war schwer, den rechten Arm in dem dicken Verband hochzuheben. In der Schulterwunde tuckerte es wie ein Traktormotor. »Es macht dir Freude, mich zu quälen ...«

»Ich dachte, ein israelischer Offizier könnte die Wahrheit ertragen!« Alle Bitterkeit, die Rishon empfand, lag in diesen Worten. Dann senkte er den Blick und nagte verzweifelt an seiner Unterlippe. »Ich gehe, Ariela«, sagte er. »Ich bedaure, daß der Krieg zwei Opfer von dir gefordert hat. Du ... du bist jetzt allein. Wenn der Krieg zu Ende ist, werden wir viel Zeit haben, ohne Leidenschaft über die Zukunft nachzudenken. Ich habe mein Haus noch ... draußen in Talpioth ... du weißt, es ist groß, und es ist leer ... und seine Türen stehen immer offen ... Vielleicht kommst du einmal ... später ... wenn wir den Frieden gewonnen haben und wenn alle Wunden vernarbt sind ...«

Er wartete keine Antwort ab. Militärisch knapp machte er eine Drehung auf den Absätzen zur Tür und verließ das Zimmer.

Ariela stand mitten im Raum, die Hände noch an den Ohren. Aber sie hatte alles gehört, und sie war Rishon dankbar, daß er jetzt, im richtigen Augenblick, gegangen war.

Denn jetzt mußte sie weinen ...

Da war die Mauer.

Hunderte drängten sich zu ihr, schoben sich durch die engen Durchlässe, standen in Reihen hintereinander und warteten, bis sie herantreten konnten, um die Arme auszubreiten, die Stirn gegen die heißen Quadern zu drücken und mit Gott zu sprechen. O Herr, beschütze Dein Volk. Gib uns Frieden. Frieden. Frieden.

Sonst nichts.

Frieden ist Boden und Dünger, Regen und Wind, Tag und Nacht, Same und Frucht.

Frieden ist Dein Atem, Gott.

Schalom, o Herr ...

Auf den Mauern und Dächern rings um die Klagemauer und den Tempelbezirk saßen israelische Soldaten mit Maschinengewehren und Granatwerfern. In den Zufahrtsstraßen waren Panzer und leichte Geschütze in Stellung gegangen. Der Krieg war nun zweiundsiebzig Stunden alt. König Hussein von Jordanien hatte als erster kapituliert, die tapfere jordanische Armee, die beste im Vorderen Orient, hatte die Waffen gestreckt. Sie war nicht vernichtet ... sie war erschreckt und verzweifelt. Die in Tränen schwimmende Rede ihres Königs in Amman verstanden sie zwar als Menschen, aber nicht als Soldaten und schon gar nicht als Araber, denen der Haß gegen die Juden mit dem ersten Atemzug ins Blut geht. Blutvergießen vermeiden, verhandeln, einen Frieden am runden Tisch suchen. Tote sind keine Pflastersteine für eine Straße in die Zukunft.

Es ist die Wahrheit, man weiß es ... aber da liegen Jerusalem und Bethlehem, da beginnt hinter Jericho die Wüste, da fließt die Lebensader des Landes, der Jordan, der nun Grenze geworden ist ... und da sind die Brüder und Schwestern, die mit Säcken und Ballen, zu Fuß oder auf einem Esel, allein oder familienweise über die staubige Straße ziehen, die Angst im Nacken, Bürger eines jüdischen Staates zu werden, denjenigen gehorchen zu müssen, die man haßt wie den Teufel mit den sieben Schwänzen.

Und so war noch immer Krieg rund um Jerusalem. Stoßtrupps

der Israelis säuberten Widerstandsnester in den Bergschluchten, entdeckten verborgene Waffenlager, stellten Heckenschützen an die Wand und erschossen sie, trieben Familien aus den Häusern, in denen man versteckte Soldaten fand, und sammelte sie auf Plätzen. Dort hockten sie wie flügellahme Riesengeier, starrten in den Staub und warteten auf die Rache Allahs an den Juden.

Und da war die Mauer!

Ariela drängte sich durch die Reihen der betenden Soldaten und der strenggläubigen Juden aus dem Viertel Mea Shearim, die auch heute noch die schwarzen runden Hüte tragen, ihre Haare in lange Löckchen drehen und am Sabbat ihren Kaftan anziehen. Sie sah Offiziere, die weinten, als sie an der Mauer standen; sie sah einen uralten Rabbiner, dessen weißer Bart bis zum Gürtel hing, wie er von zwei Schülern gestützt wurde, mit beiden Händen die Thorarollen gegen seine Brust drückte, sie dann zur Mauer hob und mit zitternden Lippen betete. Sie sah Frauen, die Zettel schrieben, sie zusammenfalteten und in die Ritzen der Mauer schoben: Gott, schütze meinen Mann! Gott, gib ihn mir wieder! Gott, verlaß uns nicht ...

Sie sah das alles und sah es doch nicht. Sie stand vor der Mauer, die Sonne blendete sie, die Quadern waren wie aufgetürmte Berge, das Gemurmel der Betenden umrauschte sie wie ein Fluß, der durch ein breites, sandiges Bett fließt ... ein Wadi in der Wüste, in der Ferne die Felsen des Negev, die am Abend wie Lavendel schimmern und am Tag wie mit Rost überzogen ... und ein Zelt, ein winziges Zelt in dieser Weite von Himmel und Sand, ein Kranz von Sandsäcken, ein schmales Feldbett und eine Stimme an ihrem Ohr ...

Vor ihr war jetzt eine Lücke. Mit zwei Schritten war sie an der Mauer, ihre flachen Hände lagen auf dem rauhen Stein, strichen über die Spalten, die zwei Jahrtausende in die Quader gegraben hatten. In ihrer rechten Schulter zuckte wieder der Schmerz, aber sie verbiß ihn, sie hob den rechten Arm und breitete beide

Arme aus, als könne sie die Mauer umarmen, als wäre es möglich, sich in Gott hineinzuwerfen wie in einen kühlenden See, sich zu baden in seiner Gnade, sich zu stärken an seiner Güte.
Ihre Stirn sank gegen den Stein. So stand sie da, wie mit dem Gesicht zum Fels an die Mauer gekreuzigt, und dann sprach sie, mit geschlossenen Augen, und es war kein Gebet und kein Gesang aus den alten Büchern ... es war eine neue Rede Hiobs an Gott, ein neues Hadern mit dem Herrn, ein wildes, verzweifeltes Suchen nach göttlicher Gerechtigkeit.
»Ich danke Dir«, sagte Ariela gegen den rauhen, staubigen Stein, in dessen Ritzen ein Blick Gottes lag. »Du hast uns siegen lassen! Du hast unsere Feinde geschlagen. Du warst bei Deinem Volk, als es Dich nötig hatte, Gott! Aber wo warst Du bei mir? Ich bin nur ein kleines, armes, demütiges Mädchen — aber auch ich bin Dein Geschöpf! ›Mein Auge ruht auf jedem von euch‹, hast Du einmal gesagt. Wo war es, als ich ihn fand ... Jetzt ist mein Herz wund, und ich kann nicht glauben, was wahr sein soll! Hilf mir, Gott! Die Menschen versagen ... Nur du bleibst! Hilf mir! Du hast den Menschen das Herz gegeben, damit sie lieben können. Ich kann nicht mehr zurück. Ich liebe ihn, Gott, ich liebe ihn — ob er hier ist, in Ägypten, in Jordanien, auf einem anderen Stern. Ich liebe ihn! Gib ihn mir wieder, Gott ...«
Sie sah an der Mauer empor in den Himmel. Sie hielt den Atem an, als könne sie Gottes Antwort hören. Ihre Finger gruben sich in die Ritzen der Quader, daß die Nägel abbrachen.
»Hilf mir«, stammelte sie. »Da Du Gott bist, weißt Du, was Liebe ist ...«
Dann trat sie zurück, machte Platz für einen Soldaten, der an ihre Stelle trat und das Kadisch sprach. Das Totengebet für einen Kameraden, seinen Freund, der zweihundert Meter weiter am gestrigen Tag an einer Hauswand erschossen wurde.
Sie schrieb noch einen Zettel, drängte sich wieder vor und steckte ihn in eine Ritze der Mauer.

»Amos Golan bittet um den Ewigen Frieden«, stand darauf.
Noch lange stand Ariela an der Mauer, weit zurück, und starrte in den Himmel.
Sie konnte sich nicht von der Mauer trennen.
Sie hatte Gebete nachzuholen.
Für ihren Vater. Für ihre Mutter. Für die Großeltern, die in Auschwitz verschwunden waren.
Erst als die Sonne hinter Jerusalems Hügel versank und die Mauer grau und öde aussah, ging sie.
In einigem Abstand folgte ihr Moshe Rishon.
Sie bemerkte ihn nicht.

Mit dem Ochsengefährt kamen sie tatsächlich bis Jericho.
Man beneidete sie unterwegs überall, denn wer jetzt noch einen Karren und zwei Ochsen besaß, war ein reicher Mann. Die meisten jordanischen Flüchtlinge wanderten zu Fuß, mit riesigen Packen auf den Schultern oder auf dem Kopf. Einige hatten nicht einmal dies ... Als sie aus ihren Häusern wegzogen, gebot der israelische Militärkommandant: Nicht mehr mitnehmen, als jeder tragen kann! Und was kann ein alter Mann schon tragen, wenn er am Stock geht? So nahmen sie nur das Wichtigste mit: Ein oder zwei Plastikkanister mit Wasser. Ein Säckchen mit Mehl, um sich Fladen zu backen. Einen Kochtopf, den man an den Gürtel band. Und das Liebste, was man hatte ... Bei dem einen war es ein bunt bedrucktes Sofakissen, bei der alten Frau, die am Weg rastete, war es eine Kuckucksuhr, und sie erzählte, daß dieses seltene Ding ein Tourist dagelassen habe, dem sie einmal verlassene Gräber gezeigt habe, damit er sie fotografieren könne. Da war ein junger Mann, der eine zerbeulte Trompete über der Schulter trug wie ein wertvolles Gewehr. Ab und zu blies er hinein, wie um sich zu überzeugen, daß sie durch die Flucht nicht gelitten und ihren blechernen Ton behalten hatte.
In Jericho stauten sich die Flüchtlingskolonnen. Daß die Stadt

schon in israelischen Händen war, verwunderte niemand. Man hatte in diesem Blitzkrieg das Wundern verlernt und an Wunder glauben gelernt. Statt ins Meer getrieben worden zu sein, waren die Israelis nun überall. Hier half nur der Fatalismus des Mohammedaners, der alles hinnahm, weil es eben Schicksal war. Dabei wußte niemand, daß Jericho nur aus Zufall erobert worden war. Eine Panzerkolonne hatte sich verfahren, stieß in jordanische Lastwagenkolonnen hinein, fegte die Straße frei und sah plötzlich die Stadt vor sich liegen. Man nahm sie ohne große Schwierigkeiten ein, aber der Schock war für die jordanische Armee so groß, daß sie die Waffen hinwarf, weinend und doch irgendwie fasziniert. Nun war Jericho eine einzige riesige Herberge. Nicht weit von hier floß der Jordan, der Schicksalsfluß des Heiligen Landes.

Mahmud ibn Sharat war es gelungen, seinen Ochsenkarren bis Jericho zu lenken. Viermal hatten ihn israelische Patrouillen angehalten und aufgefordert, Vieh und Wagen stehen zu lassen. Die vierte Kontrolle, ein junger Leutnant, wollte die Ochsen sogar erschießen. »Es darf nichts aus dem Land außer Menschen!« schrie er. »Spann die Ochsen aus!«

Mahmud hob die Hände gegen den Himmel und stellte sich vor die Ochsen. »Ich bin ein guter Mensch!« rief er. »Ich bin ein Mensch, der den Sieger ehrt! Die Ochsen sollen nach Jericho auf den Markt! Eure Soldaten können sie dort braten! Herr Leutnant, gönnen Sie Ihren Tapferen diese Freude! Ich will sie verschenken, die Ochsen ... als Lohn — er ist bescheiden — wäre nur die Fahrt mit ihnen zum Jordan. Dann gehen wir zu Fuß weiter, mein schwangeres Weib und ich.«

Er sah Narriman liebevoll an, und es blieb ihr gar nichts übrig, als dazu zu lächeln und die Hände über ihren Leib zu legen, als wolle sie ihr werdendes Kind schützen. Aber als sie dann weiterfuhren, sagte sie zu Mahmud:

»Das war das letztemal, daß Sie solche Dummheiten sagen!«

Mahmud lächelte breit. Er musterte Narriman unverhohlen und kämmte mit gespreizten Fingern seinen struppigen Bauernbart. »Es sind die Wünsche, welche mich zum Poeten machen«, sagte er. »Ich bete Sie an, Narriman ...«
»Sie sollen keine Verse machen ... Sie sollen Amman erreichen!«
Sie griff neben eine Kiste, wo ein Ochsenziemer lag und hob ihn hoch. Mahmud, weit außerhalb der Reichweite, seufzte tief und griff den Ochsen in die Nüstern.
»Ah!« brüllte er. »Wollt ihr wohl, ihr Satane? Allah wird euch in Flöhe und Wanzen verwandeln! Voran, ihr stinkenden Kadaver! Voran!«
So erreichten sie Jericho und bekamen Quartier in einem halbzerschossenen Bauernhaus, weil sie bezahlen konnten. Tausende Flüchtlinge lagen ringsherum auf den Feldern und bis zum Rand der Wüste, buken an kleinen Feuern ihre Fladen oder hockten stumpfsinnig auf ihrer letzten Habe und starrten in die hereinbrechende Nacht. Israelische Jeeps und Lastwagen fuhren zwischen ihnen hindurch und verteilten Wasser. Eine Abordnung des Internationalen Roten Kreuzes war auch in Jericho, vor zwei Stunden mit einem Hubschrauber gelandet, und unterhielt sich mit jordanischen Flüchtlingen. Sie versprachen Hilfe ... aber im Augenblick hatten sie nichts bei sich als Papier und eine Reiseschreibmaschine, um einen Bericht zu verfassen.
Mahmud schirrte die Ochsen ab, trieb sie in einen verfallenen Stall und gab dem Sohn des Bauern zwei Piaster, damit er sie bewache. Narriman hatte unterdessen Dr. Schumann aus seinem Deckengefängnis befreit und ins Haus geführt.
»Wer ist das?« fragte der jordanische Bauer. Narriman winkte ab.
»Wenn du schweigst, weißt du mehr, als wenn du fragst.«
»Ich möchte keinen Ärger mit den Juden! Noch steht mein Haus!« schrie der Bauer.

»Glaubst du, Dummkopf, wir wollten uns erschießen lassen? Du hast nichts gesehen.«

Hinter dem Stall, in einem Verschlag, aßen sie zu Abend. Es war eine seltsame Tafel. Narriman hatte ein breites Brett über zwei hohe, schmale Steine gelegt und eine Decke darüber gebreitet. Drei silberne Becher und eine Flasche Wein standen darauf, eine Schüssel mit gequollenen Maiskörnern und Hammelgulasch und ein Korb mit Orangen. Mahmud trug die Speisen auf, die auf dem offenen Feuer gekocht worden waren, und hockte sich dann neben Narriman auf den Boden. Dr. Schumann streckte im Sitzen die Beine von sich.

»Sie verstehen es, Narriman, selbst eine Entführung zu einem Fest zu machen«, sagte er. »Wenn die Tausende um uns herum wüßten, wie wir hier mitten unter ihnen leben — sie schlügen uns tot!«

»Es wird bald eine Zeit kommen, wo man seinen Vater ermordet, um einen Schluck Wasser zu bekommen.« Narriman schob Dr. Schumann die Schüssel mit dem dampfenden Hammelfleisch zu. »Dann werden wir längst in Amman sein und Sie werden in einem guttemperierten Zimmer wohnen und den Mond bewundern, wie er, einer silbernen Scheibe gleich, über den beiden Minaretten und der Kuppel der El-Hussein-Moschee steht.« Sie goß Wein in die silbernen Becher und dachte dabei, wie heuchlerisch doch Mahmud war, der nach dem Glauben des Propheten keinen Alkohol trinken durfte, es aber doch tat, wenn kein Etikett auf der Flasche war. »Mich überrumpelte die Unwissenheit«, sagte er dann später. »Und Allah ist mit den reinen Seelen . . .«

»Essen Sie, Doktor. Noch haben wir genug. Ich fürchte aber, daß es Tage dauern wird, ehe wir über den Jordan kommen.« Sie hob den silbernen Becher, Mahmud ergriff den seinen.

»Tod allen Feinden Jordaniens!« sagte er laut und sah dabei Schumann scharf an.

»Ich trinke auf den Frieden!« sagte Schumann.
Mahmud schüttete seinen Wein zur Seite auf den Boden, stand auf und ging. »Ich esse, wenn die weiße Pest nicht meinen Atem vergiftet!« rief er über die Schulter. »Ich sehe mich um.«
Narriman hob die Schultern, als Schumann zögernd zugriff. Man aß mit den Fingern, drehte aus dem Mais kleine Klößchen und wälzte sie in dem Hammelgulasch. Dann schob man alles in den Mund und kaute mit vollen Backen.
»Er ist ein Hohlkopf«, sagte Narriman. »Aber er ist ein großer Patriot. Und seine Verbindungen sind unbezahlbar. Hören Sie nicht auf ihn. In Amman werden wir ihn nicht mehr sehen. Da hat er seinen Harem. Er war drei Monate nicht mehr zu Hause ...« Sie lächelte vielsagend, und Schumann beugte sich über die Maisschüssel, um ihre glänzenden, lockenden Augen nicht sehen zu müssen.
Sie aßen schweigend. Mahmud unterrichtete sich unterdessen über die Lage am Jordan. Sie war trostlos. Ungefähr dreißigtausend Flüchtlinge aus Jerusalem und Ramallah stauten sich am Fluß. Die einzige Brücke, die Allenby-Brücke, war von Bomben zerstört. Die Eisenträger lagen im Fluß wie ein auseinandergeplatztes riesiges Gerippe. Man hatte Holzbohlen über die Trümmer gelegt, schmale, schwankende Bretter, und hier balancierten die Flüchtlinge hinüber, Schritt für Schritt tasteten sie sich nach Jordanien hinüber, das nun Freiheit und Heimat bedeutete und ihnen doch nichts zu bieten hatte als Hunger, Durst, Armut, Krankheit, Elend und Not. Und Haß! Haß auf Israel!
Das war mehr als Milch und Honig! Das war Nahrung für viele kommende Generationen ...
Während Mahmud das alles erfuhr, während er den Israelis zusah, wie sie um hohe Feuer saßen, lachten und sangen, tanzten und mit den uniformierten Mädchen der weiblichen Verbände schmusten, saßen Narriman und Dr. Schumann nebeneinander vor dem Stall und blickten in die Nacht.

Sie saßen ganz nahe beieinander, denn die Handfesseln Schumanns waren mit dem rechten Handgelenk Narrimans verbunden. Links neben ihr lag unter einem Wollschal eine Pistole. Dr. Schumann hatte schwach gelächelt, als er sie sah.
»Sie haben Angst, Narriman?«
»Sie brauchen nur um Hilfe zu rufen! Die Israelis sind keine fünfzig Meter weit entfernt.«
»Ich weiß. Dort steht ein Lastwagen. Zwischen Haus und Gartenmauer. Ah, sehen Sie ... man macht Licht!«
Unter der aufgeschlagenen Plane des israelischen Lastwagens flammte das Licht aus zwei Batteriescheinwerfern auf. Vier Mädchen in Uniform saßen auf einer Holzbank, eine fünfte hielt die Lampen. Die vier Mädchen saßen hintereinander in einer Reihe, jede kämmte die Haare der vor ihr Sitzenden. Nur die Vorderste hielt einen Spiegel vor das fröhliche Gesicht und zog mit einem Lippenstift sorgfältig die Konturen ihrer vollen Lippen nach.
»Sie machen sich hübsch«, sagte Narriman leise. »Sie haben den Krieg überlebt, nun stürmen sie das Leben! Gleich werden sie tanzen, mit den Männern singen und sich lieben lassen.« Sie zog an der Fessel Schumanns. Er blickte sie an. »Unsere Sonne ist eine Sonne ständiger Liebe ...«
»Ich weiß es«, sagte Dr. Schumann.
Die Mädchen waren fertig mit dem Kämmen. Im Schein der Batterielampen saßen sie nun alle vor ihren Handspiegeln, schminkten sich die Lippen, zogen Lidstriche und umrandeten sich die Augen.
Narriman legte den Kopf auf Schumanns Schulter. Ihr schwarzes Haar roch nach Rosenöl. Es war, als breche eine Riesenblume auf und verströme ihren Duft.
»Ich kann Ihnen die Fesseln aufschließen«, sagte sie leise. Ihre Stimme war wie ein sanfter Wind, der über seine Wange strich.
»Ich könnte weglaufen, Narriman ...«
»Dann nicht mehr ...« Sie warf den Kopf zurück. Erschreckend

schön sah sie aus, so wild und herrlich, daß es Mutes bedurfte, ihr nahe zu sein. »Wie könnten Sie weglaufen, Peter ...«
Sie sahen sich eine Weile an, und in ihr war das Zittern eines reißenden Tieres, bevor es zuspringt und sich in die Beute gräbt. Vom Lastwagen der israelischen Mädchen klang Gelächter zu ihnen herüber.
»Es gibt Ariela«, sagte Schumann mit gepreßter Stimme.
Narriman lachte hysterisch. »Wo ist sie denn?«
»Hier.« Schumann sah auf seine Fesseln, die ihn mit Narriman verbanden. »Zwischen uns.«
»Sie Narr! Sie musterhafter Narr!« Narriman sprang auf und zerrte an den Fesseln. »Stehen Sie auf! Ich bringe Sie in den Schuppen und binde Sie fest! Dort können Sie schlafen oder von Ariela träumen oder über Ihr Schicksal klagen! Sie unheilbarer Narr!«
Sie zerrte ihn in den Schuppen, und hier, in der Dunkelheit, überkam sie Schwäche und weibliche Hingabe.
»Bin ich keine Frau?« keuchte sie und grub die Hände in Schumanns Schulter. »Bin ich keine schöne Frau?«
»Sie sind eine Sünde, die jeder verzeiht!«
»Und Sie wollen schlafen?« schrie sie.
»Ja«, sagte Dr. Schumann. »Wir werden morgen lange in der Sonne stehen müssen, um über den Jordan zu kommen. Gute Nacht.«
Narriman band ihm Hände und Füße zusammen und ging hinaus. Vor dem Lastwagen der israelischen Mädchen warteten vier Soldaten. Da wandte sie sich brüsk ab, ging ein paar Schritte in den kargen Garten hinein, nahm eine irgendwo abgerissene Latte vom Boden und köpfte mit wilden Schlägen die wenigen Blumen, die an ihrem Weg blühten.
Wer nicht liebt, muß zerstören, dachte sie. Vielleicht bin ich zum Zerstören geboren ... Und sie schlug die Blütenköpfe ab, als sei die Holzlatte ein Damaszener Schwert.

Oberst Golan war begraben worden.
Es war kein großes militärisches Schauspiel, obgleich man ihn einen Helden nannte. Stabschef Rabin und Verteidigungsminister Moshe Dayan gingen hinter seinem Sarg her und sprachen ein paar Worte, aber noch war der Krieg nicht gewonnen, wenn auch nach hundert Stunden überall die Waffen schwiegen. Die arabische Welt fühlte sich nackt und angespien ... In New York, in der UNO, trafen die Staatsmänner zusammen, um in langen Stunden den Sieg der Israelis zu zerreden, Vorschläge zu machen, Hilfen anzubieten, zu drohen und zu vermitteln, Grenzen vorzuschlagen oder Neuordnungen anzuregen.
Niemand hatte sie darum gebeten, am allerwenigsten die Sieger im Heiligen Land. Aber wie eine Horde Geier stürzten sich die Diplomaten auf die Probleme, die sie nichts angingen, um sich und der Umwelt zu beweisen, daß man nicht deshalb in der UNO saß, um Spesen zu machen oder auf Banketten zu essen, zu trinken und zu tanzen.
Am Grabe Amos Golans wiederholte Dayan, was die Welt schon wußte: »Wir geben Jerusalem nicht wieder her! Wir sind bereit, mit unseren arabischen Nachbarn über alles zu verhandeln, was dem Frieden dient. Dem dauerhaften Frieden! Zu ihm gehört Jerusalem als ganze, nicht mehr geteilte Hauptstadt Israels!«
»Dat war 'ne jute Rede!« sagte der Kölner Müller, als Reiseleiter Hopps, der Hebräisch verstand, die Ansprache Dayans am Grabe des Obersten Golan übersetzte. Die deutsche Reisegruppe saß im Schreibzimmer des King-David-Hotels und hörte aus dem Radio die neuesten Meldungen. Nach dem großen Sieg der kleinen Armee sah man keine Veranlassung mehr, sich nach Tel Aviv ans Meer zu begeben. Das Programm würde in ein oder zwei Tagen weiterlaufen. Die heiligen Stätten gab es noch, und ein paar Trümmer mehr fielen nicht auf. Man wartete also ab und ließ sich mitreißen von dem Jubel, der überall in Jerusalem

herrschte. Theobald Kurzleb vom Titisee war es sogar passiert, daß ihm bei der Nachricht von der Feuereinstellung an allen Fronten ein völlig fremdes israelisches Mädchen um den Hals fiel und ihn glühend küßte.

»Israel ist schön, es ist wunderbar!« trug er in sein Tagebuch ein. Dann machte er hinter das letzte Wort drei Ausrufezeichen, um sich dadurch auch in späteren Jahren noch an diese Minute zu erinnern. Immerhin war Kurzleb sechzig Jahre alt. Da ist ein Mädchenkuß schon wie ein Donnerschlag im Herzen.

»Den Dayan sollten sie nach Berlin schicken!« rief Müller XII, als die Übertragung zu Ende war. »Panzer vor ... durch die Mauer ... Parademarsch Unter den Linden. Und dann: Berlin ist und bleibt die Hauptstadt, Himmel, Arsch und Zwirn! — Kinder, wenn man sich dat so vorstellt ... Ein toller Knabe!«

»Ich denke, Sie mögen die Israelis nicht?« sagte der junge Freitag.

»Ja, wer sagt denn das?« Müller aus Köln lehnte sich zurück. »Nun ja, man hat so seine Vorurteile. Die alten Bilder spucken im Jehirn herum. Krumme Nase, Plattfüße, ›mache mer Geschäft mit fünf Perzent ...‹ is ja alles überholt! Hier sieht man's ja. Das ist ein anderes Volk. Die haben Mumm! Die haben Rommeljeist! Die sind die Preußen des Orients! Meine Lieben, immer jerecht sein! Immer ehrlich! Ich bin ein moderner Mensch ...«

Freitag kannte sich nicht mehr aus. Er sah hilflos zu Drummser, der Bilder in einer israelischen Illustrierten betrachtete.

»Was sagen Sie?« fragte er.

»A Brauerei sollt ma baun!« sagte Drummser. »Dös war a nutzvolle Entwicklungshülfe. A Hofbräuhaus in Jerusalem ... dös gäb a Luftbrückn zwischen München und Israel. Aba die in Bonn, die Hinterfotzigen, die schlafen ja ...«

Die Begeisterung Willi Müllers aus Köln hielt an. Mit dem einem Rheinländer eigenen Sinn für Humor und Karneval kaufte er sich eine israelische Fahne und zog, den Davidstern schwenkend, mit der Menge im Siegestaumel durch die Straßen Jerusalems. Er nahm dazu Drummser, Freitag und Kurzleb mit, wobei Kurzleb besonders begeistert mitmarschierte und vor jedem hübschen israelischen Mädchen die Arme ausbreitete. Es fehlte nicht viel und Müller hätte einen Aufmarsch organisiert wie nach einer gewonnen Deutschen Meisterschaft des FC Köln. Man hatte darin Übung: bunte Hütchen, Kindertrompeten, Rasseln und Fähnchen. Nur weil die beiden Studienräte und die Sozialfürsorgerin nicht mitmachten, platzte der deutsche Aufmarsch. Die drei Ordensschwestern waren sowieso ungeeignet dafür.

So ging eine Woche dahin. »Wir bleiben in Jerusalem«, sagte Reiseleiter Hopps nach einer Rückfrage in Tel Aviv. »Die heiligen Stätten sollen in Kürze nach Räumung der Trümmer und dem Wegschaffen der Toten wieder zur Besichtigung freigegeben werden. Es geht jetzt formloser. Jerusalem ist israelisch. Es wird ein normaler Stadtbummel werden, nicht mehr die Einreise in ein arabisches Land, von dem es keine Rückkehr nach Israel gibt. Dafür streichen wir die Ausflüge nach Beersheba und die Negev-Route nach Eilat. Aber ich glaube, daß uns die Wirkungsstätten Christi mehr interessieren als die Korallenbänke im Roten Meer oder die Kupfergruben Salomons.«

Die Studienräte stimmten zu, obgleich ein gutes Aufsatzthema für die Obertertia verlorenging. Die drei Schwestern nickten stumm. Das Grab des Herrn . . . mehr wollten sie nicht sehen.

Der geänderte Plan war gut.

Sie erlebten so etwas wie die Geburt einer neuen jüdischen Nation. Sie standen mit Tausenden von jubelnden Menschen an der Demarkationslinie, als riesige Bulldozer die Betonmauern einrissen, die achtzehn Jahre lang das Herz Jerusalems umschlossen. Sie klatschten Beifall, als sie Moshe Dayan sahen, und Willi Müller sagte aus alter Erfahrung: »Dat jibt nächstes Jahr 'ne

Karneval in Köln! Da kannste tausend Jungs mit 'ner Aujenklappe sehen. Und der Röttjes-Hein wird singen: ›Dat eine Aug liegt in der Wüste, dat andere, dat liegt im Rhein . . .‹ Bravo! Bravo!« Und er schwenkte seine israelische Fahne.

Ariela war aus dem Krankenhaus entlassen worden. Man brauchte die Betten für Schwerverwundete, die jetzt von allen Fronten herangefahren wurden, nachdem sie in den Feldlazaretten operiert worden waren.

Mit nichts als einer neuen Uniform und einem Urlaubsschein von der Armee bis zur völligen Genesung und dem Befehl, sich nach Anordnung des Arztes ambulant behandeln zu lassen, stand sie auf der Straße. Um sie herum brandete der Jubel des Volkes. Die von Bomben und Granaten zerstörten Häuser wurden aufgeräumt oder abgerissen. Maurerkolonnen zogen in die beschädigten Stadtviertel, Lastwagen und Bagger räumten die Trümmer weg, die Cafés waren alle wieder geöffnet, im Stadtpark flanierten abends wieder hübsche Mädchen in engen Kleidern.

Ariela hielt sich nur kurz in der leeren Wohnung ihres Vaters auf. Die Haushälterin, die Oberst Golan angestellt hatte, war schon am ersten Tag des Krieges freiwillig in ein Lazarett gegangen. Die Schlüssel hingen an einem Nagel neben dem Kasten mit dem Elektrozähler. Staub lag über den Möbeln und auf dem Boden, zwei Fenster waren zerbrochen, durch die der Wind den Schmutz hereintrug.

Langsam ging sie durch alle Räume, zog mit dem Zeigefinger eine Straße durch den Staub auf Tischen und Schränken und blieb in dem Zimmer stehen, in dem Oberst Golan gearbeitet hatte.

Der Schreibtisch war mit Schmutz bedeckt. Ein goldgerahmtes Bild von Ariela war umgefallen. Das Bild der Mutter stand noch, aber das Glas hatte einen Sprung. Auf dem Boden, hinter dem Schreibtisch, lag ein großes Foto, das der Luftdruck einer Granate

von der Wand geweht hatte. Es zeigte Major Golan, wie er von Moshe Dayan umarmt wurde. Das war 1956. In der Wüste Sinai. Amos Golan war stolz auf dieses Bild gewesen.
Ariela bückte sich, pustete den Staub von dem Foto, küßte ihren Vater und befestigte es wieder an der Wand.
Dann verließ sie die Wohnung, schloß die Tür ab und hängte die Schlüssel wieder an den Nagel neben dem Elektrozähler.
Ihre Kindheit war vorbei. Was vor ihr lag, wußte sie nicht. Ab und zu ertappte sie sich dabei, daß sie auf eine Antwort Gottes wartete für alle Fragen, die sie ihm an der Klagemauer zugeschrien hatte. Das ist kindisch, sagte sie zu sich selbst. Aber irgendwie hing sie an diesem Glauben.
Ruhelos wanderte sie durch Jerusalem. Sie durchstreifte das Hanevi'im-Hospital und ließ sich die Zimmer und Labors zeigen, in denen Dr. Schumann gearbeitet hatte. Keiner wußte, wo er geblieben war; man wartete darauf, daß einer der unbekannten Toten unter einem Trümmerberg als Dr. Schumann identifiziert wurde.
Sie schwieg von dem, was sie von Moshe Rishon wußte. Sie sah: Alle hatten ihn gern gehabt. Er war ein geschätzter Kollege gewesen. Er hatte etwas gekonnt. Man sprach nur Gutes über ihn.
»Vielleicht lebt er doch noch«, sagte Ariela, als sie das Hanevi'im-Hospital verließ, zu dem Chefarzt, der sie zum Portal begleitete. »Vielleicht liegt er ohne Bewußtsein irgendwo in einem Krankenhaus ... Wir wollen hoffen.«
»Wir haben immer von der Hoffnung gelebt, Fräulein Golan«, sagte der Chefarzt fest. »Sonst gäbe es kein Israel ...«
Als das von Bomben zerstörte Krankenhaus aufgeräumt wurde, als Bagger und Bulldozer die Trümmer durchwühlten und verschüttete Leichen nach oben kehrten, saß Ariela in der Bude des Bauführers und trat an jede Trage heran, schob das Tuch weg und starrte in die erdigen, manchmal schon sich auflösenden Gesichter.

»Nein!« sagte sie jedesmal. »Nein! Er ist es nicht. Nein.«
Nach zwei Tagen und Nächten kam der Bauführer zu ihr. Sie saß noch immer mit steifem Kreuz an dem rohen Holztisch und starrte in die Trümmer.
»Die Keller sind alle freigelegt, die Trümmer umgewühlt ... es gibt keine Toten mehr in dem Bau, Leutnant Golan«, sagte der Bauführer.
Ariela erhob sich und nickte. »Danke, Jonas. Es ist gut. Ihr habt fleißig gearbeitet.«
Sie setzte ihr Käppi auf, wischte sich über die Augen und ging.
Zweimal traf sie Major Rishon. Nur von weitem sahen sie sich, in der Ambulanz des Krankenhauses, wo sich Ariela verbinden ließ und wo ihre Schulterwunde kontrolliert wurde. Sie heilte gut, während die Wunde im Herzen immer mehr aufriß. Rishon winkte ihr zu, sie wandte sich ab. Er kam auf sie zu und sprach sie an ... und sie knöpfte ihre Bluse zu, drängte sich wortlos an ihm vorbei und verließ die Ambulanz. Das zweitemal sogar nur halb verbunden.
»Sie haben kein Glück, Major«, sagte der Stabsarzt der Ambulanz lächelnd. »Wenn Oberst Golans Tochter nicht will, ist es für Sie leichter, Kairo zu erobern als sie ...«
»Sie trauert einem Lumpen nach«, sagte Rishon dumpf.
»So ist das immer.« Der Arzt stopfte sich eine Pfeife. »Lumpen haben das meiste Glück! Weiß Gott, warum das so ist ...«

Am Sonntag, vierzehn Tage nach Kriegsausbruch, wanderte die deutsche Reisegruppe in die Altstadt. Zu den heiligen Stätten. Reiseleiter Hopps wollte einen Wagen für die Schwestern bestellen, aber Schwester Brunona winkte ab.
»Der Herr ist mit dem Kreuz bis Golgatha gegangen«, sagte sie mit bebender Stimme. »Da kann ich an der Hand meiner lieben Schwestern auch bis zu seinem Grabe gehen ...«
Es wurde eine Wallfahrt in zwei Gruppen.

Während Müller XII, Johann Drummser, Harald Freitag und der vom Altertumsenthusiasmus durch Mädchenküsse geheilte Theobald Kurzleb sich abseits schlugen und die neueste Geschichte in Form von zerbombten Häusern, eroberten Panzern und ausgebrannten Lastwagen studierten, betrat Schwester Brunona, gestützt auf ihre Mitschwestern Angela und Edwiga, die Heilige Grabeskirche.

Sie sah kaum noch etwas. Ihre schwachen Augen waren nun völlig getrübt durch die Tränen, die unter ihrer dunklen Brille hervorquollen und in vielen kleinen Bächen über die Runzeln zum Kinn rannen. Sie blieb stehen, richtete sich hoch auf und atmete tief die heiße Luft ein. Es war wie ein Feuerstrom, der sie durchzog.

»Sind wir da?« fragte sie.

»Wir stehen vor der Taufkapelle des Heiligen Johannes, Ehrwürdige Mutter«, antwortete Schwester Edwiga leise. »Der Taufstein ist vor uns.«

Schwester Brunona schlug das Kreuz und nickte. »Führt mich herum«, sagte sie. »Ich will alles sehen! Laßt nichts aus. Ich habe die Wege durch die Kirche im Kopf, ich kenne alle Treppen und Gänge, alle Kapellen und Grüfte. Ich habe sie auswendig gelernt, als Gott mir noch die Augen ließ. Oh, ich habe den Plan vor mir. Rechts von uns ... da ist die Kapelle der vierzig Märtyrer, nicht wahr?«

»Ja, Ehrwürdige Mutter.«

»Lasset uns gehen und beten. Wir werden diese Stunde nie wieder erleben.«

Und so humpelte sie durch die verzweigten Gänge und Kapellen. Die beiden Schwestern führten sie über Treppen und trugen sie in Katakomben, sie knieten an den Altären und lauschten auf den Gesang der griechischen Mönche, auf die Gebete der Franziskaner, auf die Hymnen der Kopten und das Murmeln der Armenier.

»Laßt nichts aus«, sagte Schwester Brunona. »Ich habe den Plan im Kopf. Liebe Schwestern, ich fühle mich leicht wie nie . . .«
Sie beteten in der Kapelle der Verhöhnungen, sie knieten in der Felsengrotte, die Jesus als Gefängnis gedient hatte, dann betraten sie die lange Vorhalle zum Heiligen Grab, den »Nabel der Welt«, und gingen langsam auf das Grab Jesu zu.
»Die Engelskapelle, nicht wahr?« fragte Schwester Brunona und sah geradeaus. »Und dahinter das Felsengrab des Herrn. O mein Gott ... ich danke dir . . .« Sie fiel auf die Knie, und die beiden jüngeren Schwestern stützten sie, damit sie nicht nach vorn auf das Gesicht stürzte und sich verletzte. Sie hatte die Arme vorgestreckt und betete, man verstand ihre Worte nicht mehr und doch wußte jeder, was sie sagte.
Mit letzter Kraft erhob sich Schwester Brunona und legte die Arme um die Schultern von Edwiga und Angela.
»Weiter!« sagte sie. »Weiter! Es fehlt noch die Stelle, wo die heilige Helena das Kreuz gefunden hat . . . es fehlt das Grab Adams . . . und es fehlt Golgatha . . .«
Dann stand sie vor der Stelle, an der man Christus ans Kreuz geschlagen hatte. Sie machte sich los von den Händen der beiden Schwestern und ging allein vorwärts, aufrecht und fest, als habe sie keine Arthritis mehr, als sehe sie klar wie ein Adler unter blauem Himmel.
Vor dem Felswürfel blieb sie stehen, in dem mit Silber die Vertiefungen ausgegossen waren, die Löcher, in die man das Kreuz Christi und die Kreuze der beiden Schächer hineingestemmt hatte. Sie hob den Kopf, als könne sie noch das Kreuz sehen, als stünde sie mit Maria, der Mutter, mit Magdalena und Johannes unter dem Kreuz des Herrn und sein letzter Blick gelte auch ihr. Aufrecht und gerade stand sie da, und voll Staunen sahen Edwiga und Angela, wie groß Brunona einmal gewesen sein mußte, ehe die Gicht sie zusammenkrümmte. Jetzt streckte sie sich und hob den Arm empor, als kommandiere sie eine Reiterschar.

Golgatha.
»Herr, vergib ihnen, denn sie wissen nicht, was sie tun . . .«
Herr, vergib ihnen.
Das Wunder der Gnade . . .
Angela und Edwiga sprangen nicht hinzu, als Schwester Brunona in sich zusammensank und vor dem Altar niederfiel. Erst als vier griechische Mönche sie wegtrugen und seitwärts in einen der vielen Felsenwinkel legten, traten sie hinzu, knieten neben ihr nieder und beteten.
Ein Lächeln lag auf dem Gesicht Schwester Brunonas. Die dunkle Brille war von ihrem Gesicht geglitten. Alle Runzeln waren wie weggewischt, sie sah so jung aus wie nie. Und ihre Augen, einst trübe und grau vom Star, waren weit und offen und klar wie das Wasser in den Zisternen, aus denen hier die Priester das Wasser nehmen, um zu taufen.
Es war der gleiche Blick, mit dem Oberst Amos Golan den Suezkanal begrüßt hatte.
Ein Blick aus dem Frieden.

Der fast schon heilig zu nennende Tod der Ehrwürdigen Mutter Brunona wurde erst spät bekannt.
Reiseleiter Hopps hatte sich den beiden Studienräten und der Sozialfürsorgerin angeschlossen, die mit einem handlichen Führer durch die Grabeskirche gingen und sich Stellen in den Büchern anstrichen. Die Studienräte begannen dann später ein Gespräch mit drei griechischen Mönchen in altgriechischer Sprache und waren stolz, daß sich der Vorteil einer humanistischen Bildung hier wieder einmal erwies.
Sie wurden eingeladen, auch die sonst nicht zugänglichen hinteren weiten Gebäude des Kirchenkomplexes zu besichtigen und wurden sogar im griechischen Patriarchat empfangen.
Die Gruppe Müller XII zog unterdessen durch das Kriegsgebiet. Die Klagemauer sparten sie sich. Es herrschte dort zu großes

Gedränge, und außerdem waren wieder viele Juden aus Mea Shearim gekommen. Als Willi Müller sie sah, mit steifem Hut und Ringellöckchen, packte er Drummser und Freitag an den Armen.

»O Himmel! Dat sind se! Die jibt et also auch noch? Nee, Leute, rechts schwenkt, marsch ... dafür habe ich 'ne viel zu jute Laune ...«

Sie standen auf dem Schlachtfeld herum, wo noch immer ausgebrannte Jeeps, umgestürzte Lastwagen und verlassene Panzer in der Sonne brüteten. Die Toten hatte man weggeschafft, aber noch lag über den Trümmern und in den Ruinen ein leicht süßlicher Geruch.

Freitag würgte es in der Kehle. Er zog sein Taschentuch und drückte es gegen den Mund. Müller sah ihn scharf an.

»In den Pripjet-Sümpfen lagen im Sommer mal so an die vierhundert Iwans unbeerdigt herum. Konnte keiner ran. Lagen mitten auf einer Sumpfinsel, und wir kannten den Weg nicht dorthin. Aber wenn der Wind zu uns wehte, Junge, Junge ... 'ne Käsefabrik ist Parfüm dagegen ...«

»Hören Sie doch auf!« sagte Freitag würgend. »Hören Sie doch endlich auf, mit Ihrem verdammten Krieg zu prahlen!«

»Diese moderne Jugend. Kein Mumm in den Knochen.« Müller sah Drummser und Kurzleb an. »Wenn bei dieser Generation mal der Iwan kommt, werden die Flüsse braun sein vor vollgeschissenen Hosen!«

In der Nähe des Archäologischen Museums, auf einem Platz, der von einigen Jeeps der Israelis besetzt war, während die Häuser wie verlassen aussahen, stand ein erdbraun gestrichener jordanischer Panzer. Die Luke war offen ... ohne einen Schuß abgegeben zu haben, schien die Besatzung aus ihm geflüchtet zu sein, als die Israelis nahten. Nun stand er mitten auf dem Platz, unversehrt, wie ein Denkmal. Als Müller XII ihn sah, stieß er einen lauten Schrei aus. Freitag zuckte zusammen.

»Was haben Sie denn?« fragte er erschrocken.
»Ein T 34!« jubelte Willi Müller. »Drummser, ein richtiger T 34! Ein guter alter Pott!« Er umarmte den fassungslosen Freitag, der nicht verstehen konnte, wie man von einem Panzer entzückt sein konnte. »Junge, mir kommen die Tränen«, sagte Müller XII. »Du weißt nicht, was ein T 34 ist! Vor denen haben wir in Rußland gelegen, geballte Ladungen in der Hand. Und wir haben sie überlebt. Vor denen sind wir weggerannt wie die Hasen, und wir haben es geschafft. Stell dir vor ... sechzig, achtzig Stück auf einmal, gestaffelt in verschiedenen Wellen, und hinter jedem Panzer sowjetische Infanterie, und sie stürmen und brüllen ›Urrrä ... Urrrä‹, und die Dinger kommen immer näher und wir liegen in den Löchern und warten, daß die Artillerie schießt oder die Flak ... Weißt du jetzt, was deine Väter leisteten?«
»Und warum? Wozu? Warum wart ihr Helden?«
»Jetzt fragt der schon wieder so dämlich!« Müller ließ den jungen Freitag los. »Man kann mit der heutigen Jugend nicht mehr diskutieren!« Er ging auf den einsamen T 34 los und klopfte gegen die erdbraun gestrichenen Stahlplatten. »Dat waren sie! Damit hat der Iwan den Krieg jewonnen! Und mit den Stalinorjeln. Huuuiii — flumm! Huuuiii — flumm! Wenn ich daran denke ... Drummser, war dat eine Scheiße.«
»Mich hätte bald einer überrollt«, sagte Theobald Kurzleb plötzlich. Drummser und Müller fuhren herum. Es war unglaublich, daß der alte Kurzleb vom Titisee auch Soldat gewesen war.
»Aus Versehen, wos? Sind S' nicht aus'm Weg gangen?« fragte Drummser.
»Nein. Am Plattensee. Als sie die Flanke aufrissen.« Kurzleb sah in den Himmel. »Damals habe ich beten gelernt.«
»Und er lebt noch!« Müller XII lachte. Mit einem Klimmzug zog er sich auf den Panzer und guckte durch die Luke in den Turm. »Alles unversehrt! Nur dreckig! Fehlt der richtige Spieß zum Appell.«

»Kommen Sie herunter, Herr Müller«, sagte Freitag und sah sich um. »Es könnte Ärger geben, wenn die Israelis Sie da oben sehen.«
»Ich habe die T 34 geknackt, als die meisten dieser jungen Schlipse noch Wünsche waren!« schrie Müller XII vom Turm. Er stemmte sich hoch, schob die Beine in die Luke und verschwand bis zur Brust im Panzer. Freitag sah sich nach allen Seiten um. Auch Drummser wurde es zuviel.
»I bin dafür«, sagte er, »daß wir uns a Lokal sucha, wo's was Kaltes gibt.«
»Motor in Ordnung!« rief Müller XII, der in den Turm getaucht war. »Leute, sogar Benzin ist drin! Die Uhr zeigt auf halbvoll!« Er winkte Freitag zu. Sein Gesicht glänzte, wie mit Speck poliert. »Junge, hast du schon mal jehört, wie 'n T 34 fährt. Wie dat klingt, wenn dä ankommt? Dat is Musik! Hör mal zu.«
»Lassen Sie den Unsinn!« rief Kurzleb und trat weit zurück. »Sie können doch nicht hier den Panzer fahren.«
Müller XII tauchte wieder in der Luke auf. Irgendwo im Panzer knatterte etwas. »Und jetzt!« rief er. »Feind im Anmarsch! Visier fünfzehnhundert Meter. Aufjepaßt ... der Turm dreht sich. Wir nannten dat immer ›Kopfwackeln‹!«
Er tauchte im Turm unter. Im Inneren des Panzers rumorte es dumpf. Dann begann sich der Turm zu drehen, ganz langsam, das lange Geschützrohr hob sich etwas, beschrieb einen Halbkreis und zog noch etwas höher.
Und dann ertönte ein ohrenbetäubender Krach, das lange Rohr zitterte, über die Köpfe hinweg pfiff etwas. Drummser ließ sich sofort zu Boden fallen, während Freitag und Kurzleb wie gelähmt unter dem Rohr standen, aus dem eine Qualmwolke quoll und träge in der Luft hing. Es roch nach Pulver und heißem Eisen. Direkt nach dem Knall des Abschusses aber schlug es gegenüber in eine Hauswand ein, die Mauer stürzte zusammen, Fenster wirbelten durch die Luft, ein Dach hing plötzlich schief.

Bleich, mit verklebten Haaren steckte Müller den Kopf aus der Turmluke. Aus einer der Nebenstraßen preschten zwei israelische Panzer auf den Platz. Plötzlich wimmelte der Platz von schreienden Menschen.
»Er war geladen ...« stammelte Müller fassungslos. »Er war tatsächlich ...« Er starrte hinüber auf das beschossene Haus und auf das noch im Kalkstaubnebel schwimmende Loch. »Sauladen! Lauf leer ... dat ist doch Nummer eins beim Abstellen!«
Er kletterte von dem jordanischen T 34, als die israelischen Panzer vor ihm auffuhren und zwei Offiziere mit gezückter Pistole auf ihn zurannten. Drummser, Kurzleb und Freitag bildeten ein klägliches Häuflein, das sofort von Soldaten umringt war.
Erst am Abend erfuhr man im King-David-Hotel von der Verhaftung der vier Deutschen und dem Alleingang des T 34.
Um diese Zeit saß Müller XII vor Major Moshe Rishon und wurde verhört. Mit unbewegtem Gesicht hörte dieser sich an, was ein T 34 für einen alten Rußland-Landser bedeutete. In seinen Augen war die Abneigung gegen alles zu lesen, was deutsch war.

Der Übergang über die zerfetzte Allenby-Brücke, die neue Kriegsgrenze zwischen Israel und Jordanien, vollzog sich reibungslos. Die leise Hoffnung Schumanns, daß er jetzt, inmitten der israelischen Soldaten, sich befreien konnte, indem er einfach schrie: »Ich werde entführt! Das sind jordanische Agenten!«, wurde von Mahmud vereitelt. Bevor sie zum Jordan aufbrachen und Schumann sich in eine alte zerrissene Dschellabah hüllen mußte und seinen Kopf mit einem schmutzigen Tuch bedeckte, das mit zwei Gummibändern um die Stirn festgehalten wurde, sagte der Fellhändler:
»Sie werden nicht schreien, Sie werden nicht flüchten, Sie werden keine Zeichen geben! Ich gehe hinter Ihnen, die Pistole in der Hand. Und ich erschieße Sie bei dem geringsten Laut.«

Das fatalistische Lächeln der Orientalen, das wie eine Theatermaske wirkt, erschien auf seinem Gesicht. »Sicher. Ich werde dann auch erschossen werden. Aber Sie wissen, daß uns das Leben wenig bedeutet. Ihre Rechnung mit der Freiheit geht nicht auf. Sie werden auf keinen Fall überleben! Hat das einen Sinn?«

Schumann schwieg. Die Logik Mahmuds war zwingend. Er blickte hinüber zu Narriman und sah sie in einem fürchterlich schmutzigen alten Kleid, in dem sie aussah wie eine Urahne. In ihre schönen Haare hatte sie Dreck geschmiert; niemand würde sie länger als eine Sekunde betrachten.

»Wir verstehen uns?« fragte Mahmud und stieß Schumann an.

»Ja«, antwortete Dr. Schumann heiser.

»Dann los.«

Der Zug zum Jordan war mühselig. Die Ochsen hatte Mahmud dem Bauern gegeben, bei dem sie nun fast sechs Tage gewohnt und gewartet hatten. Auch der Karren blieb zurück. Dafür luden sich Mahmud, Narriman und Schumann große Ballen aus Decken auf die Schultern, so wie alle anderen arabischen Flüchtlinge, die hinüber wollten in das freie Jordanien. Was sie dort erwartete, wußten sie: Hunger, Elend, Obdachlosigkeit, Armut ... und vielleicht ein Grab am Straßenrand oder zwischen den Steinen der Wüste Gor. Aber sie waren frei! Sie lebten nicht mehr mit den Juden zusammen. Und sie konnten hassen.

Vergeblich verhörten in diesen Tagen ganze Trupps der internationalen Hilfsorganisationen die arabischen Flüchtlinge ... ein tragisches Geheimnis lag über dieser neuen Völkerwanderung von Westen nach Osten.

In dem langen Zug der Tausende marschierten auch Mahmud, Narriman und Schumann. Über der Allenby-Brücke am Jordan stand die Luft glühend wie in einem Backofen. Hier liegt das Tal 350 Meter unter dem Meeresspiegel. In weiß schimmernde Felsen hat sich der Fluß eingegraben; grünlich und dann wieder braungelb fließt der Jordan träge durch sein Felsbett ... und dahinter und um ihn herum und so weit das Auge reicht, von Horizont zu Horizont, dehnt sich die Wüste, staubt der gelbe Sand, zerfallen die Steine in der Glut der nackt im milchigen Blau des Himmels stehenden Sonne.

Mahmud hielt an, als sie die Allenby-Brücke sahen. Kolonnen von Lastwagen, Kettenfahrzeugen, Jeeps und Panzern bildeten eine stählerne Mauer vor dem zerfetzten Eisenskelett der Brücke. Zelte mit der Roten-Kreuz-Fahne, Lastwagen mit der israelischen Sanitätsflagge, Männer und Frauen mit weißen Armbinden verengten den Flüchtlingsstrom bis zu den schmalen Holzbohlen, die schwankend über die Trümmer im Fluß gelegt waren.

Hier gab es die letzten Kontrollen. Hier wurden die Lastwagen ausgeladen, die aus dem Westen heranrollten. Menschenfracht. Elende, verbissene, stumme Araber. Mit leeren Augen starrten sie über den Jordan in das freie Reich ihres Königs Hussein. Hinter ihnen lag ein ganzes Leben. Dort waren die verlassenen Häuser, die kargen, aber geliebten Felder, dort waren die Gräber ihrer Vorfahren, die Gärten mit den niedrigen Mauern, die Ölbäume und Tamarisken, unter denen sie abends im Schatten saßen, rauchten und schweigsam über das schöne Land blickten, von dem Josua vor über 3200 Jahren schon ausrief, er habe das Land gefunden, in dem Milch und Honig flossen. Das war nun alles vorbei. Für immer verloren.

Für immer?

Sie standen am Jordan und blickten nach Osten. Aber ihre Herzen blieben im Westen. Und ihre Kinder und Kindeskinder würden an das ferne, schöne Land denken, aus dem sie weggezogen waren, um zu hassen.

Mahmud und Narriman nahmen Dr. Schumann in die Mitte, als sie die Kontrollen zur Brücke passierten. Narriman ging voran, Dr. Schumann war in der Mitte, Mahmud folgte ihm, ganz nahe,

unter dem schmutzigen Hemd die Pistole umklammernd. Jetzt, im Angesicht des Zieles, trugen sie nichts mehr mit sich. Die Ärmsten der Armen waren sie, vom Staub überkrustet. Zwei Männer des Internationalen Roten Kreuzes und zwei israelische Soldaten kümmerten sich um sie.
Sie winkten sie heran zu einem Lastwagen, wo ein Turm von flachen Matzen, das sind Scheiben ungesäuerten Brotes, lag. Daneben standen Kessel mit Wasser, und jeder durfte einen Blechbecher voll trinken und eine Matze mitnehmen.
Dr. Schumann straffte sich. Mahmud, der hinter ihm ging, beugte sich vor. »Ich habe den Finger am Abzug«, flüsterte er. »Gehen Sie weiter. Nehmen Sie ein Brot, trinken Sie einen Becher Wasser ... Ihr Heldentum würde zwei Sekunden dauern. Was haben Sie davon, wenn man Sie heute abend hier am Jordanufer begräbt?«
Dr. Schumann ging weiter.
Er ließ sich die Matze geben und steckte sie in einen alten Sack, den er in der Hand hielt. Er kam zu den Wasserkesseln und schlürfte das warme Wasser, das streng schmeckte und zwischen den Zähnen knirschte. Er sah den israelischen Soldaten groß an, er wandte sich um zu dem Roten-Kreuz-Helfer, einem Europäer, vielleicht sogar ein Schweizer ... dreißig Zentimeter trennten ihn von der Freiheit ... und zwei Sekunden vom Tod. Um ihn herum brandete der Lärm von Tausenden von Flüchtlingen. Frauen und Kinder weinten, Motoren heulten auf. Kommandos ertönten, auf den schwankenden Holzstegen balancierten die Menschen über den Fluß. Sie trugen Kessel und Matratzen über den Köpfen ans andere Ufer, Stühle und Schrankteile, lahme Alte und quäkende Säuglinge, Bettgestelle und zusammengerollte Teppiche, Tische und Kisten mit Hausrat. Am steilen Ufer, neben dem Laufsteg, saß ein junger Bursche und hielt ein altes Trichtergrammophon auf den Knien. Er hatte es geerbt von seinem Vater, und dieser hatte erzählt, der Großvater habe es

von einem englischen Offizier geschenkt bekommen. Nun war es das letzte, was der Junge noch besaß, und er wollte es mitnehmen über den Fluß.

»Zuerst Frauen, Kinder und Alte!« hieß es an diesem Tag, an dem über sechstausend Flüchtlinge vor der zerstörten Brücke standen. Und so saß der Junge am Ufer im Sand und ab und zu drehte er mit der Kurbel die Feder auf, legte eine Platte auf und ließ den scheppernden Schall der Musik durch den Lärm der vielen Menschen tönen.

Meistens waren es Märsche. Er hatte sieben Platten, und sie lagen wie kostbare Diamanten eingewickelt in einer dicken Decke, damit sie nicht zerbrachen.

Der Jordan. Die Bohlen des Laufstegs über die Eisengerippe der Brücke. Über dem Fluß schwebte die Luft wie eingedickte Sonnenglut.

Dr. Schumann ging langsamer. Mahmud hinter ihm prallte auf ihn und zischte ihn an. »Weiter! Noch zweihundert Schritte ...«

Narriman ging voran. Ein israelischer Soldat führte sie bis zur Mitte der Brücke. Dort war die Grenze. Ein jordanischer Soldat streckte ihr die Hand hin ... und sie ergriff sie, drückte sie und begann zu lachen, als sei sie irr.

Dr. Schumann sah hinunter auf den Fluß. Links und rechts der zerstörten Brücke kletterten Flüchtlinge die Steilhänge hinunter und wateten, riesige Bündel auf den Köpfen, durch die sandgelben Fluten. Nur ganz Starke konnten das tun, denn am anderen Ufer hieß es dann, wieder die Felsen emporzuklettern, die unter den Händen zerbröckelten. Die meisten tasteten sich über die Brückenstege.

Noch zehn Schritte, noch drei ... noch einen ...

Dr. Schumann stand vor dem jordanischen Soldaten. Zwei Schritte hinter ihm folgte Mahmud, er passierte gerade den letzten israelischen Posten. Narriman lehnte an einem Eisenträger,

ihre Augen glänzten in einem fanatischen Feuer. Sie streckte Schumann beide Arme entgegen, und er faßte ihre Hände und ließ sich hinüberziehen in ein Land, aus dem es keine Wiederkehr mehr gab.
Sehr schnell erreichten sie das jordanische Ufer des Flusses. Sie liefen jetzt. Aber auch am anderen Ufer sah es nicht anders aus als drüben in Israel. Zeltlager, Lastwagen, alte Omnibusse, die Frauen und Kinder einluden, Hütten des Roten Halbmondes, einer Organisation ähnlich dem Roten Kreuz, UNO-Beobachter, Journalisten aus allen Ländern, die filmten und knipsten und interviewten, Soldaten, die mit finsteren Gesichtern über den Fluß sahen.
»Nun sind wir da!« sagte Narriman und warf ihre schmutzigen Kleider ab. Auch Mahmud und Schumann zogen die dreckigen Hemden aus. Sie trugen Shorts und Netzhemden, nur die Kopftücher ließen sie auf wegen der sengenden Sonne.
»Gebt das Brot her!« sagte Narriman hart. Sie nahm Mahmud und Schumann die israelischen Matzen ab, trug sie ans Ufer und warf das Brot hinunter in den Fluß. »Und wenn ich verhungern sollte!« schrie sie dabei. »Ich esse kein geschenktes jüdisches Brot!«
»Was sind Sie für eine Frau, Narriman«, sagte Schumann. Er stand neben ihr und sah zu, wie arabische Kinder in den Jordan stürzten und sich das Brot aus dem Wasser fischten. Wie große braune Ratten wimmelten sie unten am Fluß zwischen den glühenden Felsen.
»Sie kennen mich noch nicht, Doktor.« Narriman warf den Kopf in den Nacken. Sie schüttelte die Haare und breitete die Arme weit aus. »Frei! Frei! O Doktor . . . was fühlen Sie jetzt?«
»Beklemmung über meine Feigheit.«
»Es gehörte mehr Mut dazu zu schweigen, als zu schreien. Wissen Sie, wohin wir gleich fahren?«
»Nach Amman, denke ich.«

»In einen Palast. Und er wird Ihnen gehören . . .«
Von der Straße kam Mahmud gelaufen und schwenkte beide Arme. »Der Wagen ist da!« schrie er. »Er wartet schon seit vier Tagen. Los! Los!«
»Kommen Sie, Doktor.« Narriman hakte sich bei Schumann ein, als wollten sie eine Promenade durch einen Kurpark machen. »Von jetzt ab sind Sie eine geehrte Person. Sie haben einen Wagen, einen Chauffeur, drei Diener, einen eigenen Friseur. Gehen wir!«
Über die Brückenbohlen balancierte der arabische Junge mit seinem Trichtergrammophon. Er drückte es fest an die Brust, es spielte, und der Trichter ragte unter seiner linken Achsel hervor und plärrte die Musik über den Jordan.
Dr. Schumann hörte es ganz deutlich, und ein schmerzliches Lächeln glitt über sein staubiges Gesicht.
Es war ein deutscher Marsch.
Alte Kameraden . . .
Neben einem großen amerikanischen Wagen stand ein in blendendes Weiß gekleideter Chauffeur und hielt die Tür auf. Er grüßte militärisch und sagte auf englisch: »Guten Abend, Sir . . .«
Dr. Schumann stieg ein und schloß die Augen.
Der goldene Käfig hatte sich geschlossen.

5

Die erste Nacht in Amman, der haschemitischen Königsstadt, verbrachte Dr. Schumann auf dem flachen Dach seiner weißen Villa. Sie stand etwas erhöht am Dschebel El Luweibida, und vor ihm lag die weite Stadt im bleichen Mondlicht. Die schlanken Minarette der El-Hussein-Moschee stachen in den Nachthimmel, in den Straßen der Neustadt schimmerten die Lichter, weit in der Ferne begannen die Wüstenberge, grauschwarze Wände in der Nacht, durchsetzt mit silbernen Platten, wenn der Mondschein bei seiner Wanderung über ebene Wüstenfelder glitt.

Dr. Schumann hatte noch keine Zeit gehabt, sein großes Haus zu besichtigen. Er hatte sich unter die Brause gestellt und den Schmutz der Wanderung abgespült. Nun genoß er die Kühle der Nacht nach Tagen der Glut, saß in einem Korbsessel auf dem flachen Dach und sah über Amman. Hinter ihm stand Narriman und hatte beide Hände auf seine Schultern gelegt. Sie schwiegen eine lange Zeit, nur ab und zu verstärkte sich der Druck von Narrimans Fingern.

»Eine Nacht voller Frieden«, sagte sie. Ihre Stimme klang merkwürdig hohl. »Wie gefällt Ihnen Amman, Doktor?«

»Müssen Sie nicht nach Hause?« erwiderte er.

»Wer erwartet mich denn?«

»Ihr Mann.«

»Er weiß gar nicht, daß ich gekommen bin. Wir haben uns in diesem Jahr dreimal gesehen ...« Sie beugte sich herab und legte das Kinn auf Schumanns Haare. »Ich mag Sie, Peter«, sagte sie mit erschreckender Offenheit. »Ich werde heute nacht bei Ihnen bleiben. Und morgen und übermorgen ... und alle Tage ... und Nächte ...«

»Und immer auf dem Dach? Es wird langweilig werden, Narriman. Einmal erschöpft sich auch der schönste Blick auf Minarette und Kuppeln.«

»Ihr Spott ist keine gute Waffe, Peter.« Narriman umschlang seine Schultern, drückte seinen Kopf nach hinten und versuchte ihn zu küssen. Sie war stark in ihrem Verlangen, aber Schumann befreite sich mit einem Ruck und hielt ihre Hände fest, die ihn streicheln wollten.

»Ich liebe Sie, Peter«, sagte Narriman. Ihr Atem flog über seinen Nacken, als sei sie schnell gelaufen. »Bin ich denn aus Holz? Sind Sie kein Mann, Peter?«

»Sie vergessen Ariela, Narriman!« Schumann stand auf. Narrimans Arme fielen herab.

»Wollen Sie, daß ich sie vernichte?« sagte sie leise. »Wollen Sie, daß ich diese kleine mandeläugige Jüdin zum Popanz mache? Ich kann sie töten mit meinem Haß!« Und plötzlich sprang sie heran und riß Schumann an den Schultern herum. »Wollen Sie sie hier haben?« schrie sie. Ihre Augen sprühten vor Haß. »Soll ich sie Ihnen herholen? Soll ich sie Ihnen zeigen, wie sie als Marionette an meinen Fingern tanzt? O Gott, warum zwingen Sie mich, so zu sein? Warum lieben Sie mich nicht, Sie Narr?«

Stumm wandte sich Dr. Schumann ab und verließ das flache Dach. Er stieg hinunter in die prunkvollen Räume mit den Säulen und Bogenfenstern, und er hatte das schreckliche Gefühl, daß Narriman die Möglichkeit besaß, auch Ariela aus Jerusalem herauszuholen.

Das Gefühl, nicht allein zu sein, dieses Kitzeln der Nerven im Nacken, wenn alle Sinne angespannt sind, Gefahren zu erahnen, ehe man sie erkennt, ließ Schumann sich schnell umdrehen, als er das hallenartige Wohnzimmer betreten hatte und seine Taschen abtastete, ob er noch eine Zigarette fand.

Zwischen zwei schlanken Säulen, die einen kleinen Balkon zum Innenhof zierten, aus dem das leise Plätschern eines Springbrunnens heraufklang, stand Mahmud ibn Sharat. Auch er hatte sich umgezogen und trug jetzt einen kostbaren, mit Goldstickereien reich besetzten Haikh, jenes mantelartige Kleidungsstück der

Beduinen-Scheiks und reichen Araber, das Würde, Hoheit und Macht ausdrückte.

»Was machen Sie hier?« fragte Schumann. »Ich dachte, das seien meine Räume? Ich liebe es nicht sonderlich, wenn man mir nachts auflauert . . .«

Mahmud löste sich aus dem Schatten des Balkons und kam näher. Er sprach, wie immer, wenn er sich mit Schumann unterhielt, Englisch.

»Sie sind gerade ein paar Stunden in Amman«, sagte er. Sein Raubvogelkopf unter dem Kopftuch wirkte wie aus braunem Holz geschnitzt. »Sie mögen für Jordanien ein wichtiger Mann sein — das ist Sache der Politiker. Für mich sind Sie ein Floh, der mich stört!«

»Ich kann nicht behaupten, daß mir Ihr Anblick sonderlich gefällt. Aber um uns das zu sagen, brauchen wir uns nicht eine Nacht auszusuchen.«

»Narriman ist bei Ihnen?« fragte Mahmud.

»Ja. Sie sitzt noch auf dem Dach.«

»Sie wird bei Ihnen bleiben?«

»Ich weiß es nicht.«

»Sie lügen!«

»Gehen Sie aufs Dach und fragen Sie sie selbst.« Dr. Schumann sah sich um. Der riesige Raum war fast leer bis auf eine Sesselgruppe und einen langen Tisch mit Marmorplatte im Hintergrund. Über den Mosaikboden waren wundervolle Teppiche gebreitet. »Ich bin müde und möchte schlafen. Wenn Sie mich jetzt allein lassen . . .«

»Allein mit Narriman!«

Schumann wandte sich zu Mahmud um. »Ich weiß nicht, ob ich mit Narriman allein in diesem Hause bin«, sagte er laut. »Es ist mir auch gleichgültig! Sie haben mich fast acht Tage lang durch Wüste und glühende Sonne geschleppt — nun gönnen Sie mir endlich meine Ruhe! Gute Nacht!«

Mahmud ging nicht; im Gegenteil, er kam näher. Seine schwarzen Augen glühten, und zum erstenmal verstand Schumann, was man meinte, wenn man von sprühenden Augen sprach.
»Narriman wird Ihre Geliebte werden«, sagte Mahmud heiser. »Sie ist eine Frau, die ihr Ziel erreicht. Sie wird noch heute nacht bei Ihnen sein. Doch bevor Sie sie in Ihre Arme nehmen, sollen Sie wissen, daß ich Sie dafür bestrafen werde!«
»Sie sind verrückt, Mahmud«, erwiderte Schumann und ging zu der Sitzgruppe. »Sie sind wirklich verrückt. Wenn Sie Narriman lieben, bitte, gehen Sie aufs Dach und sagen Sie es ihr. Sie ist gerade in bester Stimmung! Der Mond scheint, es ist nicht allzu kalt, die Stadt sieht aus wie aus Tausendundeiner Nacht ... vielleicht erhört Narriman Sie ...«
»Nicht, solange es Sie gibt!«
»Es ist nicht meine Schuld, daß ich in Amman bin. Ich wäre lieber in Jerusalem.«
Mahmud atmete tief auf. Sein Adlergesicht war unbeweglich.
»Der Orient ist voller Geheimnisse«, sagte er dunkel. »Menschen verschwinden und kehren nie wieder. Es ist anders als bei Ihnen in Europa. Dort sucht man, dort ist ein Leben kostbar ... hier begräbt jemand für einen Piaster einen Menschen, und für einen zweiten Piaster schweigt er bis zum Lebensende. Ich habe mir gedacht, daß es ein Rätsel bleiben könnte, wie und wohin ein deutscher Arzt plötzlich verschwinden kann, nachdem er mit so viel Mühe erst nach Amman gebracht worden ist. Es wird viel Aufregung geben, aber auch ein schnelles Vergessen. Wir kennen die Wüste. Geier und wilde Hunde ersparen uns viel Arbeit. Um es kurz zu sagen: Sie stehen mir im Weg! Narriman ist mir wichtiger als der Traum, man könnte durch Sie eine Bakterienbombe gewinnen, die Israel auslöscht!«
Dr. Schumann hatte das unheimliche Gefühl, eine Art Todesurteil zu hören. Er starrte Mahmud ibn Sharat an und wußte plötzlich, daß jetzt, in dieser Minute, die Entscheidung fiel. Und es

war keine politische Entscheidung, sondern der lächerliche Zweikampf um eine Frau, die ihn nicht interessierte und vor der er doch wie eine Art Mauer stand, an der sich Mahmud den Kopf einrannte.

»Ich werde Narriman rufen!« sagte er und wollte zur Tür. Aber die Hand Mahmuds schnellte vor und hielt ihn fest. Im gleichen Augenblick blitzte etwas in der Rechten ibn Sharats auf, und Schumann erkannte einen gebogenen Dolch, der auf ihn niederstieß.

Mit einem dumpfen Laut warf er sich auf den Araber. Es war die einzige Möglichkeit. Nach vorn, gegen ihn prallen, ihn umreißen, ihm den Schwung des Zustechens nehmen.

Die Körper stießen zusammen. Mit beiden Fäusten schlug Schumann zu, und sie waren wie zwei Hämmer, die in Mahmuds Gesicht stießen. Er war schon immer ein guter Boxer gewesen ... auf der Universität war er dreimal Studentenmeister im Halbschwergewicht gewesen, und auch nachher boxte er gern zum Vergnügen und hatte selbst in Jerusalem, im Krankenhaus, in den wenigen freien Stunden sich durch Tennisspielen und Schwimmen kräftig und geschmeidig erhalten.

Nun zeigte es sich, wie gut das war. Mahmud taumelte zurück, der Dolch glitt über den Teppich ... einen Augenblick standen sie sich gegenüber, wie Ringer, die sich abtasten, dann stürzten sie wieder aufeinander zu und schlugen stumm aufeinander ein. Es war ein seltsamer Kampf, in dem man nur das Klatschen der Schläge und heftiges Atmen hörte. Es gelang Mahmud, seine Hände um den Hals Schumanns zu legen, und als ihm dies geglückt war, stieß er ein wildes, unterdrücktes Geheul aus, so wie die Schakale heulen, wenn sie ihre Beute erreicht haben.

Schumann riß an Mahmuds Händen. Vor seinen Augen flimmerte es, das Zimmer bekam rosarote Wände, und von der Decke regnete es Tupfen und Kreise.

Das ist nicht das Ende, dachte er und rang nach Luft. Das kann

nicht sein! Erwürgt in Amman! Und verscharrt in der Wüste, irgendwo in einem Wadi oder auf einem Dschebel.
Mit letzter Kraft schlug er zu. Er traf etwas Weiches, der Druck der Finger ließ nach, und da schlug er wieder zu, verzweifelt und mit ganzer Kraft. Er sah nicht mehr, was er traf, er spürte nur, daß er in etwas Nasses, Klebriges hineinhämmerte und daß plötzlich nichts mehr vor ihm war und seine letzten Schläge ins Leere, in die Luft zischten.
Mahmud lag auf dem Teppich, auf dem Rücken, die Arme ausgebreitet. Das Gesicht voll Blut, der Mund aufgedunsen, als habe man Luft in die Lippen geblasen.
Schumann sah seine Fäuste an. Er schüttelte das Blut von seinen Fingern, schwankte zu dem Balkon und lehnte sich weit über die Brüstung. Unten, im Innenhof, plätscherte der Brunnen.
In diesen Minuten der Erschöpfung aber wurde in Schumann ein irrsinniger Gedanke geboren. Gab es einen Weg nach Amman, so mußte es auch einen Weg zurück nach Jerusalem geben. In dem Völkergemisch, das der Krieg hin und her treibt, in der Ebbe und Flut von Flüchtlingen und Zurückkehrenden würde es auch eine Welle geben, die ihn hinüberspülte nach Israel, zurücktrug ins Heilige Land, zurück zu Ariela . . .
Dr. Schumann rannte in sein Badezimmer, wusch sich, warf seinen arabischen Umhang über, setzte das Kopftuch auf, steckte den Dolch Mahmuds in seinen Gürtel und trat hinaus in das von Säulen getragene Treppenhaus.
Er sah niemanden. Die Diener mußten in einem anderen Teil des großes Hauses wohnen, oder man hatte sie für diese Nacht weggeschickt.
Unbehelligt erreichte Schumann die Eingangshalle, öffnete die Tür und trat hinaus auf die Straße. Ruhig, als sei er ein später Spaziergänger, ging er zwischen den niedrigen Araberhäusern den Weg vom Dschebel hinunter und erreichte nach zehn Minuten die King-Feisal-Street, die neue Prachtstraße, die zur Un-

terstadt führt und an der herrlichen El-Hussein-Moschee endet.

Hier geriet Dr. Schumann in einen nächtlichen Menschenstrom, wurde an Cafés und Läden vorbeigetrieben, sah riesige Plakatwände mit den Bildern König Husseins und Nassers, bemerkte auf allen Plätzen jordanisches Militär und blieb ein paarmal stehen, um zurückzublicken zum Dschebel El Luweibida, wo er vor einer halben Stunde noch ein wichtiger Staatsgefangener gewesen war.

Hier, mitten in der Stadt, kümmerte sich keiner um ihn. Niemand sah ihn kritisch an, niemand betrachtete ihn argwöhnisch, keiner hielt ihn an und schrie: »Das ist ein Europäer! Auf ihn!«

In der Masse der Menschen war er einer von ihnen. Es war unbegreiflich, wie einfach es gewesen war, von Mahmud und Narriman wegzukommen.

Nach einer Stunde erreichte Schumann das alte Römische Theater, den riesigen Halbkreis mit den steinernen Sitzreihen, auf denen zur Zeit des Antoninus viertausend Zuschauer den Gladiatoren zujubelten oder den Chören der Tragödien lauschten.

Hier erst ruhte sich Dr. Schumann aus und setzte sich auf einen Säulenrest.

Davongelaufen war er nun ... aber wie kam man nach Jerusalem?

Was unternahmen Mahmud und Narriman, nachdem sie sein Verschwinden bemerkten? War die Polizei schon alarmiert? Suchten die Spitzel der politischen Geheimtruppe schon in den Straßen? War er so wichtig, daß man alle Straßen, die aus Amman hinausführten, sperrte? Saß er in einem riesigen Käfig, der von Stunde zu Stunde enger wurde?

In diesen Minuten war es Dr. Schumann gleichgültig. Die Erschöpfung warf ihn einfach um. Er legte sich neben der Säule auf die Erde und schloß die Augen.

Unbewußt tat er damit das Beste, denn Hunderte lagen nachts

im Freien und schliefen in Ruinenecken, zusammengerollt wie frierende Hunde. An ihnen ging man vorbei wie an Unrat und blickte nicht einmal hin. Wer ahnte schon, daß so ein Dr. Schumann schlief, der für Jordanien das Heilige Land wiedergewinnen sollte ...

Am Morgen weckte ihn der Lärm der Straße. Panzer ratterten über den Theaterplatz, und Kolonnen von Lastwagen mit jordanischen Soldaten fuhren die Hashimi-Street hinunter, der Ausfallstraße nach Jerusalem entgegen. Was Schumann schon hinter der Allenby-Brücke auf jordanischer Seite gesehen hatte, wurde hier noch bestätigt. Israel hatte eine große Schlacht nach allen Seiten hin gewonnen, aber nicht den Krieg! Der Waffenstillstand war kein Frieden ... der Aufmarsch der Araber ging weiter. Hinter der Allenby-Brücke war ein Heerlager entstanden; jedes Wadi, durch das ein Panzer hätte fahren können, war vermint, die Straßen ins Innere waren zur Sprengung vorbereitet, in den Steinhaufen der Wüste saßen wie kleine Forts Trupps mit Panzerabwehrkanonen, Minenwerfern und Feldgeschützen. Hinter Sanddünen warteten Panzereinheiten. Flammte der Krieg zum zweitenmal im Heiligen Land auf, gab es keine Überraschung mehr. Jetzt wartete man auf die Israelis. Man wußte — wurde das Signal zum Krieg gegeben, so kamen sie, und alles war zum Empfang vorbereitet.
Dr. Schumann kroch aus seinem Nachtlager hervor. Der Schlaf auf der Erde hatte ihn weniger mitgenommen, als er geglaubt hatte. Auch auf staubigem Boden läßt sich gut schlafen, wenn der Körper die Ruhe braucht.
Nun unterschied er sich kaum noch von den Arabern. Durch die Staubschicht auf seinem Gesicht drückten sich die Bartstoppeln, und in acht Tagen würde er einen richtigen Bart haben, der sein Gesicht völlig veränderte. Dann wirkte er wie ein Beduine, der aus der Weite der Wüste am Wadi Hauran in die Hauptstadt

des Königs gezogen war, um gegen handgewebte Teppiche aus Kamelwolle Munition für die langen, alten Gewehre einzutauschen, mit denen schon die Großväter geschossen hatten.
Tagsüber wimmelte es in den Straßen Ammans von Menschen wie in allen orientalischen Städten. Aber man sah jetzt kaum noch Europäer. Ein paar Autos mit der Roten-Kreuz-Fahne fuhren herum, sonst aber blieben die Ausländer in ihren Häusern oder hatten in den Botschaften und Konsulaten Schutz gesucht. Der arabische Nationalismus war wie ein Feuer. In ihm verbrannte in diesen Tagen alles, was nicht zu Mohammed betete. Der Heilige Krieg gegen die Juden war zu einer Blamage geworden; von den Großmächten fühlten sich die Araber verraten und verkauft. Dieselben Staaten, die ihnen Waffen und Panzer geliefert hatten, benahmen sich in den Stunden der Not wie die drei heiligen Affen: Nichts sehen, nichts hören, nichts sagen.
Vor dem Hotel Philadelphia, einem Luxusbau mit Klimaanlagen, Schwimmbad, Nachtlokalen und einem Garten, von dessen Terrassen man zum Römischen Theater sah, blieb Dr. Schumann stehen. Der Portier stand gelangweilt in der gläsernen Tür. Es gab nichts zu tun. Die Hotels waren fast leer. Ein paar Journalisten lungerten herum, aber was kann man schon an Journalisten verdienen? Die reichen Gäste, die internationalen Geschäftsmänner und Ölkaufleute, die Exporteure waren wie die Zugvögel weggezogen. So wie ein Vogelschwarm sich in den Himmel hebt, wenn es knallt, waren sie davongestoben.
Neben dem Hotel war eine Holzwand mit einem großen Stadtplan von Amman. Er war in englischer Sprache, und Dr. Schumann studierte ihn genau. Es war die Bekanntschaft mit einer Stadt, aus der er vielleicht erst in Wochen herauskam.
Straße für Straße betrachtete Dr. Schumann. Die öffentlichen Gebäude waren eingezeichnet, die Sehenswürdigkeiten, die staatlichen Stellen, die ausländischen Vertretungen.
Dr. Schumann sah auf ein schwarzes Rechteck im Süden der

Stadt. Etwas seitlich der Straße nach Akaba lag es. Italienisches Krankenhaus stand da. Auf der anderen Seite der Straße ein anderer schwarzer Fleck. Römisch-katholische Kirche.
Das Viertel der Christen?
Ich muß es versuchen, dachte er. Es wird doch möglich sein, einen einzelnen Menschen zu verstecken. Und wo ist das einfacher als in einem Krankenhaus? Ein Bett auf der Isolierstation ... es gibt kaum einen Ort, der sicherer ist.
Er machte sich auf den Weg, wanderte durch die Stadt, schob sich durch enge Gassen. Er hatte Hunger. Vor dem Italienischen Krankenhaus, einem imponierenden Bau, blieb er stehen und überlegte, wie er es betreten sollte ... so, wie er jetzt war, als schmutziger Araber ... oder in Hose und Hemd, die er unter der Dschellabah trug. Er beschloß, so zu bleiben wie er war, denn es war nicht auszuschließen, daß Geheimpolizisten, von Narrimans Auftraggebern alarmiert, alle Gebäude und vor allem die Botschaften und Konsulate bewachten, um Dr. Schumann zu ergreifen, wenn er dort Schutz suchte.
In der weißen Eingangshalle kam ihm eine Schwester entgegen und musterte ihn kritisch. Dr. Schumann nickte ihr zu und sagte auf italienisch: »Guten Morgen, Schwester. Würden Sie mich bitte zum Chefarzt führen. Doktor Schumann, ein Kollege.«
Die Schwester hob die Schultern und antwortete auf arabisch. Als sie sah, daß der schmutzige Kerl, der da von der Straße gekommen war, sie nicht verstand, zeigte sie auf eine Steinbank an der Wand, machte eine Bewegung, die zum Sitzen aufforderte, und verschwand hinter einer Tür.
Dr. Schumann saß fast eine Stunde geduldig auf der Bank.
Krankenhaus, dachte er. Ob in Europa oder im Orient, es ist anscheinend überall gleich. Man muß warten. Und manchmal wird man sogar vergessen, oder die Schwester sagt nach zwei Stunden: »Ach, Sie sind ja noch immer da! Jetzt ist der Herr Doktor leider schon weg ...«

Als eine Stunde um war, stand Dr. Schumann auf und klopfte an die Tür, hinter der die Schwester verschwunden war. Er trat ein und fand die Schwester beim Zeitunglesen.
»Du sollst warten!« schrie sie den schmutzigen Kerl auf arabisch an. »Die Poliklinik ist noch nicht offen.«
Poliklinik, das war das einzige Wort, das Dr. Schumann in dem Schwall der fremden kehligen Worte verstand. Er schüttelte den Kopf und sagte:
»Nix Poliklinik. Chef! Chief . . .«
»Sie wollen zum Chef?« Die Schwester sprach plötzlich englisch. »Wieso?«
Dr. Schumann atmete erleichtert auf. »Ich bin Doktor Schumann«, sagte er. »Arzt aus Deutschland.«
»Sie . . . Sie sind . . .«
Die Schwester warf die Zeitung weg und rannte hinaus. Noch beim Hinauslaufen schüttelte sie den Kopf.
Zehn Minuten später saß Dr. Schumann dem leitenden Arzt der Chirurgie, Dr. Paolo Cabernazzi, gegenüber. Schumann hatte sich gewaschen und trank nun eine Tasse köstlichen Kaffee. Es war der erste Kaffee nach fast zehn Tagen. Drei belegte Brötchen lagen auf einem Teller, und Schumann aß erst einmal, ehe er allen inneren Druck, alle Angst, alle Sorgen um die Zukunft so weit beiseitegeschoben hatte, daß er reden konnte.
»Das ist eine Geschichte wie bei Karl May!« sagte Dr. Cabernazzi, als Schumann von den letzten Tagen berichtet hatte. »Aber im Gegensatz zu ihm, wo man die Abenteuer im Sessel liest, ist Ihr Abenteuer lebensgefährlich. Sie sind sich doch darüber im klaren, daß Sie jetzt Staatsgeheimnis Nummer eins sind und man Sie jagt mit aller orientalischen Tücke.«
»Wenn sie wissen, wo sie mich finden könnten!« Dr. Schumann nahm eine der angebotenen Zigaretten und machte einen tiefen Zug. »Sie haben doch gar keine Anhaltspunkte.«
»Doch, die Wüste!« Dr. Cabernazzi rührte laut den Zucker in

der Kaffeetasse um. Der Löffel klapperte. Dr. Cabernazzi war sichtlich nervös. »Um Amman liegt nur Wüste. Die Scheiks der Beduinenstämme werden längst verständigt sein. Es ist nicht mehr so wie früher, daß man reitende Boten schicken muß ... heute hat jeder Beduinenfürst sein Radio und einen Kurzwellensender. Und sie lieben ihren König Hussein. Sie hassen alles Ausländische. Sie betrachten sich als Nachfahren des Propheten. Ich wette, daß es schon jetzt keinen Scheik vom Jordan bis Akaba gibt, der nicht weiß, wer Doktor Schumann ist und was er für Jordanien bedeutet. Sie haben sich das größte Gefängnis geschaffen, Kollege, in dem je ein Häftling gelebt hat.«

»Die Zeiten werden sich bald ändern. Dann fliege ich zurück nach Europa und von dort wieder nach Israel.«

»Glauben Sie das?« Dr. Cabernazzi sah dem Rauch seiner Zigarette nach. »Es wird sich nichts ändern! Israel wird um seinen Sieg betrogen, die Araber bekommen weiter Waffen, und zwar von den Nationen, die am lautesten Menschenwürde und Menschenrecht predigen, denn Geschäfte sind real, Geschwätz aber billig. Man wird wieder UNO-Truppen schicken, die eine Menge Geld kosten und sich hier den Tripper holen; man wird die Juden streicheln wie unartige Buben und die Araber im ständigen Glauben lassen, daß sie recht haben; man wird alles tun, um hier ein Ventil offen zu halten, denn Israelis und Araber sind ja nur die Boxhandschuhe, in denen die Fäuste der Großmächte stekken. Das ist die Tragik hier im Vorderen Orient ... und es wird immer so bleiben.« Dr. Cabernazzi trank einen Schluck Kaffee. »Worauf wollen Sie also warten, Kollege?«

»Auf meine Rückkehr nach Jerusalem. Das ist alles.«

»Das ist viel! Sie kommen einfach nicht raus. Nicht legal.«

»Dann illegal!«

»Und wo wollen Sie sich die ganze Zeit über verstecken?«

Dr. Schumann sah seinen italienischen Kollegen verwundert an. Diese Frage hatte er nicht erwartet.

»Hier, dachte ich.«
»Hier?«
Das klang gedehnt. Schumann nickte.
»Ich bin Arzt und Bakteriologe. Ich könnte hier im Haus nützlich sein.«
Cabernazzi sah an die Decke. Dort drehten sich die großen Flügel eines Ventilators. »Sie wissen selbst, Kollege, daß wir nicht autark sind. Wir unterstehen der Aufsicht unserer Regierung. Wir haben Planstellen. Und alle Stellen sind besetzt.«
»Ich würde bei Ihnen ohne Gehalt arbeiten. Ein Bett, bescheidenes Essen und Trinken ... Das ist alles. Es geht ja nur darum, abzuwarten. Die Gelegenheit zu finden, nach Israel durchzubrechen.«
»Bedenken Sie die Gefahr, Kollege.« Dr. Cabernazzi zerdrückte seine Zigarette. Er war sehr nervös. »Es könnte sein, daß Ihre Anwesenheit nach außen dringt. Wir haben jordanische Hilfsschwestern, jordanische Krankenpfleger, jordanische Laufburschen und Putzfrauen. Hier wird alles beobachtet, alles registriert, alles nach außen getragen. Wir sitzen wie in einem Glashaus. Ihre Anwesenheit könnte den jordanischen Staat veranlassen, das Krankenhaus zu enteignen. Proteste aus Italien? Ich bitte Sie — was will Italien machen? Einen kleinen Privatkrieg gegen Jordanien — wegen eines Krankenhauses? Die UNO? Man lacht ja darüber! Eine Rechtsgrundlage? Mein Bester, was ist Recht im Orient? Sie sind doch lange genug hier, um das zu wissen. Recht hat der Stärkere. Und das ist im eigenen Land immer der Jordanier!«
Dr. Schumann nickte. Es stimmte alles, was Dr. Cabernazzi sagte ... und doch war es nichts als ein gutformulierter, höflicher und taktvoller Hinauswurf. Er schob den Teller weg, auf dem noch ein belegtes Brötchen lag, und stand auf.
»Ich möchte Ihnen keine Schwierigkeiten machen, Kollege. Es war schön, daß Sie mich für eine Stunde Mensch sein ließen.

Gleich werde ich wieder ein dreckiger Beduine sein. Ich habe ja noch meine Bartstoppeln. Schmutzig werde ich allein.«
Dr. Cabernazzi sprang auf. Ihm war das alles äußerst peinlich. Aber er hatte die Verantwortung für das Krankenhaus. Man konnte nicht ein großes Werk aufs Spiel setzen, um vielleicht einen einzelnen zu retten. Wobei das Vielleicht ganz groß geschrieben werden mußte!
»Haben Sie Geld, Kollege?« fragte er.
»Keinen Piaster.«
»Ich gebe Ihnen hundert Dinare. Damit können Sie allerhand anfangen.« Dr. Cabernazzi griff in die Tasche und holte einige Geldscheine hervor. Dr. Schumann nahm sie, und er hatte durchaus nicht das Gefühl, wie ein Bettler dazustehen.
»Ich schicke sie Ihnen wieder, wenn ich in Jerusalem gelandet bin.«
»Das würde mich aufrichtig freuen. Nicht das Geld ... die Nachricht, daß Sie wieder in Jerusalem sind.«
Dr. Cabernazzi begleitete Dr. Schumann hinunter bis zum Eingang. Dort sahen sie gemeinsam auf die Straße. Auch hier, auf der Ausfallroute nach Petra und Akaba, rollten Kettenfahrzeuge, Panzer, Truppentransporter, Artillerie.
»Sie haben den Krieg noch nicht verloren, sehen Sie es, Kollege?« sagte Dr. Cabernazzi. »In den nächsten Tagen werden Transportflugzeuge neue Waffen bringen. Für die Waffenhändler ist jetzt ein herrlicher Boom!« Er sah Schumann von der Seite an. In einer Aufwallung seiner italienischen Herzlichkeit legte er sogar den Arm um seine Schulter. »Wo werden Sie wohnen? Haben Sie eine Ahnung?«
»Gar keine. Ich werde herumstrolchen. Ich werde mich vielleicht den wilden Hunden anschließen.« Schumann zuckte mit den Schultern. »Auf jeden Fall werde ich nach Westen ziehen, zum Jordan. Ich habe als junger Bursche mal die Weser durchschwommen ... da werde ich den Jordan auch noch schaffen.«

»Ich weiß etwas viel Besseres. Gehen Sie lieber zu Ali, dem Flötenspieler.«
»Wer ist denn das?«
»Ein netter alter Mann. Eine Touristenattraktion. In der Saison sitzt er am Römischen Theater und bläst auf einer Beduinenflöte. Er ist der meistfotografierte Mann von Amman. Sein Verdienst ist enorm. Stehen Engländer um ihn herum, bläst er den River-Kwai-Marsch, sind's Italiener, bläst er O sole mio, sind's Amerikaner spielt er White Christmas ...«
»Und bei den Deutschen?«
»Sie werden lachen: Die Fahne hoch!«
Schumann verzog das Gesicht zu einem matten Lächeln. Er gab Dr. Cabernazzi die Hand. »Es ist nett von Ihnen, mich aufzuheitern. Fröhlich in die Hölle ...«
»Nein! Sie sollen wirklich zu Ali gehen. Er liebt die Deutschen. Er wird Sie bei sich verborgen halten, und dort sucht Sie bestimmt niemand. Das heißt, wenn es Ihnen nicht zuwider ist, in einem Haus zu wohnen, wo Ziegen und Schweine, Hühner und Hunde mit ihnen und neben ihnen schlafen.«
»Ich lege mich zu des Teufels Großmutter, wenn ich dort Ruhe vor Mahmud und Narriman habe.«
»Gut. Ali wohnt in der Gasse der sieben Rosen.« Cabernazzi lachte. »Lassen Sie sich nicht von dem poetischen Namen einfangen ... es stinkt dort wie nach siebzig Misthaufen! Und sagen Sie Ali, ich schickte Sie. Ich habe Ali vor zwei Jahren operiert. Er hatte einen Leistenbruch, so dick wie eine Keule.«
Dr. Schumann sah nicht mehr zurück, als er wieder auf der Straße stand und im Staub, den die Lastwagenkolonnen aufwirbelten, stadteinwärts ging. Der Schmutz, der an ihm hängenblieb, war ihm gerade recht ... er führte ihn in die Gemeinschaft der armen Nomaden zurück, deren Heimat die Straße ist, ein Platz unter einem Baum das Bett und eine Grube, seitlich der Wüstenpiste, die ewige Ruhestätte.

Ali, der Flötenspieler. In der Gasse der sieben Rosen.

In der Altstadt wiederholte er den Namen. Es war das einzige arabische Wort, das er kannte. Ein vor Schmutz klebriger Junge sprach auf ihn ein und machte weite Handbewegungen. Dr. Schumann zögerte. Dann zeigte er auf Mund und Ohren, schüttelte den Kopf und hob die Hände gegen den Himmel. Der Junge verstand.

Er nahm den Tauben an die Hand und führte ihn zur Gasse der sieben Rosen.

»Ali . . .« sagte Schumann. »Ali . . .«

Der Junge nickte. Vor einem Haus, das mehr einem Trümmerhaufen glich und aus dem der Geruch heißen, ranzigen Fettes quoll, blieb er stehen.

Durch einen Eingang, vor dem ein Sack hing, und durch einen Flur, in dem Hühner aufflatterten und in dem es nach Schweineurin roch, betrat Dr. Schumann das Haus.

Vor einem Steinofen saß Ali, der Flötenspieler, und ließ in einem Kessel voll brodelnden Öls süßes, zu Kringeln geformtes Gebäck tanzen.

Sie flogen in einem Hubschrauber über die Sinai-Wüste und suchten Verdurstende. Es war ein großer Hubschrauber, der sonst Truppen transportierte und Stoßtrupps in die Nähe des Feindes brachte. Jetzt saßen nur der Pilot, Major Rishon und Ariela darin. Hinter ihnen stapelten sich Plastikkanister voll Wasser. Man hatte sie rot angestrichen, damit sie in der Wüste auffielen und die Verdurstenden sie wiederfanden, wenn man sie aus geringer Höhe abwarf. Man hatte das schon beim ersten Sinai-Krieg 1956 ausprobiert. Nur wenige Kanister zerplatzten, denn der Sand war weich und federte. Nur wo Geröllhalden waren, konnte man nichts abwerfen. Die Piloten flogen dann Kreise, wiesen den durch die Wüste Taumelnden den Weg und setzten die roten, leuchtenden Kanister im staubfeinen Sand ab.

Für Ariela stand es fest, daß Peter Schumann einer der unbekannten Toten war, die man irgendwo in Jerusalem aus den Trümmern geholt hatte und sofort begrub, um den süßlichen Geruch der Verwesung nicht noch zu verstärken und den Ratten keine Gelegenheit zu geben, Seuchen zu verbreiten. Im Kriegsgebiet löste sich das Problem fast von selbst. Wer von den ägyptischen Gefallenen nicht durch die gefangenen Kameraden begraben wurde, irgendwo am Straßenrand, neben den zerschossenen Panzern, ausgebrannten Jeeps, zerfetzten Lastwagen und Geschützen, wer noch nach Tagen herumlag und in der Sonne erst aufweichte, dann verdorrte, den nahmen die Geier an oder die vielen wilden Hunde, und die Schakale und Hyänen lieferten sich Schlachten um das stinkende Menschenfleisch.

In den Mägen der Aasfresser, den Mülleimern der Wüste, verschwanden die Söhne Ägyptens.

Ariela war in diesen Tagen schweigsam geworden. Ihre Schulterwunde heilte gut, und als Major Rishon ihr zum fünftenmal im Hospital begegnete, lief sie nicht mehr davon, sondern wartete, bis er sie ansprach.

»Ariela ...« sagte er. Nicht mehr, aber in diesem Wort war alles, was zu sagen war und wozu man sonst tausend Worte brauchte.

»Ja, Moshe.« Sie sah zu ihm auf, und ihre Augen waren glanzlos, als trügen sie, verborgen vor allen, einen Witwenschleier.

»Wir sollten miteinander sprechen«, sagte Rishon. »Der Krieg ist aus. In den Kibbuzim geht die Arbeit weiter. Laß uns tief Luft holen und vergessen, was war. Wir leben für eine Zukunft ...«

»Er ist tot.« Ariela trat neben Rishon auf die Straße. Langsam gingen sie durch den Mamillapark und setzten sich in der Nähe der Höhlen und Grabgewölbe, die ringsherum lagen, auf eine Bank. Von diesem Platz erzählt die Legende, daß hier ein frommer Löwe in den Höhlen hauste, der die Gebeine der Märtyrer bewachte. Wo gibt es einen Stein in Jerusalem, der nicht heilig ist?

»Du glaubst doch auch, daß er tot ist?« fragte Ariela und sah vor sich hin. Sie hatte die Uniform ausgezogen, als sie die Suche nach Schumann abbrach. Sie trug jetzt ein einfaches Sommerkleid, und es stand ihr, als könne nur sie es tragen und niemand anders. Moshe Rishon mußte sie lange ansehen, und sein Herz war voll Sehnsucht und Trauer zugleich.

»Warum sprechen wir nicht von morgen?« wich er aus.

»Weil das Heute noch da ist, Moshe.«

»Ich habe die Berichte der gefangenen Generale abgeschrieben. Du kannst sie lesen.«

»Wie kann er bei mir im Hospital gewesen sein und gleichzeitig in der Wüste?«

»Es war nicht gleichzeitig. Ein Tag lag dazwischen. Die Beschreibung stimmt genau. Zuletzt hat man ihn bei Khamsa, in der Nähe des Suezkanals, gesehen.«

»Ich glaube es nicht!« sagte Ariela leise. »Ich glaube es einfach nicht. Und wenn du hundertmal recht hättest, Moshe ... ich liebe ihn.«

Einen Tag später nahm Rishon sie mit über die Wüste. Er tat es nicht, um ihr die Greuel des Krieges zu zeigen, die halb wahnsinnig durch die Wüste Taumelnden, die lieber verdursteten, als sich in Gefangenschaft zu begeben, und er schwieg auch von den grauenhaften Beobachtungen der letzten Tage. Da hatten sich die Verdurstenden gegenseitig erwürgt oder mit Steinen erschlagen, wenn die Kanister aus den Hubschraubern fielen; Kameraden, die sich vor Sekunden noch gegenseitig stützten, wurden Bestien und trampelten den Freund zu Tode. In einer Senke war es, seitlich der Straße von Gaza nach El Kantara, als er zwei ägyptische Soldaten sah; sie winkten mit Hemdfetzen, sie rannten taumelnd durch den Sand, dem Schatten des Flugzeugs nach, ihre Arme streckten sich empor, in den verdorrten Gesichtern

schrie der Wahnsinn. Wasser! Wasser! Bei Allahs Güte – Wasser! Und sie warfen einen Kanister hinab und sahen, wie der eine den anderen festhielt, wie er sich auf ihn stürzte gleich einem Raubtier, wie er ihm die Kehle durchbiß und dann schreiend zu dem roten Kanister rannte, ihn aufschraubte, das Wasser über seinen Kopf goß und brüllte wie ein verwundeter Stier.
Und sie sahen auch jenen ägyptischen Offizier, auf einem Felsen sitzend, vor sich das Letzte, was ihm geblieben war, ein Flugblatt mit dem Bild Nassers und dessen Aufruf zum Heiligen Krieg. Sie warfen einen kleinen Kanister Wasser ab und einen Sack mit Matzen, und der Offizier stand auf, schraubte den Kanister auf, schüttete das Wasser in den Sand, öffnete den Sack und warf die Matzen wie Steine in die glühende Wüste. Dann hob er die Fäuste und drohte.
Lieber sterben, als von jüdischem Wasser und jüdischem Brot gerettet werden!
Das alles sollte Ariela nicht sehen. Rishon hatte sie mitgenommen, weil Aufklärer gemeldet hatten, daß bei Bir Madkur, einem armseligen Brunnenflecken mitten in der Wüste, ein Jeep zu sehen war, der zur ägyptischen Armee gehören mußte.
Vielleicht ist er das, dachte Rishon. Er hat den Kanal nicht mehr überqueren können und die Flucht nach rückwärts in die Wüste angetreten. Dort wartet er nun, bis der Krieg vergessen ist, und das geht schnell bei denen, die keine Opfer bringen.
Welch ein Wiedersehen, wenn er es wirklich war!
Rishon würde landen, und mit der Maschinenpistole im Anschlag würde er zu ihm hingehen und sagen: »Nehmen Sie die Hände hoch, Sie Lump!« Und er würde es in deutscher Sprache sagen, mit jenem harten Akzent des Ostens, den sein Vater gesprochen hatte. Dann würde er ihn zu Ariela führen und ihn zwingen, sich in den Sand zu knien und zu schreien: »Ich bin ein Schuft! Ich bin ein Schuft!« Und er würde es schreien, in Todesangst, den Lauf der Maschinenpistole im Nacken.

Was würde Ariela sagen?
War dieses Bild genug, aus Liebe Haß werden zu lassen?
Rishon schwieg, als sie jetzt über Bir Madkur flogen. Sie kreisten über den wenigen Tamarisken und den Felsen, zwischen denen der Brunnen lag. Vom Wind weggewehte Beduinenzelte, das war alles, was Rishon sah. Die Wüste war still und öde.
»Was suchst du?« fragte Ariela. »Gibt es hier auch noch Versprengte?«
»Man darf nichts auslassen«, sagte Rishon enttäuscht. Er nickte dem Piloten zu und wies zurück. »Es ist gut. Die anderen Kanister bekommen wir bei Bir Gifgafa los. Dort liegen noch neunhundert Gefangene ...«
Als der Hubschrauber umkehrte, kroch ein Mann aus einem Felsenloch und starrte der brummenden Riesenlibelle nach. Dann ging er langsam zu einem Haufen Steine, warf ein paar zur Seite und kroch in den Jeep, den er so zugedeckt hatte. Mit einem langen Blick überflog er die Kanister, die auf dem Hintersitz lagen. Es waren neunzehn Stück ... aber nur zwei waren mit Wasser gefüllt, die anderen mit Benzin.
Und Benzin kann man nicht trinken.
Zwanzig Liter Wasser noch.
Was ist das bei 50 Grad glühender Hitze?
Jurij Konstantinowitsch Jegorow aus Roslawl streckte sich aus. Heiß war es überall ... hier im Jeep unter den Steinen war es wie in einem Backofen, aber es war schattig. Und die Nacht war kühl ... man konnte sich in ihr baden wie in einem See.
Was wird sein, dachte er, wenn die zwanzig Liter ausgetrunken sind? Jurij Konstantinowitsch, Hauptmann der Roten Armee, was dann?
Dann mußte man am Kanal sein und an einer Stelle, wo es keine Israelis gab, über den Kanal setzen. An einer Stelle, wo es keine Straßen und Pisten gab, die in die Wüste führten. Und aus der Wüste heraus wollte er kommen wie ein Käfer aus dem Sand.

Er hatte es geübt, in den schrecklichen Sandfeldern der Kysyl-Kum-Wüste am Aralsee.
Am Himmel verblaßte ein schwarzer summender Punkt wie eine von der Sonne aufgesogene Mücke. Rishon drehte ab.
Hauptmann Jegorow goß sich Wasser in einen Blechbecher.
Nur einen Schluck.
Was Rishon von Peter Schumann annahm, das führte Jurij Konstantinowitsch aus: Er wartete. Er rang um die Zeit.
Er war ein guter Russe, und jeder Russe weiß, daß die Zeit der beste Verbündete ist.
Denn der Mensch kann nicht ruhig sein, nicht eine Stunde.

Als Ariela ihre Wohnung aufschließen wollte, erwartete sie eine Überraschung. Auf der Treppe saß Narriman, die Ariela nur als Ruth Aaron kannte. Sie trug wieder die Uniform eines Feldwebels der Sanitätstruppe und rauchte gerade, als Ariela das Haus betrat.
»Endlich!« sagte sie und zertrat die Zigarette auf den Steinstufen der Treppe. »Da sind Sie ja, Ariela.«
»Ruth! Wie schön, Sie wiederzusehen.« Ariela streckte ihr beide Hände hin. Narriman ergriff sie, und sie sahen sich an wie zwei gute Freundinnen. Sie ist schön, dachte Narriman. Sie ist von jener Faszination, die Männer bis in den Traum verfolgt. Sie ist so schön, daß in mir der letzte Rest von Skrupel erstirbt.
»Wo kommen Sie her?« fragte Ariela und schloß die Wohnung auf. Sie hatte die zerbrochenen Fenster erneuern lassen, ein Mädchen sorgte für Sauberkeit, aber meistens war Ariela nicht in der Wohnung, sondern trieb in ihrer Unruhe wie ein Holzstück auf Meereswellen kreuz und quer durch Jerusalem.
Sie betraten die Wohnung, und Narriman sah durch die offene Tür das Arbeitszimmer Oberst Golans, das jetzt umkränzte Foto, den gläsernen Wandschrank, in dem auf Samt die Orden des »Eisenfressers« lagen.

»Ich bin gekommen, Ariela, um Ihnen eine gute Nachricht zu bringen.« Narriman brachte es fertig, dies mit einer fast jubelnden Stimme zu sagen. Ariela, die gerade die Schlüssel aus der Tür zog, ließ diese fallen und lehnte sich, von einer plötzlichen Schwäche ergriffen, an die Wand.
»Von Peter ...« stammelte sie. »Von ...« Und dann schrie sie auf, rannte auf Narriman zu und packte sie an den Schultern. »Wo ist er? Lebt er? Ist er verwundet? Haben sie ihn gefunden? Ruth, sagen Sie doch etwas! O Gott, o Gott ... lebt er denn?«
Narriman nickte. »Er ist in Kefar Ruppin.«
Arielas Kopf sank auf Narrimans Schulter. Sie weinte, und es tat Narriman wohl, diesen zitternden Körper zu spüren. Weinen wird deine einzige Beschäftigung sein, dachte sie. Und wer dich trösten wird, wird dich gleichzeitig zerbrechen.
»Wo ist Kefar Ruppin?« schluchzte Ariela. »Wo liegt das?«
»Am Jordan. Südlich des Sees Genezareth. Es ist ein großer Kibbuz.«
»Und er lebt?«
»Er ist verwundet.«
»Schwer?«
Narriman schwieg und sah an Ariela vorbei aus dem Fenster. Eine unerträgliche Bedrückung war zwischen ihnen.
»Was verschweigen Sie mir, Ruth?« fragte Ariela kaum hörbar. »Bitte, sagen Sie alles! Daß er lebt ... das ist die Hauptsache ... Ist er sehr schwer verwundet?«
»Er ist blind«, sagte Narriman leise.
Ariela wandte sich ab und ging hinüber in das Zimmer ihres Vaters. Lange stand sie vor dem umkränzten Foto, das Amos Golan in der Umarmung mit Dayan zeigte.
Du bist nicht mehr, Vater, dachte sie. Und Peter ist blind geschossen. Ist das nicht genug? Ich werde ihn hierher in diese Wohnung bringen, und hier werden wir leben, als Mann und

Frau, und wenn der Rabbi uns nicht traut, werden wir trotzdem hier leben, zwischen deinem Bild und deinen Orden, zwischen all dem, was nur an Krieg erinnert ... und wir werden hier ein eigenes, friedliches Reich gründen, und ich werde mit meinen Augen für ihn mitsehen, wir werden Kinder haben und wir werden glücklich sein.

»Wir fahren sofort zu ihm!« sagte Ariela, als sie aus dem Zimmer des Obersten zurückkam. Narriman stand am Fenster und schaute auf die Straße. »Können wir ihn mitnehmen nach Jerusalem?«

»Wenn die Tochter Oberst Golans den Stabsarzt bittet... sicherlich. Peter fragt immer nach Ihnen, Ariela. Er muß Sie sehr liebhaben ...«

»In zehn Minuten fahren wir!« Ariela rannte in ihr Schlafzimmer. »Ich ziehe mich nur um.«

»Die Uniform?« fragte Narriman schnell.

»Nein, ein Reisekleid. Womit sind Sie gekommen, Ruth?«

»Mit einem Jeep.«

»Dann ziehe ich Hosen an.«

»Sehr gut.«

»Hat er große Schmerzen?«

»Nein. Nur ...«

»Noch etwas?« Ariela sah aus dem Schlafzimmer. Sie war nackt. Die Lippen Narrimans wurden schmal. Sie wußte aus dem eigenen Spiegelbild, wie ein vollkommener Frauenkörper aussieht.

»Ist das nicht alles?« Arielas Augen bettelten um die Wahrheit.

»Nein. Sie haben eine schwere Aufgabe vor sich, Ariela.«

Narriman tat es gut, die Grausamkeit auf die Spitze zu treiben.

»Er weiß noch nicht, daß er blind ist. Sie sollen es ihm sagen ...«

Es war Nacht, als sie nach mühseliger Fahrt über verstopfte Straßen durch das eroberte jordanische Gebiet auf der Straße Jerusalem—Ramallah—Nablus—Jenin wieder den alten israelischen Teil erreichten und hinunter zum Jordan fuhren. Hier hatte der

Krieg mit Brand und Zerstörung gewütet. Im Licht von Scheinwerfern wurden die zerstörten Kibbuzim wieder aufgebaut. Tag und Nacht. Ein Wille zum Leben war in diesem Aufbau, der mitriß und doch erschütterte. Denn alle, die hier bauten, wußten, daß es hier nie Ruhe geben würde.
Kurz vor Kefar Ruppin bog Narriman von der Straße ab und fuhr über Feldwege und zuletzt über unwegsame Steinwüsten zum Jordan. Erstaunt blickte Ariela hinaus in die Dunkelheit.
»Ist das der richtige Weg?« fragte sie.
»Er führt direkt zum Jordan.«
Vor einem turmartigen, kahlen Felsen hielt Narriman plötzlich an und stieg aus. Ariela sprang hinterher. Um sie herum war tiefste Einsamkeit.
»Hier?« fragte sie erstaunt.
»Ja, hier!«
Es war das Letzte, was Ariela hörte. Ein dumpfer Schlag löschte alle Gedanken aus. Es war ihr nur, als schwebe sie, ehe auch dieses Gefühl abrupt abbrach.
Wenige Minuten später stand Narriman am Jordan. Zwei Jordanier nahmen ihr Ariela ab, trugen sie die Böschung hinunter und fuhren sie mit einem Kahn über den Fluß. Dann kehrten sie zurück, holten Narriman herüber, und noch auf der kurzen Fahrt über den Jordan riß sie sich die israelische Uniform vom Körper und zog die Kleider an, die sie in einer Tasche mitgenommen hatte.
Der Jeep blieb am Ufer stehen. Er war sowieso gestohlen.
Das Versprechen Narrimans war eingelöst: Sie hatte Ariela aus Jerusalem nach Amman geholt.

Die deutsche Reisegesellschaft saß noch immer in Jerusalem fest und bekam keine Ausreisegenehmigung, denn die Israelis reagierten sauer auf Müllers Meisterschuß. Außerdem mußte noch die Frage des Schadenersatzes geklärt werden, denn der Granat-

volltreffer hatte das Haus so beschädigt und erschüttert, daß es schon am nächsten Tag von einem Bulldozer niedergewalzt werden mußte. Wegen Einsturzgefahr. Es ging also darum, daß Müller aus Köln ein ganzes Haus bezahlen sollte.
»Das ist Schikane!« schrie Müller XII einen Vertreter der deutschen Botschaft an, der vermitteln wollte und die Rechtslage darlegte. »Das ist typisch jüdische Schikane! Wenn wir alle Häuser einfach abgerissen hätten, die einen Schuß abbekommen haben, dann stände in Deutschland überhaupt kein Haus mehr! Und was heißt hier: Die Häuser sind leichter gebaut! Dann sollen sie eben vernünftig bauen! Nach guter, sicherer DIN-Vorschrift! Hier fehlt deutsche Organisation. Und im übrigen bin ich für den Schuß nicht verantwortlich!« Müller XII schlug auf den Tisch seiner Gefängniszelle. »Waren Sie Soldat?«
»Nein«, antwortete der Beamte der deutschen Botschaft. »Dazu war ich damals noch zu jung!«
»Eben! Dann fragen Sie Ihren Botschafter. Der war Offizier! Ein Panzer, der abgestellt ist und noch einen Schuß im Rohr hat ... das ist unmöglich! Das ist eine Schlamperei! Soll ich für die militärische Schlamperei der Israelis aufkommen?«
Es war abzusehen, daß dies ein langer Prozeß wurde.
Major Rishon, der die Untersuchung leitete, hatte Geduld und viel Zeit. Je mehr Müller brüllte, um so ruhiger wurde er.
»Als Zivilist klettert man auf keinen Panzer«, sagte er in einer Atempause Müllers. »Auch wenn es eine Erinnerung an Rußland ist. Ich kann Sie auch nicht vergasen, wenn ich mich an Deutschland erinnere ...«
Und das war eine Rede, auf die Willi Müller keine Antwort mehr wußte.
Die deutsche Reisegruppe blieb in Jerusalem. Die deutsche Botschaft mußte die Kosten übernehmen. Sie tat es noch widerwilliger als die Lieferung von zwanzigtausend Gasmasken an Israel, die in Tel Aviv ankamen und die keiner haben wollte.

Eine kleine Merkwürdigkeit am Rande eines großen Geschehens... aber Deutschland war wieder einmal dabei. Nur das zählt...

Im Hause des Flötenspielers Ali fühlte sich Dr. Schumann bald sehr wohl, trotz Schweineurin, Hühnerdreck und Lammgemekker. Sein Bett bestand aus aufeinandergeschichteten Teppichen, und Ali, der Schumann schon gleich am ersten Abend auf der Flöte »Die Fahne hoch« vorblies und »Deutschland Freind, Deutschland gutt!« sagte, tat alles, um Schumann den Aufenthalt angenehm zu machen. Nachdem er zehn Dinare bekommen hatte, ging er einkaufen und kam mit Büchsen, Tüten und einer Flasche Wein zurück. Jeden Morgen holte er auch eine in englischer Sprache gedruckte Zeitung, mit der sich Schumann den ganzen Tag über beschäftigte. Er las sie vom Zeitungskopf angefangen bis zum letzten Buchstaben der Anzeigen. Ali hatte ihm dafür einen Platz in einer Art Innenhof zugewiesen. Es war ein Viereck mit einem Stück Himmel darüber, aber auch alle Tiere des Hauses schienen lufthungrig zu sein und versammelten sich hier um Dr. Schumann. Von zehn Uhr vormittags bis sechs Uhr abends war Ali unterwegs. Da er nicht mehr Flöte spielen konnte mangels Zuhörer, half er jetzt auf dem Flugplatz beim Entladen der Maschinen, die Lebensmittel und Medikamente aus den neutralen Ländern brachten. Noch nie war es Ali so gut gegangen wie in diesen Tagen; was er alles auf dem Flugplatz stahl, zur Seite schaffte und abends mit seinem Esel abholte, war ein Glanzstück orientalischer Organisationskunst. Er brachte sogar eine wohlsortierte Medikamentenkiste mit und sagte zu Dr. Schumann: »Du Hakim! Bittä ... Penicillin ...«
»Es ist unwahrscheinlich!« sagte Schumann, als er die Kiste öffnete. »Und in den Flüchtlingslagern am Jordan haben sie nicht einmal Seife ...«
Am vierten Tag seiner Flucht las Schumann wie immer gründ-

lich die Zeitung, die einzige geistige Tätigkeit, die er noch ausdehnte, indem er sich selbst die Artikel laut vorlas. Plötzlich stockte er. Einen Augenblick stand sein Herz still, um dann wie ein Hammer gegen die Brustwand zu schlagen.

Eine Anzeige auf der vierten Seite.

Eine ganz normale Anzeige, wie sie in allen europäischen Zeitungen zu Hunderten steht — aber hier, in Amman, war sie völlig fehl am Platze, und deshalb warf sie Schumann nieder wie ein Hieb.

Die Anzeige lautete:

»Ein schönes, reines Lämmchen zugelaufen.
Wer vermißt es? Es hat auf dem linken Beinchen
einen kreisrunden kleinen Leberfleck.
Der Besitzer soll sich melden bei Mahmud ibn Sharat.«

Weiter nichts. Aber Dr. Schumann verstand die Anzeige. Nur glaubte er sie nicht. Das ist eine Falle, dachte er. Das ist eine plumpe, gemeine Falle. Es ist völlig unmöglich, Ariela aus Jerusalem wegzulocken! Und wie soll sie über den Jordan kommen? Eine lächerliche Falle ist das!

Aber je länger er darüber nachdachte, je öfter er die Anzeige las, um so unsicherer wurde er.

Woher kannte Mahmud Arielas Leberfleck oben am Schenkel? Als Schumann ihn entdeckte, hatte sie gesagt: »Du bist der erste, der ihn sieht. Und du sollst der letzte sein ...«

Ein kreisrunder Leberfleck ...

Schumann zerknüllte die Zeitung und preßte sie gegen sein hämmerndes Herz. Sein Hirn sagte ihm: Wirf die Zeitung weg und vergiß die Anzeige ... sein Herz aber drängte ihn, sofort auf die Straße zu laufen und den Dschebel hinaufzurennen zu dem Haus, aus dem er geflüchtet war.

Den ganzen Tag lief er herum, immer in dem Viereck des kleinen Innenhofes, und die Hühner umgackerten ihn, die zwei Ferkel grunzten und das Milchschaf stieß nach ihm.

Als Ali vom Flugplatz zurückkam, den Esel hoch beladen mit Kartons voll Gulasch und Milchpulver, war Dr. Schumann nicht mehr da. Zehn Dinare lagen auf dem kalten Ofen, und Ali lobte Allah, daß es noch ehrliche Menschen gab.

Die Sonne ging blutrot hinter dem Dschebel Amman unter, als Dr. Schumann an der geschnitzten Tür des Hauses auf dem Dschebel El Luweibida klopfte. Narriman selbst öffnete ihm, stieß die Tür weit auf und lächelte ihn an wie einen lieben, lange erwarteten Gast.

»Ich wußte, daß Sie sofort kommen würden, Doktor«, sagte sie. »Willkommen! Der Tisch ist gedeckt. Es gibt gefüllte Auberginen in Crèmesoße.«

»Wo ist Ariela?« keuchte Dr. Schumann. Er war das letzte Stück den Berg hinaufgestürmt.

»Bei Mahmud. Wir fahren nachher hin. Aber erst essen wir. Ich kann mir denken, daß Sie in den letzten vier Tagen nicht standesgemäß gelebt haben.«

Sie warf die Tür hinter ihm zu, lächelte ihn groß an und hakte sich bei ihm unter.

»Sie sehen blaß aus!« Narriman streichelte Dr. Schumann über die Wangen. »Sie werden sich erholen müssen, Doktor. Wir haben ja so viel Zeit ...«

6

Das Haus von Mahmud ibn Sharat lag etwa zwanzig Kilometer südlich von Amman seitlich der Straße nach Akaba in einem märchenhaften Garten. Hohe mit Zinnen versehene Mauern umgaben das palastartige Gebäude. Ein großes Tor führte zunächst in einen Innenhof, der durch ein niedriges, langgestrecktes Haus im Stil der alten Omaijaden-Kalifen abgeschlossen war. Dahinter erst lagen Gärten und Pavillons auf künstlich bewässertem Boden. Springbrunnen verbreiteten Kühle, leuchtend rote Malvenbüsche, Orangenbäume, Rosen, Lilien und Narzissen waren in breiten Beeten angelegt. Sykomorenhaine, Pinien, Zypressen und Johannisbrotbäume bildeten schattige Inseln in der unbarmherzigen Glut, die hier am Wüstenrand vom Himmel fiel. Eine verträumte Heiterkeit lag über diesem Palast, und doch hatte man nach wenigen Augenblicken des Entzückens das beklemmende Gefühl, einem herrlichen Friedhof gegenüberzustehen.

Narriman hielt den schweren amerikanischen Reisewagen kurz vor Mahmuds Haus an und wartete, bis sich der Staub von der Piste verzogen hatte. Es war kühl. Die Wüstennacht glänzte im Mondschein. Narriman sah zur Seite, wo Dr. Schumann saß und auf den Palast starrte.

»Wir sind da«, sagte sie.

Dr. Schumann beugte sich vor. »Ich glaube noch immer, daß Sie lügen«, erwiderte er. »Ariela ist nicht so dumm wie ich, in eine Falle hineinzutappen.«

»Es war ganz einfach, Doktor.« Narriman hielt ihm eine goldene Zigarettendose hin, aber Schumann schüttelte den Kopf. »Ich brauchte nur Ihren Namen zu nennen, und sie wäre mit mir bis ans Ende der Welt gefahren, um Sie wiederzusehen. Außerdem trug ich eine israelische Uniform. Am Jordan war es dann nicht zu vermeiden, daß ich sie — behutsam, aber wirksam — betäuben mußte, um sie über den Fluß zu bringen.«

»Dafür wünsche ich Ihnen den Teufel an den Hals!« sagte Schumann heiser. »Und warum das alles?«
»Als ich Mahmud in Ihrem Zimmer entdeckte, war er noch ohnmächtig. Sie müssen gerade zehn Minuten weg gewesen sein. Vielleicht waren Sie erst am Fuß des Dschebels. Aber ich sah ein, daß es sinnlos war, Alarm zu schlagen, Ihnen nachzulaufen, Sie zu jagen, Aufsehen zu erregen. Ich rief den Geheimdienst an, und Minuten später waren schon alle Botschaften und Konsulate bewacht. Allerdings hielt ich Sie nicht für so dumm, sich dorthin zu wenden und um Asyl nachzusuchen. Ich hatte recht. Doktor Schumann tauchte unter. Sie haben sicherlich daran gedacht, über den Jordan zurückzukehren.«
»Natürlich.«
»Es war auch der einzige Weg für einen so mutigen Mann wie Sie. Wir mußten also schnell handeln. Wir mußten das Mittel in die Hand bekommen, das ganz sicher verhinderte, daß Sie unser Land verlassen. Es gab nur eins: Ariela Golan! Die Liebe ist die stärkste Fessel ... auch Sie machen da keine Ausnahme.« Narriman lehnte sich in das Polster zurück und sah Schumann mit einem schwachen Lächeln an. »Hinzu kam mein Neid als Frau, daß Ariela das Glück hat, von Ihnen geliebt zu werden. So etwas trägt Berge ab und leitet Flüsse um. Die Entführung eines Menschen ist da nur eine Lappalie. Ja, und nun ist Ariela bei Mahmud. Glauben Sie es jetzt?«
»Ja«, antwortete Dr. Schumann dumpf. »Ja. Aber Sie haben damit nichts gewonnen.«
»Ich würde da nicht so sicher sein. Gehen wir ins Haus ...«
Narriman ließ den Motor wieder an, hupte viermal in einem bestimmten Rhythmus und fuhr auf das große Tor zu. Es öffnete sich wie von Geisterhand, und als sie im Innenhof hielten, kam aus dem langgestreckten Haus eine große, dicke Gestalt in weiten Pluderhosen und einer bestickten Jacke. Der Schädel war kahlgeschoren. Die Glatze leuchtete, als sei sie mit Fett poliert.

»Das ist Sadouk, der Obereunuch«, sagte Narriman und stieg aus dem Wagen. Dr. Schumann kletterte hinterher und schüttelte den Kopf.
»Mein Gott, so etwas gibt es wirklich noch? Eunuchen?«
»Mahmud hat viel Geld verdient, unwahrscheinlich viel. Er kann es sich leisten. Er hat extra aus Saudi-Arabien Sadouk und vier andere Eunuchen kommen lassen. Sie müssen wissen ... dieser ganze Palast ist nur für Frauen erbaut worden. Es ist kein Wohnhaus, es ist ein Liebeshaus! Hier ist Mahmud nur, um fröhlich zu sein. In den Gärten und einzelnen Pavillons warten zwanzig bildhübsche Mädchen auf ihren Herrn und seine Gnade, sie zu lieben. Es sind langbeinige tiefschwarze Nubierinnen darunter, schlanke Ägypterinnen, mandeläugige Sudanesinnen und zwei Weiße. Tscherkessenmädchen mit einer Porzellanhaut. Sie wissen doch, daß im 19. Jahrhundert einige Tscherkessenstämme aus Rußland in die Gegend von Amman flüchteten. Die Nachkommen haben sich erstaunlich rein erhalten.« Narriman lachte, als Schumann sich mit bebenden Fingern über die Stirn strich. »Mahmud ist ein Feinschmecker, was Frauen betrifft. Zuerst hat er sich verständlicherweise geweigert, eine Jüdin in seinen Harem aufzunehmen – aber als er Ariela sah, geriet er in helle Begeisterung.«
Dr. Schumann wirbelte herum. »Was haben Sie mit Ariela gemacht?« schrie er. »Was haben Sie Satan mit ihr angestellt?«
»Ich? Nichts!« Narriman winkte Sadouk zu. Der Glatzköpfige hielt die mit Goldverzierungen geschmückte Tür auf. »Kommen Sie, Doktor. Obgleich Mahmud Ihnen den Tod geschworen hat, denn Sie haben sein Gesicht wirklich übel zugerichtet, wäre er vielleicht im Interesse seines Vaterlandes bereit, Ariela nicht zu seiner einundzwanzigsten Frau zu machen, wenn Sie auf unsere Bedingungen eingehen ...«
»Sie sind ein Teufel!« knirschte Schumann. »Ist das Ihre Rache an Ariela?«

»Vielleicht!« Narriman warf den Kopf in den Nacken. »Ich hatte Sie gewarnt, Doktor. Man läßt eine Frau wie mich nicht um ein bißchen Liebe und Zärtlichkeit betteln und rennt dann weg!«
Sie gingen durch eine Flucht von Zimmern, durchschritten einen kleinen Garten und betraten einen der entzückenden Pavillons, die Mahmud für jede seiner Frauen hatte bauen lassen. In jedem der zwanzig Gärten wuchsen andere Blumen, die Lieblingsblumen der Bewohnerin.
Durch einen Schleiervorhang, der eine Bogentür abteilte, sah Schumann in einem Nebenraum einige Frauen in durchsichtigen Gewändern. Sie lagen auf seidenen Diwans und lachten. Irgendwoher erklang Musik. Eine schlanke Frau tanzte in der Mitte des Raumes, wie Schlangen bewegten sich ihre Arme und Hände.
Neben diesem Raum war ein großes Gartenzimmer mit geschnitzter Decke und bemalten Wänden. Eine Säulenterrasse führte in den kleinen Park, über dessen Blütenbüsche jetzt der fahle Mondschein glitt.
Ariela stand in der Mitte des Zimmers und wehrte Mahmud ab, der atemlos nach ihren Schultern griff und ihre Bluse herunterzureißen versuchte. Sie trat nach ihm, sie schlug mit beiden Fäusten auf seine Hände, und in ihren Augen standen neben wilder Entschlossenheit auch Angst und grenzenloses Entsetzen.
Dr. Schumann stürzte vor, aber Narriman hielt ihn mit beiden Händen zurück, zerrte an seinem arabischen Mantel und stieß ihn gegen die Wand.
»Seien Sie kein Held, Doktor!« keuchte sie. »Ich wußte nicht, daß Mahmud unsere Abmachungen bricht. Er hatte versprochen, Ariela nicht eher anzurühren, als bis zwischen uns alles geklärt ist. Er hat gelogen. Er wird dafür bestraft werden! Das verspreche ich Ihnen . . .«
Dr. Schumann hörte aus dem Zimmer einen spitzen Schrei. Ihm folgte ein tiefes Lachen. Da stieß er Narriman vor die Brust,

und zum erstenmal vergriff er sich an einer Frau und schlug zurück, als Narriman ihn erneut festhalten wollte.
»Ariela!« schrie er. Mit beiden Händen riß er den Vorhang von der Tür und stürzte ins Zimmer. Mahmud ließ sofort von Ariela ab. Er hatte sie in eine Ecke gedrängt und riß gerade trotz ihrer Schläge an dem Gürtel ihrer Khakihose, als er die Stimme Schumanns hörte. Wie ein Raubtier warf er sich herum und spreizte die Finger.
»Du weißer Hund!« sagte er dumpf. »Du kommst zehn Minuten zu früh. Aber nun komm! Komm!« Er winkte. Sein aufgeschlagenes Gesicht wirkte fratzenhaft. »Du wirst das Vergnügen haben, mitanzusehen, wie ich deinem Vögelchen die Flügel breche . . .«
Es gibt Augenblicke im Leben, Minuten oder auch nur Sekunden, von denen man später nicht mehr weiß, was in ihnen geschehen ist.
Auch für Dr. Schumann gab es diese Sekunden, die nachher in der Erinnerung fehlten. Er dachte erst wieder bewußt, als ihn die Detonation eines Schusses zur Klarheit zurückführte.
Ariela stand hinter ihm und klammerte sich an ihm fest. Ob er zu ihr hingesprungen war, wie er Mahmud umgangen hatte — er wußte es nicht. Er sah jetzt nur, daß Narriman mit einer Pistole in der Hand noch immer in der Tür stand und Mahmud zu den Säulen zurückgewichen war. Im Hintergrund trieb Sadouk die kreischenden Frauen weg. Ihr Geschrei erstarb hinter dicken Türen.
»Sind Sie wahnsinnig?« rief Mahmud und starrte auf das Loch, das die Kugel in das Mosaikparkett gerissen hatte. »Sie schießen auf mich?«
»Ich hätte Ihnen die Kugel in den Kopf jagen sollen!«
Narrimans Stimme hatte alle Weichheit verloren, mit der sie Schumann einmal verzaubern wollte. Die Kälte, die jetzt von ihr ausging, war erschreckend. Sie ist eine Gefahr, dachte Schumann

und tastete nach Ariela, die sich hinter seinem Rücken verbarg. Mahmud kann ich mit den Fäusten bekämpfen ... mit Narriman heißt es gegen die Hölle zu kämpfen. »Was haben Sie versprochen?«

»Ich dachte nicht mehr, daß Sie kommen!«

»Wer hat von Ihnen verlangt, daß Sie denken?« Narriman trat auf Mahmud zu, und das Erschrecken in seinen Augen war echt. »Sind Sie denn wirklich nichts als ein fettes Schwein?«

»Sie beleidigen mich fortgesetzt, Narriman!« Mahmud ibn Sharat hob beide Hände, als wolle er beten. »Sie haben mir Ariela angeboten.«

»Für den Fall, daß Doktor Schumann ein Held sein will.« Sie wandte den Kopf schnell um und sah Schumann an. »Aber er ist nur ein Liebhaber, und ich glaube, seine Entscheidung ist bereits gefallen.«

»Ich möchte Ihnen danken«, sagte Dr. Schumann. Er spürte, wie Ariela den Kopf gegen seinen Rücken preßte und lautlos zu weinen begann. »Aber Ihr Eingreifen entspringt nicht hochherzigen Motiven.«

»Natürlich nicht.« Narriman sah ihn aus großen dunklen Augen an. Wie schwer ist es, eine Pflicht zu erfüllen, wenn das Herz nicht mitmacht. »Ich lasse Sie jetzt mit Ariela allein. Mein Wagen steht bereit, wir können sofort nach Amman zurückfahren.« Sie winkte mit der Pistole, und Mahmud gehorchte wie eine Marionette. Er ging an Narriman vorbei und verließ das Zimmer. »Halten Sie sich nicht damit auf, Doktor, von Liebe zu reden.« Narriman warf einen kalten Blick auf Ariela. Was eine Frau alles an Haß und Mißgunst ausdrücken kann, lag in diesen Augen. »Sie haben ein paar Minuten Zeit, nüchtern zu denken. Die Ereignisse in Jerusalem und an den Fronten rennen uns davon. Die Israelis walzen jordanische Häuser in der Altstadt nieder, die Betonmauern werden zerstört, fast zweihunderttausend Araber sind auf der Flucht in den unbesetzten Teil, Ägypten bekommt von Rußland bereits neue Waffen, neue Flugzeuge, neue Panzer und neuen Mut. Noch nie hatte es die Geschichte so eilig, sich zu verändern. Und noch nie waren Diplomaten so blamiert wie jetzt in der UNO. Israel hat keinen Grund zum Jubeln. Es sollte Flußbette graben, in denen die Tränen abfließen können ...«

»Wir werden immer siegen! Immer!« rief Ariela hell.

»Sagen Sie Ihrer kleinen Wüstenkatze, daß sie dumm ist.«

Narriman ging langsam zur Tür. »Israel glaubte, es hätte viele gute Freunde. Wo sind sie? Frankreich läßt es im Stich, England blickt zur Seite, das große Amerika ist schockiert, denn ein alter Spruch wird hier wahr: Schlimmer noch als eine Niederlage ist ein unpassender Sieg! Seien Sie glücklich, Ariela, daß Sie hier sind ... in Ihrem Land wird es bald aussehen wie in den Ruinenstädten des Negev.«

Sie ging hinaus und prallte im Vorraum auf Mahmud, der sich seinen Bart strich.

»Wie habe ich das gespielt?« fragte er fröhlich.

»Zu gut, Mahmud.«

»Von Ihnen gelobt zu werden, ist fast so selten wie eine Erscheinung des Propheten.« Er wandte sich beleidigt ab. »Sie wissen, ich verabscheue Jüdinnen.«

»Aber Sie haben Ariela mit wirklicher Lust angefaßt.«

»Nur um des natürlichen Spieles willen.« Mahmud blieb stehen und versuchte einen tiefen, schmachtenden Blick. »Sie wissen, Narriman, woran mein Herz hängt. Ich jage sie alle weg, alle zwanzig, wenn Sie ...«

»Ich verbiete Ihnen, weiter davon zu reden.« Narriman ging mit großen Schritten hinüber zum Wohnhaus. Die Kühle der Wüstennacht war jetzt angenehm, denn sie brannte innerlich. »Wir geben das Einverständnis Schumanns nach Amman durch.«

»Aber er hat doch noch gar nicht ...« rief Mahmud. Er lief hinter ihr her wie ein tolpatschiger Bär.

»Aber er wird!« Narriman lächelte böse. »Für Ariela tut er alles.« Sie blieb stehen und sah den Mond an. Der silberne Glanz auf ihrem Gesicht war wie eine Maske. »Wer sie anfaßt, Mahmud, verrät unser Vaterland. Verstehen Sie?«
»Ja, natürlich«, antwortete Mahmud heiser. »Und wenn wir seine Bakterien kennen?«
»Reden wir nicht von später.« Sie sah wieder auf die Erde, der Silberglanz auf ihrem Gesicht erlosch. »Man soll nicht von Gräbern sprechen, wenn man an einer Wiege steht ...«

»Du lebst!« sagte Ariela glücklich. »Oh, du lebst ... und du kannst sehen, du bist nicht verletzt, dir ist nichts geschehen ... Oh, wie schön das ist! Wie glücklich ich bin.«
Sie küßten sich, und es war ihnen in diesen Minuten gleichgültig, wo sie waren, ob sie von Sadouk beobachtet wurden, ob Mahmud gleich wiederkam oder Narriman sie auseinanderriß. Jetzt hatten sie sich, und diese Minuten waren Seligkeiten, für die es sich lohnte zu leiden.
»Warum sollte ich nicht sehen?« fragte Schumann. Er hielt Arielas Kopf in beiden Händen und küßte ihre Augen, dann ihre Lippen, und sie waren noch kalt vor Angst und wurden jetzt blutwarm unter seinen Küssen. Sie umarmten sich immer wieder, sahen sich in die Augen und wußten, daß Glück etwas ist, was den Menschen über sich selbst erhebt.
»Sie hat gesagt, man habe dich blind geschossen, und du wüßtest es noch nicht. Ich sollte es dir beibringen. Auf der Fahrt zum Jordan habe ich gebetet: Gott, laß ihn leben! Wenn du ihm auch das Augenlicht genommen hast — er wird sehen durch mich! Nur gib ihn mir wieder. Ich will ihn herumführen. Und sollte er auch die Arme verlieren — ich gebe ihm das Essen, das er braucht. Aber laß ihn mir!« Sie sah ihn strahlend an, und ihre Finger glitten zart über sein Gesicht. »Und nun sehe ich deine Augen ... ich spüre deine Hände ... es ist wunderbar!«

Dr. Schumann atmete tief. Über den Kopf Arielas hinweg starrte er in die mondhelle Nacht. Irgendwo, weit weg, bellten Schakale, ein schauriger, heulender Ton, als seien sie unter Schlägen zusammengebrochen.
Sie setzten sich auf den Diwan neben den Säulen. Ariela strich mit den Fingerspitzen über seine Augen und küßte ihn.
»Daß du sehen kannst«, stammelte sie. »Wie herrlich ist das!«
»Was hättest du gesagt, wenn ich wirklich das Augenlicht verloren hätte? Wie hättest du es mir gesagt?«
Sie setzte sich zurück, nahm seinen Kopf und drückte ihn in ihren Schoß. So lag er nun, sah sie an und schloß die Augen, als sie sich über ihn beugte.
Er spürte ihre Lippen auf seinem rechten Auge, sie strichen darüber hinweg, ein samtenes Streicheln von überirdischer Süße.
»Kannst du sehen?« flüsterte sie.
Er nickte kaum merklich. »Ja, ich sehe ...«
»Und nun das andere Auge.« Wieder die Lippen, das Gefühl, in der Unendlichkeit zu schweben. »Kannst du sehen?«
»Ja, ich sehe ...«
»Was siehst du?«
»Dich, Ariela.«
»Und sonst?«
»Nur dich.«
»Und das Gras und die Berge und die Bäume, die Vögel und die Wolken und die Sonne, die Blumen und das Meer ...«
»Es ist alles in einem ... es ist Ariela ...«
»Siehst du, wie schnell du wieder sehen kannst ...«
Sie umfaßte ihn, und sie küßten sich, und es war alles ganz anders als damals in der Negev-Wüste in dem kleinen Zelt, auf dem schmalen Feldbett, auf den knirschenden Sandsäcken ... es war alles inniger, tiefer, seliger ... und die Panzer rollten nicht an ihnen vorbei, sie hörten nicht die Geschwader der Jagdbomber am Nachthimmel, das Rattern der Motoren störte sie nicht,

die Uhr lief ihnen nicht davon und kein Morgen dämmerte, an dem ein Krieg beginnen sollte.
»Sie haben sehen gelernt, Doktor!« sagte Narriman. Sie stand in der Tür, und weder Ariela noch Schumann wußten, wie lange sie schon dort gestanden hatte. Es war ihnen auch gleichgültig. »Ich nehme an, Sie sehen klarer als bisher.«
Schumann erhob sich. Vor zwei Wochen noch wäre ihm diese Situation peinlich gewesen, jetzt lächelte er Narriman an. Wie schnell gewöhnt man sich daran, ohne Scham zu leben, dachte er. An eine Erzählung seines Vaters erinnerte er sich. Da waren 1945 Millionen Menschen aus den Ostgebieten geflüchtet, kilometerlange Trecks, Frauen, Kinder, Greise, versprengte Soldaten, aufgelesene Verwundete. Im Freien, im Straßengraben, in Scheunen übernachteten sie, und später in Baracken, mit dünnen Holzwänden, zwei, drei Familien wie Mastlämmer eingepfercht in ihren Stall, und hier, in den Scheunen, auf den Bauernwagen, in den Baracken, Wand an Wand ging das Leben weiter, wurde geliebt, wurde gezeugt und geboren, hockten am Straßenrand Männer und Frauen nebeneinander und verrichteten ihre Notdurft.
War es jetzt anders? Gehörte er nicht jetzt auch zu denen, die liefen und liefen und nicht wußten, wo alles enden würde?
»Ich stelle Forderungen!« sagte Dr. Schumann laut.
Über Narrimans Gesicht glitt heller Triumph. »Sie arbeiten also für uns?«
»Nur unter den Bedingungen, die ich stelle.«
»Ich höre.«
»Ich bin kein Gefangener.«
»Angenommen.«
»Ich kann mich frei bewegen.«
»Im Rahmen Ihrer Aufgaben.«
»Ariela kommt mit mir und wohnt bei mir.«
Narriman schwieg. Ihr Blick glitt zu Ariela. Sie saß auf dem

Diwan und sah sehr glücklich aus. Wie ich dich hasse, dachte Narriman. Dein Gesicht möchte ich zerkratzen, dir die kupfernen Haare aus dem Schädel reißen. Ich möchte dir die Beine brechen und das Lächeln von deinen Lippen wegbrennen. Oh, was könnte ich alles mit dir tun, und ich würde singen dabei und deine Schreie übertönen!

»Angenommen!« sagte Narriman heiser. »Noch etwas?«

»Nein. Doch ja. Werde ich bezahlt?«

»Sie bekommen das Gehalt eines Generals. Zufrieden?«

»Fürs erste.«

»Dann können wir fahren?«

»Ja.«

»Der Wagen steht bereit.« Narriman wandte sich brüsk ab und verließ den Raum. Ariela sprang auf und rannte zu Dr. Schumann. Mit einem Aufschrei schlang sie die Arme um ihn.

»Du willst mein Volk verraten?« rief sie. »Du willst es vernichten?«

»Ich will Zeit gewinnen.« Er drückte sie an sich, und als er tief ausatmete, verließ ihn auch die große Angst um Ariela. »Vor allem aber will ich so schnell wie möglich fort aus diesem Haus . . .«

Im Osten zog ein fahler Streifen über die Wüste, als sie Amman wieder erreichten. Ariela fror und war nahe an Schumann herangekrochen. Als das erste Tageslicht zu sehen war, schien es wärmer zu werden und der Sand staubte mehr. In diesem Zwielicht war die Öde beklemmend, eine fahle Mondlandschaft, von Millionen Winden zerstört.

Narriman wandte sich um.

»Woran denken Sie, Doktor?« fragte sie.

»Warum es Menschen gibt wie Sie!«

»Das habe ich Ihnen gesagt.«

»Ich werde es nie verstehen!«

»Schläft Ariela?«

»Nein!«
»Warum ist sie so still?«
»Sie hat Angst um ihr Volk.«
»Die darf sie auch haben!« Narriman stieß Mahmud, der den Wagen fuhr, in die Seite. Mit knirschenden Bremsen hielt er. Vor ihnen lag der Dschebel El Luweibida. Die erste, fahle Morgensonne strich über ihn hinweg. »Ihr Haus!« sagte Narriman.
Neben Schumann richtete sich Ariela auf. »Ich verfluche es!« rief sie laut. »Gott möge Feuer darauf niedergehen lassen!«
»Da haben Sie es, Doktor.« Narriman zuckte mit den Schultern und wandte sich ab. »Sie sollten kein alttestamentarisches Mädchen lieben . . . sie haben immer eine Bibelstelle, die paßt.«
Mahmud lachte laut, und sie fuhren weiter.

Drei Tage hatte Moshe Rishon zu tun, um neue Gefangene und in der Wüste aufgegriffene Verdurstende zu verhören, ehe er sich wieder um Ariela kümmern konnte. Er hatte zwar ein paarmal bei ihr angerufen, aber nie traf er sie an. Die Verhöre waren langwierig und wurden Tag und Nacht geführt. Drei Schichten lösten sich ab. Die Offiziere des israelischen Geheimdienstes und des Generalstabs kamen kaum zum Schlafen und bewunderten die Zähigkeit der drei ägyptischen Majore, die Stunde um Stunde im Hagel der Fragen aushielten, schwiegen oder nichtssagende Antworten geben.
Selbst General Dayan erschien einmal und besichtigte die Dokumente, die man bei den drei Majoren gefunden hatte. Es waren die Aufmarschpläne der ägyptischen Divisionen, Tagesbefehle, Karten mit eingezeichneten Angriffsrichtungen und vor allem hinter einigen Truppenteilen geheimnisvolle Daten. Die große Frage, die zu klären war, erkannte jeder der israelischen Offiziere: Waren es die Daten, an denen Nassers Truppen in den Stellungen sein mußten, oder waren es die genauen Zeiten des Angriffs auf Israel?

»Das ist eine wichtige Sache, meine Herren«, sagte Dayan. »Können wir beweisen, daß diese Zahlen Angriffsdaten sind, dann können wir der Welt, die uns jetzt verdammen will, entgegenhalten, daß wir eine Flut gebrochen haben, bevor sie unsere Deiche zerstörte. Und das ist unser Recht, das uns niemand nehmen kann! Major Rishon, ich wünsche Ihnen Glück!«
Es war klar, daß Moshe Rishon drei Tage nicht aus den Kleidern kam. Er schlief nur stundenweise und saß dann wieder vor den drei ägyptischen Majoren, die auf ihren Stühlen hingen und mit leeren, tiefliegenden Augen in die Gegend stierten.
Dann aber war es endlich soweit. In der Nacht zum vierten Tag brach der Major Abdullah ibn Kemal zusammen und kroch, irr stammelnd und mit der Stirn auf den Steinboden seiner Zelle schlagend, im Raum herum. Man gab ihm heißen, süßen Tee, Matzen mit Weichkäse und vier Orangen, die er wie ein verhungertes Schwein mit der Schale herunterwürgte.
»Es sind die Angriffsdaten, Herr General«, konnte Rishon wenig später Dayan telefonisch berichten.
»Das Protokoll der Vernehmung wird gerade geschrieben.«
»Danke, Moshe.« Die Stimme Dayans klang wie immer freundlich, doch mit einem Unterton von Strenge. »Es war ein Verhör ohne Druck, nicht wahr?«
»Es hielt sich völlig in humanitären Grenzen, Herr General«, sagte Rishon. »Major ibn Kemal erhält zur Zeit ein Essen aus der Offiziersküche.«
»Sind Sie müde?« fragte Dayan.
»Ziemlich, Herr General.«
»Dann nehmen Sie zwei Tage Urlaub, Moshe.«
Die Stimme Dayans wurde familiärer, weicher. »Übrigens, stimmt es, ich hörte da etwas munkeln: Sie wollen sich mit der Tochter Golans verloben?«
Rishon schluckte. Sein Hals war plötzlich wie eingerostet. »Vielleicht, Herr General«, sagte er gedehnt.

»Nutzen Sie die zwei Tage, Moshe. Viel Glück!«
»Danke, Herr General.«
Major Rishon schlief sechs Stunden, dann zog er seine Ausgehuniform an, lieh sich einen Jeep von der Fahrbereitschaft und fuhr zur Wohnung Golans.
Vor den Fenstern waren die Rolläden heruntergelassen. Rishon klingelte und klopfte ein paarmal, dann fuhr er zum Hospital, wo Ariela sich ambulant behandeln ließ, und erfuhr dort, daß sie seit zwei Tagen nicht zum Nachsehen der Schulterwunde gekommen war.
Rishon wurde unruhig. Er raste zurück zur Wohnung Golans, und diesmal hatte er Glück. Das Mädchen, das jeden Tag putzte, hatte die Fenster geöffnet und lüftete die Wohnung.
»Guten Morgen, Major!« sagte sie. Es war ein junges Mädchen, kaum fünfzehn Jahre alt, und ein Offizier der Armee war ein Held für sie.
Rishon rannte durch alle Zimmer und sah sich um. Alles war aufgeräumt und sauber, eine Wohnung, die nicht bewohnt wurde.
»Wann haben Sie Ariela zum letztenmal gesehen?« fragte er das Mädchen, das im Wohnzimmer mit dem Staubwischen begonnen hatte.
»Oh, das kann vier Tage her sein, Major.«
»Und sie ist nicht wieder hier gewesen?«
»Ich weiß es nicht. Wenn ich morgens kam, war das Bett unberührt, und es sah so aus –«
»Und das ist Ihnen nicht aufgefallen?« schrie Rishon in höchster Erregung. »Das haben Sie nicht sofort der Polizei oder der Kommandantur gemeldet?«
»Aber warum denn?« Das Mädchen verzog den Mund. Daß sie immer so brüllen müssen, wenn sie eine Uniform anhaben! »Ariela ist Leutnant. Weiß ich, welchen Auftrag sie hat?«
Rishon wischte sich den Schweiß von der Stirn. Das ist Angst,

dachte er. Wirklich, das ist Angst. Und Enttäuschung und ein verwundetes Herz. Ariela ist weg, sie hat die Suche nach dem deutschen Arzt noch nicht aufgegeben. Viel Glück, hat Dayan gesagt. Nutzen Sie die zwei Tage. Und sie ist weggelaufen ...

Rishon ging in das Schlafzimmer Arielas. Er beugte sich über den kleinen Schreibtisch, der nahe am Fenster stand. Eine lederne Schreibmappe lag darauf, und Rishon klappte sie auf, denn in solchen Situationen gibt es keine persönlichen Geheimnisse mehr.

»Aha!« sagte Rishon. Das Mädchen im Nebenzimmer fuhr zusammen und blickte hinein.

Auf ein Blatt, eingeklemmt in die ledernen Halteecken für das Briefpapier, hatte Ariela ein paar Zeilen geschrieben. Sie hatte es während des Umziehens getan, als Ruth Aaron auf sie wartete.

»Ich habe Peter gefunden«, stand da. »Ich fahre zu ihm. Er ist verwundet. Endlich, endlich weiß ich, wo er ist ...«

Rishon riß das Papier aus der Mappe und steckte es ein. Sein Gesicht war plötzlich starr vor Schrecken.

»Wann haben Sie Ariela zuletzt gesehen?« fragte er das Mädchen noch einmal.

»Vor vier Tagen ...«

»Sie irren sich nicht?«

»Aber nein. Ich komme doch jeden Morgen hierher.«

Major Rishon wandte sich ab und rannte aus der Wohnung. Auf der Straße sprang er in seinen Jeep und raste gegen alle Vorschriften durch Jerusalem zum Hauptquartier der Armee. Dayan war schon wieder unterwegs, er wollte den Gazastreifen besichtigen. Aber General Joseph Yona war da und trank gerade Kaffee.

»Moshe, was haben Sie?« sagte er gemütlich. »Sie sehen aus, als hätten Sie Nasser gefangen ...«

»Ariela ist verschwunden!« Rishon riß sich die Mütze vom

Kopf. Der Schweiß lief ihm über das Gesicht. »Die Tochter Golans. Seit vier Tagen.«
»Das ist doch Blödsinn.« General Yona lächelte breit. »Sie wird einen Liebhaber haben, Moshe, und Sie kommen nun zu spät.«
»Sie hat einen!« schrie Rishon und warf die Mütze auf die Erde. »Einen Deutschen! Und dieser Deutsche ist jetzt auf ägyptischer Seite. Ich habe darüber Vernehmungsprotokolle . . .«
»Das wäre allerdings ein Skandal!« General Yona schob die Kaffeetasse weg. Sein Lächeln gefror. Ariela Golan, dachte er. Wäre sie irgendeine, so spräche man nicht darüber. Aber sie ist so etwas wie das Vermächtnis eines Nationalheiligen. Wir sind es Amos Golan schuldig. »Kommen Sie!« sagte General Yona und sprang auf. »Wir werden das sofort untersuchen. Woher wissen Sie das?«
»Ich war in der Wohnung Golans.« Rishon reichte Yona den Zettel Arielas. Der General las ihn und sah Rishon erstaunt an.
»Sie ist demnach freiwillig gegangen . . .«
»Jemand muß sie getäuscht haben.« Rishon lehnte sich an die Wand. In seinem ganzen Leben war er noch nicht so hilflos gewesen. »Doktor Schumann versteckt sich doch in der Sinai-Wüste . . .«
»Das ist ja ein dicker Hund!« General Yona stülpte seine Mütze auf. »Kommen Sie, Rishon . . . wir werden das alles mit der Aufklärungsstaffel besprechen.«

Durch Vermittlung der deutschen Botschaft gelang es endlich, die Reisegruppe Wolfgang Hopps freizubekommen. Sie durfte nach Tel Aviv reisen und dort endlich das Flugzeug besteigen, das sie zurück nach Deutschland bringen sollte.
»So viel ist einem noch nie für siebenhundertfünfzig Mark geboten worden«, sagte Theobald Kurzleb, als sie nun wirklich zum letztenmal ihre Koffer gepackt hatten und in der Hotelhalle auf den Reisebus warteten.

»Die heiligen Stätten, ein Blitzkrieg, zwei Tage Gefängnis, eine tote Schwester . . . ich glaube, mehr kann man nicht verlangen.«
Johann Drummser fühlte sich vereinsamt. Sein neuer Freund Willi Müller aus Köln war nicht mehr bei ihnen. Er war der einzige, den man zurückbehalten hatte und den auch die deutsche Botschaft nicht freibekam. Die Israelis beharrten auf dem Standpunkt, daß einer, der mit Panzerkanonen schießt, auch für die Schäden aufzukommen hat, die er damit anrichtet. Müller hatte ein Haus zerstört — also mußte er ein neues Haus bauen. Das alte Prinzip: Auge um Auge, Zahn um Zahn, gewann jetzt eine aktuelle Bedeutung.
»Wie soll isch dat machen?« schrie Müller XII, als der deutsche Botschaftsrat ihm diese Nachricht in die Zelle brachte. »Isch bin ein kleiner Anjestellter! Isch han achthundert Mark Jehalt! Woher soll isch dat Haus bezahlen?«
»Dann arbeitet er es ab«, sagte ein Hauptmann, der Major Rishon vertrat. »Wir werden Herrn Müller einem ordnungsgemäßen Gericht übergeben und nach dem Gesetz verurteilen. Oder ist bei Ihnen in Deutschland keiner ersatzpflichtig, der ein Haus zusammenschießt?«
Der deutsche Botschaftsrat wußte darauf keine andere Antwort als: »Natürlich!« Damit war der Fall zunächst politisch erledigt. Von der Botschaft aus gab es keine Möglichkeiten mehr, Müller zu helfen.
»Warum klettert er auch in einen Panzer?« sagte man. Der Bericht, der nach Bonn ging, blieb auf irgendeinem Schreibtisch liegen. Es gab wichtigere Dinge. Ein Negerfürst hatte sich zum Staatsbesuch angemeldet, wollte die Berliner Mauer sehen, seine Abscheu über dieses Bollwerk der Unfreiheit abgeben und dafür einige Millionen kassieren. So etwas geht vor. Das macht Schlagzeilen und ärgert die in Ostdeutschland. Ein Müller XII aus Köln konnte warten . . .
Es war auch das Reisebüro und nicht ein Bonner Beamter, das

Frau Erna Müller benachrichtigte, ihr Mann komme vorläufig nicht nach Köln zurück, weil er in Jerusalem eine Tätigkeit zum Aufbau eines Hauses angenommen habe.
Erna Müller weinte einen Tag lang und fragte dann einen Rechtsanwalt. Dieser rief das Außenministerium in Bonn an und erfuhr, daß niemand für den Fall Müller zuständig war.
»Es ist ein reiner zivilrechtlicher Fall der Israelis«, wurde der Anwalt belehrt. »Wir sehen keine Möglichkeit, hier politisch einzugreifen.«
In Jerusalem saß unterdessen Willi Müller, löffelte eine Suppe, aß Matzen und überlegte sich, was wohl dabei herauskäme, wenn ein Lagerverwalter plötzlich zum Bauarbeiter wird. Man hatte ihm gesagt, daß der Neubau des Hauses ungefähr 7480 israelische Pfund kosten würden, das waren runde zehntausend Mark.
»So eine Bruchbude aus Lehm zehntausend Mark?« schrie Müller. »Ich will den Botschaftsrat sprechen! Man will mich übers Ohr hauen! Dat is Ausnutzung einer Notlage!«
So weit waren die Dinge gediehen, als die Reisegesellschaft den Sonderbus besteigen konnte und Abschied nahm von Jerusalem. Die Schwestern Angela und Edwiga waren noch einmal zu dem kleinen Grab gepilgert, in dem nun Schwester Brunona für immer ruhte, in heiliger Erde, in der Nähe Christi, eine Gnade, die nur wenigen zuteil wird. Sie beteten und nahmen Abschied, denn sie wußten, daß sie nie wieder nach Jerusalem kommen würden.
Johann Drummser war in bester Stimmung. Er hatte deutsches Bier entdeckt. Jetzt, eine Stunde vor Abfahrt, saß er auf seinem Koffer und öffnete eine Bierbüchse nach der anderen.
Harald Freitag war bedrückt. Für ihn war diese Reise eine große Enttäuschung gewesen. Er hatte zwar einen Krieg kennengelernt, was er nie vorhatte, er wußte nun, wie alte Landser reagieren, wenn sie einen russischen T 34 sehen, er kannte sich aus in

der Strategie, die Rommel anstelle Dayans angewandt hätte, nur hatte Dayan in hundert Stunden den Krieg gewonnen, während Deutschland seinen Krieg in sechs Jahren verloren hatte, und er wußte, wie man Fähnchen schwenkt und Begeisterung macht. Er hatte Pulver gerochen und Leichen gesehen, die in der Hitze aufquollen, er hatte an zerfetzten Panzern gestanden und war auf einem Hausdach beschossen worden, er war — um mit Müller XII zu sprechen — ›ein Mann‹ geworden.

Aber die Dinge, derentwillen er nach Israel gekommen war, hatte er nicht gesehen: den Negev, die Säulen Salomons, die Ruinen von Subeita, den Brunnen Abrahams, das Tote Meer, die Korallenbänke bei Eilat, die Kibbuzim an den Grenzen, den Weg, den die Juden vor sechstausend Jahren gezogen waren, durch die Sinai-Wüste nach Norden zum gelobten Land . . .

Er wußte in dieser Stunde des Abschieds, daß er wiederkommen würde. Und er wußte auch, daß es dann ganz anders sein würde. Nicht mit einem Bus auf einer Tour der Andenkensammlung, sondern allein, mit einem Koffer und einem Rucksack, einem Zelt und viel Liebe zu diesem Land, das so tapfer und freundlich war, so uralt und so berückend jung, so grausam und so schön, so vergänglich und doch so ewig. Ein Land, das Gott lieben mußte. Er verstand es jetzt. Und er verstand auch zum erstenmal die Bibel nicht mit dem Hirn, sondern auch mit dem Herzen.

Es war Mittag, als der Bus nach Tel Aviv Jerusalem verließ. Die Hotelleitung des King-David-Hotels war froh, daß dieser Besuch beendet war, er hatte Aufregung genug gebracht. Nur das Zimmermädchen Yeila weinte heimlich und drückte ein Andenken an ihre Brust. Sie trauerte — wer hätte das gedacht? — dem Studienrat Dr. Vollmann nach, der anscheinend nicht nur geschichtliche Studien betrieben hatte. Das Andenken für Yeila war ein abgegriffenes Buch: »Die Situation der Pädagogik in Quinta und Quarta.« Auf der Innenseite war ein Stempel der Schulbibliothek.

Was tat es zur Sache, daß Yeila kein Wort in diesem geistreichen Buch verstand? Es war ein Andenken an Louis.
Die Fahrt über die heiße Straße nach Tel Aviv verlief reibungslos, bis der Bus durch eine öde Gegend zwischen Kefa Shemuel und Ramla fuhr, wo die heiße Luft flimmernd über der Straße hing. Hier pfiffen plötzlich aus einem Hinterhalt Kugeln um den Bus, schlugen in das Blech, trafen die Benzinleitung und zersplitterten die Scheiben. Woher die Schüsse kamen, war nicht festzustellen, sie zwitscherten von allen Seiten und trafen bei der zweiten Salve auch die Reifen. Der Bus sank ächzend auf die Felgen.
Schwester Edwiga und Schwester Angela hatten sich hinter die Sitze geduckt. Die beiden Studienräte lagen auf dem Boden des Fahrzeugs und hatten ihre Koffer über die Köpfe gelegt.
Der Fahrer des Busses hing verwundet hinter seinem Steuer. Er hatte noch gebremst, ehe ihn die Kugel traf. Der Bus war quer über die Straße gerutscht, aber er war nicht umgestürzt. Johann Drummser, Theobald Kurzleb und Harald Freitag hockten ebenfalls hinter den Polstersitzen, während die Sozialfürsorgerin aus Hameln sitzen geblieben war und laut schrie. Sie hatte den Kopf in den Nacken geworfen, und ihre Brille tanzte auf der Nase.
Der Feuerüberfall war nur kurz. Als der Bus zerstört war, hörte das Schießen auf. Drummser wagte einen Blick nach draußen ... es war nichts zu sehen als Hitze, flimmernde Luft, blendender Sand, weiter hinten eine bewässerte Farm mit Orangenhainen und Olivenbäumen. Auch Freitag hob den Kopf. Die Studienräte verharrten in vorschriftsmäßiger Selbstschutzhaltung.
»Was war denn das?« fragte Freitag bleich und verwirrt.
»Ein Feuerüberfall, Junge.« Drummser riß eine Büchse Bier auf. Dabei zeigte sich, daß sein Koffer voller Bierdosen war ... Was vorher in dem Koffer gewesen war, Unterwäsche, Strümpfe, Schuhe, Hemden, zwei Anzüge, hatte er im Hotel gelassen. Bier war wichtiger.

»Hier? Mitten im Land? Im Frieden?«
»In Rußland haben sie uns in den Hintern geschossen, wenn wir weit hinter der Front auf der Latrine saßen!«
Sie standen noch keine zehn Minuten, in denen Theobald Kurzleb für den verwundeten Fahrer aus dem Sanitätskasten des Busses blutstillende Watte holte, als eine Militärpatrouille von zwei Jeeps in einer Staubwolke heranbrauste. Die Soldaten und der junge Offizier fragten nicht lange. Sie sahen auf den zerschossenen Bus, in die bleichen Gesichter der Deutschen, die hinter den Scheiben auftauchten, wendeten die Wagen und jagten, umweht von hohen Staubwolken, quer über das Land.
Nach einer halben Stunde kamen sie wieder. Über die Kühler gefesselt, mit verbundenen Augen, lagen sechs Araber. Man schnallte sie los, stellte sie auf die Beine, und der junge Offizier trat an den Bus heran und grüßte.
»Wir haben die Heckenschützen«, sagte er in einem singenden Deutsch. »Sie wollten sich in einer Erdhöhle verbergen. Sie gehören der palästinensischen Befreiungsfront an. Ich bitte Sie im Namen meiner Regierung um Verzeihung, meine Damen und Herren, daß Ihnen so etwas widerfahren ist. Aber der Krieg . . .«
Er lächelte bedauernd und hob die Schultern. »Im nächsten Jahr ist es besser.«
Er wandte sich ab und trat an die Jeeps zurück. Die sechs Araber, dürre, von der Hitze ausgelaugte Burschen, barfuß und in Fetzen gekleidet, standen mit verbundenen Augen im Sand, neben der Straße, die Hände auf dem Rücken, die Köpfe hoch erhoben.
»Was nun?« fragte Freitag und faßte Drummser an. Er hatte eine schreckliche Ahnung.
»Sehen Sie weg!« sagte Drummser heiser. »I kenn dös. In Rußland, bei den Partisanen . . . Krieg is eben a Sauerei . . .«
Die beiden Studienräte starrten auf die sechs Araber und die israelischen Soldaten, die ihre Schnellfeuergewehre entsicherten.

Schwester Edwiga und Schwester Angela wandten sich ab und schlossen die Augen. Dann fielen sie auf die Knie, falteten die Hände und beteten laut das Ave-Maria. Die Sozialfürsorgerin schluchzte noch immer und wußte nicht, was um sie herum vorging.
»Das geht doch nicht«, stammelte Freitag. »Das ist doch grausam. Das ... das ... o nein! Nein!« Er schlug beide Hände vor die Augen, als die Israelis die Gewehre anlegten.
»Sie wollten auch uns erschießen«, sagte Drummser und mußte wieder Bier trinken. Seine Kehle war wie ausgedorrt. Die Erinnerung an Boschowo tauchte auf. Der Wald. Die gefangenen Partisanen. Neununddreißig. Darunter sechs Frauen. Junge, hübsche Frauen. Sie hatten um ihr Leben gebettelt, sie hatten sich die Kleider vom Leib gerissen und sich angeboten. Leben gegen Liebe. Es waren stramme, weißhäutige Madkas. Und dann standen sie nackt zwischen den finster blickenden Männern und hatten den gleichen stolzen Blick und die gleiche aufrechte Haltung: Leb wohl, Mütterchen Rußland!
In ein Massengrab waren sie dann verscharrt worden und der Bataillonschef hatte zu den Landsern gesagt: »Das ist grausam, Leute, ich weiß. Aber sie haben neun von uns aus dem Hinterhalt erschossen! Für Partisanen gilt kein Kriegsrecht, gibt es keine Menschlichkeit mehr. Wer aus dem Hinterhalt schießt, darf keine Gnade erwarten ...«
Drummser starrte auf die sechs zerlumpten Araber. Auch sie standen stolz da, vielleicht dachten sie an Allah oder an das Land, das nach ihrer Ansicht ihnen allein gehörte. Vielleicht dachten sie daran, daß sie nachher ein Essen bekommen würden, einen Schluck Wasser, ein Zelt in einem Gefangenenlager. Vielleicht dachten sie auch gar nichts.
Der junge Offizier hob die Hand.
»O Gott«, stammelte Freitag. »O Gott! Ich habe noch nie gesehen, wie ein Mensch erschossen wird ...«

»Es ist ganz einfach«, sagte Drummser heiser. »Er fällt um. Er sagt keinen Laut.«
Schüsse ratterten. Die sechs Araber fielen übereinander, rollten in den Staub, zuckten noch ein paarmal mit Armen und Beinen und lagen dann still. Ein Häuflein Mensch mit zwölf Armen und Beinen. Eine Riesenspinne mit aufgebrochenem Leib.
Der junge Offizier kam zurück zu dem Omnibus und grüßte wieder. »Bitte, steigen Sie um in meine Jeeps«, sagte er höflich. »Meine Leute werden hierbleiben, bis der Bus weggeräumt ist. Wir bringen Sie sicher nach Tel Aviv.« Er sah die entsetzten Augen Freitags und hob die Schultern. Sie waren gleichaltrig, die beiden jungen Männer, und doch trennte sie soviel. »Der Krieg«, sagte der junge Offizier. »Er wird nie zu Ende sein, solange es Fanatiker gibt. Uns bleibt keine andere Wahl.« Er sah in den Bus und auf die noch immer knienden und betenden Schwestern. »Bitte, Ihre Koffer«, sagte er laut. »Sie werden in einer halben Stunde in Tel Aviv sein.«
Mit steifen Beinen stieg Freitag aus dem zerstörten Bus.
Über der Straße kreisten bereits zwei Geier.
Es war erstaunlich, wie schnell sich der Tod herumsprach.

Narriman hatte ihr Versprechen gehalten: Ariela wohnte im gleichen Haus wie Dr. Schumann. Und doch trennte sie eine mit orientalischer Maurerkunst aufgerichtete, durchbrochene Wand voneinander. Die beiden großen, prunkvollen Zimmer lagen nebeneinander, und man konnte durch das Filigran von goldgestrichenen Figuren, aus denen die Zwischenmauer bestand, in das andere Zimmer sehen, man konnte sich hören, miteinander sprechen, man sah die gegenüberliegende Welt wie in Tupfen, Bögen und Kreise aufgelöst, und doch war es nur ein Gefängnis, in dem die Gitter aus Marmor und Mosaiken bestanden, aus goldlackierten Decken, glasierten Ziegelböden und Türen, die innen keine Klinken hatten und nur von außen zu öffnen waren.

»Was soll das?« hatte Schumann gesagt, als er das ihm bisher unbekannte Zimmer betrat. Erst beim zweiten Blick sah er, daß es sein altes, riesiges Zimmer war, das man in aller Eile umgebaut und mit Hilfe der durchbrochenen Zwischenwand geteilt hatte.
»Ariela ist bei Ihnen.« Narriman lächelte bitter. »Dort drüben wird sie gleich hereingeführt. Sie ist Ihnen ganz nah ... aber nicht zu nah. Oder dachten Sie, ich lege Ihnen Ariela ins Bett? Ich gönne Ihnen das Vergnügen der Leidenschaft nur bis zu einer gewissen Grenze, Doktor. Sie dürfen bewundern, schmachten, reden, anfassen, tasten ... aber Ihr Weg zum Glück führt über mich.«
»Sie werden mich nie auf diesem Weg sehen, Narriman!«
»Sollen wir uns schon deswegen streiten?« Sie lachte und fuhr sich mit beiden Händen durch die schwarzen Haare. Ihre Sinnlichkeit war erdrückend. »Morgen stattet Ihnen mein Mann einen Besuch ab.«
»Das freut mich.«
»Er ist neugierig, den Mann kennenzulernen, von dem ich ihm erzählt habe, er könnte der einzige sein, der mich bändigt.«
»Das haben Sie gesagt, Narriman?«
»Ich spreche mit meinem Mann immer über Dinge, die mich beschäftigen.«
»Und was hat er geantwortet?«
»Er hat sanft gelächelt. Er hat eine Art zu lächeln, die ihn zum Märtyrer macht. Man möchte ihn dann streicheln und trösten.«
Im Nebenzimmer klappte die Tür. Narriman trat an die durchbrochene Wand und winkte Dr. Schumann zu.
»Ihr jüdisches Schätzchen, Doktor. Kommen Sie. Sie hat sich gebadet und umgezogen. Kleider von mir. Morgen werde ich in der Stadt ein paar Fähnchen für sie einkaufen, Schminkzeug, Make-up, was eine Frau so braucht. Bin ich nicht ausgesprochen lieb zu Ihnen?«

Sie klopfte gegen die Mauer und winkte ins andere Zimmer. »Sie sehen blendend aus, Ariela. Mein Kleid steht Ihnen gut.«
Dr. Schumann hörte keine Antwort. Aber aus dem Nebenzimmer klang es, als ob jemand Stoff zerreißt. Ein knirschender, schleißender Laut. Narriman wandte sich mit einem bösen Lächeln ab.
»Sie hat sich mein Kleid vom Leib gerissen. Nun ist sie nackt. Ich habe es gar nicht anders erwartet, ich hätte es genauso gemacht. Wann frühstücken wir?«
»Ich habe keinen Hunger«, sagte Schumann. Er stand an der Wand und starrte ins andere Zimmer. Die nackte, schmale Silhouette Arielas hob sich gegen die Sonne ab, die durch den — jetzt vergitterten — Balkon hereinflutete. Sie hatte ihm den Rücken zugedreht, und er sah, daß sie mit geballten Fäusten dastand.
»Wir frühstücken in einer Stunde.« Narriman trat neben Schumann. »Ein herrlicher Körper, nicht wahr? Jung, fest, glatt, warm und geschmeidig. Sie hätten ihn gern in den Armen, nicht wahr?«
»Gehen Sie«, sagte Schumann heiser. »Bitte, gehen Sie. Auch ein Mensch wie ich kennt eine Grenze.«
Als er dann allein war, stand er an der Wand und Ariela stand auf der anderen Seite, und sie hielten sich die Hände durch einen der Durchbrüche und streichelten sich und versuchten ihre Lippen aufeinanderzulegen, aber die Wand war zu dick und ihre Lippen konnten sich nicht berühren.
Über Arielas Nacktheit lag die Sonne wie ein Goldmantel. Sie schämte sich nicht. Es war selbstverständlich, daß er sie so sah, so wie es damals selbstverständlich gewesen war, daß er sie im Zelt in der Negev-Wüste abrieb, als sie sich in seiner engen Gummibadewanne gewaschen hatte, nach einer Nacht, die Ariela völlig veränderte. Die Liebe war in Israel von jeher eine Waffe der Frau gewesen — nicht der Mann eroberte sich das Glück,

sondern die Frau kam und sagte: »Du gefällst mir!«, und sie sagte es ganz unbefangen, denn was im Herzen ist und was im Blut kocht, das ist von Gott. In Ariela aber waren die Jahrtausende ihres Volkes erwacht ... sie wußte jetzt nichts anderes mehr, als daß sie Peter Schumann gehörte, so wie ihm seine rechte Hand gehört, sein linkes Auge, der Schlag seines Herzens. Sie war ganz sein.

Mehr gibt es nicht.

»Wie geht es dir?« fragte Ariela und streichelte Schumanns Hände.

»Ich hatte Angst um dich. Aber nun ist alles gut.«

»Ich liebe dich ...«

»Warum hast du dich überlisten lassen?«

»Ich wäre auch gekommen, wenn sie mich nicht überlistet hätte. Ich wäre mitgegangen, wenn sie bloß gesagt hätte: Er ist in Amman! Ich wäre mitgegangen, wenn sie gesagt hätte: Er ist in Indien! In Australien! In Amerika! In Rußland! Auf dem Mars! Es gibt keine Grenzen, wenn ich nur bei dir bin ...«

Sie waren nicht anders als alle Verliebten, die den Blick für die Wirklichkeit verlieren. Sie knieten vor der trennenden Mauer, und Schumann hatte einen Durchbruch entdeckt, durch den er beide Arme strecken konnte. So lagen sie jetzt voreinander auf den Knien, und Ariela drückte die Stirn gegen die kalte Wand und war dem Weinen nahe.

»Du bist da«, sagte sie leise. »Du bist da. Mehr will ich nicht vom Leben ...«

Sie sahen sich den ganzen Tag, denn bis auf die Mahlzeiten ließ Narriman sie allein. Mahmud sahen sie überhaupt nicht mehr. Er war zu seinem Landhaus zurückgefahren und tröstete sich bei seinen zwanzig Frauen über sein Mißgeschick bei Narriman und Ariela.

In der Nacht schliefen sie nicht in ihren Betten, sondern trugen die Decken und Kissen an die Trennwand und legten sich ne-

beneinander, steckten die Hände durch die Durchbrüche und hielten sich fest. Und so schliefen sie ein, in dem Gefühl, zusammen zu sein und sich zu gehören.
Das war der erste Tag. Am zweiten hörte die Seligkeit auf. Der Ernst begann. Der Leiter der jordanischen Forschungszentrale, Hussein ben Suleiman, machte Dr. Schumann seinen Besuch und aß mit ihm ein knusprig gebratenes Hühnchen. Er war ein dicker, jovialer Mann, der in Oxford, Heidelberg und Aachen studiert hatte und sehr gut deutsch sprach. Er war auch jetzt öfter in Deutschland, kannte einige deutsche Minister gut und erzählte dem schweigsamen Dr. Schumann zur Auflockerung zunächst einen neuen Bonner Witz. Dann wurde Suleiman konkret, aber er blieb freundlich dabei.
»Die Lage, lieber Doktor, kennen Sie. Ich meine die politische Lage. Jordanien ist überfallen worden, die Juden haben große Landstriche kassiert, über zweihunderttausend Flüchtlinge vegetieren in Zeltlagern und am Straßenrand diesseits des Jordans. Familien, fleißige Bauern und Handwerker, die man vertrieben hat oder die aus Angst vor Repressalien flüchten mußten. Gute Patrioten alle! Denn das Land, das die Juden im Besitz haben, ist altes arabisches Land!«
»Darüber läßt sich streiten«, sagte Dr. Schumann. Er sah zur Trennwand hin. Ohne daß er es gemerkt hatte, war Ariela entfernt worden. Er hörte weit weg ihre Stimme im Innenhof. Sie saß jetzt vielleicht am Springbrunnen, im Schatten des alten Mandelbaums. »Über wieviel Jahrhunderte hinweg werden Heimatansprüche aufrechterhalten? Dieses Problem ist auch das brennendste in Europa! Darum werden die Großmächte, vor allem Rußland, sehr vorsichtig sein, Rechte zu verteilen. Tun sie es nämlich, dann erkennen sie vor der Welt auch die Ansprüche Deutschlands auf Ostpreußen und Schlesien an, notgedrungen, denn was dem einen recht ist, ist dem anderen billig! Es gibt keine doppelzüngige politische Moral, es sei denn, man macht

alles, was Recht ist, lächerlich. Dann allerdings sollten alle Staaten fleißig das tun, was ihnen paßt ... und die UNO sollte ein Kindergarten werden.«

»Wollen wir klüger sein als die großen Politiker, die auch nur wissen, daß sie nichts wissen?« Suleiman lächelte breit. »Lieber Dr. Schumann, Sie sind ein hochintelligenter Mensch. Sie werden verstehen, daß es Jordaniens Lebensaufgabe ist, die Juden zu vernichten.«

»Ich verstehe das leider nicht.«

»Weil Sie nicht wollen! Sie hatten in Deutschland einmal einen Mann, den Sie ›Führer‹ nannten und der die Juden rücksichtslos ausrottete. Seitdem bewundern wir das deutsche Volk und lieben es.«

»Das ist ja furchtbar!« rief Dr. Schumann erschrocken. »Wenn es keine anderen Berührungspunkte gibt ...«

»Genug, aber hier verschmelzen unsere Herzen!« Suleiman lehnte sich zurück. Seine Lippen glänzten fettig. Es war ein gutes Huhn gewesen. »Ihre Bakterienforschung ist genau das, was wir suchen. In Rußland forscht man auch mit Hochdruck, in den USA entwickelt man solche ›sanften Tode‹ ... nur ist es leider so, daß weder Rußland noch die USA bereit sind, ihr Geheimnis zu verraten. Sie hüten es ängstlich. Und sie haben recht ... eine Atombombe knallt und hat einen gezielten Wirkungsgrad ... eine Bakterienbombe hört man nicht, und ihre Wirkung ist tausendmal grausamer als eine Atomexplosion. Bis in die letzten Winkel kriecht die Krankheit. Da helfen keine Bunker mehr, keine meterdicken Betondecken, keine Felsenstollen. Die Krankheit geht überall mit ... Und Sie haben die Schweigemauer der Russen und Amerikaner durchbrochen. Sie wissen, wie man Millionen lautlos töten kann.« Suleiman nickte Schumann freundlich zu. »Und bald wird es auch Jordanien wissen.«

»Sie sind ein großer Optimist, Suleiman.«

»Das bin ich wirklich.« Er lachte und nahm sich ein paar dicke

blaue Trauben vom Teller. »Sie werden in unseren Labors in Madaba die Bakterienkulturen züchten und als Kriegswaffe ausbauen.«
»Das glaube ich nicht.«
»Lassen Sie mich für Sie mitglauben.« Suleiman steckte seine Finger in eine Wasserschale und trocknete sie dann an einer weißen Damastserviette ab. »Sie werden doch Ariela nicht wieder Mahmud ausliefern.«
Dr. Schumann sprang auf. Der Stuhl polterte auf den Fliesenboden. »Ihre Drohungen ziehen nicht mehr, Suleiman!« rief er. »Ich habe mit Ariela gesprochen.«
»Lassen Sie das Heldentum!« Suleiman winkte ab. »Sie sind Wissenschaftler, kein Militär. Die werden dafür bezahlt, daß sie rasseln!«
»Sie können mich umbringen, Suleiman. Ich habe von Ariela Abschied genommen.«
»Das wäre das Dümmste, was man mir zutrauen würde. Sie brauche ich! Ich werde mich an Ariela halten.«
»Auch sie hängt nicht so am Leben, daß dadurch ein ganzes Volk vor die Hunde geht.«
»Ariela töten? Wozu?« Suleiman leckte über seine dicken Lippen. »Wir haben bessere Methoden. Sie wird wie eine Fußmatte sein, auf der sich Mahmud abwetzt ...« Suleiman beugte sich vor und musterte Dr. Schumann fröhlich. »Dieser Gedanke wird für Sie ein Motor sein, Doktor. Spielen Sie nicht den Übermenschen! Nur Romanautoren und Irre erfinden Helden, die sich für ein Volk opfern. Die Asiaten mögen anders sein, sehen Sie nur Vietnam! Aber Sie sind Europäer. Ihnen fehlt jeder Fatalismus. Sie haben keinen Buddha und keinen Ho Tschi Minh. Ihnen ist das eigene Hemd näher als die Unterhose Ihres Nachbarn. Sie wollen leben. Sie wollen lieben. Das sind zwei der schönsten Dinge auf diesem Planeten.« Suleiman erhob sich. »Wir fahren morgen nach Madaba. Ich zeige Ihnen die Labors.

Es ist alles bestens eingerichtet . . . übrigens mit Geldern der Entwicklungshilfe. ›Landwirtschaftliche Forschungszentrale‹ nennt sich das Zentrum von Madaba. Wir bekämpfen von da aus die Weinlaus. Neckisch, nicht wahr?«

»Sie haben einen makabren Humor, Suleiman«, sagte Schumann bedrückt. Er sah keinen Ausweg mehr. Suleiman hatte recht: Er wollte leben. Leben für Ariela.

»Sie lernen es auch noch, über Dinge zu lachen, über die andere weinen . . .« Suleiman verbeugte sich leicht. »Es war mir eine Freude, mit Ihnen zu essen, Dr. Schumann. Ich fühle mich fast schon als Ihr Freund . . .«

Wenig später wurde Ariela wieder ins Zimmer geführt. Sie rannte sofort an die Trennwand.

»Wie war es, Liebster?« rief sie. »War es schlimm?«

»Fürchterlich, Ariela.« Schumann lehnte den Kopf an die Mauer. Die Hand Arielas streichelte sein Kinn.

»Du bist stark geblieben?« fragte sie. »Oh, ich weiß, du bist stark geblieben . . .«

»Ja«, sagte Schumann heiser. Seine Lippen zitterten. Muß ich nicht vor mir ausspucken, dachte er. Muß ich mich nicht übergeben vor mir selbst? »Ja«, wiederholte er. »Ich habe alles abgelehnt.«

»Ich wußte es.« Arielas Augen strahlten ihn an. »Ich bin so stolz auf dich . . . wie auf meinen Vater . . .«

Dr. Schumann wandte sich ab und starrte an die goldverzierte Decke.

Soll man wirklich sterben, dachte er. Ist das der einzige Weg? Muß man ein Held sein?

»Ich habe gelogen, Ariela«, sagte er leise. »Ich fahre morgen nach Madaba.«

In der Wüste Sinai, auf dem Weg zum Suezkanal, hatte man Jurij Konstantinowitsch Jegorow nun doch gesehen. Er wurde von den Aufklärungsflugzeugen überrascht, die General Yona auf die Suche nach Ariela geschickt hatte.

Zuerst schien es unglaublich, daß weitab von allen Pisten ein winziger schwarzer Floh durch den Sand und die Geröllhalden hüpfte. Aber als die Flugzeuge heruntergingen und die Piloten mit Ferngläsern den rätselhaften Gegenstand einfingen, sahen sie deutlich, daß es ein Jeep war. Ein einzelner Mann saß darin. Sofort funkte man es nach Beersheba, und von dort stiegen drei Hubschrauber auf.

Hauptmann Jegorow fluchte wie ein sibirischer Fischer, dem ein treibender Baumstamm die Netze zerrissen hat. Er sah ein, daß er das Rennen zum Kanal verloren hatte. Hier gab es keine Deckung mehr, hier konnte man sich nicht hinter Steinen verbergen, hier konnte man nicht mehr Sandfloh spielen und sich in eine Düne eingraben. Zwei Aufklärer kreisten ständig über ihm, und er wußte, daß jetzt in Beersheba die Hubschrauber aufstiegen und Jurij Konstantinowitsch bald nach Jerusalem bringen würden.

Es gibt zweierlei, dachte Jegorow, während er in einer hohen Staubwolke durch den Sand fuhr. Der Motor seines Jeeps heulte. Das eine ist asiatisch und heißt: Gefangenschaft ist Unehre. Ein Held stirbt, aber er ergibt sich nicht. Das andere ist europäisch: Das Leben geht weiter. Es gibt immer mehrere Möglichkeiten.

Jurij Konstantinowitsch war aus Roslawl, also Europäer. Er hielt kurzentschlossen mitten in der Wüste seinen Jeep an, stieg aus, schleppte alles, was ihm gehörte, in den Sand, schichtete es auf und schüttete aus den Kanistern Benzin darüber. Dann warf er ein Streichholz hinein und freute sich über die helle Flamme, die sofort emporschoß.

Gleichzeitig zogen die Flugzeuge tiefer herunter und begannen ihn mit Maschinengewehren zu beschießen. Jegorow machte ein paar lange Sätze zum Jeep, aber genau hier lagen gut gezielt die Garben.

»Er verbrennt alles!« schrie der Pilot des ersten Aufklärers in sein Kehlkopfmikrophon.
Und die Zentrale in Beersheba antwortete: »Verhindern! Notfalls verwunden, aber nicht töten!«
Jurij Konstantinowitsch griff in die Tasche und holte sein Taschentuch heraus. Er schwenkte es als weiße Fahne, aber gleichzeitig ging er auf den Jeep zu. Man wird mich nach Sibirien schicken, wenn man das erfährt. O verflucht, verflucht! Ich hätte die Papiere zuerst verbrennen sollen . . .
Das zweite Flugzeug stieß herunter. In der Ferne schwebten drei Riesenlibellen durch die heiße Luft. Die Hubschrauber.
Jegorow begann zu laufen. Er lief in die Schußbahn des MGs hinein, und beide Beine wurden ihm weggerissen. Mit einem Ächzen fiel er in den Sand, wälzte sich auf den Rücken und fühlte, wie sein Unterkörper zu zittern begann, wie in einem Schüttelfrost, und wie seine Beine seltsamerweise nicht schmerzten, sondern kalt wurden, als schöbe man sie in einen Kühlschrank.
Noch drei Meter, dachte er. Nur noch drei Meter.
O verflucht, verflucht . . .
Er starrte in den vor Hitze fast farblosen Himmel, als die Hubschrauber landeten und große Staubwolken über ihn wegwehten. Er gab auf Fragen keine Antwort, ließ sich wegtragen, wurde in einen der Hubschrauber geschoben und verlor erst das Bewußtsein, als er über der Wüste schwebte und unter ihm sein Jeep explodierte.
In Beersheba wurde Hauptmann Jegorow notdürftig operiert, versorgt und verbunden. Der Stabsarzt sagte noch: »Die Beine wird er behalten, aber die Schienbeine sind hin. Er wird mit O-Beinen weiterleben müssen!«
Jegorow verstand alles. Er schwieg weiter.
Sibirien, dachte er bloß. Die Wälder von Tuneisk. Das Straflager, in dem selbst die Flöhe weinen.

Warum haben sie nicht dreißig Zentimeter höher gezielt ...
In Jerusalem stand Major Rishon auf dem Flugplatz, als die Hubschrauber aus Beersheba landeten. Noch bevor die Flügel zu kreisen aufhörten, rannte er heran, die Mütze flog ihm vom Kopf, seine Haare wurden vom Flugwind zerwühlt, der Sog riß an seiner Khakibluse.
Wo hat er Ariela gelassen, tobte es in ihm. Er ist allein! Wo ist Ariela? Ich erwürge ihn! O Gott, ich erwürge ihn!
Die Trage wurde auf die Erde geschoben. Moshe Rishon stürzte auf sie zu wie ein Panther. Dann blieb er plötzlich stehen und starrte den Mann vor sich an.
»Wer ist denn das?« schrie er den Piloten an. »Wen bringen Sie denn da?«
»Den Mann aus der Wüste.«
»Es ist der falsche!« brüllte Rishon.
»Major ... er war der einzige.« Der Pilot verstand nicht, warum Rishon sich wie ein Verrückter gebärdete. Er riß die Decke von dem Verwundeten, sah die zerschossenen Beine und die Reste der Uniform eines ägyptischen Majors. »Wer sind Sie?« schrie er. Seine Stimme kippte um.
Jegorow sah den israelischen Offizier lange an. Er dachte an Jelena, seine Frau, und an Maxim und Natalja, seine Kinder. Und er dachte wieder an das Lager von Tuneisk, wo Menschen verfaulten.
»Jurij Konstantinowitsch Jegorow, Hauptmann der Roten Armee«, sagte er mit zitternder Stimme. »Abkommandiert zur Instruktion der ersten ägyptischen Armee. Ich ... ich bitte um politisches Asyl ...«
Er schloß die Augen und wandte den Kopf ab.
Er hatte den für einen Russen schrecklichsten Satz gesagt.
Zwei Stunden später zeigte es sich, daß man einen glänzenden Fang gemacht hatte. Die Dechiffrierabteilung von Rishons Dienststelle brach in Jubel aus. Im Jeep, unter anderen Papieren,

die Jegorow nicht mehr vernichten konnte, hatte man ein Codebuch gefunden. Der Hauptmann der Funküberwachung des militärischen Nachrichtendienstes konnte sich nicht beruhigen vor Freude.

»Moshe!« rief er. »Das ist ein Fang! Das ist unbezahlbar! Wir haben den ägyptischen Code! Seit Wochen sitzen wir da wie die Blöden, nehmen einen Funkspruch nach dem anderen auf, schreiben ihn nieder und bekommen keinen Sinn in das Kauderwelsch. Und jetzt können wir alles lesen wie einen Roman!« Er umarmte Rishon, küßte ihn vor Begeisterung und rannte aus dem Zimmer.

Am Abend lag eine lange Liste von übersetzten Funksprüchen der Jordanier und Ägypter auf Rishons Tisch. Mit Rotstift waren zwei Funksprüche umrandet. Die Ordonnanz, die diese Mappe gebracht hatte, war schnell wieder gegangen, noch bevor Rishon die Mappe aufschlug. Der Hauptmann der Dechifrierabteilung hatte ihm gesagt: »Hinlegen und weg, mein Junge. Rishon könnte mit Stühlen um sich werfen.«

Funkspruch Nr. 193:

»OCE an HMN: Dr. Schumann in Amman. Geheimhaltung Stufe I. Bitten ägyptische Experten nach Amman zur Koordinierung. Ende.«

Funkspruch Nr. 397/C:

»OCE an HMN: Ariela Golan in Amman. Ende.«

Major Rishon warf nicht mit Stühlen. Er klappte nur die Mappe zu, und sein Kopf sank auf den Tisch.

7

Herbert Frank war mittelgroß. Außer der Goldbrille in seinem Gelehrtengesicht hatte er nichts Auffälliges an sich. Wenn man ihn aufgrund einer Personenbeschreibung gesucht hätte, wären einige Tausend Menschen ergriffen worden, so alltäglich sah er aus. Er trug eine zerknitterte Leinenhose und ein weißes Nylonhemd mit kurzen Ärmeln, als er Dr. Schumann besuchte. In der Hand hielt er einen verbeulten weißen Segeltuchhut, wie man ihn oft in der Wüste trägt, denn er ist angenehmer als ein steifer Tropenhelm.

Narriman führte ihn selbst in Schumanns Zimmer. Nichts ließ darauf schließen, daß Herbert Frank und Narriman verheiratet waren. Sie führte ihn zu Dr. Schumann, wie eine Gastgeberin einen Gast mit einem anderen Gast bekannt macht. Sie sahen aneinander vorbei, und es war offensichtlich, daß zwischen ihnen mehr lag als eine Entfremdung.

Herbert Frank wartete, bis Narriman aus dem Zimmer gegangen war, um sich um Kaffee und Kuchen zu kümmern. Er sah sich in dem Zimmer um und wandte sich dann wieder Dr. Schumann zu, der ihn schweigend musterte.

Er ist ein ausgebrannter Mann, dachte er. Sein Gesicht ist faltig und ausgelaugt. Wenn er jetzt hustet, paßt es dazu ... er wird die Schwindsucht haben. Seine Augäpfel sind gelb ... auch an der Leber hat er's. Ob er seinen Kummer in Alkohol ertränkt? Ob er sich ins Vergessen flüchtet, wenn er sinnlos betrunken irgendwo herumliegt? Oft ist der Alkohol für einen Europäer das einzige Mittel, den Orient zu ertragen. Der weite, glühende Himmel, die gelbe, flimmernde Wüste, die niederdrückende Hitze, die Trostlosigkeit der Steinsteppe, der traurige Anblick einer vom Sand gepuderten Tamariske ... man muß einfach trinken, um die Kraft zu haben, sich selbst zuzuschreien: »Das Leben ist schön! Das Leben ist schön! O verdammt! Schön!«

»Narriman ist Ihre Geliebte?« fragte Herbert Frank unvermittelt. Er hatte für seinen langweiligen Körper eine verblüffend tiefe, männliche Stimme.
»Nein!« antwortete Dr. Schumann laut.
»Aber sie hat's versucht.«
»Sie kennen Narriman besser als ich.«
Frank lächelte müde. »Sie waren standhafter als ich, Dr. Schumann. Ich bin umgefallen, als mich Narriman allein in ihrem Zimmer hatte. Das war in London, im Mayfair-Hotel. Stinkfeines Haus. Ich hatte gerade eine Anstellung im Forschungszentrum Chelsea bekommen, als ich Narriman in einem Speiselokal kennenlernte. Können Sie sich denken, wie diese Frau auf mich wirkte? Ich hatte bisher das Leben eines Normalbürgers gelebt. In Wunningen. Sie kennen Wunningen nicht? Ich kannte es auch nicht, als ich als Raketenfachmann dorthin kam. Stellen Sie sich vor: ein Wald, ein See, rundherum gesperrte Straßen. Steinbaracken, in die Erde gesprengte Stollen und Bunker. Das nächste Dorf war zwanzig Kilometer weit entfernt. In dem Dorf gab es vier Mädchen und drei verheiratete Frauen, die mannstoll waren. Wir waren aber siebzig Ingenieure, Techniker und Forscher.«
Herbert Frank setzte sich auf den breiten Diwan. Dr. Schumann ließ ihn weitersprechen; er sah, wie gut es ihm tat, sich einmal alles von der Seele zu reden. »Und so lebten wir wie die Mönche ... ich nehme an, noch keuscher, denn selbst sündige Gedanken waren hier völlig sinnlos. Dann kam ich nach London, und ich sitze einer Frau gegenüber, die mich anlächelt, deren Körper märchenhaft ist, die mit mir ein Gespräch beginnt, mit mir tanzen geht, sich an mich schmiegt, die Glut des Orients über mich schüttet, mich auf ihr Zimmer mitnimmt, sich vor mir auszieht und ins Bett legt.« Herbert Frank wischte sich über die Augen. »Ich habe drei Tage lang das Gefühl gehabt, ich sei ein Springbrunnen ...«
Dr. Schumann lächelte etwas verkrampft. Das freimütige Be-

kenntnis Franks erschütterte ihn mehr, als er sich eingestehen wollte. Er konnte sich vorstellen, wie alles gewesen war... Narriman hatte von Frank Besitz ergriffen. Sie hatte ihn einfach aufgefressen, so wie die Riesenspinnen ihre Männchen nach der Paarung töten und leersaugen.

»Warum sagen Sie nichts?« fragte Frank. »Ich bin ein Schwächling! Und Sie werden auch bald soweit sein.«

»Das glaube ich nicht.«

»O bester Doktor, hoffen Sie nicht darauf, daß man hier Moral oder männlichen Mut honoriert! Man wird Sie knacken, wie man eine Laus zwischen den Daumennägeln zerquetscht. Sie sind Narriman nicht erlegen, aber sie hat Sie trotzdem hierherbringen können. Das genügt. Bei mir fand erst eine Hochzeit statt — es ist ja auch ein Vertrag auf lange Zeit. Bei Ihnen, habe ich mir sagen lassen, ist nur ein zeitbedingter Aufenthalt vorgesehen. Sie sind Bakterienfachmann?«

»Ja. Und Arzt. Chirurg.«

»Darauf legt keiner Wert. Hier wird sowieso jeder ohne Rückgrat geboren, damit er sich gut bücken kann.« Frank lehnte sich in die seidenen Kissen zurück. »Wir werden zusammenarbeiten müssen, Doktor. Ich konstruiere den Sprengkopf, dessen Inhalt Ihre Bakterien werden sollen! Unsere geplanten Raketen sind Mittelstreckenraketen, die ganz Israel eindecken können. Ich habe die Pläne Suleimans schon gesehen. Zwanzig Raketen genügen, um ganz Israel krank zu machen. Wie wirken Ihre Bakterien?«

»Wie Cholera ...« sagte Dr. Schumann heiser.

»Dann wird ein schöner Gestank über Israel liegen.«

»Diese Bombe wird es nie geben.«

»Aber ja.« Frank winkte ab, als Schumann noch etwas sagen wollte. »Ich bin schon seit drei Jahren dabei, den Treibsatz und den Sprengkopf zu entwickeln. Bald ist es soweit. Bitte setzen Sie jetzt nicht zu einem vaterländischen Gesang an, Doktor: Wie konnten Sie ... als Deutscher ... für die Araber ... die Folgen für die ganze Welt ... Verrat an der Menschheit ... Das Diabolische freilassen ... Doktor, das ist alles Scheiße! Sehen Sie mich an. Wie sehe ich aus? Wie ein von der Sonne ausgebleichter Gartenzwerg! Mehr bin ich nicht. Ich stehe in den Gärten Suleimans herum und erfülle gewisse Funktionen. Ein Gartenzwerg hat nur nett, putzig, bunt, fröhlich, Ausdruck deutscher Kultur zu sein. Ich soll Raketen bauen, und wenn ich das nicht tue, ergeht es mir wie einem ständig wackelnden, nicht standfesten Gartenzwerg ... ich werde in Stücke zerschlagen und in den Müll geworfen. Sind Sie gern Müll, Doktor?«

»Nein«, sagte Schumann bedrückt.

»Ich auch nicht! Trotz meiner vielen Schwächen, deren größte Narriman war, trotz innerem Stolz und äußerer Feigheit, trotz Liebe zum Alkohol und Sehnsucht nach glutäugigen Araberinnen, trotz all dem Mist, in dem man sich wälzt wie ein grunzendes Schwein ... ich hänge am Leben! Ich klammere mich an den kläglichen Rest, der mir noch bleibt! Ich freue mich an jedem Morgen, wenn die Sonne über der Wüste emporsteigt, und ich bete das Abendrot an ... denn ich habe wieder einen Tag gelebt. Einen ganzen Tag!« Frank atmete heftiger. In seiner Lunge pfiff es. Tuberkulose, dachte Dr. Schumann erschüttert. Ich sah es ihm gleich an. »Sie werden es auch noch lernen, Morgensonne und Abendrot mehr zu lieben als glatte braune Haut, die nach Henna duftet. Man wird Sie erst durch die Mangel drehen und dann zum Trocknen aufhängen. Hinterher sind Sie ein herrlicher Waschlappen, mit dem sich Suleiman sogar klaglos seinen Hintern abwaschen kann ...« Frank rutschte auf dem Diwan wieder nach vorn. Narriman und zwei Mädchen in kurzen europäischen Kleidern kamen ins Zimmer und rollten eine mit Früchten und Gebäck herrlich gedeckte Tafel herein. Starker Kaffeeduft flog ihnen voraus.

»Meine Wüstentaube!« sagte Frank böse und zeigte auf Narri-

man. »In den Domstädten reduziert man die Tauben, weil ihr Kot die Steine der Dome zerfrißt. Daran hätte ich denken müssen. Jetzt ist meine Seele voll davon und zersetzt sich ...«
Narriman warf ihrem Mann einen kalten Blick zu. Verachtung lag darin, ein solcher Hohn, daß Frank mit den Fingern auf den Tisch trommelte. Narriman goß Kaffee in die hohen Tassen, süßte ihn mit Honig und spritzte ein paar Tropfen Rosenöl hinein. Ein herrlicher Duft stieg Schumann in die Nase.
»Hast du keinen Schnaps?« fragte Frank. »Was soll ich mit deinem Rosenkaffee?«
»Es ist alles da.« Sie hob eine kleine Kühlbox auf den Tisch und klappte sie auf. »Bitte.«
»Aha! Gin! Doktor, sehen Sie ... das wird aus einem, wenn man Narriman einmal geliebt hat und dann zum Zwangseunuchen degradiert wird: Man verheiratet sich mit Gin! Man frönt dem Beischlaf mit der Flasche.« Er goß sich ein Wasserglas voll puren Gin und setzte es an die Lippen. Narriman sah Schumann groß an. Sein Blick war voll Mitleid.
»Was haben Sie aus ihm gemacht?« sagte er leise, während Frank den Gin hinuntergoß.
»Einen guten Raketenforscher für Jordanien. Mehr soll er auch nicht sein!«
»Und Sie glauben, daß ich auch so werde?«
»Ich weiß es nicht.« Narriman strich sich über die lackglänzenden schwarzen Haare. Ihre Augen waren tiefgründig. »Es gibt auch im Leben einer Frau wie ich einen Abschnitt, wo Staatsinteresse und Herz zusammenfallen. Sie sind dabei, das Herz zu töten.«
Herbert Frank hatte das Wasserglas Gin ausgetrunken. Sein ausgedörrtes Gesicht hatte jetzt eine rötliche Farbe angenommen. Die etwas bläulichen Lippen wurden rosa. »Was flüstert ihr da?« rief er und lachte. »Macht Narriman Ihnen ein Angebot, Doktor? Nehmen Sie es an, um Himmels willen, sagen Sie zu!

Wenn Sie bisher glaubten, Sie seien ein guter Liebhaber gewesen ... bei Narriman werden Sie sich wie eine Schnecke vorkommen! Prost!«
Er griff wieder zur Ginflasche, goß sich ein und trank.
»Sie haben ihn völlig zugrunde gerichtet«, sagte Schumann und sah Frank an, der in den Seidenkissen lag, die Flasche an die Brust gepreßt. »Auch so etwas ist Mord! Mord auf Raten!«
»Er ist eine Marionette, weiter nichts.« Narriman aß ein paar Weintrauben, sie hielt die lange, bläulich schimmernde Traube hoch über sich und pflückte mit spitzen Fingern die besten Beeren heraus. »Haben Sie kein Mitleid mit ihm, Doktor ... Herbert fühlt sich wohl.«
»Er wird an Leberschrumpfung und an Schwindsucht sterben.«
»Ich weiß es. Und er weiß es auch.« Sie sah Dr. Schumann groß an. »Wir müssen alle einmal sterben.«
»Aber nicht wie ein Vieh!« schrie Schumann plötzlich.
Narriman hob die Schultern, als erschrecke sie dieser moralische Aufschrei.
»Sie sehen es falsch, Doktor«, sagte sie. »Gibt es ein größeres Vieh als den Menschen?«
Auf diese Frage gab es für Dr. Schumann keine Antwort mehr. Er schämte sich plötzlich, denn er erkannte den Funken von Wahrheit.
Nach dem Kaffee fuhren sie mit zwei geschlossenen Wagen hinaus nach Madaba. Zur »Landwirtschaftlichen Forschungszentrale«, wo man ein Mittel gegen die Weinlaus suchte.
Hussein ben Suleiman erwartete sie vor dem Verwaltungsgebäude und führte Dr. Schumann dann in das herrliche, große, luftige, klimatisierte Labor, das ganz neu erbaut war und in dessen Flure noch die Handwerker arbeiteten.
»Ihr Arbeitsplatz, Doktor!« sagte Suleiman. »Gestehen Sie, daß Sie überrascht sind, daß Sie solche Labors in Europa nicht haben.«

»Das stimmt.« Dr. Schumann sah sich um. Er ahnte, daß man ihm alle Mittel geben würde, die er brauchte. Er ahnte aber auch, daß er in diesen wundervollen hellen Räumen zerbrechen würde ... an den Forderungen seiner Auftraggeber, an seinem Gewissen, an seiner menschlichen Schwäche, alles zu tun, um Ariela zu behalten und zu beschützen.

»Ich habe in einer Höhle angefangen«, sagte Herbert Frank. »Sie haben ganz andere Bedingungen als ich.«

Dr. Schumann wandte sich um zu Suleiman. Er begegnete einem Blick, der forschend und fragend war. Aber dahinter stand die kalte Entschlossenheit.

»Meine Forschungen sind noch nicht zu Ende«, sagte er. »Sie sind lückenhaft. Die Bakterien, die ich züchten konnte, verlieren ihre Wirksamkeit nach zwei Stunden außerhalb der Körpertemperatur. Sie vertragen weder Hitze noch Kälte. Die Bombe nützt Ihnen also gar nichts, wenn der Wind den Bakterienschleier in die Wüste oder übers Meer bläst. Dort zerfallen die Bakterien sofort. Um sie wärme- und kälteresistent zu machen, können Jahre vergehen.«

»Bitte. Den Zeitpunkt der Einsatzreife bestimmen Sie, Doktor. Je länger Ihre Forschungen dauern, desto länger sind Sie unser Gast.« Suleiman war ein höflicher Mensch. Er legte Schumann sogar den Arm um die Schulter wie einem guten Freund. »Aber bedenken Sie: Ariela ist ein Geschöpf dieses Landes. Sie ist in der Blüte ihrer Jahre. Mit zweiundzwanzig ist die Frau des Orients eine voll entfaltete Rose, die des Taus bedarf, um zu duften und sich frisch zu halten. In der Hitze der Wüste zählen die Jahre doppelt und dreifach. Sie sollten mit Ariela reifen und älter werden, Doktor, nicht neben Ariela. Ich habe Ihnen versprochen: Wenn Sie mir die fertige Bombe bringen, werden meine Leute vor Ihren Augen die Trennwand in Ihrem Zimmer niederreißen.«

»Und wenn ich mich weigere?« schrie Schumann.

»O bitte, fangen Sie nicht wieder davon an!« Suleiman lächelte breit. »Die Phantasie eines Orientalen ist in solchen Fällen wie ein blühender Garten voll giftiger Gewächse ...«
»Fangen Sie an, Doktor!« Herbert Frank stieß Schumann mit dem Ellbogen in die Seite. »Ich kenne Ihre Ariela nicht, aber wenn sie ein Mädchen ist, für das es sich lohnt zu leben, dann schlagen Sie Ihr Gewissen tot, erdolchen Sie Ihre Moral, ersäufen Sie Ihre Menschlichkeit ... Sie leben nur einmal, und man sollte dieses einmalige Leben nicht einfach verschenken.« Herbert Frank drehte sich zu Suleiman um. Seine trunkenen Augen glotzten aus einem zerstörten, vom Alkohol jetzt geröteten Gesicht. »General Hussein ben Suleiman, Sie Sandfloh mit dem Gehirn eines Vampirs«, schrie er und knallte die Hacken zusammen, »Doktor Schumann wird die Bombe mit mir konstruieren zum Segen der Menschheit! Gut so?«
Suleiman wandte sich ab und ging.
Eine Stunde später fuhren wieder zwei geschlossene Wagen die staubige Straße zurück nach Amman.
Die Wüste war rot, die Sonne ging unter.
Herbert Frank hatte das Gesicht gegen die Scheibe gepreßt und starrte in das Abendrot.
»Wieder ein Tag um!« schrie er gegen die Scheibe. »Ich habe weitergelebt. Gelobt sei Jesus Christus, Amen!«
Er sank zurück und ließ den Kopf an Schumanns Schulter sinken.
»O Mann, hab' ich einen Durst«, sagte er.

Im Garten des Hauses auf dem Dschebel El Luweibida stand Mahmud ibn Sharat an der Mauer und hielt beide Arme vor sein Gesicht. Mit einem Stock, den sie von einem Rosenbäumchen abgerissen hatte, schlug Ariela auf ihn ein, kreuz und quer, ohne Rücksicht. Mahmud gab keinen Laut von sich, aber er glühte innerlich vor Scham und Zorn.

Er hatte Ariela aufgelauert, als die beiden Wagen weggefahren waren. Von Narriman wußte er, daß man nach Madaba fuhr und daß es Stunden bis zur Rückkehr dauern konnte. Das gedachte er auszunutzen. Er fiel über Ariela her, als sie sich auf einem Liegestuhl im Schatten eines Ölbaumes niedergelassen hatte. Unter dem Aufprall seines Körpers brach der Stuhl zusammen, sie stürzten auf den weichen Grasboden und rangen miteinander, wälzten sich hin und her, stießen gegen die Mauer, kämpften verbissen und stumm.
Wie es Ariela gelang, sich aus Mahmuds Griff zu befreien und schnell davonzulaufen, wußte sie nachher nicht mehr. Aber dann hatte sie den Stützstock des Rosenbäumchens in den Händen und schlug auf Mahmud ein, trieb ihn an die Mauer und ergriff ein Messer, das er aus seinem Gürtel verloren hatte, als er auf dem Rasen mit ihr rang.
Mahmud ließ die Arme sinken, als die Schläge plötzlich aufhörten. Dafür sah er Ariela nahe vor sich, ein wildes Gesicht, voll Staub und Schweiß, darüber den ungebändigten kupfernen Haarschopf.
Mahmud griff an seinen Gürtel. Aber dann durchzuckte ihn ein Schmerz. Ariela hatte zum erstenmal zugestochen. Blut lief über seinen Handrücken. Fast erstaunt sah er ihn an ... er war aufgeschlitzt wie ein Fischbauch.
»Bist du verrückt?« rief Mahmud mehr verwundert als wütend. »Leg das Messer weg ...«
»Wir sind im Nahkampf ausgebildet worden!« Ariela keuchte. Ihr Haß, ihre Angst und ihre Entschlossenheit, das zu tun, was notwendig war, ließen Mahmuds Kopf vor ihren Augen hin und her schwanken wie eine große Sonnenblume im Wind. »Ich habe es geübt, an Sandsäcken, wie man mit einem Messer einen Bauch aufschlitzt! Wie man zustößt zwischen Magen und Blase ... Ich habe immer die Augen zugemacht, wenn ich zustechen mußte ... aber jetzt sehe ich! Und ich will sehen!« Sie hob das

lange Messer mit dem verzierten Griff, drehte die Faust um und deutete so die Stoßrichtung von unten nach oben an.
Ich werde ihn töten, dachte sie. Ich muß es! Ist das Mord, o Gott? Ich habe noch nie einen Menschen mit meinen Händen umgebracht. Ich habe oft gebetet: Gott, laß es nie so weit kommen, daß ich sehe, wie vor mir ein Mensch stirbt, den ich getötet habe. Wir sind zur Tapferkeit erzogen worden, ich war die Beste im Offizierslehrgang, mein Vater war so stolz auf mich ... doch jetzt töte ich nicht für das Vaterland, jetzt töte ich um meines eigenen Körpers willen, der nur einem gehört ... Gott, wenn es gerecht ist ... führe den Stoß, daß er gut ist und mich erlöst ...
Sie duckte sich, und in diesem Augenblick schrie Mahmud auf. Die Lähmung wich von ihm, er brach seitlich aus und lief mit wehendem Burnus davon.
Ariela sah ihm nach. Ihre Augen waren traurig.
Er lebt, dachte sie. Gott, du hast ihn am Leben gelassen.
Warum?
Er wird wiederkommen! Und er wird Rache nehmen. Ein arabischer Mann, der davonläuft vor einer Frau ... Er wird sich vorkommen wie ein Aussätziger.
Sie steckte das Messer unter das Kleid.
Der kalte Stahl lag auf ihrer Haut, und sie fror plötzlich vor Entsetzen.
Sie hatte ein Messer, und keiner wußte es.
Mit einem Messer kann man den Himmel aufschneiden, sagen die Chinesen.
Und man kann es gebrauchen, wenn das Leben unerträglich wird, dachte Ariela.
Sie rannte ins Haus, als sie draußen das Knirschen der Bremsen hörte.
Dr. Schumann war zurückgekommen.
Ich habe ein Messer, dachte sie. Ich habe ein Messer.

Stundenlang rannte Major Rishon von Dienststelle zu Dienststelle. Unter den Arm hatte er die Aktentasche mit den entschlüsselten Funksprüchen aus Jordanien und Ägypten geklemmt. Er trug sie herum wie ein Heiligtum, und wenn er sich in seinem Jeep durch Jerusalem fahren ließ, preßte er die Aktentasche an die Brust.

General Dayan war in Gaza und besuchte Lazarette. Stabschef Rabin inspizierte die Stellungen am Jordan. So war General Yona der einzige, der Rishon helfen konnte, aber er half nicht.

»Wie stellen Sie sich das vor, Moshe?« fragte er, nachdem er die Funksprüche durchgelesen hatte. »Sollen wir wegen Ariela den Waffenstillstand brechen, einen neuen Krieg führen und Amman erobern? Sie sehen doch ein, daß dies Utopien sind! Außerdem wäre Ariela nicht mehr in der Stadt, wenn wir einmarschierten oder sie läge tot auf der Straße.«

»Sie ist entführt worden!« schrie Rishon.

»Das ist mir klar. Ich bin doch kein Dummerchen.« General Yona klappte die Mappe zu. »Wir hatten nach groben Schätzungen in diesem Krieg sechshundert Tote — die genauen Zahlen kommen erst noch — und einige tausend Verwundete. Betrachten wir Ariela als Kriegsopfer.«

»Das sagen Sie so einfach ...« Rishon zitterte am ganzen Körper. »Die Tochter Golans ...«

»Wenn's die Tochter Dayans wäre, glauben Sie, Moshe, der Alte würde ein Wort darüber verlieren? Es geht um größere Dinge. Sie haben den Code erbeutet. Das ist ein Fang! Noch wissen die Ägypter nicht, daß wir ihr großes Geheimnis kennen. Aber sie werden es sofort wissen, wenn wir in die Welt posaunen: Ariela ist in Amman!«

»Wir müssen also tatenlos mitansehen, daß man Ariela für irgendwelche schmutzige Zwecke mißbraucht?« Rishon atmete schwer. »Das geht doch nicht, General.«

Yona sah den bebenden Major mit ehrlichem Mitgefühl an.

Auch er kannte Ariela Golan, wie er den Vater gekannt hatte. Er sah sie vor sich, wie er sie vor einem halben Jahr zum letztenmal getroffen hatte, in einem engen Kleidchen, die langen Haare in zwei dicke Zöpfe geflochten. Er seufzte und lehnte sich zurück.
»Moshe, wir können offiziell nichts tun! Das Geheimnis des Code und Ariela sind zu eng miteinander verknüpft. Aber Sie können privat aus diesem Teufelskreis heraus.«
»Privat?« fragte Rishon erstaunt. General Yona nickte mehrmals.
»Ja. Überlegen Sie mal, wie! Sie sind ein intelligenter Mann, Moshe! Und außerdem sind Sie in der Abwehr.«
Rishon fuhr noch viel herum an diesem Abend und auch noch am nächsten Morgen. Es gelang ihm sogar, zehn Minuten lang Ministerpräsident Eschkol zu sprechen, ihm die Funksprüche zu zeigen und ihn zu bitten, auf diplomatischem Wege, etwa über eine Kontaktmacht, in Amman vorstellig zu werden. Aber auch Levi Eschkol nahm sofort den Gedanken des Generals Yona auf.
»Bedenken Sie«, sagte er eindringlich, »was der Code für Israel bedeutet. Es kann sein, daß die Ägypter ihn in den nächsten Tagen ändern ... dann könnten wir es versuchen. Aber solange wir die Funksprüche ungestört entschlüsseln können, wäre es ein Dolchstoß in den Rücken unseres Landes, so etwas aus der Hand zu geben.«
Gegen Mittag war Moshe Rishon am Ende seiner Kraft. Er saß wieder hinter seinem Schreibtisch, und diesmal hätte er wirklich mit Stühlen um sich geworfen, wenn ihn jemand gestört hätte.
Privat sollte man es regeln, dachte er immer wieder. Was meinte Yona damit?
Er saß bis zum Abend ungestört in seinem heißen Zimmer und wälzte Gedanken. Zunächst war ihm völlig klar, daß Dr. Schumann Ariela mit einer List nach Jordanien gelockt hatte. Die Gefangennahme des russischen Majors Jegorow hatte bewiesen,

daß Rishon tagelang einer falschen Spur nachgejagt war. Nicht nach Ägypten war Schumann geflohen, sondern auf dem nächsten Weg nach Amman. In den Wirren der ersten Kriegstage, in denen man manchmal nicht mehr wußte, ob man im eigenen, im eroberten oder in noch von jordanischen Soldaten besetztem Gebiet war, mußte es ihm leichtgefallen sein, den Jordan zu überqueren.

Sein Haß auf Deutschland wurde riesengroß. Er dachte an die Gedenkhalle für die Opfer der deutschen Konzentrationslager, die nicht weit von hier lag. In den Boden waren als Tafeln die Namen der Vernichtungslager eingelassen... Auschwitz, Maidanek, Bergen-Belsen, Dachau, Buchenwald, Theresienstadt, Treblinka ... Hier hatte er oft gestanden, auf das Halbrund der großen Felskiesel gestarrt, die die Halle abschlossen, er hatte die Namen gelesen, die Augen geschlossen und die Verladerampen gesehen, die Gaskammern, die Verbrennungsöfen, die Haufen von abgeschnittenen Frauenhaaren, den Berg herausgebrochener Goldzähne ... Und er hatte als Zuschauer im Gerichtssaal gesessen, als der Deutsche Eichmann in einem kugelsicheren Glaskäfig um sein Leben rang, sich rechtfertigen wollte und doch nur demonstrierte, was eine bürokratische Todesmaschinerie bedeutete.

Major Rishon zuckte zusammen. Der Name Eichmann fiel wie Feuer in sein Herz. Er griff zum Telefon und rief alle Mitarbeiter zusammen, die erreichbar waren. »In den Kartenraum!« befahl er. »In zehn Minuten. Alle!«

Mit klopfendem Herzen und vor Erwartung strahlenden Augen trat Rishon seinen Mitarbeitern gegenüber. Ein paar Nachzügler kamen noch herein, grüßten stramm und stellten sich zu den anderen. Auch der Chef der Dechiffrierabteilung war gekommen, aus Neugier. Es hatte sich herumgesprochen, daß Rishon etwas vorhatte.

»Meine Herren«, sagte Rishon mit belegter Stimme. »Sie alle

wissen, daß Ariela Golan in jordanischen Händen ist. Unsere Kontaktmänner in Amman sind schon auf der Suche. Für alle offiziellen Unternehmungen sind uns die Hände gebunden. Aber ich erinnere Sie an den Fall Eichmann. Es erschien aussichtslos, ihn nach Jerusalem zu holen, und es gab doch einen Weg! Südamerika ist weiter als Jordanien.« Rishon sah sich im Halbkreis, der ihn umgab, um. Auf vielen Gesichtern bemerkte er, daß sie schon ahnten, was kommen würde. Er nickte mehrmals und ging hinter seinen großen Kartentisch, auf dem mit Steckfähnchen die einzelnen Stellungen der Truppen bezeichnet waren. »Ich sage Ihnen ehrlich, daß weder von der Regierung noch von der Armee irgendeine Unterstützung zu erwarten ist. Es ist ein Privatunternehmen.« Rishon legte seine Hand auf den großen Fleck der Karte, über dem Amman stand. »Ich brauche zehn Freiwillige.«

Wie auf ein Kommando traten sämtliche Offiziere und Unteroffiziere vor, die im Kartenraum waren. Nur der Chef der Dechiffrierabteilung stand allein im Hintergrund. Er durfte nicht vortreten, so sehr es ihn auch drängte. Rishons Augen leuchteten.

»Ich danke Ihnen, meine Freunde. Aber ich wiederhole: Das Unternehmen ist privat. Wir haben keinen diplomatischen und keinen militärischen Schutz. Wir sind ganz allein auf uns gestellt. Geht es daneben, wird man uns in der Heimat verleugnen. Keiner wird uns kennen. Um unsere Witwen wird sich keiner kümmern. Von dem Augenblick an, wo wir die Grenze überschreiten, sind wir vogelfrei.« Rishon machte eine kleine Pause. »Ich nehme es keinem übel, wenn er zurücktritt«, sagte er dann leise. »Ich bitte sogar die Verheirateten und Familienväter, sich nicht zu beteiligen.«

Niemand rührte sich. Rishon sah in den Gesichtern seiner Offiziere ein stolzes Lächeln. Für was hält er uns?

»Ich werde zehn von Ihnen aussuchen«, sagte Rishon. »Hauptmann Haphet, Sie bleiben bitte. Wir werden den Plan entwikkeln. Danke, meine Herren.«

Die Offiziere grüßten und verließen den Kartenraum. Fünf Minuten später wußte General Yona, was Rishon gesagt hatte.

»Ich habe es nicht anders erwartet«, meinte er zu seinem Adjutanten. »Aber vergessen Sie alles, Nathan. Wir wissen von gar nichts!«

Die ganze Nacht hindurch saßen Rishon und Hauptmann Haphet zusammen. Der Plan gedieh. Es war ein schöner Plan.

Aber sie waren sich ebenso einig, daß er das Leben von zehn israelischen Offizieren kosten konnte, von denen später niemand auf der Welt wußte, wer sie waren, woher sie kamen und was sie wollten.

Zehn Namenlose in der Wüste.

Die israelischen Behörden kannten keine Verzögerungen. Darin unterschieden sie sich von den deutschen Behörden, die je nach Laune langsam oder mittellangsam, aber niemals schnell arbeiten können. Müller aus Köln, der im Untersuchungsgefängnis noch immer auf Verständnis dafür hoffte, daß der Anblick eines sowjetischen T 34 auf einen ehemaligen deutschen Landser alarmierend wirkte, sah sich bitter enttäuscht. Noch bevor ein regulärer Prozeß in Aussicht war — dazu sollte es kommen, hatte der Botschaftsrat gesagt, und man wolle auch einen guten Anwalt stellen — wurde Müller eines Morgens aus der Zelle geholt, in eine Art Kleiderkammer geführt und erhielt dort einen weißen Kittel, eine weiße Hose, ein graues Hemd und breite Schuhe mit Holzsohlen. Er protestierte zwar heftig und berief sich auf Völkerrecht und Haager Konvention, aber die Gefängnisbeamten in Jerusalem waren anscheinend aus dem gleichen Holz wie ihre deutschen Kollegen, sie tippten sich vielsagend an die Stirn und ließen Müller keine andere Wahl, als die Kleidung überzustreifen.

Das war schon sehr früh, kurz nach Morgengrauen. Er bekam ein kräftiges Frühstück aus Milchbrei und Matzen, Honig und Marmelade, wurde dann in den Hof geführt und sah dort einen Wagen stehen, aus dem die Stiele einer Hacke, eines Spatens, einer Schaufel und eines großen Vorschlaghammers herausragten.

»Ich protestiere!« schrie Müller und blieb stehen. »Ich bekenne mich nicht schadenersatzpflichtig! Ich weigere mich, auch nur einen Schippenstiel anzurühren!«

Viele Worte — viel Zeit, dachten die Israelis. Sie stießen Müller in den Wagen und fuhren ihn zu dem Haus, das er mit seinem Volltreffer zerbombt hatte. Eine Kolonne Bauarbeiter war schon da, ein Bagger ratterte. Lastwagen fuhren die Trümmer weg. Man riß das Haus endgültig bis auf den Keller nieder. Vom Fundament aufwärts sollte neu gebaut werden ... mit Müllers Geld und Müllers Arbeitskraft.

Verloren stand Willi Müller auf der Kellerdecke, sah um sich, schwitzte und stützte sich auf einen Hackenstiel. Um ihn staubten die Trümmer, die man in die Lastwagen baggerte.

»Los! Mach schon!« schrie ihn jemand auf deutsch an. »Im Steinbruch von Buchenwald hätten sie dich schon längst totgeschlagen ...«

Müller zog den Kopf ein und stieß die Hacke in einen Mauerrest. O welch ein Mist, dachte er. Sie machen mich hier fertig, und keiner kümmert sich um mich! Keiner.

Er war dem Weinen nahe, aber er hieb mit der Hacke auf die Trümmer ein, als bedeute jeder Schlag einen Tag weniger von der Strafe, die ihn erwartete.

Und ohne es zu ahnen, hatte er sogar recht.

Die Mittagspause verbrachte er in einem Zelt neben der Baustelle. Es gab eine Bohnensuppe mit Hammelfleisch. Willi Müller hatte nie Bohnensuppe gekocht, und Hammelfleisch, sagte er, stänke. Diese Suppe aber in dem heißen Zelt, inmitten von weißblendenden Steinen, schmeckte so unvergleichbar köstlich wie damals die Kelle voll Kascha im sowjetischen Lager Podeisk, als man nach acht Tagen Hunger die erste warme Mahlzeit bekam.

Dann saß Müller mit den anderen Bauarbeitern vor dem Zelt, rauchte eine Zigarette, die man ihm gegeben hatte, und trank mit Wasser verdünnten Orangensaft.

Durch die Altstadt fuhren wieder die Touristenbusse. Aus allen Teilen Israels strömten die Gläubigen herbei, um an der Klagemauer mit Gott zu sprechen. Noch nie war Jerusalem so voller Fremden wie in diesen Tagen.

Eine Gruppe Deutscher mit einem Fremdenführer ging über den Platz. Müller erkannte sie sofort an den knielangen Shorts, den Hosenträgern und den Strohhüten, deren Bänder mit bunten Erinnerungsplaketten besetzt waren. Die Hüte kosteten fünf Mark bei den Andenkenbuden. Müller besaß selbst einen. Er lag nun in einem Fach im Untersuchungsgefängnis.

Einen Augenblick hatte Müller den Gedanken, aufzuspringen und zu schreien: »Landsleute! Hilfe! Ich werde hier festgehalten! Berichtet es in Deutschland, Freunde! Die Presse wird es groß bringen: Deutscher als Zwangsarbeiter in Jerusalem! Hilfe!«

Aber dann sah er zur Seite und bemerkte die Blicke der Bauarbeiter und des Gefängnisbeamten. Er zuckte mit den Schultern und resignierte.

Am Abend fiel er in seiner Zelle wie zerschlagen ins Bett und streckte sich wie ein müder Hund. Das Essen — Bohnensuppe mit Hammelfleisch — schmeckte ihm wie Filet Stroganoff. Dann schlief er sofort ein und träumte von Köln.

Er war zu Hause, eben angekommen, und seine Frau empfing ihn. Sie weinte und schluchzte: »Ich habe mich erkundigt! Mit hübschen Mädchen haste dich herumgetrieben! Und ich vergehe vor Angst! Du gemeiner Kerl! In deinem Alter ...«

Müller krümmte sich im Bett. Als er kurz aufwachte und sich erschrocken umsah, war er froh, in Jerusalem im Untersuchungsgefängnis zu sein.
Er wußte nicht, daß der Staatsanwalt bereits seine Entlassung unterschrieben hatte. Die deutsche Reisegruppe flog am Samstag zurück nach Frankfurt. Morgens, um 10 Uhr 23.
Um 10 Uhr 13 sollte Müller XII in Tel Aviv abgeliefert werden. Aber bis dahin mußte er noch drei Tage arbeiten. Mit Hacke und Spaten, bei fünfzig Grad Hitze.

Hussein ben Suleiman verstand es, seine Gäste zu verwöhnen. Er tat es mit Charme und Geist, mit größter Noblesse und vornehmster britischer Zurückhaltung.
Da die Labors nach Schumanns Angaben noch vervollständigt wurden und man manche Geräte erst aus Europa kommen lassen mußte, war genug Zeit, sich gesellschaftlichen Veranstaltungen zu widmen. Während Tausende über die Bretter und Bohlen der zerfetzten Allenby-Brücke balancierten, während große Zeltstädte am Rande der Wüste entstanden, Lastwagen der internationalen Hilfsorganisationen Lebensmittel, Decken und Medikamente brachten und König Hussein durch die Welt fuhr, um das Leid seines von Flüchtlingen überschwemmten Landes zu beschreiben, gab Suleiman in seiner prächtigen Villa ein Sommerfest.
Die Villa lag in der Nähe der königlichen Paläste, eine blühende Oase auf einem kahlen Berg, zu dem das Wasser hinaufgepumpt wurde, Tag und Nacht floß und aus dem Sand Paradiese zauberte.
Narriman hatte Ariela ein Abendkleid besorgt, ein feuerrotes Kleid mit arabischen Stickereien.
»Nur dir zuliebe ziehe ich es an!« sagte sie durch die Trennwand zu Schumann. »Sie will mich erniedrigen. Ich sollte die arabischen Stickereien abreißen und ihr ins Gesicht schleudern. Aber

ich tue es nicht, weil du es büßen mußt. Ich lasse mich für dich demütigen.«
Sie gaben sich die Hand durch einen der Durchbrüche und sahen sich an. Ariela küßte seine Handfläche und legte dann den Kopf hinein.
»Wo hast du das Messer?« fragte Schumann leise.
»An einem Faden zwischen meinen Brüsten . . .«
»Willst du es mitnehmen?«
»Ich habe es immer bei mir.«
»Ich wundere mich, daß Mahmud darüber schweigt.«
»Er hat Angst vor Narriman.«
Ein Schneider probierte Schumann einen neuen weißen Smoking an. Er saß fast auf Anhieb vortrefflich, nur ein Ärmel beulte noch. Es war eine kleine Korrektur. Kopfschüttelnd betrachtete sich Schumann dann im Spiegel des Badezimmers. Ein eleganter Mann im weißen Jackett und engen schwarzen Hosen. Ein weißes Hemd. Eine rote Fliege. Lackschuhe. In der Brusttasche ein rotes Ziertuch.
Welch ein Hohn, dachte er. Welch ein infames Theater. Ein Gefangener im Smoking. Er verzog spöttisch die Lippen, als er im Spiegel Narriman ins Badezimmer kommen sah. Ihre Erscheinung war ein Wunder an golddurchwirkter Seide, blau wie der klare Himmel.
»Der jugendliche Held ist gleich fertig zum Auftritt«, sagte er sarkastisch und beugte sich zum Spiegel vor. »Fehlt irgendwo noch ein Tupfen Schminke?«
Narriman lehnte sich an die handbemalten Kacheln des Badezimmers. Sie wußte, daß sie blendend aussah. Und doch war sie aufgeregt. Sie kam von Ariela. Das rote Kleid sah hinreißend an ihr aus, wie eine Flamme. Wie der Schein einer lodernden Fackel.
»Sie sind ein schöner Mann, Doktor«, sagte sie. »Sie haben eine ausgesprochen gute Figur für Abendanzüge.«

»Danke.« Schumann wandte sich vom Spiegel ab. »Was muß ich auf dem Sommerfest darstellen?«
»Warum so böse?« Narriman ging ins Zimmer zurück. Durch die Durchbrüche sah Schumann Ariela vor einem Spiegel sitzen. Eine Friseuse kämmte sie und legte die kupfernen Haare. »Sie sehen, auch Ariela ist nicht vergessen worden.«
»Was soll das alles? Wer kommt zu dem Fest?«
»Alle Minister. Die gesamte Generalität. Der sowjetische Botschafter und seine Attachés. Die sogenannte große Gesellschaft von Amman. Ein illustrer Kreis. Es spielen zwei Orchester, im Garten steht hinter den Büschen eine Combo ... es geht ganz europäisch zu. Selbst Mahmud wird ohne Burnus erscheinen. Er hat übrigens noch immer ein blaues Auge.«
»Das freut mich.« Schumann ging im Zimmer hin und her. »Ihr Mann kommt auch?«
»Natürlich. Ich kann als Ehefrau nicht allein kommen. Wir halten sehr auf Form, Doktor.«
»O Himmel!« Schumann schlug die Hände zusammen. »Und das muß man mir sagen!« Er ging an die Trennwand und sah hinüber zu Ariela. Ihre Schönheit war ergreifend. Sie stand mitten im Zimmer und drehte sich vor dem großen Spiegel. Die Friseuse hatte Arielas Haar zu einer Krone geflochten, in der weiße Blüten schimmerten.
»Zufrieden?« fragte Narriman dicht hinter Schumann. Er spürte ihren Atem in seinem Nacken. »Sie ist schön«, flüsterte Narriman. »In der Tat, sie ist wunderschön. Aber sie ist weit weg! Unerreichbar. Ein immer gegenwärtiger Traum. Sie werden sie nie mehr besitzen, nicht eher, als bis die Bombe fertig ist. Und das kann lange dauern, nicht wahr?«
»Ja«, sagte Schumann heiser.
Narrimans Stimme war ganz dicht an seinem Ohr. Sie berührte mit den Zähnen seine Ohrmuschel, als sie sprach.
»Suleiman hat in seinem Haus siebenundsechzig Zimmer. Es

sind zweihundertdreißig Gäste geladen. Glauben Sie, daß es auffällt, wenn zwei Menschen sich in eines der siebenundsechzig Zimmer zurückziehen?«
»Warum quälen Sie sich selbst?« Schumann wandte sich ab.
»Sie kennen meine Antwort.«
»Aber Sie kennen Narriman nicht, Doktor. Das ist viel gefährlicher ...«
Sie glitt aus dem Zimmer. Schumann ließ sich in einen Sessel fallen und zog die rote Krawattenschleife auf. Der Kragen wurde ihm zu eng.

Es war wirklich ein großes Theater, dieses Sommerfest bei Hussein ben Suleiman, bis das Unglück geschah.
Man tanzte, man trank Sekt und Whisky, Orangensaft und Sodawasser, Tonic und Gin. Ein riesiges Büfett, neben dem neun weißgekleidete Diener standen, bot die kulinarischen Genüsse des ganzen Orients. Ein ganzer, am Spieß gebratener Hammel, garniert mit Früchten, thronte auf einem silbernen Tablett, und jeder konnte herantreten, ein scharfes Messer nehmen und sich ein Stück herausschneiden. Andere Diener mit silbernen Schüsseln voll parfümierten Wassers standen herum, damit die Gäste ihre fettigen Hände abspülen konnten. In zwei Sälen spielten zwei Orchester, durch den Märchengarten zogen sich Lampions, Wege wiesen zu versteckten Bänken.
Herbert Frank hatte Dr. Schumann kurz begrüßt und mit einer Handbewegung um sich gezeigt. »Was Sie hier sehen«, sagte er laut, »ist eine Ansammlung von Gaunern. Unter ihnen sind wir armselige Hunde! Wir haben unseren Charakter verloren, weil wir Angst haben. Die aber, mit Rang und Namen, Stellung und Uniform, sind die Huren des Geldes! Sie gehen mit der Macht ins Bett, weil es süß ist, aus der Brust der Einfalt harte Dollars zu saugen! Suleiman ist ein kluger Kopf. Was glauben Sie, was passiert, wenn Sie jetzt herumrennen und zu den Vertretern der

ausländischen Mächte sagen: Ich bin ein Gefangener. Man hat mich entführt. Und sehen Sie dort, mein Bräutchen, der schwebende Klatschmohn mit den Blüten im Haar ... auch sie ist entführt! Helfen Sie uns! – Na, wie werden die Herren am Kalten Büfett und an der Sektbar reagieren? Ich sage es Ihnen: Sie werden Ihnen auf die Schulter klopfen und sagen: Ein guter Rat, lieber Freund. Gehen Sie zu Haushofmeister Ali, der hat Pillen, nach denen wird man wieder nüchtern ... Und wenn Sie brüllen, werden Sie höchstens als Hofnarr betrachtet und beklatscht. Also seien Sie lieb, Doktor. Tanzen Sie, saufen Sie, reden Sie, spielen Sie großer Mann auf Dollarjagd ... das bringt Ihnen alle Sympathien ein. Nur nicht politisch werden. Da möchten die Herren in ihrer Räuberhöhle allein bleiben ...«

Nach dieser langen Rede holte sich Herbert Frank eine Flasche Gin vom Büfett, setzte sich in eine Ecke und begann, stillvergnügt und von keinem beachtet zu saufen.

In dem Gewühl der zweihundertdreißig Personen traf Schumann auch Mahmud ibn Sharat. Ariela hatte er kaum gesehen. Suleiman hatte sie an den Tisch des sowjetischen Botschafters geholt oder tanzte mit ihr. Nun war Schumann auf dem Weg zu Ariela. Er sah sie in einem Kreis von hohen Offizieren stehen. Es war ein merkwürdiger Anblick ... ein israelischer Leutnant im Abendkleid vor seinen Todfeinden.

»Daß Sie noch ein blaues Auge haben, erfreut mein Herz«, sagte Schumann blumig, als er vor Mahmud stand und sie sich böse anstarrten. »Allah möge dieses schöne Veilchen nie verdorren lassen!«

»Du deutsches Schwein!« sagte Mahmud grob, stieß Schumann zur Seite und ging mit großen Schritten in den Garten.

In diesem Augenblick ertönte ein vielstimmiger unterdrückter Schrei. Männer sprangen herbei, Frauen wichen zurück, vom Tisch der Sowjets kam Suleiman gelaufen.

Am Kamin, in der Runde jordanischer Offiziere, die bei Ariela standen, war ein Offizier schwankend vorgetreten, hatte um sich gegriffen, als suche er Halt, brach dann in die Knie und rollte mit dumpfem Fall über den Teppich. Erst dann hörte man, wie er stöhnte, und aus dem Stöhnen wurde ein helles Wimmern; er griff mit beiden Händen an seinen Magen, wand sich und bäumte sich auf, dann krümmte er sich so schrecklich, daß die Knochen knackten und die Nähte der Uniform rissen.

»Oberst Kemal!« rief Suleiman und kniete neben dem Wimmernden nieder. »Was haben Sie denn? Oberst!« Suleiman sah betroffen auf. »Ist ein Arzt unter Ihnen?«

»Ich«, sagte Schumann und trat in den Kreis.

»Natürlich. Verzeihen Sie ...« Suleiman hielt den zuckenden Offizier fest. Drei andere Offiziere bemühten sich, seine um sich schlagenden Beine und Arme niederzudrücken. Ariela war zur Wand zurückgewichen. Ihre Augen waren weit vor Schreck.

Schumann beugte sich über den Tobenden. Gelber Schaum sprudelte über die Lippen Kemals. Als Suleiman das sah, wurde er wächsern im Gesicht.

»Rühren Sie ihn nicht an, Doktor!« sagte er gepreßt. »Eine Untersuchung erübrigt sich. Die Obduktion wird Klarheit bringen.« Der Körper des Offiziers streckte sich. Das verzerrte Gesicht entkrampfte sich. Die Augen wurden glasig, die Pupille erlosch.

Dr. Schumann sah den Toten mit zusammengepreßten Lippen an. Ein paar Damen weinten, die Offiziere standen stramm vor ihrem Oberst.

»Er ist vergiftet worden!« sagte Suleiman in die drückende Stille. »Was hat Oberst Kemal zuletzt getrunken?«

»Meinen Kaffee ...«

Dr. Schumann fuhr empor. Auch Suleimans Kopf zuckte herum. Ariela starrte auf den Toten. Der Schaum vor seinem Mund sank zusammen.

»Er hat meine Tasse genommen«, sagte sie leise. »Ich wollte

einen Likör. Damit der Kaffee nicht kalt wird, trank ihn der Oberst. Die Tasse war gerade gebracht worden.«

»Woher?« brüllte Suleiman.

»Vom Büfett.«

Alle Köpfe flogen herum zum Büfett. Dort, wo der Mixer gestanden hatte, war der Platz leer. Wer hatte bei dieser allgemeinen Aufregung darauf geachtet, daß ein Diener schnell das Haus verließ? Suleiman wischte sich über die Augen und trat zwischen den Toten und Ariela.

»Bringen Sie den Oberst bitte in meinen Salon«, sagte er zu den Offizieren, »und veranlassen Sie das weitere.«

Die Gäste warteten, bis man Oberst Kemal aus dem Saal getragen hatte. Dann begann ein allgemeines Verabschieden, ein fluchtartiger Aufbruch. Suleiman nahm die Händedrücke und Beileidsbezeigungen mit steinerner Miene entgegen. Zuletzt blieben nur noch Ariela, Schumann, Narriman und der in einer Ecke lallende betrunkene Frank zurück ... mit Suleiman fünf einsame Personen in einem festlich geschmückten Saal. Durch den Garten gingen die Musiker davon, die Lampions erloschen. Im Salon lag Oberst Kemal auf dem Diwan. Vier Offiziere hielten die erste Totenwache, bis der Wagen mit dem Sarg kam.

»Das Gift galt Ihnen, Ariela!« sagte Suleiman ehrlich. »Sie hatten die Tasse bestellt, und es war sicher, daß Sie sie auch trinken würden.« Suleiman sah Narriman scharf an. Seine sonst so väterliche Stimme wurde hart. »Wer hat ein Interesse an Arielas Tod?«

»Ich weiß es nicht«, sagte Narriman verwirrt. »Das ist ein großes Rätsel, Suleiman.«

»Es wird sich lösen lassen.« Der Blick Suleimans war von erschreckender Kälte. »Ich vertraue auf Ihre Informationen, Narriman. Die Zukunft der arabischen Welt wäre mit dieser Tasse Kaffee gestorben. Stimmt es, Doktor?«

»Ja.« Schumann legte den Arm um Ariela und zog sie an sich.

»Der Tod Arielas hätte für mich alle Probleme gegenstandslos gemacht.«

»Wie gut ich Sie kenne, Doktor.« Suleiman sah Narriman wieder an. »Sie liefern mir einen Hinweis?«

»Ich will es versuchen«, antwortete Narriman leise.

»Danke.« Suleiman verbeugte sich leicht vor Ariela. Er war wieder der Kavalier, der in Europa studiert und gelernt hatte, eine Frau zu achten und sie nicht, wie der Orientale, als Last- und Arbeitstier zu gebrauchen. »Ich stehe Ihnen mit meinem Ehrenwort ein, daß sich so etwas nicht wiederholen wird!«

»Das genügt.« Dr. Schumann zog seine weiße Smokingjacke aus und hängte sie Ariela um die Schultern. Sie fror, aber es war nicht die Nachtkälte allein, ihre Nerven versagten. »Ich verlange ab sofort gemeinsame Mahlzeiten mit Ariela und einen Vorkoster.«

Suleimans Gesicht wurde rot. Einen Vorkoster, dachte er. Mit welcher Verachtung er das sagt. Du bist nur ein kleiner, drekkiger Araber, heißt das. Blick zurück in die Geschichte deiner orientalischen Brüder: Vom ersten Pharao bis zum Schah von Persien — sie haben alle ihre Vorkoster gehabt. Ihre Vorsterber . . .

»Gut!« sagte Suleiman gepreßt. »Ich werde Ihnen zwei große Hunde schicken. Genügt Ihnen das?«

»Vollkommen.« Einige Wagen fuhren in den Innenhof. Der Sarg für Oberst Kemal kam. »Können wir jetzt gehen?«

»Natürlich.« Suleiman verbeugte sich. Seine Gewandtheit zeigte sich wieder. »Ich hoffe, es hat Ihnen gefallen bei mir. Es war ein schöner Abend, nicht wahr? Man lernt interessante Leute kennen . . .«

In der Nacht lagen sie wieder nebeneinander an der Trennwand.

»Du willst für sie arbeiten?« fragte Ariela.

»Ja«, antwortete Dr. Schumann.

»Meinetwegen?«

»Nur deshalb!«
»Wir haben ein Messer, Peter . . .«
Ihre Stimme zitterte. Er tastete nach ihr und fühlte ihre glatte Haut unter seinen Fingern.
»Aber wir sind keine Helden, Ariela . . .«
»Warum nicht, Peter? Oh, warum nicht? Wir sind zum Sterben erzogen worden.«
»Weil wir nicht wußten, was Liebe ist. Oder wußtest du es?«
»Nein. Bis zum fünften Juni . . .«
»Wie weit liegt das zurück!«
»Drei Wochen. Ich habe jeden Tag gezählt, denn jeder Tag beginnt mit dir und endet mit dir . . .«
»Wir lagen in meinem Zelt, während draußen die Panzer vorbeirollten.«
»Wir umarmten uns im heißen Sand . . .«
»Und dann begann der Krieg.«
Sie schwiegen und blickten an die Decke. Ihre Hände berührten sich. Alle Zärtlichkeit lag in ihren Fingern.
»Wir leben«, sagte sie leise. »Wir leben. O Gott, laß uns leben . . .«

8

Mit einer planmäßigen Maschine flogen fünf unauffällige Männer von Tel Aviv nach Rom.
Man sah ihnen an, daß sie Touristen waren, denn sie hatten Kameras um die Schultern hängen.
In Rom stiegen sie in eine Linienmaschine, die nach Jordanien, nach Amman flog. Auf den Toiletten wechselten sie vorher ihre Pässe, zerrissen ihre alten Papiere und spülten sie hinunter.
Die fünf Männer hießen von jetzt an Prochard, Clementin, de Satis, Duvivier und Romanceaux, kamen aus Paris und handelten mit Andenken.
Unbehindert landeten sie gegen Abend in Amman, zeigten ihre Pässe, durchschritten den Zoll, fuhren mit einem Taxi in die Stadt, trafen sich am Römischen Theater und wurden nicht wieder gesehen.
Am gleichen Morgen fuhr ein Lastwagen von Jerusalem über Jericho zum Jordan. Kurz vor der Allenby-Brücke hielt der Wagen und fünf schmutzige, zerlumpte Araber sprangen in den Sand. Sie rafften ihre Bündel aus dem Wagen, warfen sie über den Rücken, holten zwei Ziegen aus dem Auto und trieben sie auf die Allenby-Brücke zu. Dort hielt sie ein israelischer Offizier an und nahm ihnen die Ziegen ab. »Nur was man tragen kann!« sagte er. »Ziegen gehen von allein.«
Die fünf Araber schrien und protestierten. Sie hoben die Hände gegen den heißen Himmel und riefen Allah um Hilfe an. Dann wurden sie still und hockten sich auf die Straße. Sie waren nicht anders als die Tausende, die neben ihnen hockten und auf den Übergang über die zerstörte Brücke warteten.
»Ich wünsche Ihnen Glück, Major«, sagte der Offizier leise, der den Arabern die Ziegen abgenommen hatte. »Wie werden Sie zurückkommen?«
»Ich weiß es nicht.« Rishon blickte über den Jordan nach Jorda-

nien. Dort hinten, ein paar Stunden nur, ist Ariela, dachte er.
»Vielleicht kehren wir gar nicht mehr zurück. Wenn Sie nach Jerusalem kommen, Leutnant, gehen Sie bitte zur Klagemauer und sprechen Sie ein Gebet für mich. Ich hatte keine Zeit mehr dazu . . .«
»Ich verspreche es Ihnen, Major.« Der junge Offizier sah zu den vier anderen Arabern, die im Sand hockten und warteten. »Sie können sich jetzt in die Schlange eingliedern, Major.«
»Danke.« Rishon blickte auf seine Uhr. Jetzt ist Hauptmann Haphet schon in Rom, dachte er. Er hat es einfacher. Er braucht unter seinem Burnus keine Waffen zu schmuggeln.
Rishon schnallte seine Armbanduhr ab und gab sie unauffällig dem Offizier.
»Heben Sie sie auf, Leutnant. Ich brauche keine Uhrzeit mehr. Es fällt auf, wenn ein zerlumpter Araber wie ich eine Armbanduhr hat. Sieht man die Waffen?«
»Gar nicht, Major. Wo haben Sie sie bloß?«
»Die zusammengeklappte Maschinenpistole hängt zwischen den Beinen.« Rishon lächelte. »Schalom, Leutnant.«
»Schalom, Major.«
Mit merkwürdig staksigen Schritten ging Rishon zu den anderen wartenden Arabern. Sie standen auf und schoben sich in die Menge, die sich über die Bretter der Allenby-Brücke tastete. Unter ihnen floß träge und lehmig der Jordan. Die Luft flimmerte. Es war zwölf Uhr neunundzwanzig, als sie auf jordanischer Seite standen und von jordanischen Soldaten zu einem Omnibus geführt wurden. Sie schrien, schüttelten die Fäuste und verfluchten die Juden.
Eines der gefährlichsten Unternehmen dieses Krieges hatte begonnen.

Die Fahrt nach Amman verlief glatt, bis auf einen Zwischenfall: In dem klapprigen, alten, überladenen Bus, in dem die Flüchtlinge dicht nebeneinander hockten und auf dessen Dach das Gepäck, Kasten, Bündel und Teppichrollen, hoch aufgetürmt war, wurde ein Kind geboren.

Es war etwa auf der Hälfte des Weges, in der Wüste Gor, nahe dem Städtchen Es Salt, als eine junge Frau aufstöhnte und sich an den Leib griff.

»Macht Platz, Brüder!« rief ein junger Mann, der neben ihr hockte und sie festhielt. »Bei Allahs Güte, macht ein wenig Platz. Sie bekommt unser erstes Kind.« Er umarmte die Stöhnende, und die Menge rückte noch mehr zusammen, preßte sich aneinander und gab ein kleines Viereck an Boden frei. Dort saß die junge Frau. Ihr Mann hielt ihren Kopf fest, und zwei ältere Frauen knieten vor ihr.

»Anhalten!« schrie jemand aus der Menge. »Sag doch jemand dem Teufel, er soll anhalten!«

»Er hat seinen Fahrplan!« schrie ein Begleitsoldat zurück. »Er muß sofort wieder zurück zur Brücke! Glaubt ihr, ihr seid allein auf der Welt?«

»Oh!« schrie die junge Frau und krümmte sich. »Oh! Helft mir doch! Helft mir!« Sie schlug mit den nackten Fersen auf den Wagenboden und krallte die Finger in den Burnus ihres Mannes.

Die beiden älteren Frauen, fremd und Flüchtlinge wie alle im Bus, begannen den Leib der Schreienden zu drücken und zu kneten. Sie legten das junge Weib auf den Rücken, spreizten ihr die Beine und sagten dem werdenden Vater, er solle sich über sein Weib legen und ihren Oberkörper niederdrücken.

»Das ist grauenhaft«, flüsterte einer der verkleideten Offiziere. »Das kann man anders machen!«

»Sie bleiben!« Major Rishon hielt ihn fest. Die fünf Araber bildeten im Hintergrund des Busses eine kleine Gruppe. Sie hatten bisher auf die Juden geschimpft und Rache geschworen für alle Verluste, die der Krieg ihnen gebracht hatte. Jetzt waren sie still wie alle im Wagen und sahen auf die gebärende Frau.

»Sie wird sterben«, flüsterte der Offizier. Er war älter als Rishon und hatte in Haifa eine Frau und drei Kinder.
»Haben Sie noch nie eine Tote gesehen?« Rishon wandte sich ab und sah aus dem Fenster. »Sie fahren nicht nach Amman, um Geburtshelfer zu spielen!«
Auf dem Boden des Autos krümmte sich die junge Frau. Sie schrie nicht mehr ... aus ihrem Mund gurgelte es nur noch, und während die älteren Frauen drückten und rieben, klopften und preßten, lag ihr Mann über ihrem Oberkörper und liebkoste ihr schweißnasses, verzerrtes Gesicht, rief ihren Namen und hielt ihre Arme fest, die um sich schlagen wollten.
»Es kommt!« rief eine der Frauen. »Allah sei Dank – es kommt ...«
Plötzlich roch es stark nach Blut und Urin im Bus, Rishon wollte ein Fenster öffnen, aber es klemmte. Mit unverminderter Geschwindigkeit fuhr der Wagen weiter, die Wüste staubte und die Sonne glühte auf das Dach.
Plötzlich hörte das Stöhnen und Gurgeln auf. Die der Gebärenden am nächsten saßen, klatschten in die Hände. Es herrschte Fröhlichkeit, jeder im Bus lachte und stieß seinen Nachbarn an, und alle freuten sich.
»Ein Sohn!« rief der junge Vater. Er hielt sein noch blutiges, tropfendes Kind hoch, als kaum die Nabelschnur mit einem Taschenmesser durchtrennt worden war und die Frauen die Nabelenden mit Fäden abbanden, die sie aus ihren Kleidern gezogen hatten. »Seht! Ein Sohn! Er soll Saad heißen! Saad! Gelobt sei Allah!«
»Sehen Sie«, sagte Rishon leise zu dem Offizier, der bleich vor sich hinsah. »Es geht auch ohne Sie.«
»Und die Mutter? Sie gibt keinen Laut von sich ...«
»Was ist schon die Mutter? Er hat einen Sohn, er hat seinen Saad ... das allein zählt!« Rishon zog das schmutzige Kopftuch tiefer in die Stirn. Die anderen vier Offiziere, die wie erbärm-

liche, von Hunger, Not und Haß ausgelaugte Beduinen aussahen, schlossen sich der Freude an und klatschten in die Hände.
»Ich gebe ein Tuch!« rief eine Frau.
»Ich kann eine Decke geben!«
»Wollt ihr ein Hemd haben? Man kann es zerreißen zu Windeln!« Ein Mann zog sein einziges Hemd aus und warf es der Gruppe zu, die die junge Mutter umgab. Er schlug sich auf den nackten braunen schweißglänzenden Oberkörper und lachte. »Ich habe eine Schwester in Amman. Ihr macht es nichts aus, wenn ich nackt nach Hause komme!«
Hilfreiche Hände hoben die Spenden über die Köpfe zur Mitte des Wagens. Es waren Taschentücher dabei, Lederriemen, ein Kissen, drei Matzen, eine Blechflasche mit kaltem Tee und ein Paket Preßdatteln.
Auch Rishon gab etwas ab. Ein Lendentuch, das er als Ersatz im Gürtel getragen hatte. Da es das sauberste Stück Wäsche war, das man im Bus hatte, nahmen es die Frauen und wickelten den winzigen Saad hinein. Dann kümmerten sie sich um die junge Mutter, rieben sie mit schmutzigen Tüchern ab, die vor Sand knirschten, denn wer durch die Wüste fährt, hat überall Sand an sich, und gossen ihr vorsichtig ein paar Hände voll Wasser über das entspannte Gesicht, gerade so viel, daß sie die Kühle spürte, denn Wasser war eine Kostbarkeit.
»Sie lebt«, sagte Rishon zu dem Offizier neben sich. »Sind Sie nun zufrieden? Sie haben zuviel Herz! Werfen Sie es schnell in den Sand ... wo wir hinfahren, sind Gefühle nicht erlaubt.«
»Es war nur ein Rückfall. Entschuldigen Sie«, flüsterte der Offizier.
»Solche Rückfälle können tödlich sein, für uns alle.« Rishon stellte sich auf die Zehenspitzen. Die junge Mutter saß nun wieder auf dem Autoboden, inmitten einer Blutlache, und sie lächelte sogar, als sie ihren winzigen braunen Sohn sah.
»Allah sei gelobt!« rief Rishon in bestem Arabisch.

Und alle im Bus hoben die Arme und schrien im Chor zurück: »Gelobt sei Allah!«
»Nicht soviel Bewegung!« brüllte der Begleitsoldat neben dem Fahrer. »Der Bus fällt sonst um! Ruhe!«
In Es Salt wurden Mutter und Kind ausgeladen. Während man die junge Frau einfach auf den staubigen, in der Sonne glühenden Marktplatz legte, trug der Vater den kleinen Saad herum und drückte ihn an seine Brust. Schnell sammelte sich eine große Menschenmenge um sie, und als der Bus weiterfuhr, sah man schon einen Krankenwagen auf den Marktplatz rasen.
Das war der einzige Zwischenfall auf der Fahrt nach Amman. Ein paarmal noch begegneten ihnen jordanische Panzer und Reiter der berühmten Arabischen Legion auf ihren weißen, herrlichen Hedschas-Kamelen. Sie wurden mit Jubel und Händeklatschen begrüßt, und Rishon schrie in den Lärm: »Nieder mit den Juden! Kämpft weiter, Brüder! Siegt im Namen des Propheten!«
Fröhlich waren alle, als der Bus in der Königsstadt ankam. Vor der El-Hussein-Moschee hielt er, und die meisten rannten zu dem Heiligtum, um Allah zu danken, daß sie den Juden entronnen waren. Rishon und seine vier zerlumpten Araber verabschiedeten sich mit langen Umarmungen von den anderen Reisenden. Man hatte sie liebgewonnen. Sie waren jordanische Patrioten. Sie wünschten den Juden die Hölle an den Hals. Einer der Offiziere sagte später, als sie allein auf dem Platz vor der Moschee standen:
»Mein Gott, wie hassen uns diese Menschen! Es wird nie Frieden geben.«
»Nie!« Major Rishon atmete tief auf. Amman, dachte er. Hier irgendwo, in einem dieser Häuser, zwischen den Dschebeln, in den Tälern, auf den Bergen, am Rande eines Wadis ... irgendwo lebt sie! »Dieses ›Nie‹ sollte uns immer in den Ohren klingen. Wir sitzen nicht auf einem Pulverfaß ... man hat uns mit Pul-

ver vollgestopft!« Er sah sich um. Die Karte von Amman hatte er im Kopf. Lange genug hatte er darüber gesessen. Die Hashimi-Straße hinauf, dachte er. Von dort führt eine Brücke über das Wadi Amman zum Römischen Theater. »Los!« Er nickte seinen Offizieren in den zerlumpten Burnussen zu.
Die fünf Araber fielen nicht auf in dem Menschengewühl, das sich durch die Hashimi-Straße wälzte. Gemächlich gingen sie bis zur Brücke, überquerten den Fluß und setzten sich wie müde Wanderer in die Ruinen des Römischen Theaters. Sie beobachteten eine Gruppe Franzosen, die den drei Stockwerke hohen Bau mit seinen viertausend Sitzplätzen bewunderten und wissen wollten, ob unten im Sand des Manegenrunds auch Christen von Löwen zerrissen worden seien. Der staatliche Fremdenführer bejahte es, obgleich es darüber keine Überlieferungen gibt.
Eine junge, hübsche Französin gab Rishon, der auf einem Säulenrest hockte, sogar fünf Piaster, weil er so schrecklich elend und staubig aussah und ganz den Eindruck machte, als ernähre ihn das Betteln nur dürftig.
»Oh, danke, Madame«, sagte Rishon auf arabisch. Von diesem Augenblick an wußte er, daß seine Verkleidung perfekt war.
So saßen die fünf etwa eine Stunde in den Ruinen, als ein Mann erschien, der fröhlich ein Stöckchen durch die Luft wirbelte. Er war europäisch gekleidet, trug einen Strohhut und ein schmales Bärtchen unter der Nase. An seiner rechten Hand funkelten zwei Brillantringe.
Rishon erhob sich und trat auf den Mann zu.
»Was kostet Ihr Stöckchen, Sir?« fragte er auf englisch.
»Fünfhundert Pfund.«
»Sofort.« Rishon griff unter seinen Burnus und zog ein flaches Paket aus dem Gürtel. »Zählen Sie nach.«
»Nicht nötig.« Der Mann mit dem Bärtchen steckte das Päckchen in die Tasche seines hellen Anzugs. »Die Söhne der Wüste sind ehrlich! Gelobt sei Allah!«

»Lassen Sie den Blödsinn«, zischte Rishon. »Ist Haphet schon da?«
»Nein, die Maschine landet gegen sieben Uhr abends.«
»Wird nicht auffallen, daß es plötzlich zehn Mann mehr sind?«
»Überhaupt nicht. Sie wohnen im Kupferschmiedeviertel neben einer Karawanserei. Da geht es raus und rein, Tag und Nacht.«
Rishon, der schon ein paar Schritte gegangen war, blieb ruckartig stehen. »Aber doch Hauptmann Haphet mit seinen Leuten nicht! Sie kommen als französische Handelsreisende.«
»Die wohnen im Hotel Amman-Club in der Salt-Straße.«
»Wenn das schiefgeht . . . ich erschieße Sie, Mohammed!«
Der freundliche Herr mit dem Stöckchen, Kontaktmann des israelischen Geheimdienstes in Amman, lächelte. »Es geht nicht schief, Major. Dafür liebe ich viel zu sehr gutes Essen, Kaffee und schöne Frauen.«
Hintereinander, in weiten Abständen, aber immer so, daß sie sich nicht aus den Augen verloren, wanderten kurz danach die fünf staubigen Beduinen in die Altstadt am Dschebel El Qalaa.
Hier verschwanden sie in dem Gewühl der engen Gassen und Bogengänge, der Bazare und Läden, Werkstätten und ineinandergeschachtelten Häuser.
Um Mitternacht trafen sich alle wieder.
Sie hatten sich den unverfänglichsten Ort ausgesucht, den es in Amman gab: die Hotelbar des luxuriösen Al-Urdun-Hotels, draußen auf dem Dschebel Amman, außerhalb der Stadt. Die fünf »Franzosen« trugen weiße Smokings, die fünf »Araber« kamen in seidenen Dschellabahs, bestickt und mit goldenen Gürteln zusammengehalten.
Sie begrüßten sich förmlich, tranken ein Glas . . . die »Araber« als Strenggläubige ein Glas Mangosaft, die »Franzosen« Pernod mit viel Wasser. Dann gingen sie, die Nachtkühle und den Sternenhimmel genießend, in den Garten und setzten sich auf die Stühle an den Rand des großen Swimming-pools. Auch der lu-

stige Mohammed mit dem Bärtchen unter der Nase war wieder da. Um ihn scharten sich die anderen.
»Die neuesten Nachrichten«, begann Mohammed, »gestern fand bei Minister Suleiman ein Sommerfest statt. Dabei wurde ein Oberst Kemal vergiftet. Mit einer Tasse Kaffee.«
»Was geht das uns an?« fragte Rishon grob. »Haben Sie etwas von Ariela Golan gehört?«
»Suleiman ist — wenn Ihre Vermutungen stimmen, Major — der Dienstherr Doktor Schumanns. Er leitet die Forschung. Ich könnte mir denken, daß Schumann auf dem Fest war, als Kemal vergiftet wurde. Wenn ja, dann wird er — denken wir logisch — auch beim Begräbnis dabei sein. Ich kenne Doktor Schumann nicht, aber Sie, Major. So könnte man seine Spur aufnehmen.«
»Sie haben recht.« Rishon erhob sich, ganz wie ein würdevoller jordanischer Kaufmann. »Meine Herren, beweinen wir Oberst Kemal. Wann ist das Begräbnis?«
»Morgen um elf. Auf dem Heldenfriedhof. Es heißt offiziell, er sei am Jordan von israelischen Scharfschützen beschossen und getötet worden.«
Rishon schlug den seidenen Mantel um sich. Darunter trug er zwei wichtige Dinge: eine Schnellfeuerpistole mit verlängertem Magazin und eine kleine gläserne Kapsel mit Zyankali.
Ein Offizier des Geheimdienstes geht nicht in Gefangenschaft ...
»Sie sind doch etwas wert, Mohammed«, sagte er zu dem Mann mit dem Bärtchen. »Nur eins verstehe ich nicht: Sie sind doch Jordanier.«
»Ja, Major.«
»Und wir sind Juden! Wie paßt das zusammen?«
»Ganz einfach.« Mohammed lächelte breit. »Wie der Deckel auf einen Topf. Ich halte ihn hin, und Sie füllen ihn mit Geld.«
Major Rishon ging zurück in das riesige Hotel. Es wirkte noch gewaltiger, weil es kaum bewohnt war. Die Hallen und Säle waren fast leer. Noch lag die Kriegsangst über Jordanien.

Er ist eine kleine, quiekende Ratte, dachte Rishon. Aber beim Geheimdienst ist man auf sie angewiesen. Aus der Gosse leben die Bettler. Sind wir anders? Wir betteln um Informationen ...
Um ein Uhr nachts gingen fünf Araber würdevoll zurück in die Altstadt.
Fünf Franzosen in weißen Smokings fuhren mit zwei Taxis zum Amman-Club-Hotel.
So einfach ist das. Doch welche Nerven gehören dazu!

Die Beerdigung Oberst Kemals war ein militärisches Schauspiel, wie es nur Orientalen inszenieren können. Am Ende der Feier forderten einige tausend Jordanier brüllend zum Heiligen Krieg gegen die Juden auf, und verbissen blickende Offiziere ließen den Sarg in die Gruft hinab, die mit der jordanischen Fahne ausgeschlagen war.
Rishon und seine Männer hatten sich über den Heldenfriedhof verteilt. Sie bemühten sich, zwischen den Reihen der Soldaten durchzublicken auf die Trauergäste, die auf einer Art Tribüne vor dem Grab saßen. Suleiman führte die Witwe am Arm. Sie war tief verschleiert und weinte ununterbrochen. Auch Mahmud war unter den Gästen. Er hielt sich im Hintergrund und sah nur immer Narriman an, die in schwarzer europäischer Kleidung hinter Suleiman stand. Ihr Rock war so kurz, daß ihre langen schlanken Beine in den dünnen Strümpfen viele Blicke auf sich zogen. Neben ihr, in einem blauen Anzug, stand Dr. Schumann. Die beiden Sonnenbrillen tragenden Männer hinter ihm gehörten allerdings nicht zu den Trauergästen ... sie waren nur da, um Schumann das Gefühl zu geben, daß es keinen Sinn hatte, die Vertreter der internationalen Presse, die bei der Feier fotografierten, auf sich aufmerksam zu machen.
So sah ihn Major Rishon, und sein Herz setzte einen Schlag lang aus. Was ihm in dieser Sekunde des Erkennens durch den Kopf schoß, wußte keiner. Sein Gesicht war verkniffen und

maskenhaft. Welch ein Gefühl, den Gegner ausfindig gemacht zu haben! Welch eine Genugtuung zu wissen, daß die Gefahr nicht umsonst gewesen war.
»Da ist er!« flüsterte Rishon Hauptmann Haphet zu, der neben ihm stand. »Der hinter Suleiman, im blauen Anzug.«
»Sind Sie sicher?«
»Ich werde dieses Gesicht nie vergessen.« Rishon schloß die Augen.
Einen Tag vor Kriegsausbruch. Die Ruinen von Subeita. Er hatte gesehen, wie Schumann und Ariela sich küßten, und er hatte noch die Kraft gehabt, leidlich höflich zu sein. Ich habe etwas versäumt, dachte er tief atmend. Ich hätte ihn damals schon vor Ariela niederschlagen sollen! Ich hätte fühlen müssen, daß er ein Schuft ist. Aber ich hatte nur das Bild vor mir ... zwei Menschen, wie zwei Säulen gegen den blauen Himmel, und die Säulen fallen zusammen und werden zu einer. Er hätte die Ruinen sprengen können vor Elend und Schmerz.
Eine Militärkapelle spielte. Fahnen senkten sich. Blumen regneten über den Sarg. Die Soldaten der Arabischen Legion präsentierten das Gewehr.
»Ich folge ihm«, sagte Haphet leise. »Ich nehme Jan und Louis mit. Wir haben uns einen Wagen geliehen.«
»Gut!« Rishons Herz schlug wieder normal. »Geben Sie acht, ob Sie auffallen. Sie sehen, er wird bewacht. Das verwundert mich etwas!«
»Man wird ihm nicht trauen ...«
»Wer könnte das auch?« sagte Rishon gehässig. »Er ist der widerlichste Deutsche, den ich je sah!«
Nach zwei Stunden wußte Rishon in seinem Hauptquartier in der Kupferschmiedegasse, wo Dr. Schumann wohnte. Er saß vor einem Stadtplan Ammans und zeichnete einen Kreis auf den Dschebel El Luweibida. Der fröhliche Mohammed, hier im Haus weniger elegant, strich sich über das Bärtchen.

»Ich kenne das Haus«, sagte er. »Es ist wie eine Festung.«
»Wenn schon!« Rishon lehnte sich zurück und faltete die Hände. »Man hat schon meterdicke Bunker geknackt.«
»Das ist etwas anderes!« Mohammed zuckte nervös mit den Wimpern. »Hier haben Sie keine Artillerie ...«
»Ich habe meinen Mut!« sagte Rishon stolz und legte die Faust auf die Karte.

Die Hunde waren abgeliefert worden. Zwei herrliche, wüstengelbe Doggen mit bernsteinfarbenen Augen. Suleiman brachte sie selbst an einer Leine aus feinstem Leder, das mit Goldstikkerei verziert war.
»Zufrieden?« fragte er Dr. Schumann. Er gab Ariela die Hand. Ein Diener hatte Ariela herübergeholt, zwei andere Diener rollten einen bereits gedeckten Tisch herein. »Damit Sie sehen, daß es bei uns nicht an der Tagesordnung ist, Gäste zu vergiften, essen wir gemeinsam. Ich möchte sogar, daß Sie, Doktor, mir meine Speisen auf den Teller geben.« Suleiman setzte sich, während Schumann und Ariela eng beieinander standen und sich ansahen.
Ich liebe dich, hieß ihr Blick.
Du bist alles, was ich habe, sagten seine Augen.
Suleiman lächelte breit und griff nach einer dicken Orange. Er schälte sie mit einem Obstmesser und brach die einzelnen Scheiben auseinander.
»Sie möchten sich küssen?« fragte er. »Bitte, rechnen Sie mit meiner Diskretion. Ich bin mit einer saftigen Orange beschäftigt. Schätzungsweise wird sie mich fünf Minuten in Anspruch nehmen ...« Suleiman wandte sich ab und aß mit Genuß die Orangenscheiben, die er vorher in ein Gefäß mit Zucker und kleingehackten Nüssen tauchte.
Einen Augenblick sahen Ariela und Schumann ungläubig auf Suleiman, dann schob ihre Sehnsucht alle Vernunft beiseite. Sie

fielen sich in die Arme und küßten sich, und wenn es möglich gewesen wäre, an einem Kuß zu sterben, weil das Glück das Herz ertränkt, sie wären in diesen Minuten gestorben, schon in der Sekunde, als sie sich berührten und keine Trennwand mehr zwischen ihnen war.

Nach dem Essen ging Suleiman wieder, ohne auf Schumanns Aufgabe einzugehen. Er machte nicht gern viel Worte über Dinge, die selbstverständlich waren. Aus Europa sollten erst die Spezialgeräte kommen, so lange mußte man warten. »Die Juden gibt es seit sechstausend Jahren«, hatte Suleiman zu Schumann gesagt. »Da spielen ein paar Wochen keine Rolle mehr, wenn man weiß, daß sie dann endlich vernichtet sind! Bei uns ist die Zeit nur ein Naturbegriff ... Sonnenaufgang, Sonnenuntergang ... nur die Mißmutigen zählen sie. Ich aber bin ein optimistischer Mensch ...«

Nun lagen die schönen wüstengelben Doggen mit den bernsteinfarbenen Augen neben Schumanns Diwan und sahen auf ihren neuen Herrn.

Ariela stand an der Trennwand und streckte beide Arme durch einen der Durchbrüche. Gleich nach dem Essen hatten die Diener sie wieder hinübergeführt. Suleiman entschuldigte sich dafür in aller Form.

»Es geht nicht anders, Doktor. Die Spielregeln, die wir ausgehandelt haben, müssen eingehalten werden. Ich weiß, es ist schrecklich für einen Verdurstenden, vor einem Feld voll Melonen zu stehen und nicht hin zu können. Wenn Sie mir zeigen, Doktor, wie Ihre Bakterien wirken, wenn ich auf ein Leichenfeld sehe ... dann bin ich der erste, der Ihnen zur Hochzeit gratuliert.«

»Ein Leichenfeld?« Dr. Schumann sah Suleiman forschend an. »Wie soll ich das verstehen?«

»Wir werden zwei Versuche machen. Einen in der Wüste. In einem ausgetrockneten Wadi wird gegenwärtig eine große Halle gebaut. Wände, die mit Kunststoff bespritzt und völlig ritzenfrei sind. Ebenso Dach und Boden. Unter dem Boden liegen zwei Zentner Sprengstoff, um die Halle herum lagern Napalmbomben. Wenn Sie mit Ihren Forschungen fertig sind, werden in diese Halle getrieben werden: hundert Kamele, hundert Esel, hundert Schafe, hundert Kühe, hundert Hühner und hundert Kaninchen. Durch luftdicht eingebaute Prismengläser werden wir beobachten, wie schnell die einzelnen Tiere sterben, nachdem sie mit Ihren Bakterien besprüht wurden.« Suleiman lächelte verbindlich. »Das ist das eine Leichenfeld.«

»Und das andere?« Schumanns Stimme war heiser.

»Wir haben in Jordanien jährlich ungefähr hundertfünfzig bis zweihundert Verbrecher, deren Untaten den Tod verdienen. Es sind Wegelagerer, Räuber, Mörder, Kinderschänder, Viehdiebe — das ist bei uns eines der schlimmsten Verbrechen — und Brandstifter. Bisher wurden sie in die Kerker geworfen oder aufgehängt. Viele überlebten schon das Verhör nicht.« Suleiman hob die Schultern. »Doktor, keine Entrüstung, Sie werden das als Europäer mit humanistischer Bildung nie verstehen. Als bei Ihnen Albertus Magnus predigte, wurde bei uns schon fünftausend Jahre lang den Dieben die rechte Hand abgeschlagen. Nicht auszudenken, wieviel Einhändige bei Ihnen in Europa herumlaufen würden. Ich bin der Ansicht, daß dies viel wirksamer wäre als zwei Monate Gefängnis mit warmer Zelle und Vollverpflegung. Doch darüber läßt sich rechten. Ihr Christentum verpflichtet Sie ja zur Liebe am Menschen. Allah sei Dank, daß wir so etwas nicht haben. Und so kann ich Ihnen, wenn unsere Tiere in der Wüste gestorben, in die Luft gesprengt und die Bakterien durch die Napalmbomben vernichtet sind, etwa zweihundert Verbrecher präsentieren, die die Ehre haben, ihren Tod sanft und leise durch Ihre Bakterien zu erleiden.«

»Und Sie glauben, daß ich da mitmache?« stammelte Dr. Schumann entsetzt.

»Ja. Bedenken Sie: Aufhängen ist schlimmer! Noch schrecklicher ist es, gesteinigt zu werden. Doktor — seien Sie doch vernünftig. Die Kerle werden so oder so sterben ... Sie helfen ihnen sogar durch einen sanften Tod ...« Suleiman klopfte Schumann auf die Schulter. Er war in bester Stimmung. »Und wenn ich die Kerle hingestreckt vor mir sehe, feiern Sie Hochzeit mit Ariela! Ist das ein Angebot, Doktor?«

Schumann würgte es im Hals. Er hatte das Gefühl, sich erbrechen zu müssen. Er ließ Suleiman stehen, ging in das Badezimmer und schloß sich ein.

Lange ließ er sich dort kaltes Wasser über Nacken und Gesicht laufen.

Später sagte er an der Trennwand: »Wir müssen hier heraus, Ariela. Es geht über meine Kräfte. Ich habe geglaubt, ich könnte es durchhalten. Es ist unmöglich!«

»Nimm das Messer ...« Sie schob ihm die Klinge durch einen Durchbruch der Trennwand. Er versteckte das Messer unter seinem Hemd.

»Was soll ich damit?«

»Suleiman töten. Narriman. Mahmud. Alle!«

»Was nützt uns das? Dann kommen neue Suleimans und Narrimans. Das bringt uns nicht weiter. Es gibt nur die Möglichkeit, irgendwie von Madaba aus zu flüchten.«

»Dann tu es, Peter.«

Schumann schüttelte den Kopf. »Das kann ich nicht.«

»Warum?«

»Weil du zurückbleibst.«

»Nimm keine Rücksicht auf mich!« Arielas Kopf sank gegen die Mauer. Es war so schwer, jetzt das zu sagen, was sie früher mit Begeisterung gesagt hatte. »Der Staat geht vor! Du kannst Israel retten. Mein Volk! Vergiß mich, Peter ... rette dich.«

»Ich bin doch nur deinetwegen hier!« schrie Schumann und schlug mit den Fäusten gegen die Wand. Eine unbändige Wut

hatte ihn gepackt. Er sah, wie er in diesem Teufelskreis herumirrte und sich selbst belog, denn es gab keinen Ausweg mehr.
»Ich kann doch nicht fortlaufen ohne dich! Ariela! Ich kann dich doch nicht hier lassen!«
»Gib mir das Messer wieder«, sagte sie leise.
Schumann überlief es eiskalt. »Nein«, erwiderte er. »Nein, du bekommst es nicht wieder. Jetzt nicht mehr. Ich weiß, was du tun willst ...«
»Ich will dich frei machen, Peter.«
»Nein!« Er schlug wieder gegen die Mauer, voller Verzweiflung. »Nein! Nein! Wie kannst du so etwas sagen? O Gott! Wie kannst du so etwas tun, Ariela?« Dann stand er regungslos an der Wand und fühlte ihre Hände, die durch die Trennwand nach ihm tasteten. »Entschuldige«, sagte er leise. »Die Nerven haben mich verlassen. Ich habe mich dumm benommen. Es ist ja alles Wahnsinn, was wir sagen. Wir müssen warten ... stark sein ... mit der Zeit spielen ... warten ... Vielleicht rollen die politischen Ereignisse über uns hinweg. Vielleicht schickt der Himmel ein Wunder ...«
»Du glaubst an deinen Gott?« fragte Ariela.
»Jetzt ja.« Schumann schloß die Augen. »Ich möchte manchmal beten, wie damals als Kind ... Vater unser, der du bist im Himmel ...«
Seine Stimme brach. Er ging schnell in sein Schlafzimmer.
Später kniete er vor der Mauer und schabte mit dem Messer die Mauerstärke des Durchbruchs schmäler. Den Mörtel- und Steinstaub fing er auf dem Boden mit einem Hemd auf. Ab und zu trug er alles ins Bad und spülte den Staub fort.
Drei Stunden schabte Schumann an der Mauer. Dann war der Durchbruch so viel größer geworden, daß sich ihre Lippen berühren konnten.
Sie küßten sich und konnten es gar nicht fassen, daß ihre Lippen aufeinanderlagen und der Strom ihrer Sehnsucht hinüber-

fließen konnte. Über den Garten wehte ein starker Wind. Die Ölbäume bogen sich. Die Säulenzypressen rauschten.
Vor dem Haus, unter einer breiten Sykomore, stand Major Rishon und sah auf das dunkle Gebäude.
Eine hohe Mauer. Fensterlose Wände.
Eine Burg.
Ich muß sie stürmen, dachte er. Ich werde sie stürmen.
Gott, laß mich mutig sein wie David und listig wie Odysseus.
Wie sagte einmal ein deutscher König?
Werft das Herz hinüber — der Kerl kommt von allein!
Rishon schlug den Burnus fester um sich. Der Wind war kalt.
Er kam aus der Wüste, aus der Unendlichkeit.

Die ägyptische Delegation landete am nächsten Tag in Amman und wurde von Suleiman mit Bruderkuß empfangen. Er küßte auch den Leiter der wissenschaftlichen Reisegesellschaft, den deutschen Diplom-Ingenieur Ralf Mobenius aus Hannover. Dann fuhren fünf dunkle, schwere Wagen hinaus nach Madaba, wo Dr. Schumann im Zimmer Herbert Franks saß und sich erklären ließ, daß im Orient die Möglichkeit für einen Europäer, ein Held zu sein, gleich Null ist.
»Wenn man soweit ist wie wir, Schumann«, sagte Frank und räkelte sich auf einem Korbsessel, »dann ist das nackte Leben allein schon ein Geschenk. Suleiman ist ein Vieh, das werden Sie noch spüren! Er lächelt Sie an, und gleichzeitig bohren Ihnen seine Sklaven glühende Nadeln ins Fleisch. Bitte, das ist kein Vergleich! Wollen Sie sehen? Mein Hintern sieht aus wie ein Schweizer Käse!« Frank trank einen langen Schluck Gin mit Wasser. Erst am Abend konnte er sich betrinken, tagsüber erwartete man von ihm eine geistig produktive Arbeitsleistung.
»Keine Angst, ich weiß, Sie sind Ästhet!« Frank lächelte bitter. »Das vergeht Ihnen, Schumann! Mich haben sie durch Himmel und Hölle geschleift, erst durch Narrimans Bett, dann geriet ich

zwischen Suleimans Fäuste. Einen solch radikalen Klimawechsel verträgt keiner von uns! Aha! Die Gäste kommen.«
Er sah aus dem Fenster. Vor dem Verwaltungsgebäude hielt die Wagenkolonne. Frank trommelte mit den Fingern an die Scheibe.
»Sieh an, sieh an, der schöne Ralf ist auch dabei. War mein Vorgänger bei Narriman. Aber der Kerl war cleverer. Er schlug Kapital aus der Sache. Er schüttelte Gold aus Narrimans Bettfedern. Was bin ich dagegen? Ein saufender, armseliger Schwächling!«
Suleiman war die Fröhlichkeit selbst, als er Dr. Schumann die ägyptische Delegation vorstellte. Schumann hörte wohlklingende arabische Namen, die ihn an Karl Mays Romane erinnerten. Sogar ein Hadschi war darunter, ein Mekkapilger.
»Wir können ja deutsch sprechen«, sagte Schumann mokant zu Ralf Mobenius. »Mir scheint, daß der letzte Krieg nicht reinigend, sondern ätzend gewirkt hat. Er hat den Begriff für Moral ausgerottet.«
»Mein lieber Schumann.« Mobenius setzte sich und nickte dem Diener zu, der fragte, ob man Fruchtsaft wünsche, den wundervoll duftenden *gauafe*, der aus einer birnenähnlichen Frucht gewonnen wird. »Man merkt, daß Sie mit dem Herzen in Deutschland und mit der Seele in Israel leben und nicht auf dem Boden der Realität. Sie sehen in mir einen Seelenverkäufer, nicht wahr?«
»Ich möchte es anders formulieren: Sie arbeiten für eine Machtgruppe, die ein kleines Volk vernichten will. Ohne einen einzigen Überlebenden. Das ist oft genug gesagt worden.«
»Richtig. Meine Gegenrechnung: Ihr Volk, das deutsche, das auch mein Volk ist, jubelt einem Verbündeten zu, der Tag und Nacht mit Napalmbomben, mit Raketen, mit Artillerie und Sprengbomben gegen ein Volk vorgeht, das nur seine Freiheit will. Mit einem schwindelerregenden Potential von Waffen und Material versucht dieser Staat, eine Minderheit von schwachen,

mangelhaft ausgerüsteten Menschen zu vernichten.« Mobenius nickte dem Diener zu, der ihm ein Glas *gauafe* reichte. »Warum ist das, was in Vietnam geschieht, in westlichen Augen Recht, während das, was hier geschieht, plötzlich Unrecht ist? Sie mögen mich einen Lumpen nennen . . . ich nenne Ihre Hemisphäre eine Welt von Heuchlern und Pharisäern! Wie — so sagte ich mir — soll man sich als denkender Mensch in einer solchen Nachbarschaft verhalten? Ich kam zu dem Schluß: Geld stinkt nicht, und Moral ist eine Wortschöpfung gehässiger Priester, die Rache für das Zölibat nehmen!«

»Warum erzählen Sie mir das alles, Mobenius? Suchen Sie innerlich vielleicht doch eine Rechtfertigung?«

»O nein, nein!« Ralf Mobenius lachte laut. »Über das Alter der schlaflosen Gewissensnächte bin ich hinaus! Ich erzähle Ihnen das alles, Schumann, um eine Basis zu haben. Denn in einer Stunde, nach dem Essen, wird es ernst. Dann müssen Sie Ihr Wissen um die Bakterien auf den Tisch legen!«

Aber dazu kam es nicht. Herbert Frank fand einen Ausweg, und er war so einfach, daß Schumann sich fragte, warum er nicht selbst darauf gekommen war.

»Besaufen Sie sich«, flüsterte Frank ihm zu. »Besaufen Sie sich so, daß Sie in die Hosen machen! Dann haben Sie einen Tag gewonnen! Mensch, Sie wissen nicht, was ein Tag bedeutet! Morgen müssen Sie sich einen neuen Trick ausdenken. Noch einmal läßt sich Suleiman nicht aufs Kreuz legen. Vermeiden Sie nur eins, Schumann . . . lassen Sie die Kerle nicht brutal werden! Das haben Sie noch nicht erlebt! Ich wünsche es Ihnen nicht . . .«

Schumann befolgte den Rat. Während des Essens betrank er sich so maßlos, daß er neben Suleiman vom Stuhl fiel und fast mit der Tischdecke das ganze Geschirr auf den Boden gezogen hätte, wenn Suleiman ihn nicht aufgefangen hätte. Man trug ihn in ein Nebenzimmer, wo ihm Herbert Frank ein nasses Handtuch über das Gesicht legte.

Ralf Mobenius lächelte böse, als die Tafel aufgehoben wurde und die Arbeit beginnen sollte.
»Wir haben Zeit, Suleiman«, sagte er. »Auch der Besoffenste kommt einmal zu sich. Dann arbeiten wir weiter. Es kommt uns auf zwei, drei Tage gar nicht an. Solange die in der UNO reden, haben wir Zeit, uns für den neuen Gang gegen Israel zu rüsten. Und sie werden noch in einem Jahr reden. Und sie werden noch reden, wenn ganz Israel durch unsere Bakterien verseucht ist. Das ist das Schöne an den Vereinten Nationen: Sie geben immer Spielraum für neue Kriege! Die Militärs sollten die Politiker jeden Tag in ihre Gebete einschließen ...«
Man fuhr Dr. Schumann nach Hause und legte ihn ins Bett. Ariela, die sah, wie man ihn in das Zimmer trug, hämmerte mit beiden Fäusten an die Wand.
»Was habt ihr mit ihm getan?« schrie sie. »Ihr Schufte! Ihr räudigen Hunde! Ihr habt ihn gefoltert, ihr habt ihn getötet! Ich verfluche euch!«
Niemand antwortete ihr. Narriman war seit dem Begräbnis von Oberst Kemal nicht mehr im Hause gewesen. Suleiman kam nie. Vier Diener und eine Zofe verrichteten wortlos ihren Dienst, kochten, säuberten die Zimmer und bewachten die Gefangenen.
Ariela preßte die Stirn gegen die Trennwand und starrte auf die Schlafzimmertür, die man offen gelassen hatte.
»Peter!« rief sie. »Peter! Was haben sie dir getan? Peter!«
Aus dem Schlafzimmer kam kein Ton. Da setzte sie sich an die Mauer und starrte durch einen der Durchbrüche unverwandt auf die offene Tür.
Regte sich etwas? Stöhnte er? Rief er nach Wasser?
Nein, er schnarchte plötzlich laut. Für Ariela war es wie die schönste Musik.
Er lebt, jubelte es in ihr. Er lebt!
Was auch geschehen ist ... er lebt!

Es gibt wieder einen neuen Tag. Es gibt wieder eine neue Hoffnung.

Mahmud ibn Sharat war gar nicht erstaunt, als sein Obereunuch ihm die Ankunft Narrimans meldete. Seit drei Tagen lebte er in seinem Wüstenpalast mit seinen zwanzig Frauen, von denen er vier verstoßen wollte, weil sie eine faltige Haut am Bauch bekamen. Eine Scheidung auf arabisch ist ganz einfach. Man ruft dreimal hintereinander: »Ich verstoße dich!« und von da ab kann Allah für die Frau sorgen, oder die Schakale können sie fressen.
Zwar gab es auch in Jordanien neue und bessere Gesetze, die den Schutz der Frau garantierten, aber Mahmud hatte sich noch nie an die Gesetze gehalten, sondern sich mehr am großen Bruder Saudi-Arabien orientiert, wo westliche Moral oder westliches Rechtsdenken als Dummheit abgetan wurden. Das Gesetz macht ein Mann, dachte Mahmud! Der Mann ist das Ebenbild Allahs. Was ist schon eine Frau ...?
»Willkommen, Narriman!« rief Mahmud, als Narriman in dem flachen Prachtbau stand und schnuppernd die Nase hob. Aus dem Springbrunnen kam ein zarter Duft von Parfüm. Mahmud lachte. »Ganz recht, Sie riechen es sofort! Ich habe dem Wasser französisches Parfüm zugesetzt. Ich bin ein Bewunderer von schönen Dingen ... ob sie nun aus Fleisch und Blut sind oder nur duften ...« Dabei musterte er Narriman unverfroren und blinzelte.
Hier ist eine verkehrte Welt, dachte er. In Jerusalem konntest du befehlen, da warst du stärker. Hier aber ist Mahmuds Haus, und es gehört Mut dazu, allein zu kommen.
»Bringen Sie Grüße von Suleiman?« fragte er, faßte Narriman unter und führte sie in den großen Salon, von dessen Fenstern man einen zauberhaften Blick über die Gärten und die Pavillons des Harems hatte. Bei zwei dieser kleinen Liebeshäuser

standen alle Fenster offen. Diener trugen Möbel hinaus und zerschlugen sie vor den Häusern mit langen Äxten.
»Sie haben zwei Häuser frei?« fragte Narriman. Obgleich modern erzogen, wußte sie doch, was dieses Ausräumen bedeutete. »Todesfälle?«
»Nein. Scheidungen.« Mahmud goß ihr eine Tasse glühendheißen Kaffees ein. »Sie wurden zu alt, meine Beste. Dreißig Jahre ... das ist unerträglich! Sie werden weich im Fleisch und schwitzen bei jeder Anstrengung.« Er sah Narriman wieder forschend und abschätzend an. »Wie halten Sie mit Ihren neunundzwanzig Jahren Ihre vom Teufel geschenkte Schönheit, Narriman? Sie haben den Körper einer Achtzehnjährigen.«
»Ich schone ihn«, sagte Narriman kalt.
»Dann müssen Sie innen ein Vulkan sein! Irgendwo muß die Liebe hin.«
»Ich wandle sie in Haß um. Das ist ein wunderbarer chemischer Prozeß, der mich befriedigt.« Sie sah Mahmud über den Tassenrand hinweg forschend an. »In dem Kaffee ist kein Gift?«
»Aber Narriman!« Mahmud goß sich aus derselben Kanne ein. »Ich trinke mit Ihnen. Eigentlich sollte Gift darin sein, denn es wäre ein einmaliges Vergnügen, mit Ihnen zusammen zu sterben.«
Narriman trank den glühendheißen Kaffee mit kleinen Schlukken. Er war mit Rosenöl gesüßt und dick wie Sirup.
»Ein guter Kaffee!« lobte Mahmud. »Gebraut nach dem alten Gesetz der Türken: Schwarz wie die Nacht, heiß wie die Hölle, süß wie die Liebe!«
»Bleiben wir bei der Hölle, Mahmud.« Narriman setzte die Tasse ab. »Was haben Sie sich eigentlich gedacht, als Oberst Kemal umfiel und unter schrecklichen Krämpfen starb?«
»Nichts. Ich war nicht im Saal.«
»Sie sind fortgelaufen, weil Sie nicht mit ansehen wollten, wie Ariela getötet wurde, die den Kaffee trinken sollte.«

»Sie reden ein komplettes Märchen zusammen!« Mahmud lachte etwas unsicher. Seine dunklen Augen wurden stechend. Ist sie deswegen gekommen, dachte er. Was will sie von mir? Warum kommt sie dann allein? Durch ein Zeichen des Eunuchen hatte er erfahren, daß Narriman von niemand begleitet worden und auch im weiten Umkreis in der Wüste kein anderer Wagen zu sehen war.

»Suleiman hat mich beauftragt, den Mörder Kemals zu suchen. Sie kennen mich, Mahmud.«

»Und wie ich Sie kenne, Narriman!«

»Ich weiß, wer der Mörder ist.«

»Dazu darf man gratulieren.« Mahmud goß neuen Kaffee ein. Er nahm dazu eine neue Tasse, und weil Narriman sein starres Gesicht beobachtete, entging ihr dieser Wechsel. »Hat er gestanden, meine Beste?«

»Ist das nötig?«

»Bei Ihnen nicht. Ich weiß. Beweise?«

»Genug. Der Barmixer, der an diesem Abend bei Suleiman für die Getränke sorgte, auch für den Kaffee, ist gefunden worden.«

»So ein kleiner, dreckiger Wüstenfloh! Warum wollte er morden?«

»O Mahmud, er hat nur den vergifteten Kaffee hingetragen. Ein anderer tat das Gift hinein. Der arme, kleine, dreckige Sandfloh, wie Sie ihn nennen, hat gestanden. Denken Sie sich . . . man hat ihn bis zum Hals in den Wüstensand eingegraben und dann seinen Kopf mit Wasser begossen. Bevor er platzte, bei fünfzig Grad Hitze, schrie er alles heraus! Auch den Namen des Mörders.«

»Die guten alten Methoden.« Mahmud lächelte böse. »Schon Harun al Raschid verhörte seine Gefangenen auf diese Art. Trinken wir noch ein Täßchen, Narriman.« Er hob seine Tasse hoch. »Auf den Mörder.«

»Auf seinen verdienten Tod!«
Wieder war nur das Schlürfen zu hören. Erst als die Tassen leer waren, setzten sie sie ab. Es war wirklich ein köstlicher Trank, er belebte die Geister, er machte das Herz so heiß, daß man die Hitze von außen nicht spürte.
»Und was geschieht nun?« fragte Mahmud. Er winkte. Der Obereunuch räumte den kupfernen kleinen Tisch mit dem Kaffeegeschirr weg. »Brauchen Sie meine Hilfe, Narriman?«
»Ja«, sagte sie hart. »Ich habe Sie nie für einen überragenden Geist gehalten. Ihnen lagen Geschäfte näher als nationale Interessen.«
»Das ist natürlich! Ich bin ein Händler! Nur durch meinen Tunnel, den ich für mich anlegte, um Waren zu schmuggeln, wurde ich mit dem Geheimdienst bekannt. Man hat mich ausgenutzt. Aber das ist nun vorbei.«
»Jetzt haben Sie zum erstenmal recht, Mahmud.« Narriman erhob sich. »Das ist nun vorbei.« Sie stand vor ihm. Mahmud blieb sitzen und lächelte sie freundlich an. Er sah, wie sie eine kleine Pistole aus der Tasche des Kleides zog und den Sicherungsflügel mit dem Daumen wegdrückte. Er sah aber auch, wie ihre Augen zu rollen begannen und ihre Beine plötzlich zitterten.
Man kann ein Idiot sein, dachte er zufrieden. Aber man ist ein Genie, wenn man präparierte Tassen servieren kann! Was nutzt aller Geist, wenn ein bißchen Pulver im heißen Kaffee alles gegenstandslos werden läßt.
»Suleiman will einen Prozeß vermeiden«, sagte Narriman. Ihre Zunge war merkwürdig schwer, die Worte kullerten im Gaumen, ehe sie sie aussprach. »Kein Aufsehen — Sie wissen ja, Mahmud, worum es geht. Wir wissen auch, daß Sie ein Feigling sind. Darum übernehme ich die Interessen des Staates.«
Sie hob die Pistole, doch sie war jetzt so schwer wie eine Kanone. Ihr Arm fiel herab, verwundert starrte sie Mahmud an, der sich eine Zigarette anzündete und den Rauch gegen die Decke blies.

Sie taumelte, sank dann in die Knie und warf den Kopf weit in den Nacken. Ihre großen schwarzen Augen schrien vor Angst.
»Sie haben mich vergiftet, Mahmud ...« stammelte sie. »Wie ist Ihnen das nur gelungen? Der gleiche Kaffee ... oh, Sie Satan ... aber man wird Sie trotzdem kriegen ... Man ... wird ... Sie ... hängen ...«
Sie fiel in sich zusammen, aber es waren keine Krämpfe wie bei Oberst Kemal. Sie lag ganz still, atmete tief und schnarchte ein wenig.
Mahmud ließ sie liegen, rauchte seine Zigarette genußvoll zu Ende und weidete sich an ihrem Anblick. Einmal bückte er sich und schob ihren Rock hoch bis zu den Schenkeln, tätschelte sie und rauchte weiter.
Als die Zigarette zu Ende geraucht war, hob er Narriman auf und trug sie wie ein schlafendes Kind auf den Armen in den Nebenraum. Dort legte er sie auf den Diwan, trat ans Fenster und winkte. Von draußen antwortete ihm das Anlassen eines Motors.
Narrimans Auto wurde weggefahren.
Mahmud ging zurück zum Diwan und betrachtete die schlafende Narriman. Und während er so vor ihr stand, veränderte sich sein Gesicht auf schreckliche Art. Es wurde zu einer Fratze, zu einer teuflischen Maske, und es war, als wandle sich der ganze Körper nach diesem Gesicht, als werfe Mahmud eine Haut von sich und kehre wieder als anderes Wesen.
Rücksichtslos zog er Narriman aus.
Er riß ihr die Kleider vom Leib, entblößte sie mit zerstörerischer Wut, drehte den Körper hin und her, bis er nackt vor ihm lag, ein herrlicher Frauenkörper vom Ebenmaß klassischer Kunst, und tastete ihn ab wie ein Blinder, der nur fühlen kann, was andere sehen.
Was dann geschah, war schrecklich.
Mit einem dumpfen Brüllen, das entsetzlich und grausam war,

stürzte er sich über Narriman, biß ihr in die Schulter und in die Brüste und mißbrauchte sie, als wolle er sie auseinanderreißen und die Fetzen von sich werfen.

Am Abend wachte Narriman in einem der geräumten Pavillons auf. Sie lag unter einer seidenen Decke und fühlte, daß sie nackt und mit Wunden übersät war. Um das Haus rauschte der Wüstenwind.

Sie blieb liegen und rührte sich nicht. Sie sah an die goldverzierte Decke und überdachte ganz nüchtern ihre Lage.

Meinen Körper hat er genommen, dachte sie. Meinen Haß wird er nie zerbrechen. Er hat einen Fehler gemacht, der kluge Mahmud. Er hätte mich töten müssen!

Es wird ein Fehler sein, den er nicht überlebt.

An meinem Körper, an seinem größten Schatz, wie er jetzt meint, wird er zugrunde gehen.

Eine Patrouille der jordanischen Armee fand an diesem Abend an der Straße nach Jerusalem einen brennenden Wagen. Die Frau, die aus den Flammen gezogen wurde, war unkenntlich. Man sah nur, daß sie schwarze Haare gehabt hatte und jung gewesen sein mußte.

Suleiman war sehr ernst, als er in der Nacht in Amman vor den herbeigeschafften Trümmern des Wagens stand. Er kannte Narrimans Auto, und er hatte schaudernd vor der verkohlten Leiche gestanden, die man im Keller des staatlichen Hospitals aufgebahrt hatte.

»Ist das Narriman Frank?« fragte der jordanische Polizeikommissar, in dessen Ressort dieser Unfall fiel. Suleiman nickte ergriffen.

»Ja. Es ist ihr Wagen. Und . . . und die Leiche . . . sie hatte solche Haare . . . und sie war einmal sehr schön . . .«

»Danke.« Der Polizeikommissar grüßte Suleiman stramm und ließ ihn mit der Toten allein.

Ich habe sie geliebt, dachte Suleiman erschüttert. Aber keiner wußte es. Auch sie nicht. Vielleicht hätte ich es ihr gesagt, wenn unser großes Ziel erreicht ist: die Bakterienbombe, die Israel auslöscht.
Nun wird sie die große Stunde nie erleben.
Er verneigte sich vor der Toten und verließ den Leichenkeller.
Er wußte nicht, daß er vor Aisha den Kopf gesenkt hatte.
Aisha, ein armes, kleines Syrierweibchen, das mit dreißig Jahren für Mahmud zu alt geworden war . . .

9

Nach dem tragischen Tod Narrimans auf der Straße nach Jerusalem, dessen Ursache nie geklärt wurde – wie kann ein Auto plötzlich Feuer fangen, ohne vorher mit irgend etwas zusammengestoßen zu sein? –, wurde Dr. Schumann eine Wache aus jordanischen Soldaten zugeteilt.

Sie bezogen die ganze untere Etage, stellten vor dem Eingang Schilderhäuschen auf und begannen im Vorhof der Villa zu exerzieren. Die Feldwebel brüllten, die Offiziere schrien ... es war ein gewaltiger Lärm, den diese zwanzig Mann verursachten.

»Wie bei uns!« sagte Schumann zu Ariela, als sie zusammen frühstückten. Noch wußten sie nicht, was auf der Straße nach Jerusalem geschehen war. Sie nahmen an, daß nun nach einigen Tagen der glatten Höflichkeit der Ernst begann.

Dr. Schumann wurde dem Schutz des Militärs unterstellt. Er war Persona grata Nummer eins!

»Wer eine Uniform trägt, übernimmt damit auch die Verpflichtung, ein großes Maul zu haben!«

»Du vergißt: Du sitzt einem Leutnant gegenüber.« Ariela nahm ein Stück Kuchen und zielte damit auf Schumanns Kopf. »Nimm das mit dem großen Maul zurück.«

»Stimmt ja, Leutnant Golan!« Schumann beugte sich vor. »Haben Sie auch gebrüllt, Leutnant?«

»Wenn es nötig, wenn es nützlich war, ja.«

»Wann wäre Brüllen jemals nützlich?«

»Bei ›Stillgestanden‹!«

»Warum muß man stillstehen?«

»O Gott! So kann nur ein schrecklicher Zivilist fragen!«

»Nicht schrecklich, nur neugierig: Warum muß man stillstehen?«

»Es geht doch nicht, daß alle herumstehen wie sie wollen, wenn jemand die Front abschreitet!«

»Warum wird eine Front abgeschritten?«
»Das gehört zum Exerzieren.«
»Warum wird exerziert?«
»Damit alles klappt!«
»Was klappt? Das Töten etwa?«
»Du bist wieder schrecklich. Wo wären wir jetzt, wenn Israel nicht eine so gute und gut gerüstete Armee gehabt hätte? Zweieinhalb Millionen Menschen lägen jetzt verblutet in der Sonne. Das Meer vor unserer Küste wäre rot vom Blut!«
Schumann schwieg. Darauf gab es keine Antwort. Das Problem der Waffenlosigkeit war nicht zu lösen. Solange es irgendwo auf der Welt auch nur einen einzigen Soldaten gab, war aller Frieden Illusion. Und wie groß, wie gegensätzlich war diese Welt!
Am Nachmittag des Tages, als jordanische Infanterie die Wache vor und in der weißen Villa auf dem Dschebel El Luweibida übernahm, rollte ein alter, klappriger Lastwagen den Bergweg hinauf und hielt vor dem großen Tor in der Mauer. Er hatte Sträucher und Bäume geladen, und zwei schmutzige Kerle saßen vorn im Führerhaus, während zwei ebenso dreckige, zerlumpte Wesen neben den Sträuchern auf der Plattform des Wagens hockten.
Vor der Mauer hielt das Gefährt, und der Fahrer hupte energisch.
»Genug!« sagte Major Rishon zu Hauptmann Haphet, der den Lastwagen lenkte. »Es wird Krach genug geben.« Er beugte sich aus dem Fenster und sah zu den zwei zerlumpten Individuen. »Alles klar?«
»Alles, Major.« Die israelischen Offiziere grinsten. Sie hatten sich tagelang nicht rasiert, sie sahen wild und verkommen aus.
Das Tor öffnete sich. Ein Feldwebel, der gerade die Wache befehligte, kam auf die Straße heraus.
»Mach auf, du Sohn einer Laus!« schrie Hauptmann Haphet im schönsten Arabisch. »Hier kommen Bäume! Sollen Sie ver-

dorren wie dein Gehirn? Sie müssen in die Erde und begossen werden! Mach das Tor auf!«
Der Feldwebel trat an den Wagen heran, musterte die vier Kerle und stellte fest, daß sie stanken. Er sah auf die Bäume und Sträucher und wunderte sich, daß ihm keiner etwas davon gesagt hatte, daß heute die Gärtner kämen und Bäume pflanzten.
»Ihr seid nicht angemeldet!« sagte der Feldwebel und trat zurück. Er war ein feiner Mensch, der seine saubere Uniform liebte und froh war, Soldat zu sein und kein stinkender Bauer wie diese vier auf dem Auto.
»Angemeldet?« schrie Rishon über Hauptmann Haphet hinweg. »Der große Suleiman hat die Bäume bestellt. Sollen wir sie ihm trocken vors Fenster legen, du Hohlkopf? Wertvolle Sträucher sind darunter. Blumenbüsche aus China. Blüten aus der Südsee! Aber wie du willst, Freundchen ... wir laden hier ab.« Rishon kletterte aus dem alten Wagen und pfiff auf den Fingern. »Runter, Freunde! Abladen! Suleiman wird sich freuen!«
Der Feldwebel war einen Augenblick in einem großen Zwiespalt. Dann entschloß er sich, Logik vor Befehl zu stellen, was einem Soldaten noch nie gut bekommen ist. Bäume müssen gepflanzt werden, dachte er scharfsinnig. Wenn Suleiman Bäume bestellt, nimmt er an, daß ich weiß, daß Bäume nicht staatsgefährdend sind. Es kommen zwar vier Gärtner mit, aber wer sie ansieht, weiß, daß sie harmlos sind. Arme, dumme Ochsen, die sich für ein paar Piaster die Lunge aus dem Hals schuften.
»Fahrt rein!« sagte der Feldwebel. Er setzte eine Trillerpfeife an die Lippen und pfiff. Aus dem Tor rannten sechs Soldaten mit Schnellfeuergewehren, sahen den klapprigen Wagen mit den Bäumen, grinsten und schoben das große Tor auf.
Rishon atmete auf. Er setzte sich wieder neben Hauptmann Haphet und trat ihn gegen das Schienbein.
Der Lastwagen ratterte in den Innenhof. Dort hielt er, die vier verwahrlosten Gestalten stiegen aus und sahen zu, wie sie das

Tor hinter ihnen schloß und vier Soldaten sich daneben in den Schatten setzten.
Rishon blickte sich um. Dort hinten beginnen die Gärten, dachte er. Zu ihnen gehen die großen Fenster, Balkons und Terrassen hinaus. Und hinter einem Fenster wird Ariela stehen und ihnen zusehen, wie sie Bäume pflanzen. Sie darf bloß nicht aufschreien, wenn sie ihn erkennt.
»Drin wären wir, Major«, flüsterte Hauptmann Haphet. Er wischte sich den Schweiß von der Stirn und beugte sich zu Rishon vor. »Aber wie kommen wir hier jemals wieder heraus?«
»Durch dasselbe Tor!« Rishon sah sich um. Seine beiden Offiziere luden bereits einige Sträucher ab. Um die Erdballen war fachmännisch ein nasser Sack gewickelt. Niemand sah, daß in diesen Säcken außer Mutterboden auch Maschinenpistolen, Äxte, Messer, zwei Strickleitern, Rauchbomben und Tränengasbomben lagen. Rishon hatte diesen Gedanken gehabt.
»Fangen wir an!« sagte er und holte tief Atem. »Wir tragen zunächst die Dattelpalme weg, Haphet.« Er ging zum Wagen und winkte den Soldaten zu. »He, ihr Schlafmützen, ist der Weg zum Garten offen?«
»Sieh dich doch um, du Rindvieh!« brüllte ein Soldat zurück. »Offen wie deine Schnauze!«
Rishon und Hauptmann Haphet luden sich die Palme auf die Schultern. Zwischen ihrem Wurzelballen lag eine Maschinenpistole. »Im Gleichschritt«, sagte Rishon nach hinten zu Haphet. »Sonst schwankt die Palme. Mit links – los . . .«
Sie marschierten durch die glühende Sonne, dem geschwungenen Tor zu, das in die weiten Gärten führte. Die Palme wippte auf ihren Schultern. Ihnen folgten die beiden anderen. Jeder trug einen Blütenbusch, in deren Ballensäcken eine Strickleiter und drei Tränengasbomben lagen.
Was in den nächsten Minuten beginnen sollte, war beispiellos in unserer an Abenteuern so reichen Welt . . .

Zunächst geschah gar nichts.

Rishon und Haphet luden ihre Dattelpalme im Garten ab, lehnten sie an einen Balkon, sahen sich kurz um und trotteten dann zurück zum Wagen. Dort luden sie Schaufeln, Spaten und eine Hacke auf ihre Schultern und nahmen einige große, ungewöhnlich saubere Säcke aus sehr grobem Gewebe mit. Mit dieser Last kehrten sie in den Garten zurück, wo die beiden anderen Offiziere wartend neben den Büschen standen. Ihren Augen sah man an, mit welcher Spannung sie die kommenden Ereignisse erwarteten.

»Hier ist nirgendwo mehr Platz, auch nur einen Strauch zu pflanzen«, sagte einer von ihnen. »Auf keinen Fall in der Nähe des Hauses.«

»Dann reißen wir Büsche aus und pflanzen unsere ein.« Rishon sah seine Mannschaft an. Er fühlte sich befreit. »Wir sind schließlich zur gärtnerischen Gestaltung hierhergekommen!«

Hauptmann Haphet wickelte den Sack von den Palmenwurzeln. In einem großen Öllappen lag blitzend die Maschinenpistole. Er nahm sie heraus, lehnte sie an die Hauswand und legte ein Ersatzmagazin daneben, das er aus seinen zerrissenen Kleidern hervorholte. Die beiden jungen Leutnants bearbeiteten ihre Büsche. Rishon stand unterdessen an der Gartenpforte und beobachtete die Soldaten. Sie saßen im Schatten oder in den unteren Räumen, rauchten, spielten Domino oder Karten und kümmerten sich nicht um die vier Gärtner. Ein Diener, der am Küchenfenster erschien, starrte Rishon verwundert an.

»He, wer bist denn du?« rief er durch das vergitterte Fenster.

»Der Bruder König Husseins, du Holzkopf!« schrie Rishon zurück. »Siehst du das nicht?«

»Du bist ein unhöflicher Mensch!« rief der Diener.

»Das war Allahs Gnade! Lieber grob als dumm!«

Er ging zurück zu den anderen, die damit beschäftigt waren, einen herrlichen Malvenbusch auszugraben.

»Macht Lärm!« sagte er. »Singt! Schwatzt! Streitet euch. Man muß im Haus auf uns aufmerksam werden.«
Er stellte sich etwas von der Hauswand weg, so daß er auf die von Säulen und Bögen umgebenen Balkone und Fenster sehen konnte, und brüllte zu Haphet hinüber:
»Halt dich nicht an der Schaufel fest, du Faulpelz! Denkst du, die gräbt von allein?«
»Und du?« schrie Haphet zurück. »Nur kommandieren, weil du drei Piaster mehr bekommst? Du Sohn einer Hure! Faß mit an! Die Arbeit ist für alle da.«
Sie schleppten die Palme auf ein Rasenstück, das sauber geschnitten und gepflegt war, hielten sie hoch, und Rishon ging ein paarmal herum, nickte und beobachtete dabei, ob sich jemand am Fenster zeigte.
»Singen!« sagte er.
Die drei schmutzigen Arbeiter begannen zu grölen. Sie sangen ein Beduinenlied. Es handelte von einem einäugigen Kamel, das durch die einsame Wüste zieht und immer einen Brunnen findet.
»Gut«, sagte Rishon. Er stand unter den abgeladenen Büschen und Bäumen und tastete mit seinen Blicken die Fenster ab. Dort irgendwo muß Ariela sein, dachte er mit heißem Herzen. Nach vorn liegen die Gesindestuben und die unwichtigen Räume ... zum Garten öffnen sich immer die Wohnzimmer.
Ein paarmal sah er einen Schatten an den Fenstern. Aber er war vorsichtig und gab keine Zeichen, denn nur, wenn er Ariela genau erkannte, wollte er seine Maske fallenlassen.
»Sie hält uns für arabische Gärtner und deshalb sieht sie nicht hinaus«, sagte Rishon, als das Beduinenlied zu Ende war. In dem Rasen war jetzt ein tiefes Loch. Die Offiziere schwitzten und sahen Rishon schwer atmend an.
»Es kommt so weit, daß wir tatsächlich alle Sträucher pflanzen«, keuchte Haphet.

Rishon überlegte. Es war gewagt, was er jetzt vorhatte, aber es war vielleicht die einzige Möglichkeit, die Aufmerksamkeit Arielas zu erregen. Es gibt in Israel ein Kinderlied, schwermütig, mit träumerischer Melodie. Die Mütter singen es, wenn der Abend über die Bäume streicht, die Hitze des Tages der Kühle der Nacht weicht und sich Frieden über das Land senkt.

»Grabt weiter!« sagte Rishon. »Gideon, Sie gehen zum Gartentor und hacken Holz. Sie spitzen Stützpfähle an. Sie müssen so laut hacken, daß man meine Stimme nicht im Vorhof hört. Wo ist die Strickleiter?«

»Neben Ihnen unter dem Busch, Major.« Der junge Leutnant Gideon klemmte sich ein paar Pfähle unter den Arm, nahm die Axt, ging zum Gartentor und begann fluchend die Pfähle anzuspitzen.

Im gleichen Augenblick fing Rishon zu singen an. Er hatte sich nie eingebildet, eine schöne Stimme zu haben. In der Schule schon hatte man zu ihm gesagt: »Moshe, wenn wir singen, kannst du schon deine Hausaufgaben machen.« Und auf der Offiziersakademie war er dadurch aufgefallen, daß er beim Ausmarsch mit Gesang eine Note atonaler Musik in das zackige Lied brachte.

Er hatte den Sack mit der Strickleiter vor seinen Füßen liegen, um den nackten Leib trug er an einem breiten Gürtel zwei automatische Pistolen. Drei Schritte von ihm, unter einem hingelegten Busch, lag eine entsicherte Maschinenpistole.

Es war eine erschreckend komische und doch tragische Minute, in der Major Rishon das alte jüdische Kinderlied sang. Und plötzlich breitete er die Arme aus, reckte sich hoch empor, und aus dem Kinderlied wurde der Aufschrei einer grenzenlosen Freude.

Am Fenster, gleich vor Rishon, erschien Arielas Kopf.

Dr. Schumann hatte schon früh am Morgen Besuch bekommen.

Herbert Frank, ausnahmsweise nüchtern und deshalb besonders zerknittert aussehend, wurde hereingeführt.
»Wie sehe ich aus?« fragte er ohne Umschweife und blieb mitten im Zimmer stehen. »Sehe ich glücklich aus?«
»Nein. Durchaus nicht«, erwiderte Dr. Schumann, der die Frage nicht verstand.
»Ich müßte aber glücklich sein! Ich müßte die Wände hochgehen vor Freude, mit den Vögeln fliegen und mit den Schweinen grunzen: Betrachten Sie mich genau, Schumann: Ich bin Witwer geworden!«
»Was sind Sie?« fragte Schumann verständnislos.
»Witwer! Narriman ist in ihrem Auto verbrannt ...«
Jenseits der Trennwand ertönte ein leiser Schrei. Frank machte eine tiefe Verbeugung gegen die Mauer.
»Bonjour, meine Dame!« sagte er. »Ich vergaß, daß ja auch Sie teilnehmen an unserer Runde. Ich deute Ihren Aufschrei als Ausdruck tiefster Befriedigung. Das steht Ihnen zu ... Narriman, o Gott!« Er ließ sich auf den Diwan fallen und bedeckte sein Gesicht mit beiden Händen. »Ich habe sie geliebt! Kann man das verstehen? Jetzt, wo sie verkohlt im Keller des Hospitals liegt, kann ich es sagen ... ich liebte sie, und ich war schon glücklich, wenn ich sie sehen durfte.«
Schumann starrte den gebrochenen Frank ungläubig an. Narriman tot? Das war ein unvorstellbarer Gedanke.
»Wieviel haben Sie heute morgen schon getrunken?« fragte er deshalb.
»Drei Gläser Limonade! Fade Limonade! Schumann, ich bin völlig nüchtern.« Frank sprang auf. Sein Gesicht sah verwüstet aus, wie von Regen und Stürmen zerfurcht. »Auf der Straße nach Jerusalem brannte ihr Wagen aus. Ich habe sie vorhin identifiziert. Nur an ihrem Ring war sie zu erkennen. Wir hatten den Ring gemeinsam gekauft ... vor zwei Jahren ... bei einem Ausflug nach Damaskus. Damals war sie noch meine Frau ...« Er

schwankte zur Trennwand und lehnte sich dagegen. In gleicher Höhe sah er die Augen Arielas und nickte. »Ja, sie ist tot, Ariela Golan! Verbrannt! Das habe ich ihr nicht gewünscht. Sie hat mich zu einem Wrack gemacht ... aber ich liebte sie, verdammt noch mal! Können Sie das verstehen?«
»Ja«, sagte Ariela erschüttert. »Sie war eine schöne Frau.«
»Ein Satan war sie!« schrie Frank. »Aber ich liebe die Hölle, weil sie Narriman ausgespuckt hatte.« Er sah sich zu Schumann um, der die Nachricht vom Tod Narrimans noch immer nicht glauben konnte. Es gibt Menschen, bei denen man sich nicht vorstellen kann, daß sie nicht mehr am Leben sind.
»Schumann, haben Sie einen Gin oder Whisky hier?«
»Ein Glas Limonade.«
»Sie Witzbold!« Frank drückte die Stirn gegen die Trennwand. Er zitterte wie im Fieber. »Als ich vor Narrimans verkohlten Resten stand, da habe ich mir überlegt: Wie geht es weiter? Ich sagte einmal, daß ich ein Feigling bin! Das stimmt nicht! Das habe ich mir eingeredet, um in Narrimans Nähe zu bleiben. Ich habe meine verfluchte Moral mit einer Lüge niedergehalten. Doch nun ist Narriman für immer fort ...« Er fuhr herum, und seine Augen, wenn auch rot umrändert, hatten einen anderen, wacheren Blick. »Schumann, wissen Sie, daß ich Leutnant war? Mit zwanzig Jahren Leutnant in Rußland? Notabitur, Ausbildung in Eberswalde, Fähnrich mit Frontbewährung, dann Leutnant. Wissen Sie, daß ich junger Hüpfer mit dreiundzwanzig Jahren einen Brückenkopf allein mit zehn Mann gehalten habe, 1944 am Dnjepr, und daß man mich einen Helden nannte und mir das Deutsche Kreuz in Gold an die Brust heftete? So war ich einmal, und so bin ich eigentlich immer geblieben, nur Narriman machte mich zum Affen, der mit Kopfstand Zückerchen nimmt. Aber jetzt ist das vorbei. Jetzt geht es nicht mehr!« Er brüllte plötzlich und ballte die Fäuste. »Jetzt brauche ich kein Feigling mehr zu sein.«

»Was wollen Sie tun, Frank?«
»Ich sprenge die Labors in die Luft! Ich mache tabula rasa! Ich nehme Rache für die Zerstörung meiner Persönlichkeit!«
Dr. Schumann schüttelte den Kopf. Er verstand Franks Ausbruch. Es war, als ob Schleusen geöffnet würden, und nun stürzten die Wasser talwärts mit Getöse und Schaum.
Aber was nutzte es? Sie waren in Amman. Jordanische Soldaten bewachten sie. Die Grenzen waren gesperrt. Eine Flucht war Selbstmord. Und es gab Hussein ben Suleiman, einen Menschen von bestrickender Höflichkeit und grausamster Kälte. Er war die große Spinne, in deren Netz sie alle hingen. Auch Narriman war nur ein Opfer gewesen, das andere Opfer anlockte. Es änderte sich gar nichts mit Narrimans Tod. Gar nichts!
Im Garten, vor den Fenstern, hörte man plötzlich Lärm. Stimmen und Klappern von Schaufeln, eine schreiende Stimme übertönte alles. Es schien Streit zu geben. Plötzlich sangen ein paar Männer.
»Was ist denn da los?« fragte Schumann. Er hatte Frank zum Diwan geführt und ihm ein Glas Orangensaft in die Hand gedrückt.
Ariela sah hinaus. »Gärtner«, sagte sie. »Sie pflanzen Sträucher. Vier schmutzige Burschen.«
Der Gesang brach ab. Irgendwo hackte jemand Holz. Und dann war da auf einmal eine Stimme, nicht sehr schön, aber deutlich, und sie sang ein Lied, das in Ariela hineinfuhr wie ein glühendes Schwert.
»Mein Kinderlied ...« flüsterte sie. »Peter ... da singt einer mein Kinderlied. Auf jidisch ... Hörst du ...«
»Das ist doch unmöglich!« Schumann hielt den Atem an. Und jetzt war es ganz deutlich ... eine schwermütige, wiegende Weise.
»Es ist das Lied!« stammelte Ariela. »Einer von den Gärtnern singt es! Und das mitten in Jordanien!« Sie stieß sich von der

Mauer ab und rannte zum Fenster des Balkons. Schumann sah ihr nach, und er war wie vor den Kopf geschlagen, als sie die Arme hochriß, sich an die Gitter klammerte und »Moshe! Moshe!« rief.
»Was ist denn los?« fragte Frank.
Schumann trat schnell in den Raum zurück. »Ich glaube, mein Lieber«, sagte er mit belegter Stimme, »daß man in wenigen Minuten von uns verlangt, mutig, verflucht mutig zu sein . . .«

Rishon hatte seine Strickleiter in die Höhe geworfen und um einen Mauervorsprung gelegt. Schon der dritte Wurf gelang. Er hatte es lange genug im Hof von Mohammeds Haus geübt, wo aus dem oberen Fenster eine Eisenstange gehalten wurde. Um sie warf er die Strickleiter und kletterte hinauf, während unten Hauptmann Haphet mit einer Stoppuhr stand.
Nun lief alles mit militärischer Präzision ab. Hauptmann Haphet unterstützte den jungen Leutnant Gideon beim Pfähleanspitzen, um die Wachen zu beobachten und notfalls in Schach zu halten, während der andere Leutnant die Maschinenpistole nahm und hinter der mitgebrachten Palme in Deckung ging. Rishon kletterte wie ein alter Matrose die Strickleiter empor, bis er vor Ariela hing. Seine Hand tastete an das Gitter. Als er Arielas Finger spürte, hätte er vor Glück aufschreien können.
»Moshe! O Gott . . . was tust du hier, Moshe?« rief Ariela. »Wer sind die anderen?«
»Keine Fragen!« Rishon tastete das Gitter ab. Es war vergoldete Holzschnitzerei. »Die Axt!« rief er nach unten.
Die Strickleiter schwankte. Leutnant Simon, die Maschinenpistole vor der Brust, kletterte hoch und reichte Rishon die Axt.
»Tritt zurück!« sagte Rishon. »Ich schlage zu.«
Ariela wich zurück. Der erste wuchtige Schlag zertrümmerte einen Teil des Schnitzwerks. Dann schlug Rishon noch dreimal in das Gitter, bis es ins Zimmer splitterte und er mit einem Satz

hinterherspringen konnte. Er breitete die Arme aus, zog Ariela an sich, küßte sie und führte sie zum Fenster.

»Hinunter, schnell!« rief er.

Ariela blieb stehen. Sie zeigte nach rückwärts auf die Trennwand.

»Dort ist Peter!« sagte sie.

»Was geht mich dieser Doktor Schumann an?« Rishon saß schon wieder auf der Fensterbrüstung. Im Garten begannen Haphet und Gideon zu sägen. Dabei zankten sie sich laut und drohten sich Schläge an. Es war ein greulicher Lärm.

Das Gesicht Arielas wurde hart. »Du glaubst doch nicht, daß ich allein gehe?« sagte sie laut.

»Himmel! Es geht um Sekunden, Ariela! Komm!«

»Nicht ohne Peter.«

»Das Leben von neun meiner besten Offiziere steht auf dem Spiel! Jeden Augenblick kann ein Diener kommen. Dann müssen wir schießen. Was das bedeutet, weißt du!«

»Leb wohl, Moshe!« Ariela trat an die Trennwand zurück. Ihre Augen waren starr. Da ist die Freiheit, dachte sie. Moshe wird für sie sein Leben opfern. Er opfert es für mich. Ich jage ihn in den Tod. Aber kann ich flüchten ohne Peter? O mein Gott ...

Rishon sprang ins Zimmer zurück. Er rannte an die Trennwand und sah durch einen der Durchbrüche. Schumann und Frank standen abwartend im Zimmer.

»Da ist ja noch einer!« keuchte er.

»Herbert Frank. Wir müssen ihn auch mitnehmen.«

Es hatte keinen Sinn, jetzt zu diskutieren. Von der Schnelligkeit allein hing der Erfolg ab. Rishon tastete die Trennwand ab und fand eine Stelle, wo die Durchbrüche eng beieinander lagen. Hier waren nur dünne Verstrebungen, die man durchstoßen konnte, ohne die ganze Mauer einzureißen.

Rishon rannte zum Fenster zurück und winkte. Leutnant Simon legte seine Maschinenpistole wieder unter den Busch und ging

nach vorn in den Hof, wo er an das Gitter der Küche klopfte. Der Kopf eines Dieners erschien.
»Was will die Wanze?« rief er.
»Du Mißgeburt eines Esels, wir brauchen einen Schluck Wasser. Kannst du arbeiten ohne Wasser, he? Mach es vor, du Glotzauge! Los, reich einen Eimer Wasser heraus!«
Am Gartentor sägten Gideon und Haphet nun die Holzpfähle durch, die sie vorher erst angespitzt hatten. Dabei schielten sie zu den Soldaten am Haupttor. Ob sie etwas merkten? Wer spitzt schon Pfähle an, um sie nachher zu zerschneiden?
Aber die jordanischen Soldaten beachteten die Gärtner nicht. Sie spielten Karten oder dösten im Schatten der Mauer.
Oben, im Zimmer, stemmte Rishon mit der Axt die Verstrebungen durch und schuf ein Loch, groß genug, daß ein Mensch durchkriechen konnte. »Kommen Sie!« rief er ins andere Zimmer. Es tat ihm weh, das zu sagen. Welchen Sinn hat das nun alles, dachte er. Ich wollte Ariela retten. Nun bringe ich auch Schumann mit, und mein Leben wird einsam bleiben.
Als erster kroch Frank durch das Loch. »Gegrüßt seien Sie, Befreier!« sagte er. »Das war der merkwürdigste Weg in einen Garten, den ich je zurückgelegt habe. Denn weiter als bis zum Garten kommen wir nicht!«
Rishon stieß ihn weg und sah mit verkniffenem Gesicht zu, wie sich Schumann durch das Loch zwängte. Er hatte es schwerer als der dürre Frank. Erst als Ariela Schumanns Hände ergriff, um ihn ins Zimmer herüberzuziehen, faßte auch Rishon zu und zerrte Schumann aus dem Loch.
»Ich danke Ihnen, Rishon«, sagte Schumann schwer atmend.
»Nicht meinetwegen. Sie haben Ihrem Volk viel erspart ...«
»Israel? Was haben Sie mit meinem Land zu tun?«
»Das werden Sie bald erfahren.« Schumann rannte an das Fenster. Er hob Ariela auf die Strickleiter, und Rishons Mundwinkel zuckten, als er Schumanns Hände auf Arielas Körper sah.

Dann kletterte Frank in den Garten, als nächster Schumann, zuletzt Rishon. Vom Gartentor kam Hauptmann Haphet gelaufen. Über den Schultern trug er die großen, sauberen, grobmaschigen Säcke.

»Jeder in einen Sack!« rief Rishon. »Los! Schnell!«

Nun ging es um Sekunden. Im Vorhof erzählte Leutnant Simon den Dienern schlüpfrige Witze, die er von europäischen Reisenden gehört haben wollte. Das Lachen der Jordanier übertönte sogar das verzweifelte Sägen von Leutnant Gideon.

Rishon und Haphet zogen Ariela, Schumann und Frank die Säkke über und banden sie mit Hanfseilen zu. Dann holten sie eine Schubkarre vom Lastwagen. Rishon gesellte sich zu Leutnant Simon und begann sofort zu schimpfen, als seien die Diener an allem schuld.

»Einen Mistboden habt ihr!« schrie er. »Wie sollen da edle Sträucher wachsen? Voll Steine ist er! Wer hat den Garten angelegt? Sag deinem Herrn, er ist betrogen worden! Jetzt müssen wir guten Boden holen und die Steine wegschaffen! Oh, Allah verfluche die Betrüger!« Er trank einen Schluck Wasser, den ihm Simon reichte, und zeigte auf eine Schubkarre mit einem Sack, die von Haphet gefahren wurde. »Ist diese Arbeit nötig?« schrie Rishon. »Bäume sollten wir pflanzen, aber nicht alle Steine Jordaniens abtransportieren!«

Noch dreimal fuhr Haphet mit der Schubkarre heran, lud Säcke auf den Wagen, warf das Handwerkszeug hinterher und pfiff dann auf den Fingern. Gideon und Simon sprangen wieder auf die Plattform. Haphet setzte sich ans Steuer, Rishon rannte aus dem Garten und lamentierte erneut.

»Wir kommen am Abend wieder!« rief er. »Wo sollen wir jetzt guten, fetten Boden herbekommen? Oh, der Betrug auf dieser Welt!« Er blieb vor einem der Diener stehen und spuckte vor ihm aus. »Der kleine Mann muß es immer machen! Lacht nicht! Wenn die Pflanzen verdorren, tritt man uns in den Hintern!«

Er setzte sich neben Haphet und stieß ihn an. Der Motor brummte auf, der klapprige Wagen fuhr einen Kreis und ratterte auf das Tor zu. Die wachhabenden Soldaten stießen es auf, und ungehindert passierten sie die letzte Gefahr.
»Nicht schneller fahren!« sagte Rishon, als er merkte, wie Haphet nervös auf den Gashebel drückte. »Erst unterhalb des Dschebels . . .«
Er kletterte während der Fahrt aus dem Führerhaus nach hinten auf die Plattform und klopfte an die Säcke, die neben Schubkarre, Werkzeug und noch nicht abgeladenen Sträuchern lagen.
»Ariela . . . Ariela . . .«
Im zweiten Sack bewegte sich Ariela. Eine Faust stieß durch die Jute. Rishon kniete sich neben sie.
»Bekommst du Luft?« fragte er.
»Ja, gut.«
»Kannst du es aushalten?«
»Es ist schrecklich heiß . . .«
»Noch eine halbe Stunde! Vorher kann ich den Sack nicht aufmachen. Hältst du noch eine halbe Stunde durch?«
»Wenn es sein muß, noch einen ganzen Tag. Wo sind wir?«
»Auf der Abdullah-Straße. Lieg still . . .«
Er setzte sich neben Ariela auf den Wagenboden und legte beide Hände auf den Sack. Er spürte ihre Bewegung unter seinen Fingern, ihre Wärme, ihr Leben. Das machte ihn unendlich glücklich und traurig zugleich. Denn neben ihr lag Schumann, und Rishon kam der böse Gedanke, daß man diesen Sack bei der Fahrt durch die Stadt vielleicht verlieren könnte. Wenn er in einer scharfen Kurve vom Wagen rollte, wer hatte dann noch Zeit, anzuhalten, zurückzufahren und ihn wieder aufzuladen?
Rishon schrak zusammen. Der dritte Sack bewegte sich heftig.
»Liegen Sie still!« zischte er. »Wir sind auf der Hauptstraße.«
Herbert Frank streckte sich, so gut es in dem Sack ging. »Haben Sie einen Whisky?« rief er dumpf durch das Jutegewebe.

Rishon antwortete nicht. Er legte eine Schaufel mit der Wölbung nach unten dort auf den Sack, wo er Franks Gesicht vermutete.

Eine halbe Stunde später wurde die Flucht entdeckt. Der Diener, der den Tisch für das Mittagsmahl decken wollte, fand die durchbrochene Mauer und das zerhackte Fenstergitter. Er schlug Alarm, warf sich auf die Erde und flehte Allah um Gnade an.
Suleiman unterbrach eine Konferenz, als man ihm die Ereignisse im Hause mitteilte, und fuhr sofort zum Dschebel El Luweibida. Dort rannte er durch die Zimmer, besichtigte die im Garten liegenden Bäume und hörte die Berichte über die vier Gärtner an.
»Gibt es nur noch Idioten?« schrie er. »Wer pflanzt denn im Sommer Bäume? Wer reißt denn blühende Sträucher aus? Da sitzen zwanzig Soldaten herum und fünf Diener, und vor ihren Augen entführt man die wichtigsten Leute Jordaniens? So wird Dummheit zum Staatsverbrechen.«
Das war nichts Neues, denn die meisten Staatsverbrechen werden aus Dummheit begangen, aber für Suleiman war das kein Trost. Er war gnadenlos, so wie man ihn kannte. Es gab keine Verteidigung mehr. Es gab nur noch Strafe.
Die Diener wurden in ein Arbeitslager gesteckt und nach Akaba geschickt, wo sie Steine aus den Wüstenfelsen schlagen mußten. Die zwanzig Soldaten kamen zu einem Kommando, das auch nach dem Waffenstillstand israelische Dörfer und Lastwagen der Kibbuzim überfiel, ein Todeskommando, denn hier gab es keine Gefangenen.
Heulend wie verwundete Schakale wurden die Diener abtransportiert. Die Soldaten hockten stumm, mit leeren Gesichtern, auf dem Lastwagen, der sie, ohne Abschied von ihren Frauen und Müttern, an die Front brachte.
Gleichzeitig aber zirpte es durch die Luft, rasselten die Telegrafen bei den einzelnen Truppenteilen an den Grenzen, klingelten die Feldtelefone bei allen Einheiten:

Die Grenzen schließen!
Schärfste Kontrollen.
Gesucht werden die wichtigsten Menschen für Jordanien: zwei Deutsche und ein israelisches Mädchen.
»Jagt sie!« ließ Suleiman an alle Truppen durchgeben. »Umringt sie wie Geier. Es geht um unser Vaterland! Sie dürfen Jordanien nicht verlassen!«
Im Hauptquartier der jordanischen Armee stand Suleiman mit zwei Generalen vor der riesigen Karte des Landes. »Sie werden sich nach Norden gewandt haben«, sagte Suleiman und umkreiste das Gebiet um Ajlun. »Hier liegen an der Grenze eine Menge Kibbuzim. Hier haben sie Wasser. Nach Süden wäre Irrsinn. Sie würden in der Wüste verdursten. Aber trotzdem ... lassen Sie alle Hubschrauber aufsteigen. Kontrollieren Sie alle Karawanen. Kein Wagen, kein Eselskarren, kein Kamel verläßt mir unkontrolliert die Stadt!«
»Sie werden nie über den Jordan kommen.« Die Generale sahen sich lächelnd an. »Es gibt keine besser zu überwachende Grenze.«
»Das glauben Sie.« Suleiman setzte sich schwerfällig. Er war in diesen Stunden um viele Jahre gealtert. »Wer diesen Handstreich unternommen hat, der kommt auch über den Jordan, am Tag und unter tausend Augen!«

Mit der Abendmaschine, die nach Rom flog, verließen die fünf französischen Kaufleute wieder die Königsstadt Amman. Sie waren bester Laune, gaben ihre Pässe ab, ließen ihre Koffer vom Zoll nachsehen und lächelten verzeihend, als aus einem Paß ein Foto fiel, das eine dunkelhaarige, vollbusige nackte Frau zeigte.
Der jordanische Offizier, der die Pässe prüfte, lächelte zurück und grüßte freundlich.
»Guten Flug, meine Herren«, sagte er sogar.
Hauptmann Haphet nickte. »Merci, mon ami!« Er schob das

Foto in seine Jacke, nahm seinen kleinen Koffer und ging zum Flugfeld. Zwanzig Minuten später hatten fünf israelische Offiziere Jordanien wieder verlassen.
Die andere Gruppe, die arabische, saß noch in der Altstadt im Hause des Kontaktmannes Mohammed und wartete ruhig ab. Nun hatte man Zeit. Man lag auf dem Dach unter einem Sonnenschirm, hörte aus dem Transistorradio Musik und Nachrichten, Frank erreichte es sogar nach langen Debatten, in denen er behauptete, daß für ihn der Alkohol das gleiche sei wie Kohlen für eine Lokomotive, daß Mohammed ihm eine Flasche Gin mitbrachte.
»Je länger wir warten, um so nervöser werden sie«, sagte Rishon. »Und dann kommt ein Zeitpunkt, da die Wachsamkeit nachläßt. Entweder sind sie irgendwo verkommen, denkt man dann, oder sie sind schon auf geheimnisvollen Wegen hinüber nach Israel. Jetzt gleich den Durchbruch zu versuchen, wäre Dummheit.«
So lebte man eine ganze Woche in dem engen, heißen Haus in der Altstadt, hörte den Lärm der Bazare und Kupferschmiede und saß stundenlang über den Karten, um den Weg zu studieren und die Tagesetappen auszurechnen. Rishons Plan war, auf verschiedenen Wegen und in drei Gruppen durchzubrechen.
Leutnant Simon sollte Herbert Frank mitnehmen. Ihr Übergang über den Jordan hieß Suweima. Dort erreichten sie die Vorposten der israelischen Armee, die hier weite jordanische Gebiete besetzt hielt.
Leutnant Gideon und zwei weitere Offiziere sollten das Tote Meer erreichen und mit einem Boot übersetzen. Woher sie das Boot nahmen, war ihre Sache.
Rishon, Ariela und Dr. Schumann wollten sich nach Süden wenden, genau in die Wüste hinein. Am Südzipfel des Toten Meeres, bei Sodom, konnten sie die Grenze überschreiten ... wenn sie die Grenze überhaupt erreichten.

»In Abständen von zwei Tagen gehen die Gruppen los«, sagte Rishon. »Unsere Gruppe zuletzt.« Er sah zu Schumann hinüber, der neben Ariela vor der Karte saß. »Oder haben Sie andere Vorschläge, Doktor Schumann?«
»Nein! Sie sind hier der Kommandeur, Major.«
»Ich dachte, den Deutschen ist die Taktik angeboren?«
»Es gibt auch unter den Fleischfressern Vegetarier ...«
Rishon schlug die Beine übereinander. Er hatte es schrecklich gefunden, eine Woche lang mit Schumann unter einem Dach, ja sogar in einem Zimmer zu schlafen. Auf dem gemeinsamen Zimmer hatte er aus wilder Eifersucht bestanden. Er wird nachts nicht zu Ariela schleichen können, dachte er. Ich bewache ihn. Und dann wünschte er sich, daß Schumann doch den Versuch machen würde, zu Ariela zu gehen. Es würde ihm Gelegenheit geben, ihn niederzuschlagen.
Einen Tag vor dem Abmarsch – die Gruppe eins war schon vier Tage unterwegs, die Gruppe zwei drei Tage – traf Rishon auf dem Dach Ariela allein an. Sie lag auf einer Matte und sonnte sich. Mohammed hatte ihr einen Bikini besorgt, Rishon verharrte eine Zeitlang an der Treppe, um Ariela zu bewundern und seinen Haß gegen Schumann zu steigern.
»Ich muß mit dir sprechen«, sagte er stockend und setzte sich neben sie.
Ariela wandte den Kopf zu ihm. »Du bist so ernst? Schlechte Nachrichten von den anderen?«
»Es betrifft uns, Ariela.« Rishon sah in den tiefblauen Himmel. Er dachte an das, was noch vor ihnen lag, und er dachte auch an seine Einsamkeit, wenn sie Jerusalem tatsächlich erreichen sollten. »Ich liebe dich ...«
»Das hättest du nicht sagen sollen, Moshe. Ich weiß es ja ... aber warum muß man Hoffnungslosigkeiten aussprechen.« Sie legte die Hand auf seinen Arm, und er zuckte unter ihrer Wärme zusammen.

»Er ist ein Deutscher! Das ist alles, was ich dazu sagen kann! Ein Deutscher! Dieses Wort klingt in mir wie das Zischen von Gas, wie das Prasseln von Verbrennungsöfen, wie Stockschläge und Peitschenhiebe, wie Röcheln am Galgen und Schüsse an der Mauer. Wie kannst du nur einen Deutschen lieben? Du bist eine Israelin. Eine Sabra! Schämst du dich nicht?«
»Nein. Ich liebe ihn . . . nicht seine Abstammung.«
»Man kann einen Menschen nicht von dem trennen, was er ist! Ein Franzose bleibt ein Franzose, wo er auch ist, und er hat leuchtende Augen, wenn er die Marseillaise hört. Und ein Russe wird immer ein Russe bleiben, ob er in Afrika lebt oder in der Südsee. Und ein Deutscher wird immer ein Deutscher bleiben und hurra rufen, wenn er einen Menschen getötet hat.«
»Du bist ungerecht, Moshe.« Ariela setzte sich auf. Ihr langes Haar fiel über ihre braunen Schultern. »Unsere Generation hat die Verpflichtung, Haß in Freundschaft zu verwandeln. Wir haben im Kibbuz gearbeitet, ohne Lohn, um dem Vaterland zu dienen. Wir haben die Uniform angezogen und schießen gelernt, um das Vaterland zu schützen. Wir tun alles, um Frieden auf unser Land zu säen . . . auf den Feldern, in die Herzen, in die Gewissen. Es stimmt, es waren Deutsche, die fünf Millionen Juden umgebracht haben . . . aber war es Peter? Warum soll er verantwortlich sein für eine Zeit, in der er als Kind ahnungslos im Sandkasten spielte? Sind die Kinder von Mördern automatisch auch Mörder? Als wenn das Leben so einfach wäre . . .«
Rishon schwieg. Er sah an Ariela vorbei über die flachen Dächer. Sie hat ihren Stolz verloren, dachte er bitter. Der Deutsche hat ihren Stolz gestohlen. Merkt sie das nicht? Spürt sie nicht diese schreckliche Leere in sich?
Was ist ein israelisches Mädchen ohne Stolz?
»Wir werden uns darüber nicht einigen können, Ariela«, sagte Rishon mit einem bitteren Unterton. »Laß uns in Jerusalem weitersprechen.«

Ihre Hand legte sich auf seine Wange. Es war unbeschreiblich süß, dieses Gefühl, und unbeschreiblich bitter für ihn.
»Glaubst du, daß wir Jerusalem erreichen?« Ihre Stimme war dünn und weit weg.
»Wir dienen einer gerechten Sache«, sagte er leise. »Und Gott ist bei den Gerechten.«
»Das wissen aber die jordanischen Maschinenpistolen nicht.«
»Aber es gibt uns Mut.« Rishon küßte die Handfläche Arielas. »Du hast doch Mut, Ariela?«
»Würde ich sonst einen Deutschen lieben ...?«

Um diese Stunden ritten zwei staubige Araber auf kleinen, ausgemergelten Eseln auf der großen Straße nach Jerusalem. Bei Shunat Nimrin bogen sie auf einen Wüstenpfad nach Süden ab und tauchten unter in der vor Hitze flimmernden, sich wie Wasser bewegenden und wogenden Luft.
Niemand hatte sie bisher angehalten. Die Militärpatrouillen, die die beiden Eselsreiter überholten, beachteten sie gar nicht. Brav machten die beiden armen Bauern auch Platz und stellten sich an den Rand der Straße, ließen sich mit Steinen und Sand bewerfen und nickten den jungen Soldaten väterlich zu, wenn eine ganze Kolonne Militär sie überholte. Auch als sie am Wegrand saßen, so wie in diesen Tagen und Wochen Tausende an den Straßen hockten, ihre flachen Zelte aufbauten, Feuer zwischen aufgeschichteten Steinen entfachten und in Pfannen flache Kuchen aus Mehl und Wasser buken, sprach die beiden niemand an, keiner kontrollierte ihre Papiere oder fragte sie aus.
»Es sieht aus, als marschierten sie auf für einen neuen Krieg«, sagte Herbert Frank. Er lag auf einer Decke im Sand und kaute an einer Matze. In Salt hatte man ungehindert eingekauft und sogar auf dem Markt gefeilscht, geschimpft und geflucht. Frank hatte sich einen Bart wachsen lassen, es wurde ein richtiger, wilder Beduinenbart. Er war stolz darauf, aber traurig zugleich.

»Sehen Sie bloß!« hatte er vor dem Abmarsch in die Ungewißheit zu Schumann gesagt. »Er wird ganz weiß. Ein langer weißer Patriarchenbart! Und das mit fünfundvierzig Jahren! Bedenken Sie, Doktor: Das hat der Orient aus mir gemacht!«
Jetzt zeigte sich, wie nützlich solch ein schöner weißer Bart war. Soldaten warfen ihnen ab und zu Schokolade oder eine Büchse Kekse zu. Einmal sogar eine Dose mit Fleisch.
»Bete für unseren Krieg!« riefen sie dabei. »In ein paar Wochen bist du wieder auf deinem Feld, Väterchen!«
»So Allah will!« brüllte Frank mit hoher, zittriger Stimme. »Tod den Juden!«
»Das war nicht nötig«, sagte Leutnant Simon, als die Soldaten vorbeigefahren waren.
»Es gehört zur Maske!« protestierte Frank. »Sie sollen sehen, wenn ich beim nächsten Trupp die Gewehre segne, bekommen wir Essen für drei Tage.«
»Unterstehen Sie sich!« Simon schaute finster in den Sand. Er hatte in Salt aus einem Radio die neuesten Meldungen gehört. Am Suezkanal wurde wieder gekämpft. In der UNO redete man weiter. Die Meinung der Welt drehte sich wie ein Wetterhahn im Wind. Freundschaften bröckelten ab. Es war der Tag abzusehen, an dem Israel allein stand. Allein zwischen Arabern und dem Meer. Ein Volk, das nichts weiter wollte, als existieren. Einfach leben. Atmen. Arbeiten. Lieben. Gebären. Ernten. In Frieden sterben.
Ist das verwerflich?
Leutnant Simon stieß Herbert Frank an. Vor ihnen hielt ein Jeep der jordanischen Militärpolizei. Mißtrauisch musterten sie die beiden Eselsreiter am Straßenrand.
»Allah segne euch, meine Söhne!« schrie Frank. Er erhob sich ächzend, wickelte seinen zerrissenen Burnus um sich und kam langsam näher. Sein weißer Bart leuchtete in der Sonne. »Ihr zieht in den Krieg gegen die Juden? Laßt euch umarmen, ihr

Tapferen! Laßt euch küssen! Mein Herz fliegt mit euch gegen den Feind. O ihr tapferen Adler ...«
Die Militärpolizisten ließen den Motor an und brausten ab, ehe Frank sie erreicht hatte. Es ist nicht jedermanns Geschmack, sich von einem idiotischen Alten küssen zu lassen.
»Sehen Sie«, sagte Frank später zu Leutnant Simon, »was wären Sie ohne mich? Ich küsse Ihnen die halbe jordanische Armee aus dem Weg ...«
Am dritten Tag ihrer Reise tauchten sie unter in der Geröllwüste von Kafrein. Sie waren nur noch zwanzig Kilometer vom Jordan, der rettenden Grenze, entfernt.

Die zweite Gruppe unter Führung von Leutnant Gideon war mit zehn Kamelen unterwegs. Mohammed hatte es fertiggebracht, die Kamele gegen sündhaftes Geld zu kaufen. »Sie nutzen die Kriegslage aus«, zeterte er, als Rishon ihn einen Betrüger nannte. »Sie verkaufen zum dreifachen Preis! Alle sind Gauner, Major! Kommen Sie mit, hören Sie sich an, wie gehandelt wird! Heute ist ein Esel teurer als früher ein Mastochse! Sie machen Geschäfte mit der Not!«
Rishon mußte tief in seine Kasse greifen, um den Preis bezahlen zu können. Dafür erhielt er aber auch die Gewißheit, daß seine drei Offiziere auf einen sicheren Weg geschickt wurden.
Die langsam nach Süden ziehende, neben der Straße nach Petra durch den Sand stapfende Kamelkarawane mit den drei halbverhungerten Beduinen in den selbst zusammengehämmerten Holzsätteln wurde nicht kontrolliert. Auffallen mußte zwar, daß diese Karawane auch in der Nacht durch die Wüste zog, wenn ein echter Beduine sonst schläft, aber auch darüber sahen die Militärposten hinweg. In diesen Wochen war alles aus den Fugen geraten. Allein zweihunderttausend Flüchtlinge aus Israel zogen über die Straßen oder gründeten Zeltstädte links und rechts der Wege.

In der Nacht vor dem Abmarsch der letzten Gruppe saß Major Rishon vor einem kleinen Kurzwellensender und suchte den Äther ab. Bis gegen drei Uhr morgens blieben Ariela und Schumann bei ihm, dann ging Schumann müde in sein Zimmer, und Ariela schlief am Tisch ein, den Kopf auf der Tischplatte.
Um vier Uhr rauschte es in dem kleinen Sender. Rishon drückte die Kopfhörer fest an die Ohren.
Gruppe eins ... Kafrein erreicht.
Gruppe zwei ... hinter Madaba, auf der Piste nach Ma'in.
Rishon stellte den Empfänger ab und beugte sich über Ariela. Als er ihren Nacken küßte, wachte sie auf.
»Gute Nachricht, Moshe?« fragte sie schlaftrunken.
»Ja. Es scheint, daß sie durchkommen.«
Am Morgen, um sechs Uhr, verließen Ariela, Schumann und Rishon das Haus Mohammeds. Zu Fuß gingen die beiden Männer voraus. Ariela folgte ihnen in wallenden schwarzen Gewändern und tief verschleiert wie eine strenggläubige Moslemfrau.
Sie gingen bis zu einem in der Frühe noch leeren Platz, wo ein Milchauto stand, eines jener Autos mit Thermoskessel, in denen die Milch kalt und frisch bleibt und über weite Strecken transportiert werden kann. Auf dem Milchtank stand in großen schwarzen arabischen Lettern: Milchzentrale Amman.
»Mohammed ist wirklich ein Genie«, sagte Schumann bewundernd. »Einen solchen Wagen zu organisieren!«
»Er ist umgebaut, und eine Milchzentrale Amman gibt es gar nicht.« Rishon öffnete die Tür. Der Zündschlüssel steckte. »Aber wer merkt das schon? Kein Polizist wird sich die Blöße geben, eine staatliche Stelle nicht zu kennen. Allein das Wort Zentrale hat eine magische Kraft ... man vergißt das Fragen.« Er stieg in den Wagen, kontrollierte die Papiere im Handschuhfach und klappte dann die Lehne des Fahrersitzes nach vorn. Ein breiter Einstieg in den leeren Tank wurde sichtbar.
»Bitte einsteigen!« sagte Rishon mit einem matten Lächeln.

»Luft ist genug drin, kühl ist es auch, zwei Taschenlampen liegen auf dem Boden ...«
Ariela und Schumann krochen in den großen Tank, knipsten die Lampen an und nickten Rishon zu, der durch den Einstieg hineinsah.
»Alles in Ordnung«, sagte Schumann.
Rishon zögerte plötzlich. Jetzt sind sie doch allein, fiel ihm ein. An alles hatte er gedacht, nur daran nicht. Nun war es zu spät, etwas zu ändern.
Nach einem langen Blick auf Ariela klappte er die Rückenlehne wieder zurück, ließ den Motor an und fuhr langsam, denn die Federung war nicht mehr gut, vom Platz weg durch die engen Straßen bis zur Hauptstraße, bis zum Tor in die weit in der Ferne liegende Freiheit.
»Wir fahren«, sagte Schumann drinnen, während sie durcheinandergeschüttelt wurden.
»Ja, wir fahren, Peter.« Ariela umarmte ihn, drückte sich an ihn und überschüttete ihn mit Küssen. »Allein«, sagte sie, »endlich allein. Oh, ich liebe dich, Peter ...«
Bis Jerusalem lagen noch vierhundert Kilometer vor ihnen.
Wüste. Einsamkeit, Sonnenglut. Staub und Sand. Und Minen.
Minen, die seit Wochen am Jordan und an der ganzen Grenze gegen Israel in die Wüste gegraben wurden. Minen, die als Feuergürtel verhindern sollten, daß nochmals israelische Panzer über jordanisches Land rollten. Minen ... der unsichtbare, vergrabene, brüllende, unentrinnbare Tod.
Das aber wußten sie nicht ...

Mahmud brachte einen Strauß herrlicher Rosen mit, als er Narriman besuchte. Er ließ Narriman daran riechen und hieb ihn ihr dann um den Kopf. Dabei lachte er dröhnend und erfreute sich an dem Bild, wie sie sich die Blutstriemen abwischte, die die Dornen in ihre Haut gerissen hatten.

»Es ist ein unbeschreibliches Entzücken, zuzusehen, wie ich dich demütigen kann«, sagte Mahmud. »Noch unbeschreiblicher war es, die Hitze deines Leibes zu genießen. Ich habe erreicht, was ein Mann alles bei einer Frau, wie du es bist, erreichen kann.« Er setzte sich Narriman gegenüber auf eins der ledernen Sitzkissen, die überall im Raum verstreut lagen. »Übrigens bist du tot, mein stolzer Wüstenfalke. Man hat deine Leiche in deinem verbrannten Auto gefunden, und Suleiman soll sehr traurig sein, habe ich mir sagen lassen. Er will dich mit großen Ehren begraben.«

Narriman schwieg. Sie wußte, was das bedeutete. Mahmud hatte sie in seinen Harem aufgenommen. Ihr Leben würde in diesem goldenen Käfig enden ... oder sie teilte eines Tages das Schicksal Aishas, die jetzt als verkohlte Leiche im Keller des Hospitals von Amman lag.

»Zieh dich aus!« sagte Mahmud plötzlich. Narriman zuckte zusammen und spreizte die Finger, wie eine Raubkatze ihre Krallen zeigt. Ihr Gesicht veränderte sich. Nach den kühlen Überlegungen, was gegen Mahmuds satanische Pläne zu tun sei, kam Widerstand und wilde Entschlossenheit in ihren Blick. Mahmud klatschte in die Hände. Das bedeutete einen Befehl. Wenn der Herr eines Harems klatschte, gab es keinen eigenen Willen mehr.

»Zieh dich aus!« wiederholte er.

»Ich denke nicht daran!«

»Das ist dumm, mein Gänschen. Du verwechselst Illusion mit Tatsachen. Du bist nicht mehr das freie Weibchen, das hochnäsig auf mich herabblicken konnte und mich einen Dummkopf nannte. Du bist mein Geschöpf! Mein Eigentum, das ich quälen und lieben kann, wann es mir gefällt.« Mahmud beugte sich vor. Seine schwarzen Augen leuchteten. »Und ich will dich lieben, wie ein Satan einen Engel lieben würde. Herunter mit den Kleidern!«

Narriman lächelte verkniffen. Ihr schönes Gesicht wirkte auf einmal kantig. Alle Weichheit der Linien war erstarrt.
»Als ob ich mich freiwillig vor dir ausziehe, du hirnverbrannter Idiot . . .« sagte sie laut.
Mahmuds Augen verengten sich zu schmalen Schlitzen. Hinter seiner Stirn begann eine krankhafte Phantasie zu arbeiten. Er erhob sich, zog an einem Klingelzug und wartete, bis zwei Eunuchen eintraten und sich verbeugten. Es waren dunkelhäutige, finstere Männer aus dem Süden der arabischen Halbinsel.
»Warum diskutieren?« sagte Mahmud. »Ich habe einmal gesehen, nicht weit von hier, wie ein Bauer einen störrischen Esel so lange peitschte, bis er parierte!«
»Es gibt auch Esel, die sich zu Tode prügeln lassen!« sagte Narriman stockend. Sie starrte die beiden dunkelhäutigen Eunuchen an und ahnte, was ihr bevorstand. Sie fröstelte.
»Das wäre ein dummer Esel.« Mahmud klatschte wieder in die Hände. Der Herr des Harems befahl. »Zieh dich aus!«
»Nicht mit meinen eigenen Händen!«
»Du bist ein dummes Weibchen.« Mahmud nickte den Eunuchen zu. Sie sprangen zu Narriman, rissen sie vom Diwan hoch und zerfetzten mit ihren dunkelbraunen Händen ihr Kleid. In Stükken rissen sie es von ihrem Körper. Mahmud stand dabei und lächelte zufrieden.
»Sehr schön«, sagte er dunkel. »Welch ein Körper! Welch eine wilde Kraft! Welch Spiel der Muskeln! Welche Formen! Allah hat ein Wunder geschaffen und mir in den Schoß gelegt.«
Entblößt von allen Hüllen stand Narriman zwischen den Eunuchen. Ihr Gesicht war ausdruckslos geworden. Es schien, als hörte sie die Worte Mahmuds gar nicht mehr. Wie kann ich ihn töten, dachte sie. Nur dieser eine Gedanke blieb übrig. Wie kann ich ihn töten?
»Bindet sie fest«, befahl Mahmud. »An das Fenstergitter, aufrecht. Kreuzigt sie . . .«

Er wartete, bis Narriman mit gespreizten Armen und Beinen an das wundervoll geschmiedete Gitter gefesselt war, und berauschte sich am Anblick des hellbraunen, glatten, glänzenden Körpers.
»Hinaus!« sagte Mahmud heiser zu den Eunuchen. »Hinaus.« Dann waren sie allein und starrten sich an.
»Was bist du nun, mein Wüstenfalke?« sagte Mahmud leise. »Wo ist dein Stolz? Wo deine Ehre? Wie eine aufgebrochene Frucht stehst du vor mir.«
»Man wird dich dafür töten«, sagte sie tonlos.
»Wer?« Mahmud lachte laut. Er ging zu einem Schrank in der Ecke, schloß ihn auf und nahm eine Peitsche mit langer Lederschnur heraus. Laut ließ er sie durch die Luft knallen, so wie es die Dompteure im Zirkus tun. »Wer, mein Schätzchen?« rief er. »Du bist tot, verbrannt, morgen begraben. Wer käme auf den Gedanken, in Mahmuds Harem zu suchen? Wer wagte es überhaupt, einen Harem, das Heiligtum eines Mannes, zu betreten?« Er stellte sich vier Schritte vor Narriman auf und wog die Peitsche in seiner Hand. »Willst du gehorsam sein?«
»Nein!« schrie sie hell. »Nein, du dreckiges Schwein!«
Da hob Mahmud die Peitsche, und der erste Schlag traf Narriman zwischen die Brüste. Ein breite Strieme zog sich über den Busen. Langsam färbte sie sich rot, als das Blut herausquoll.
»Willst du gehorsam sein?« fragte er wieder.
Und wieder schrie sie dumpf: »Nein! Schlag mich tot, du räudiger Hund! Nein!«
Mahmud schlug. Er traf Narrimans herrlichen Körper kreuz und quer, von den Schultern abwärts bis zu den Schenkeln. Er schlug zu, bis ein Gitterwerk von blutigen Striemen ihren Leib überzog, aber das Gesicht verschonte er. An diesem Gesicht weidete er sich ... an der Qual, an dem Schmerz, an den flackernden Augen, an dem aufgerissenen Mund, an den dumpfen Schreien, an dem Zucken ihrer Lippen.

»So ist es gut«, sagte er, als sie in sich zusammensank. »Ich liebe zähe Katzen.«
Er band sie los, schleifte sie zum Diwan und schloß dann die Tür ab.

Am Nachmittag erhielt Mahmud einen Anruf, der ihn sehr nervös machte. Er ließ den Fahrer des Wagens kommen, der Aisha am Straßenrand hatten verbrennen lassen, und empfing ihn mit einer schallenden Ohrfeige.
»Sie ist nicht völlig verbrannt«, schrie Mahmud. »Du hast nicht darauf geachtet, daß sie unkenntlich wird. Anstecken und weglaufen ... solltest du das tun? Solltest du nicht dabei bleiben und notfalls Benzin in das Feuer gießen? Über den Körper, du feiger Hund?«
»Die Militärpatrouille kam zu früh, Herr.« Der Eunuch fiel auf die Knie. »Ich mußte mich verstecken ...«
»Weißt du, daß Suleiman plötzlich Zweifel gekommen sind? Daß er die Leiche nicht begräbt? Daß er sie untersuchen läßt? Er könnte das nicht, wenn du richtig gearbeitet hättest. Man sollte dich ersäufen, du Ratte!«
Er nahm einen Knüppel und schlug so lange auf den Diener ein, bis dieser heulend durch das Zimmer kroch und auf den Knien den Raum verließ, übersät mit Beulen und aufgeplatzten Wunden.
Dann rannte Mahmud in den Garten und war von großer Unruhe erfüllt. Mir ist nichts nachzuweisen, dachte er. Wie kann ein Verdacht auf mich fallen? Das Land ist groß und weit, und böse Menschen, die Frauen umbringen, gibt es überall. Man muß nur ruhig sein, ganz ruhig ... Wenn ein Kopf aufhört zu denken, ist er wert, abgeschlagen zu werden.
Er ging wieder in das kleine Haus, in das er Narriman gesperrt hatte, setzte sich an ihr Bett und betrachtete die Schlafende. Die Striemen auf ihrem Körper waren dick aufgequollen.

»Ich bin ein Irrer«, sagte Mahmud leise. »Ich weiß es.«
Er beugte sich über Narriman und küßte die blutigen Striemen, und jetzt war er so zärtlich, daß sie nicht davon aufwachte.
In Amman, bei der Polizeidirektion, läutete um diese Zeit das Telefon.
Eine Stimme sagte: »Narriman Frank ist nicht tot. Sie ist im Harem von Mahmud ibn Sharat.«
»Wer sind Sie?« fragte der Kommissar elektrisiert.
Er bekam keine Antwort. Der Anrufer hängte ein.
Auch Eunuchen können Rache nehmen . . .

10

Die Gruppe eins — Leutnant Simon und Herbert Frank — hatte das Ufer des Jordans erreicht. Zwischen Suweima und Beit Ha'-arava standen sie an dem Hang, der steil zu den schmutzigen lehmgelben Wassern des Flusses abfiel. Gegenüber sahen sie Panzer und eingegrabene Maschinengewehrnester. Noch weiter im Hinterland eine kleine Zeltstadt. An einer hohen Stange flatterte eine Fahne. Der Davidstern.

Leutnant Simon sah über den Jordan. Dort war die Freiheit, dort lagen israelische Truppen, dort endete alle Angst, die man nie wahrhaben will und die doch tief innen im Herzen sitzt.

So nah war das alles. Nur ein Fluß trennte sie davon.

Und Hunderte von Augen waren da, hier wie dort, die den Fluß bewachten und nichts hinüberließen.

»Hinein ins Wasser und mit den Beinchen strampeln«, sagte Herbert Frank. Er saß auf seinem Esel, ein würdiger, aber drekkiger Alter mit weißem Bart und zitterte vor Ungeduld.

»Wir müssen die Nacht abwarten.« Leutnant Simon setzte sich in den Sand. »Und wir müssen ein Stück weiterziehen ... hier sind zuviel Augen.«

Die Verzögerung war taktisch klug, aber Leutnant Simon kannte Herbert Frank nicht. Er mischte sich, kaum daß man sich in der Nähe des Ufers eingerichtet und ein Lager aufgeschlagen hatte, unter die Jordanier, vor allem unter das Militär, und erzählte schauerliche Geschichten von seiner Vertreibung durch die Juden, vom Tod seines Sohnes Sadir, den die Juden gevierteilt hätten, und von der Schande seiner Tochter Fawzia, die in einer Nacht neunundzwanzigmal von jüdischen Soldaten geschändet worden sei, bis sie sich erhängte.

Die jordanischen Soldaten bedauerten den armen Alten. Sie gaben ihm Kaffee und Kekse, Honigdosen und Fladen, Wurstbüchsen und Milchpulver. Herbert Frank sammelte alles in

einem alten Sack ein und zog wie ein Weihnachtsmann am Ufer des Jordans hin und her. Ein Märchenerzähler des Krieges.
Endlich sah er das, was er die ganze Zeit suchte. Einen Lazarettwagen und ein Sanitätszelt. Taumelnd schleppte sich der weißbärtige Alte in die Krankenstation und entdeckte mit großer Freude, daß auf einem Tisch alles aufgebaut war, was man zur Versorgung der Kranken brauchte. Auch eine Flasche mit reinem Alkohol war dabei. Man verwendete ihn zum Kühlen und zu Umschlägen.
»Oh, daß Allah so etwas duldet!« rief Frank und lehnte sich an den Tisch. Der jordanische Sanitäter lag auf seinem Feldbett und las eine Zeitung. »Ich alter Mann muß heimatlos werden!«
»Hast du Durchfall?« fragte der Sanitäter. Frank sah ihn verblüfft an.
»Nein.«
»Magendrücken?«
»Nein.«
»Eine Wunde?«
»Allah hat mich beschützt.«
»Einen Tripper?«
»Mein Sohn!« rief Frank würdevoll. »In meinem Alter werden die Frauen zu Engeln!«
»Was willst du dann hier?« Der Sanitäter nahm die Zeitung wieder vor die Augen. »Scher dich weg, du Mumie!«
»Ein unhöflicher Mensch!« sagte Frank laut. »Er mästet sich wie eine Made und behandelt nur Tripperkranke!« Er hob die Faust, aber mit der anderen Hand angelte er nach der Alkoholflasche, drückte sie an seinen Rücken und verließ, rückwärts gehend, das Sanitätszelt.
Am Abend lag Frank lallend im Sand, und Simon hatte Mühe, ihn festzuhalten und ihn am lauten Singen deutscher Lieder zu hindern. Mit Wasser hatte er den reinen Alkohol verdünnt und hinter seinem Esel, unbemerkt von Simon, die Flasche ausge-

trunken, so wie andere an einem heißen Sommertag eine Flasche Sprudel trinken. Erst als er auf allen vieren unter seinem Esel durchkroch und zu Simon »Mein lieber kleiner Gardeoffizier!« sagte, erkannte Simon die Gefahr, in der sie schwebten.
Ein Araber trinkt nicht. Es gibt keine betrunkenen Araber. Mohammed hat es verboten. Und hier kroch ein weißbärtiger Beduine durch den Wüstensand und lallte Lieder vom schönen deutschen Rhein.
Leutnant Simon schleifte Frank an den Beinen zu einer Stallruine und warf ihn in die Trümmer. »Sind Sie verrückt?« schrie er. »Sollen wir hundert Meter vor dem Ziel noch erledigt werden?«
»Das ist ein Witwersuff, mein Sohn!« Frank lag auf dem Rükken wie ein geplatzter Frosch. »Sie haben Narriman nicht gekannt. Alle Schnapsflaschen der Welt reichen nicht aus, meinen Schmerz zu ersäufen! Sie war eine Frau! Oh, war das eine Frau! Sie hat mich zum Hampelmann gemacht! Mich! Das Deutsche Kreuz in Gold wegen Tapferkeit mit blanker Waffe! Leutnant! Stillgestanden! Sie reden mit einem deutschen Offizier! O Scheiße! Das ganze Leben ist eine Kloake . . .«
Leutnant Simon blieb keine andere Wahl, er schlug Frank gegen das Kinn und beendete so den Weltschmerz des Betrunkenen.
Der Übergang über den Jordan mußte um vierundzwanzig Stunden verschoben werden.
Aber diese vierundzwanzig Stunden konnten das Leben kosten.

Gruppe drei — Rishon, Schumann und Ariela — erreichte mit ihrem Milchkesselwagen ungehindert die kleine Wüstenstadt Majra, nördlich des herrlichen Wadi el Hassa.
Sie hatten ungehindert fahren können. Wo der Milchwagen der »Milchzentrale Amman« auftauchte, wurde ihm Platz gemacht. Ja, Rishon fuhr mitten durch eine aufmarschierende Armee-Einheit der Jordanier, die von Kerak aus zum Toten Meer zog.

»Platz da!« schrie er, als ein Militärpolizist die Straße für die Panzerfahrzeuge räumen wollte. »Ich habe Milch für die Flüchtlinge von Akaba! Ich muß in der Nacht am Golf sein! Sollen Frauen und Kinder verdursten? Ich bin genauso wichtig wie eure Granaten!«

So kam er überall durch, nur bei Mazar gab es eine Stockung. Ein Oberleutnant wollte in den Tank sehen.

»Bitte!« lamentierte Rishon und sprang auf die Straße. »Wie Sie wollen. Aber erst Ihren Namen! Wenn die Milch sauer wird, bezahlen Sie sie! Der Tank darf nicht geöffnet werden. Die Milch ist kalt hineingelaufen und hält die Temperatur. Wenn ich den Tankdeckel öffne, kommt heiße Luft hinein! Das gibt eine Temperaturverschiebung, ist das klar? Und die Milch wird sauer.« Er kletterte auf den Tank und schraubte an dem Deckel. »Aber wie Sie wollen! Fünftausend Liter Milch sind verdorben!«

»Steig runter, du Wanze!« sagte der Oberleutnant. Er ging um den Wagen herum und konnte sich nicht entschließen, noch weiter zu kontrollieren. Es hieß zwar in dem Befehl: Alle Fahrzeuge sind zu untersuchen. Aber das galt nicht für einen Milchwagen der Zentrale Amman. Wer Milch fährt, ist nicht verdächtig.

Nach diesem weisen Entschluß durfte Rishon weiterfahren.

Als er den Wagen wieder anließ, stand ihm der Schweiß auf der Stirn. Der Oberleutnant hätte nur zu klopfen brauchen, dachte er. Nur zu klopfen ... dann hätte er gehört, daß der Tank leer ist.

In Majra war die Fahrt zu Ende. Jetzt lag vor ihnen die Sandwüste bis zum Toten Meer. Nur Karawanenpisten führten durch die Dünen und Felsentäler. Hier konnte man mit einem Auto gar nichts machen. Rishon fuhr so lange, wie es möglich war, dann bog er ab und suchte ein Versteck in den von Sonne und Wind in Millionen Jahren zerklüfteten Wüstenbergen.

Es war eine sternenklare Nacht, als sie schwankend und mit

knirschenden Federn ein Felstal erreichten, weit abseits der Piste nach Safi, dem letzten jordanischen Wüstendorf an der Grenze nach Israel. Rishon hielt und sprang in das Geröll. Ariela und Schumann, die er hinter Majra aus dem Kessel geholt hatte, folgten ihm.

»Ende!« sagte Rishon und reckte sich. »Bis zur Grenze sind es noch zweiundzwanzig Kilometer. Das klingt wenig ... aber zweiundzwanzig Kilometer zu Fuß durch die Wüste wollen erst zurückgelegt sein.« Er legte den Arm um Ariela, und er tat es mit besonderer Freude, weil Schumann ihm zusah. »Wie fühlst du dich?«

»Zerschlagen, Moshe. Wandern wir sofort los?«

»Nein, wir schlafen erst einmal rund um die Uhr. Morgen, bei Einbruch der Abenddämmerung, ziehen wir los. Wie ist es mit Ihnen, Doktor? Halten Sie durch?«

»Mit Ariela wandere ich bis zum Mond.«

»Das ist nicht nötig!« Rishons Stimme war hart. »Bis Sodom genügt!«

Er wandte sich ab und holte aus der Führerkabine ein kleines Zelt, einen Benzinkocher, einen Topf und einen Karton mit Lebensmitteln. Neben dem Wagen baute er das Zelt auf, während Schumann aus Steinen einen Herd errichtete, in den Ariela den Kocher setzte.

»Wir schlafen zusammen im Wagen, Doktor«, sagte Rishon kalt. »Das Zelt ist für Ariela allein. Damit wir uns verstehen.«

»Sie müssen mich für einen großen Flegel halten, was, Major?«

»Verzichten Sie bitte darauf, zu erfahren, für was ich Sie halte!« Rishon nahm unter dem Sitz eine Maschinenpistole heraus und zwei Schnellfeuergewehre. Er reichte sie Schumann und Ariela, und Ariela warf ihr Gewehr wie gewohnt am Riemen über die Schulter. Schumann lehnte sein Gewehr an den Hinterreifen des Milchwagens.

»Können Sie überhaupt schießen?« fragte Rishon.

»Nicht berufsmäßig«, antwortete Schumann. Rishon schwieg. In Israel werde ich ihn zum Clown machen, dachte er. O Gott, laß uns erst in Israel sein . . . laß uns Jerusalem wiedersehen . . .
Sie aßen alle aus einem Topf, tauchten ihre Löffel in den Brei aus Gulasch und Nudeln, den Ariela gekocht hatte. Dazu tranken sie verdünnten Tienschoke, einen süßen Saft aus einer arabischen Kaktusfrucht.
Der Sternenhimmel über ihnen war klar und wunderbar. Nur in der Wüste gibt es solche Sterne. Nur hier ist der Himmel so unendlich und doch so nah. Vielleicht gibt es eine Ausnahme . . . der Himmel über Rußlands Steppen und Taiga . . . aber das ist ein anderer Himmel. In der Taiga ergreift er das Herz mit der Schwere der Unendlichkeit. In der Wüste ist er schön. Wie ein bestickter Samtvorhang.
Ariela lag in ihrem kleinen Zelt und schlief schon. Rishon hockte auf dem Sitz hinter dem Steuer und rauchte. Schumann ging vor dem Wagen hin und her.
»Ich möchte Ihnen etwas sagen, Major«, begann er leise und trat an die Führerkabine heran.
»Bitte!« Rishon rauchte mit unbeweglichem Gesicht. Er sah den Arzt nicht an.
»Wenn es an der Grenze Komplikationen geben sollte, wenn wir beschossen werden . . . kümmern Sie sich um Ariela. Kümmern Sie sich nicht um mich!«
»Das hatte ich auch nie vor.«
»Danke, Major.«
»Wissen Sie, daß Sie Ariela für ihr ganzes Leben unglücklich machen, wenn Sie sie heiraten? Ihre Freunde in Tel Aviv und Jerusalem würden nie verstehen, wie sie einen Deutschen heiraten konnte. Man wird sie ausstoßen! Wollen Sie das?«
»Nein«, sagte Schumann gepreßt. »Ich denke, wir leben in einer neuen Zeit?«
»Ja, aber diese Zeit wurde mit dem Blut unserer Väter geschrie-

ben, und Sie wissen doch als Arzt, wie schwer ein Blutfleck zu entfernen ist. Aus einem Hemd wäscht man es aus ... Aber die Seele ist mit dem Blut eingefärbt.«

»Und das soll nie anders werden?«

»Fragen Sie mich nicht danach!« Rishon zerdrückte seine Zigarette auf der Wagentür. »Ich kann ohne Deutsche auskommen ...«

Später schliefen sie gemeinsam auf der Doppelbank des Milchwagens, zugedeckt mit einer einzigen Decke.

In der Nacht wachte Schumann plötzlich durch ein unangenehm streichelndes Gefühl an seinem linken nackten Bein auf. Er hob den Oberkörper, blieb dann steif, wie erstarrt sitzen, und kniff Rishon in den Rücken.

»Was haben Sie denn?« fragte Rishon und wollte sich herumdrehen. »Warum kneifen Sie mich?«

»Bleiben Sie liegen, Rishon!« zischte Schumann. »Um Himmels willen, rühren Sie sich nicht. Um mein linkes Bein liegt eine Viper. Ich kenne sie, wir hatten davon zehn Stück im Labor des Krankenhauses. Wenn sie zubeißt, ist es tödlich ... Bleiben Sie ganz ruhig liegen!«

Major Rishon biß die Zähne aufeinander und lag steif, wie erfroren. Aber seine Gedanken jagten.

Das ist die Gelegenheit, die das Schicksal mir gibt, dachte er. Ich brauche nur das Bein zu bewegen, und sie beißt zu. Ich brauche nur zu husten — kann mir jemand einen Vorwurf machen, wenn ich husten muß? Die Viper wird zubeißen ... und es gibt keine Rettung mehr ...

»Ihr Kopf liegt auf meiner Wade«, flüsterte Schumann. Seine Lippen zitterten. »Bewegen Sie sich bloß nicht, Major. Das kleinste Zucken, und sie beißt zu ...«

Sie lagen eine Zeitlang unbeweglich und warteten. Dr. Schumann beobachtete die Viper, wie sie träge auf seinem linken Bein lag, den platten, kleinen Kopf auf seiner Haut, als fühle sie sich wohl auf diesem lebenden Polster. Rishon starrte gegen die Wand des Führerhauses und spürte, wie sein untergeschobenes Bein zu jucken und zu kribbeln begann. Er konnte nur ahnen, was hinter seinem Rücken geschah ... den Kopf umzuwenden, konnte schon den Tod für Schumann bedeuten.

Man müßte es tun, dachte Rishon wieder. So lösen sich Probleme von selbst. Aber dann dachte er an Ariela, die draußen in dem kleinen Zelt schlief, und alle niederträchtigen Gedanken sanken in sich zusammen. Der Tod Schumanns nutzte gar nichts. Im Gegenteil, er würde in ihrem Herzen zum Helden, zum Märtyrer werden, und gegen diesen Glorienschein anzukämpfen, war sinnloser als alle seine Bemühungen zuvor.

»Mein Bein schläft ein!« sagte Rishon leise. »Das Kribbeln wird unerträglich. Ich muß das Bein langsam unter mir wegziehen, sonst garantiere ich für nichts mehr. Was macht die Viper?«

»Sie liegt auf meiner Wade und sieht mich unverwandt an.«

»Auf welcher Wade?«

»Links ...«

»Liegt Ihr Bein hoch, über dem rechten?«

»Ja.«

Rishons Hand tastete langsam zur linken Hosentasche. Dort blieb sie liegen. Die Finger glitten in den Taschenschlitz, millimeterweise. Nur zwanzig Zentimeter waren sie vom Kopf der Viper entfernt.

«Ich habe ein Messer in der Tasche«, sagte Rishon heiser. »Ein Klappmesser. Können Sie daran?«

»Nein. Ich müßte mich aufrichten und vorbeugen. Das ist ganz unmöglich.«

»Was macht das Aas?«

»Es sieht Ihre Finger an. Jetzt kommt die Zunge heraus, blitzschnell, immer wieder. Verdammt, das kitzelt ...«

Rishon atmete ein paarmal tief durch. »Passen Sie auf, Schumann«, sagte er dann tonlos vor Erregung, »ich hole das Messer aus der Tasche, klappe es auf, werfe mich dann herum und schlage der Viper den Kopf ab. Es wird sich nicht vermeiden lassen, daß ich dabei auch in Ihre Wade schneide. Beißen Sie die Zähne zusammen.«

»Ich habe noch nie Angst vor Schmerzen gehabt, Major.«

Schumann beobachtete die Viper. Ihr glänzender Leib hatte sich zweimal umeinandergeringelt, der platte Kopf mit der langen, sich blitzschnell bewegenden Zunge lag mitten auf seinem Wadenmuskel. »Sie liegt genau auf meiner Wade«, sagte Schumann heiser. »Wenn Sie sich herumwerfen, müssen Sie gleich im Schwung nach unten schlagen. Der erste Schlag muß tödlich sein, sonst beißt sie unweigerlich zu.«

»Ich will es versuchen.« Rishon hatte sein Klappmesser erfaßt. Langsam, ganz vorsichtig, um die wachsame Viper durch keine hastige Bewegung zu erschrecken, zog er es aus der Tasche. »Wenn es nicht gelingt ...«

»Keiner wird Ihnen die Schuld geben, Major.« Schumann rührte sich nicht. Die Viper hob den Kopf und sah auf Rishons Hand. »Ich muß Ihnen überhaupt zeit meines Lebens dankbar sein.«

»Wofür?«

»Es wäre so einfach für Sie, mich jetzt umzubringen, Major. Sie brauchen nur Ihr Bein zu bewegen ...«

»Welchen Unsinn reden Sie da?« Rishon starrte gegen die Wand, während er das Messer Millimeter um Millimeter aus der Tasche zog. Kalter Schweiß tropfte ihm von der Stirn. Er weiß genau, was ich denke, durchfuhr es ihn. Und er hat Angst gehabt, daß ich so handeln würde. Wer er auch ist – ein Deutscher und der Geliebte Arielas, was zusammen ausreicht, ihn zu töten – man muß seinen Mut bewundern.

»Wenn es schiefgeht, Major ...« Die Stimme Schumanns schwankte leicht. »Lassen Sie Ariela nicht allein!«

»Das brauchen Sie mir nicht als Testament ans Herz zu legen«, sagte Rishon grob. »Ich weiß, was aus Ariela werden wird.«

»Danke, Major.«
Rishon zog das Messer nach vorn, klappte es auf und strich mit dem Daumen über die Klinge. Sie war scharf wie ein Rasiermesser. Sie hätte die letzte Waffe sein müssen, wenn das »Unternehmen Amman« tragisch ausgegangen wäre.
»Fertig?« fragte Schumann. Die Viper lag wieder platt auf seinem Bein.
»Fertig! Wo liegt der Kopf?«
»Mitten auf dem Muskel.«
»Achtung!« Rishon umklammerte das Messer. Schumann spürte, wie sich Rishons Muskeln strafften. Schnelligkeit und ein gutes Auge waren jetzt alles, woran sein Leben hing. Schlug Rishon daneben, konnte man nur noch beten — und warten auf einen grausamen Vergiftungstod.
»Spannen Sie den Wadenmuskel an«, sagte Rishon fast tonlos. »Je härter die Unterlage, um so besser kann ich den Kopf abschlagen. Sagen Sie mir, wenn Sie den Muskel gespannt haben ...«
Schumann nickte. Er starrte auf die Viper und zog die Wadensehne an. Ganz langsam und gleichmäßig. Er sah, wie der Kopf der Viper jetzt wie auf einem kleinen Hügel lag ... wie auf einem Hackklotz, bereit zur Hinrichtung.
»Jetzt!« sagte er lauter als zuvor. »Jetzt, Major ...«
Rishon warf sich herum. Mit dem Messer stürzte er sich über das Bein Schumanns, bevor die Viper reagieren konnte und den Schatten über sich als Gefahr erkannte. Mit einem kräftigen Hieb trennte er den Kopf vom Leib, das scharfe Messer schnitt tief in Schumanns Bein ein, und ein Blutstrom quoll aus der klaffenden Wunde hervor. Aber noch im Tode geschah es ... der Kopf zuckte, die Nerven der Viper zogen sich zusammen, die Zähne kratzten über das Bein Schumanns und rissen die Haut auf. Erst dann überflutete Blut den abgetrennten Kopf.
Schumann sank erschöpft zurück. Rishon warf Leib und Kopf

der Viper auf den Wagenboden. »Gelungen!« schrie er so laut, daß Ariela draußen im Zelt hochschreckte. »Sie ist tot, Schumann!«
»Aber sie hat noch die Haut geritzt ...«
»Das ... das ist nicht möglich ...« Rishon riß sein Hemd vom Körper und drückte es auf die blutende Wunde. »Der Kopf war sofort ab ...«
»Und doch hat er es noch geschafft ...« Schumann lag auf der Polsterbank des Autositzes und sah an die Decke. »Wir können nur die Hoffnung haben, daß es nicht der Giftzahn war ...«
So gut es ging, wischte Rishon das Blut von Schumanns Bein und zog eine Taschenlampe aus dem Ablagefach hervor. Im grellen Schein sah er zwei ganz feine Kratzer auf der Haut, kaum gerötet, nicht einmal so stark, als habe er sich an Dornen die Haut verletzt.
»Es ist nichts!« sagte er aufatmend. »Keine Sorge, Schumann.«
Aus dem Zelt kroch Ariela und lief zum Wagen. »Was habt ihr?« rief sie im Laufen. »Streitet ihr euch schon wieder? Könnt ihr nicht warten, bis wir in Sicherheit sind?« Sie riß die Tür des Wagens auf und sah das Blut, das von Schumanns Bein lief und auf den Sitz tropfte. »Was hast du ihm getan, Moshe?« schrie sie. Ihre Hand zuckte vor. Erschrocken starrte Rishon in den Lauf einer Pistole. »Steig aus!« sagte sie kalt. Es war ein Befehl. »Steig aus und nimm die Hände hoch!«
»Ariela ...«, stotterte Rishon. »Ein Irrtum ...«
»Steig aus!« Die Pistole zeigte mitten auf seine Stirn. Rishon wurde es eiskalt. Sie würde auf mich zielen, dachte er. Sie würde mich wegen Schumann töten ... ihr Finger liegt gekrümmt am Abzug. Er senkte den Kopf und war dem Weinen nahe. Die plötzliche Erkenntnis, für Ariela nichts mehr zu bedeuten, war fast unerträglich. Er stieg aus und warf das Messer in den Sand.
»Mit dem Messer«, sagte sie leise. »Mit einem Messer wolltest du ihn töten ...«

Über den blutbefleckten Sitz schob sich Schumann nach draußen. Er setzte sich auf einen großen Stein und preßte Rishons völlig durchblutetes Hemd auf die Wunde. Er hatte nicht gehört, was zwischen Ariela und Rishon gesprochen worden war, und sah plötzlich erstaunt die Pistole in Arielas Hand.
»Er hat mir das Leben gerettet«, rief Schumann. »Wenn es vielleicht auch nur ein paar Stunden sind. Er hat alles getan, was er konnte. Du solltest ihn umarmen, Ariela!«
Rishon lehnte am Auto und sah hinauf in den fahl werdenden Morgenhimmel über der Wüste. Er hörte, wie Ariela mit Schumann sprach, wie sie ihn küßte, wie sie aus der Truhe unter dem Fahrersitz Verbandszeug holte und das verletzte Bein verband. Plötzlich stand Ariela vor ihm und steckte ihm das gereinigte Messer in die Tasche.
»Ich danke dir, Moshe«, sagte sie zaghaft.
Rishon schwieg. Warum spricht sie mich noch an? Es ist, als ob man in eine tönerne Kanne schreit. Ich bin ein leeres Gefäß. Ich bin ein Stein dieser Wüste geworden. Seit wann unterhält man sich mit toten Gegenständen?
»Du hast ihn gerettet. Das vergesse ich dir nie.« Ariela legte die Hand auf seine Schulter. »Verzeih mir, Moshe«, sagte sie leise.
»Du hättest mich erschossen . . .«
»Ja!« sagte sie fest.
»Ohne daran zu denken, was uns miteinander verbindet . . .«
»Erbarmungslos, Moshe! Ich hätte dich dort vor dem Wagen hingerichtet, wie einen Mörder . . .«
»Mein Gott . . . was bist du bloß für ein Mädchen!«
»Ich habe in der Armee gelernt, hart und gerecht zu sein. Peter und ich sind eins. Wer Peter tötet, tötet auch mich . . . ich hätte an dir nur meinen eigenen Tod gerächt. Vergiß nicht, daß Gott unseren Vorfahren das Gesetz Auge um Auge, Zahn um Zahn gab!« Sie nahm die Hand von Rishons Schulter und sah Schumann an. Er lag auf einer Decke neben dem kleinen Zelt im Ge-

röll und sah in die Morgensonne, die über die Wüste glitt. Die ausgeglühten Felsen schimmerten rosa. »Ich habe ihn verbunden und seine Wunde ausgewaschen«, sagte sie. »Er meint, er könne die zweiundzwanzig Kilometer durch die Wüste bis zur Grenze laufen, wenn es auch langsam geht.«

»Warten wir es ab, Ariela.« Rishon dachte an die beiden Kratzer auf Schumanns Bein. Entzündeten sie sich, war es unmöglich für ihn, die zweiundzwanzig Kilometer zurückzulegen. »Wir können noch einen Tag ausruhen. Vor uns liegt der Dschebel El Hasa, dann müssen wir hinunter in die Senke des Toten Meeres, die Karawanenstraße von Safi überqueren und unterhalb von Ain Khaukhan zur Grenze. Wir müssen uns durch alle jordanischen Sperren schleichen wie die Füchse.«

»Wir werden ihn stützen, Moshe. Wir werden ihn tragen, wenn es nötig ist.« Ariela sah Rishon an. »Moshe, gib mir die Hand, versprich es mir ... trag ihn auf deinen Schultern nach Israel, wenn er nicht mehr gehen kann.«

»Ich verspreche es dir.« Rishon gab Ariela die Hand. »Ich weiß jetzt, daß alle anderen Worte und Wünsche sinnlos sind. Es ist schon etwas wert, daß ich wie bisher dein Freund sein darf ...«

»Das bist du immer.« Ariela drückte Rishons Hand. »Sei auch sein Freund, Moshe ...«

»Nein!« Mit einem Ruck entzog er ihr die Hand und wandte sich ab. »Das ist unmöglich! Ich kann mein Herz verleugnen, aber nicht meinen Charakter. Er ist ein Deutscher!«

»Und mein Mann!«

Rishon nickte. »Das ist es, was ich nie begreifen werde ...«

Mit gesenktem Kopf ging er weg, hinein in die Felsen, um allein zu sein.

Über der Wüste stand die gleißende Morgensonne. Der Nachttau verdampfte. Man sah die Erde atmen. Von Majra her zogen ein paar Geier über die Täler und Wadis.

Ein neuer, heißer Tag hatte begonnen.

Um neun Uhr schwoll Schumanns Wade an. Um halb zehn färbten sich die zwei Vipernkratzer bläulich.
»Halten Sie das Bein fest, Major!« sagte Schumann dumpf. Er nahm Rishons Klappmesser aus der Flamme des Petroleumkochers und schwenkte die rotglühende Klinge ein paarmal durch die Luft.
Dann hielt er den Atem an und stieß das Messer in sein Bein. Ein unerhörter Schmerz zerriß ihn fast, es roch nach verbranntem Fleisch ... schneiden, schrie er in sein gelähmtes Gehirn, schneiden ... und dann umschnitt er die beiden geschwollenen Vipernkratzer, trennte das Muskelfleisch heraus, schälte die Wunde aus, so tief es ging ... und während er mit dem glühenden Messer arbeitete, während Rishon würgend mit beiden Händen das blutende Bein festhielt, schrie Schumann seinen Schmerz hinaus, brüllte er mit unmenschlichen Tönen, rannen ihm die Tränen aus den Augen, aber seine Hände arbeiteten, das Messer schnitt und der Kampf gegen den Tod hatte begonnen.
Abseits, hinter dem Milchwagen, lehnte Ariela an den Felsen. Als Schumann aufbrüllte, faltete sie die Hände, schloß die Augen und betete.
Dann war es vorbei. Rishon taumelte, sank auf die Knie und erbrach sich.
Auf der Decke vor dem kleinen Zelt lag Schumann. Er war besinnungslos. Rishon hatte ihm die schreckliche Wunde noch verbunden, bevor ihn alle Beherrschung verließ.
Er lag da, den Mund noch vom Schreien offen, mit ausgebreiteten Armen, als wolle er die Geier umarmen, die wie große Schatten über der Schlucht kreisten.
Die Boten des Todes waren schon über ihm.

Die Gruppe eins — Leutnant Simon und Herbert Frank — hatte die kritische Situation überlebt. Niemand hatte den betrunkenen, weißbärtigen Alten bemerkt, den Simon nach dem Schlag gegen das Kinn wegschleifen mußte. Die Nacht war ihr Verbündeter. Ungestört konnte Frank seinen Rausch ausschlafen; er lag auf dem Rücken und stieß ab und zu undeutliche Laute aus. Am Morgen aber war er seltsam klar, saß in dem zerschossenen Stall und aß die Kekse, die er nach seinen herzergreifenden Flüchtlingserzählungen und donnernden Flüchen gegen die Juden eingesammelt hatte. Dazu trank er in Wasser aufgelöstes Milchpulver. Das kostete ihn eine große Überwindung; nach jedem Schluck seufzte er und schüttelte sich.

»Das tut Ihnen gut«, sagte Leutnant Simon schadenfroh. Er lag noch zwischen den rußgeschwärzten Trümmern und rauchte eine Zigarette, die Frank ebenfalls erbeutet hatte.

»Habe ich mich gestern sehr daneben benommen, Leutnant?« fragte Frank.

»Es hätte uns den Kopf kosten können.«

»Wann setzen wir über den Jordan?«

»Heute nacht.« Simon richtete sich auf. »Aber bis dahin bleiben Sie in meiner Nähe, Frank. Sie gehen mir nicht aus den Augen! Ich schwöre es Ihnen, ich lasse Sie zurück, wenn Sie noch einmal Dummheiten machen.«

»Sie wissen nicht, wie mir zumute ist, Leutnant.« Frank erhob sich, machte ein paar Kniebeugen und trat an die zerfetzte Wand des Stalls. Draußen weidete der Esel die spärlichen Grashalme ab, die noch nicht verdorrt waren. Jordanische Militärpatrouillen pendelten am Ufer des Jordans hin und her. In Erdlöchern gingen Maschinengewehre in Stellung. Hinter den Sanddünen fuhr Artillerie auf. »Narriman ist tot. Ich habe nie daran gedacht, daß ich Narriman einmal überleben könnte. Der Gedanke war zu phantastisch. Ich bin ein Wrack. Jeder Spiegel zeigt es mir. Es war mir klar, daß ich eines Tages umfallen würde, daß man mich verscharrte und nicht einmal einen Stein auf mein Loch setzte. Und plötzlich bin ich frei ... frei von Narriman und auch poli-

tisch frei. Und ich frage mich nun: Was soll das? Was soll ich mit der Freiheit? Was hat ein wertloses Subjekt wie ich dort drüben in der freien Welt zu suchen? Was kann ich dort tun? Mich restlos zu Tode saufen ... sonst nichts. Welch ein Tod!« Er drehte sich langsam um. Simon war aufgestanden und leise hinter ihn getreten. »Sie sind jung, Leutnant. Sie wissen noch nicht, was eine Frau aus einem Mann machen kann. Vor allem, wenn er diese Frau liebt. Sie werden das nie verstehen, Simon ... Und nun bin ich Witwer. Ich bin eine Maschine ohne Motor geworden. Ich kann vor mich hinrosten. Ich stehe in einer Ecke dieses Lebens und warte, bis ich auseinanderfalle. Sagen Sie ehrlich, Leutnant: Ist das nicht entsetzlich?«
»Drüben werden Sie wieder zu sich finden«, sagte Simon ernst.
»Wohin? Zu mir? Wer bin ich denn? Es ist schrecklich ... wenn ich mich ansehe, könnte ich mir selbst ins Gesicht speien!«
Den ganzen Tag über war Herbert Frank friedlich. Er spielte wieder den klagenden Alten, der mit wallendem weißem Bart zwischen den Soldaten, Flüchtlingen und Nomaden herumlief, die Fäuste gegen Israel schüttelte und schilderte, wie drei seiner Töchter, schön wie weiße Tauben, von den Juden geschändet worden waren. Bald war er am ganzen Jordanufer bekannt, die Soldaten gingen ihm aus dem Weg, denn die Klagen des Alten fielen ihnen auf die Nerven, und die Nomaden gaben ihm zu essen, nur damit er schnell weiterzog.
»Er hat den Verstand verloren, euer armer Vater«, sagte man zu Simon, der ihm nachlief wie ein Hund. Den Esel zog er an einem Strick hinter sich her. »Möge ihn Allah bald erlösen.«
Am Abend aßen sie zum letztenmal auf jordanischem Boden. Sie waren am Jordanufer entlanggezogen, weg von der Militäransammlung, und keiner hielt sie auf. Als es Nacht wurde, waren sie allein am Fluß. Frank briet ein Huhn, das er sich vor einem Nomadenzelt ersungen hatte, denn er hatte entdeckt, daß die Gaben noch reichlicher flossen, wenn er sich hinhockte und seine

Klagen lauthals hinaussang. Es klang so schauerlich, daß sich auch verstockte Herzen öffneten und milde gestimmt wurden.
Leutnant Simon schwieg seit einer Stunde. Was Frank nicht ahnte, wußte er genau: Sie waren nur deshalb allein, weil sie im Minengürtel der Jordanier lagen. Erst einige Kilometer hinter ihnen begann die Verteidigungslinie mit Panzern und Erdbunkern. Hier am Jordan, war der Tod in den Sand gegraben, hier war nur Einsamkeit, weil jeder Schritt eine Explosion auslösen konnte.
Nachdem sie das Huhn gegessen hatten, stand Simon auf und sah hinüber zum Fluß. Die Nacht war mondhell. Die glühende Tageshitze war vorüber, Kälte fiel von den Sternen.
»Können Sie schwimmen?« fragte er.
Frank nickte. »Früher ja. Ich weiß nicht, ob man es verlernt. In den letzten Jahren hatte ich nur Gelegenheit, in Planschbecken zu baden.« Er trat neben Simon. Gemeinsam blickten sie auf den träge fließenden Jordan. »Ich denke, durch diese Suppe kann man hindurchwaten?«
»Jeder Fluß hat unbekannte Tiefen. Wenn wir Pech haben, erwischen wir gerade eine.« Simon ging zurück zum Lagerplatz und zog sich aus. Er verschnürte seine Kleider zu einem Bündel und hob es auf den Kopf.
»Worauf warten Sie noch?« fragte er Frank.
»Das erinnert mich an den Übergang über den Dnjepr.« Frank streifte seine Hose ab und zog seine schmutzige Dschellabah aus. Knochig, ein ausgelaugter, erschütternd verfallener Körper, so stand er neben Simon und knüllte seine Kleider zusammen. »Damals schwamm ein ganzes Bataillon nackter Männer über den Fluß, ihre Klamotten und die Gewehre auf dem Kopf. Und drüben saß der Iwan und knallte uns ab wie nackte Ratten. Von sechshundertdreiundvierzig Mann erreichten zweihundertundneun das andere Ufer und bildeten den Brückenkopf. Ich war darunter. Können Sie sich das vorstellen? Damals war ich drei-

undzwanzig Jahre alt. Fähnrich. Voller Ideale. Glaubte an den Endsieg. Glaubte überhaupt alles, was man mir sagte. Auch, daß die Juden an allem schuld seien. Das stand ja in allen Zeitungen.« Er legte sein Kleiderbündel auf den Kopf und trat an das Steilufer des Jordan. »Ich habe mir seitdem oft die Frage vorgelegt: Ist jugendliche Dummheit strafbar, wenn sie solche Auswirkungen zeigt wie die deutsche Dummheit? Ich habe keine Antwort gefunden ... denn diese Dummheit ist unsterblich! Sie ist heute wieder überall sichtbar ... bei uns, in jedem Staat. Auch bei Ihnen, Simon, und bei den Arabern, einfach überall. Da werden Doktrinen zu Idealen erhoben und eingehämmert, und die Jugend folgt ihnen willig und mit feurigem Blick! Simon ... ist der Mensch nicht eine elende Kreatur?«

Simon schwieg. Er hielt den Esel an seinem Strick fest und sah hinüber zum israelischen Ufer. Auch dort war Wüste, aber nach einigen hundert Metern begann ein Wald aus Ölbäumen und Palmen, ein grüner Fleck um einen Brunnen herum. Dort liegen unsere Soldaten, dachte Simon. Dort wird ein Panzer sein, ein Geschütz, werden Lastwagen stehen, Kameraden in Zelten schlafen. Dort ist Heimat.

»Kommen Sie!« sagte er. »Noch zweihundert Meter ...«

»Und der Esel?«

»Das werden Sie gleich sehen.« Simon zog das Tier an den Steilhang. »Fällt Ihnen nicht auf, daß wir allein sind?«

Frank grinste breit. »Ein kleiner Winkel meines Hirns ist noch nicht vom Alkohol vernebelt. Der arbeitet noch!«

»Wir sind in einem Minenfeld.«

»Das weiß ich.« Frank legte den Arm um den nackten Leutnant Simon. »Ich wollte Ihnen den Vorschlag machen, daß ich vorangehe. Wenn ich in die Luft fliege, ist's nicht schade. Und Sie haben die Gasse frei zur Freiheit. Aber Sie haben recht ... wozu ist der Esel da? Obgleich ich behaupten möchte, daß er wertvoller ist als ich.«

Simon zog den Esel an den Steilhang. Das Tier begann zu zittern, es stemmte die Beine gegen den Boden, es schrie, als Simon am Kopf zog und Frank von hinten drückte. Mit großen Augen starrte es auf den Fluß.
»Ein kluges Tier!« keuchte Frank und boxte dem Esel in die Weichen. »Man beleidigt es, wenn man einen Menschen Esel nennt. O Himmel, hätten doch viele Menschen einen so gesunden Instinkt wie das Tier!«
Schreiend stolperte der Esel über die Böschung. Dann rutschte er, fand keinen Halt mehr und rollte den Abhang hinunter. Der Sand staubte, Steine polterten hinter ihm her, er schlug unten am Fluß auf und fiel mit um sich schlagenden Beinen ins Wasser. Dann sprang er auf, schrie noch einmal und humpelte durch das seichte Uferwasser davon.
»Keine Mine!« sagte Leutnant Simon erleichtert. »Gehen Sie zuerst, Frank. Genau in der Fallspur des Esels!«
Herbert Frank kletterte den Hang hinunter. Sein nackter Körper verletzte sich an Steinen und begann aus verschiedenen Rissen zu bluten. Unten am Fluß sah er hinauf zu Simon.
»Alles in Ordnung!« rief Frank. »Ein paar Abschürfungen, sonst nichts. Passen Sie in der Mitte des Hanges auf, da ist eine spitze Steinnase.«
In einer Wolke von Staub landete auch Simon am Jordan. Seitlich von ihnen hörten sie das Patschen des Esels, der hinkend davontrottete.
»Schnell hinüber, ehe er auf eine Mine tritt!« sagte Simon. »Wenn wir mitten im Fluß sind, ist alles vorüber . . .«
Sie wateten in das Wasser, das lehmig und lauwarm war, und hielten mit beiden Händen ihre Kleiderbündel auf dem Kopf fest. Als erster fand Simon keinen Grund mehr und schwamm. Dann war der Fluß auch für Frank zu tief. Er wunderte sich, daß er noch schwimmen konnte und nicht einfach absank wie ein Stein.

Stumm schwammen sie, bis ihre tastenden Füße wieder Boden fühlten, wateten schnell weiter und erreichten das andere Ufer. Dort warf Simon sein Kleiderbündel in den Sand, kniete nieder, faltete die Hände und betete stumm. Frank stand neben ihm, zitternd vor Kälte, und sah zurück auf Jordanien.
»Ich bin frei!« sagte er. »Ich bin tatsächlich frei ... Leutnant, können Sie mir erklären, was das ist: Freiheit! Kein Suleiman mehr, keine Zwangsarbeit, keine Forschung mehr, die der Vernichtung dient. Ich kann hingehen, wohin ich will, ich kann tun, was ich will. Ist es so?« Und plötzlich warf er sein Kleiderbündel hoch und breitete die Arme weit aus. »Freiheit!« schrie er. »Wo bist du? Habe ich endlich das Recht, mein armseliges Leben in Grund und Boden zu saufen? Hurra! Es lebe das Faß Schnaps, in dem ich mich ersäufe!«
Er rannte den Hang hinauf, ehe ihn Simon mit einem verzweifelten Griff festhalten konnte.
»Stehenbleiben!« brüllte Simon und streckte hilflos die Arme nach Frank aus. »Stehenbleiben!«
Die Arme über dem Kopf schwenkend, singend und brüllend, das ausgelaugte Gesicht mit dem weißen Bart verzerrt von bacchantischer Wildheit, so stürmte Herbert Frank das Jordanufer hinauf.
Auf halber Höhe vollendete sich sein Schicksal.
In einer dröhnenden Wolke aus Feuer, Steinen und Sand, deren Explosion er nicht mehr hörte, wurde sein magerer Körper zerrissen und regnete in Stücken in den Fluß zurück.
Leutnant Simon lag am Ufer und vergrub das Gesicht im feuchten Sand.
Er weinte.
Es gibt Dinge auf dieser Welt, die man nie verstehen wird.

Die Gruppe zwei — Leutnant Gideon mit zwei Offizieren, verstaubte Beduinen auf Kamelen mit alten Holzsätteln — erreichte das Ufer des Toten Meeres bei Mazra'a. Dort bogen sie von der Karawanenstraße ab und ritten auf die 360 Meter unter dem Meeresspiegel liegende Halbinsel Halashon, die wie das Schneidblatt einer Axt in das Tote Meer ragt. Hier endeten alle Pisten im Sand. Hier schmeckte der Staub nach Salz, war die Luft salzig, glühte der Himmel wie eine Salzsiedepfanne, war der Wind wie gasförmiges Salz, war das Atmen wie ein Inhalieren von heißen salzigen Dämpfen. Hier gab es kein Leben mehr. Nur die Sonne glühte, und das Meer lag träge und fast unbeweglich in der Glut, eine bleierne Scheibe, Wasser, das so salzreich ist, daß man darin nicht untergeht, sondern dahintreibt wie ein Korken.

Hier gab es nur eine kleine jordanische Kameltruppe, die jeden Tag einmal am Ufer entlangritt, um festzustellen, ob niemand dieses trostlose Stück Erde betreten hatte. Ganz oben an der Spitze der Halbinsel, bei Cape Costigan, standen die Zelte der jordanischen Truppen, weiße Pilze und graue Langzelte, in denen die einsamsten Menschen dieses Landes wohnten und Allah anklagten, daß man ihnen diesen Dienst befohlen hatte. Zweimal in der Woche kamen Kamele mit Wasserkanistern und Verpflegung, sonst war es nur der Kurzwellensender, der sie mit der übrigen Welt verband.

Ein solcher Dienst macht träge, vor allem regt er nicht an, auch nachts diese Einöde abzureiten und über das Tote Meer zu starren. In der kühlen Nacht war Schlaf das beste.

Das alles hatte Leutnant Gideon berechnet, als er gerade diese Stelle für den Übergang nach Israel bestimmte. An der Kreuzung der Wüstenpiste Mazra'a — Dhira schlug er das Lager auf, so wie es alle Beduinen tun. Dunkle Zelte, über in den Boden gerammte Stöcke gespannt, im Sand die zerschlissenen Teppiche. Die Kamele knieten neben den Zelten, aus dem Kessel zog der Geruch von Hirsebrei, das Feuer stank, denn als Brennmaterial benutzte man den zu Tiegeln geformten und in der Sonne getrockneten Kamelmist.

So hockten die drei Offiziere bis in die Nacht seitlich der Piste und warteten. Sie waren fröhlich und zufrieden. Das Problem des Übersetzens über das Tote Meer war bereits gelöst, ohne daß man weiter südlich in bewohntere Gebiete ziehen und ein Fischerboot stehlen mußte.

In Kerak, der letzten großen Stadt am Toten Meer, hatten sie einige Stunden ausgeruht und eingekauft. Hier wohnten zweitausend Christen griechisch-orthodoxen Glaubens, hier war der Stammsitz der Moabiter, aus dem Ruth hervorging, die im Stammbaum Jesu steht. Hier beherrscht die alte Kreuzritterburg auf einem hohen Felsplateau die uralte Stadt, hier soll das Grab Noahs sein, hier atmet man noch einmal die Fülle biblischen Geistes.

Und in Kerak trafen sie auch in einem kleinen Laden des muselmanischen Bazars einen Mann, der sie mit tiefen Verbeugungen begrüßte und in ein Hinterzimmer führte.

Es war ein Grieche, der aussah wie ein Wüstenscheich. Er verkaufte in seinem Laden Kleider und Decken, Schuhwerk und Sportgeräte.

»Mohammed aus Amman hat Sie schon angemeldet, meine Herren«, sagte er in fließendem Hebräisch. »Sie sind schnell vorwärtsgekommen. Ich habe mir Gedanken gemacht, wie Sie über das Meer kommen. Was halten Sie von einem Schlauchboot?«

»Das wäre das allerbeste«, sagte Leutnant Gideon. »Haben Sie eins, Nikos?«

»Ein altes nur, leider. Aus dem letzten Krieg. Damals habe ich es jordanischen Pionieren einfach gestohlen. Gestern habe ich es aufgeblasen ... die Luft hält. Nur fragt es sich, wie es auf das Salzwasser reagiert. Der Gummi ist an manchen Stellen spröde geworden. Wer konnte denn ahnen, daß man es nach sechzehn Jahren noch einmal braucht?«

Es zeigte sich, daß das Boot noch brauchbar war. Leutnant Gi-

deon und seine beiden Offiziere stiegen hinein, sie setzten sich auf den Rand und hüpften auf und ab ... der Gummi zerriß nicht, die Luft blieb in den aufgeblasenen Kammern.
»Das ist ein wunderbarer Zufall«, sagte Gideon zufrieden. »Wir schreiben Ihnen eine Karte, Nikos, wenn wir drüben sind.«
Sie lachten darüber, aßen und tranken bis zur Abenddämmerung und zogen dann weiter zum Toten Meer. Hinter dem Sattel Gideons, in einem Packsack, lag das Schlauchboot. Die beiden anderen Offiziere hatten unter ihren Sattelteppichen die zusammensteckbaren Paddel verborgen.
Nun war es Nacht. Sie standen am Ufer des Toten Meeres und bliesen mit einer Fußpumpe das Schlauchboot auf. Weit in der Ferne, nur ein Widerschein gegen den Nachthimmel, sahen sie die Lagerfeuer von Cape Costigan. Leutnant Gideon schlug Pflöcke in den Sandboden und band die Kamele daran fest. Die jordanische Patrouille würde die Tiere am nächsten Morgen finden, dann waren sie schon auf dem Weg nach Sodom und von dort weiter nach Beersheba.
»Fertig!« sagte der Offizier, der zuletzt den Blasebalg getreten hatte.
Gideon kontrollierte noch einmal die Luftkammern. Fünf Kilometer Paddelfahrt lagen vor ihnen, dann würden sie bei Horvot Metsada die israelische Küste erreichen. Dort waren die Ruinen der Helden ... hier, am Rande der judäischen Wüste, verteidigten sich die Hasmonäer als letzte Festung gegen die römischen Armeen. Als die Zehnte römische Legion unter Flavius Silva im Mai 73 die Stadt eroberte, fand sie ein Leichenfeld vor. Die gesamte Bevölkerung, 960 Männer, Frauen und Kinder, hatte Selbstmord begangen, als die Mauer erstürmt war.
»Ins Wasser!« sagte Gideon.
Gemeinsam hoben sie das Schlauchboot hoch und trugen es zum Toten Meer. Bis zur Brust wateten sie in das träge, salzige Wasser. Gideon sprang ins Boot und zog die anderen hinterher.

Am Ufer brummten die Kamele. Sie knieten in Schlafstellung, die Köpfe vor sich in den Sand gelegt, die Augen geschlossen.
Das Geplätscher der Paddel war kaum hörbar. Lautlos glitt das Schlauchboot in die Nacht, und der Streifen der Halbinsel Halashon wurde schmäler und versank dann in der Dunkelheit zwischen Meer und Himmel.
Beim Morgengrauen landeten sie an der Küste Israels. Man hatte sie schon kommen sehen, ein Jeep und ein Lastwagen standen am Ufer, als Gideon ans Land sprang. Er rannte auf den Jeep zu, an dem die israelische Fahne wehte, ergriff das Fahnentuch mit dem blauen Davidstern, drückte es an seine Brust und küßte es mit Inbrunst. Dann falteten alle drei die Hände und beteten stumm.
Sie hatten nie geglaubt, die Heimat wiederzusehen. Nun war es für sie wie eine Wiedergeburt. Und als sie begriffen, daß sie zu Hause waren, fielen sie sich in die Arme und küßten sich.

Zwei Tage lag Dr. Schumann in der Wüstenschlucht, glühte wie die von der Sonne angestrahlten Steine und erkannte weder Rishon noch Ariela.
Sie konnten nichts anderes tun, als abwarten, wie Schumanns Körper reagierte. Sie wußten nicht, ob das wenige Gift, das durch die Kratzer eingedrungen war, ausreichte, einen Menschen zu töten, oder ob sich nach dem Fieber Lähmungen einstellten. Ariela verbrauchte fast ihren ganzen Wasservorrat, um immer wieder die Stirn des Fiebernden zu kühlen, seinen Oberkörper abzureiben und seine Mundhöhle auszutupfen, die aufgedunsen und bläulich verfärbt war.
Rishon saß oft oben auf einer Felsenspitze und sah hinüber zur Grenze, die so greifbar nahe war und doch so weit. Was sind zweiundzwanzig Kilometer? Zwei Tagesmärsche, wenn man gut bei Kräften ist und öfter rastet, denn ein Fußmarsch durch die Wüste bei fünfzig Grad Hitze ist kein angenehmes Wandern.

Hier muß um jeden Meter gekämpft werden, hier ist jede Stunde eine Qual, hier sind hundert Meter hundert Ewigkeiten.
»Wir können hier nicht liegenbleiben«, sagte Rishon am zweiten Tag. »Das Fieber kann sich über Wochen hinziehen. Es muß möglich sein, bis zur Grenze zu kommen.« Er wischte sich über das staubige Gesicht und sah hinunter auf Schumann, der unter einer Zeltplane lag und röchelnd atmete.
»Vergiß nicht, was du mir versprochen hast, Moshe«, sagte Ariela, ehe Rishon weitersprach. »Er muß mit! Oder ich bleibe bei ihm ...«
Rishon schwieg. Es gab darüber keine Diskussionen mehr, er wußte es. Über Dinge zu reden, die keine Worte brauchen, war Verschwendung. Er ging zum Wagen zurück, nahm einige Stricke und Lederriemen aus dem Handwerkskasten und konstruierte aus ihnen eine Art Tragesitz. Um Brust und Schultern schlangen sich die Riemen, und auf dem Rücken war eine Art Netz, in das er Schumann stecken wollte. So — hoffte er — konnte es möglich sein, den Kranken die zweiundzwanzig Kilometer mitzuschleppen. Es würde ein Weg werden, wie ihn noch kaum je ein Mensch zurückgelegt hatte. Schumann war schwer, ein großer, stämmiger Mann; ihn auf dem Rücken mitzuschleppen, durch Geröllschluchten und Wüste, würde bedeuten, daß sie nur sehr, sehr langsam vorwärtskamen.
»Wir werden zehn Tage unterwegs sein«, sagte Rishon, als er seine Tragekonstruktion zur Probe umgeschnallt hatte.
»Und wenn es hundert Tage sind ...«, sagte Ariela laut.
»Wir haben einen Wasservorrat für fünf Tage! Du darfst ihm nicht mehr das Gesicht waschen ...«
»Er braucht es! Es tut ihm gut.« Ariela kniete neben Schumann und streichelte seine Stirn.
Rishon gab es auf, ihr Ratschläge zu geben. Sie ist wie ein Wüstenfuchs, dachte er, der noch auf den Stümpfen seiner abgeschossenen Beine weiterläuft ...

Als die Nacht kam, legten sie Schumann in das Netz. Nur unter größter Anstrengung gelang es Rishon, sich mit dem Kranken auf dem Rücken aufzurichten. Der Kopf und der Oberkörper Schumanns lagen über seiner linken Schulter. Es schien Rishon, als trage er eine ganze Welt aus Blei auf seinen Schultern.
»Geht es, Moshe?« fragte Ariela. Sie hatte das Zelt, den Kocher, die Wasserkanister, zwei Decken, zwei Brotbeutel voll Kekse und Büchsen an Stricken rund um ihren Körper verteilt und trug vor der Brust auch noch Rishons Maschinenpistole und einen Sack mit gefüllten Patronenmagazinen. Sie lächelte etwas verzerrt, denn Rishon sollte nicht merken, wie sie unter diesen Lasten fast zusammensank.
Rishon nickte kurz. Er holte tief Atem und machte den ersten Schritt.
Es war eine höllische Qual für Rishon und Ariela. Wie Trunkene schwankten sie durch die Wüste. Nach hundert Metern lehnte sich Rishon an einen verwitterten, großen Felsstein, um Atem zu schöpfen. Vor seinen Augen tanzten bunte Punkte und Kreise, die Wüste war voll feuriger Kobolde, die hin und her hüpften. Wenn er atmete, war es, als zerrisse seine Lunge.
Er sah zurück und entdeckte zwischen den Felsen den Kessel des Milchwagens. Das ist alles, was ich bis jetzt geschafft habe, dachte er und schloß die Augen. Eine Wegstrecke, die man normalerweise in einer Minute zurücklegt. Hundert Meter, und ich bin am Ende. Ariela, ich bin am Ende! Hundert Meter ... und zweiundzwanzig Kilometer liegen vor uns. O Gott ... wie sollen wir dort jemals ankommen ...
Er schwankte weiter und hörte hinter sich das Tappen von Arielas Füßen. »Wie geht es dir?« brüllte er. Er mußte brüllen, es war die einzige Möglichkeit, seiner Stimme noch einen Klang zu geben.
»Sprich nicht ...« Es war ein Schrei, wie ein Echo auf sein Brüllen. »Weiter, Moshe ...«

Sie legten in dieser Nacht ungefähr zwei Kilometer zurück. Als der Morgen dämmerte, fielen sie um und lagen fast eine Stunde bewegungslos im Sand, ehe sie neue Kraft fanden, das Zelt aufzubauen und Schumann hineinzuziehen. Dann sahen sie sich aus hohlen Augen an, und in ihrem Blick lag die schreckliche Wahrheit: Es ist umsonst! Wir schaffen es nie! Die Wüste ist gegen uns, die Sonne, der heiße Wind, das Fieber.

»Geh allein«, sagte Ariela, als sie heißen Tee getrunken hatten. Zum Essen waren sie zu müde. »Geh bitte allein, Moshe . . .«

»Reden wir nicht darüber.« Rishon legte sich unter eine aufgespannte Decke, ein winziger Schatten in der Glut, die wieder mit der Sonne in den Himmel stieg.

Aber als der Abend kam und Rishon sich wieder seine Tragekonstruktion umschnallen wollte, hielt Ariela seine Hände fest.

»Es hat keinen Sinn, Moshe«, sagte sie. »So erreichen wir nie die Grenze. Laß uns vernünftig sein, laß uns ganz nüchtern denken . . .«

»Ich lasse dich nicht allein zurück!« Rishon sah zu dem kleinen Zelt, aus dem Schumanns Beine herausragten. »Warum gibt es ihn auf dieser Welt? Warum mußtest gerade du ihm begegnen? Warum kann er nicht sterben . . . jetzt, sofort. Warum müssen wir mit ihm krepieren? So weit geht die Treue nicht! Das hat nichts mehr mit Ehre oder Nächstenliebe zu tun!« Er riß Ariela an sich und drückte ihren Kopf an seine Brust.

»Du kannst ihn erschießen«, sagte Ariela leise. »Ich erlaube es dir, Moshe . . . Und dann werde ich mich neben ihn legen und die Pistole nehmen . . .«

»Sprich nicht weiter!« schrie Rishon. »Kein Wort mehr! Kein Wort mehr!« Er schob Ariela von sich und band mit bebenden Fingern die Schnüre weiter zu. »Ich trage ihn . . . ich werde ihn tragen, solange ich noch kriechen kann . . .«

Aber mitten in der Nacht, nach lächerlichen tausend Metern, war es vorbei. Rishon lag im Sand, die Arme von sich gestreckt, und

weinte vor Erschöpfung und Qual, über ihm der schwere Körper des deutschen Arztes.
Ariela schnallte ihn von Rishon los. Dann gab sie Rishon zu trinken. Sie saß zwischen den beiden ausgestreckt liegenden Männern und starrte in den sternenübersäten Nachthimmel.
Sie schrak auf, als sie plötzlich Rishons Stimme hörte.
»Du hast recht«, sagte er. »Ich muß allein gehen. Ich kann es in zwei Tagen schaffen und hole euch mit Hubschraubern heraus. So wie jetzt hat es keinen Sinn mehr.«
Sie ruhten sich noch etwas aus, dann schleppten sie Schumann und das Gepäck in eine nahe Geröllmulde. Dort baute Ariela das Zelt wieder auf, kochte Tee und wusch Schumann das Gesicht und die Mundhöhle. Es schien ihr, als habe das Fieber nachgelassen, sein Puls jagte nicht mehr so wild, und als sie mit der Taschenlampe in seinen Mund leuchtete, war die bläuliche Färbung fast verschwunden.
»Es geht ihm besser!« schrie Ariela und fiel Rishon um den Hals. »Er wird weiterleben! Moshe, er wird gesund werden ...« Sie küßte Rishon, lief zurück zu Schumann und warf sich neben ihm auf die sandige Decke. Sie rief seinen Namen und streichelte ihn. Die Ohnmacht hielt noch an, doch sein Atem ging ruhiger.
Die Sonne stand schon hoch, als sie aus einem tiefen Schlaf der Erschöpfung erwachte. Sie waren allein. Rishon war gegangen — sie hatte es nicht gemerkt. Er hatte bis auf eine Feldflasche den ganzen Wasservorrat dagelassen, selbst die Maschinenpistole lag neben ihr mit dem Sack voller Magazine. Dafür fehlte ihre Pistole.
Ariela sprang auf und lief ein paar Meter bis zu einer Steinsäule, die verwittert war und zerfressen von Millionen Winden aus den Wüstenbergen. Von hier konnte sie eine weite Strecke der Senke überblicken, die sich hinzog bis zum Toten Meer und zum Wadi von Ain Khaukhan. Aber der Morgenwind hatte Rishons Spuren im Sand schon verwischt.

Ariela ging zurück zum Zelt. Sie seufzte, umfaßte Schumanns Kopf und küßte seine aufgesprungenen Lippen, als er plötzlich die Augen öffnete und sie mit großen Augen klar ansah.
»Wo sind wir?« sagte er leise und tastete nach ihrem Kopf.
»An der Pforte des Himmels«, antwortete sie.
Da lächelte er, schloß wieder die Augen und streckte sich aus.
Mit gefalteten Händen sah Ariela, wie Blut in sein fahles Gesicht stieg und das Leben mit jedem Pulsschlag zurückkehrte.
Wer sagt, daß es keine Wunder mehr gibt?

Nach drei Tagen erreichte Moshe Rishon die Grenze in der Salzwüste von Ghor Feifa. Er hatte einen Umweg um Safi machen müssen, weil dort jordanisches Militär lag und Panzereinheiten auffuhren.
Wie ein Gespenst taumelte er durch die Wüste, aber er hatte noch die Kraft, einen einsamen jordanischen Jeep, der Patrouille fuhr und in dem zwei Unteroffiziere der Hussein-Armee saßen, anzuhalten und die Verblüfften mit zwei Schüssen aus Arielas Pistole zu verwunden. Er setzte sie in den Sand, legte ihnen Verbände an, die er im Sanitätskasten des Jeeps fand, ließ ihnen einen Kanister Wasser da und schüttete sich einen ganzen Kanister über den Kopf. Es war ein Genuß, der nach drei Tagen Wüstenwanderung ungeahnte neue Kräfte schenkte.
Dann setzte er sich in den Jeep und fuhr los, der Grenze entgegen. Als er von weitem die ersten Stacheldrahtzäune sah, dahinter eine Zeltstadt und an hohen Masten die wehenden Fahnen Israels mit dem blauen Davidstern, jauchzte er laut, zog seinen zerfetzten Burnus aus und ließ ihn wie eine weiße Fahne am ausgestreckten Arm im Zugwind wehen.
Zweihundert Meter vor dem Zaun ließ er das Steuerrad los — der Jeep fuhr von selbst geradeaus — und winkte mit beiden Armen. Er stellte sich auf und ließ den Burnus flattern und sah nicht, wie ein Trupp israelischer Soldaten hinter dem Zaun die

Schnellfeuergewehre hob und auf den jordanischen Jeep zielte, der auf sie zuraste. Erst als die Einschläge auf das Blech prasselten und die Windschutzscheibe zersplitterte, merkte Rishon, daß ihn seine eigenen Brüder beschossen.

»Aufhören!« brüllte er. »Aufhören!« Er schwenkte den weißen Burnus, hielt den Jeep an und sprang in den Sand. Aber wer hört schon eine Stimme in einer Staubwolke?

Noch vier Schritte vorwärts machte Moshe Rishon, bis ihn die erste Kugel traf. Sie schlug in seinen Oberschenkel und warf ihn in den Sand.

»Ihr Idioten!« brüllte er. »Oh, ihr Idioten!«

Hinter ihm begann der Jeep zu brennen und explodierte dann. Es war das letzte, was Rishon hörte.

11

Mahmud ibn Sharat war verblüfft und tat sehr erfreut, als ihm Besuch gemeldet wurde und Suleiman in seinen Palast kam. »Welch eine Freude und Ehre!« rief er und verbeugte sich tief. »Allah segne Ihren Eingang, Suleiman. Mein Haus soll das Ihre sein, wenn Sie sich herablassen wollen, so bescheiden zu wohnen.«

Suleiman schwieg und ging an Mahmud vorbei in den großen Salon. Aufmerksam sah ihm Mahmud nach. Was bedeutet das, dachte er. Wenn Suleiman zu mir kommt, hat das einen bestimmten Grund. Außerdem ist er nicht allein gekommen. Neben seinem Wagen ritten zwanzig Reiter der berühmten Arabischen Legion. Nun waren sie abgesessen und standen neben ihren weißen Kamelen im Innenhof.

Das war es vor allem, was Mahmud nachdenklich stimmte. Das ist ein kriegerischer Aufmarsch, dachte er. Ob Suleiman eine Spur von Dr. Schumann aufgenommen hat?

Suleiman trat an das Gitter des Balkons und blickte hinüber zu den kleinen Gärten und Pavillons des Harems, auf den Mahmud so stolz war. Zwei Eunuchen sprengten den Rasen.

»Ich habe Lust, mich ein wenig mit Ihnen zu unterhalten, Mahmud«, sagte Suleiman und wandte sich um. Er holte eine goldene Zigarettendose aus der Tasche, und Mahmud gab ihm Feuer. »Ich bin seit dem Tod Narrimans nicht zur Ruhe gekommen.«

»Ein schreckliches Schicksal«, sagte Mahmud und senkte den Blick. »Lebendig verbrennen . . .«

»Hier fangen schon die Rätsel an.« Suleiman kreuzte die Arme über der Brust und musterte Mahmud nachdenklich. »Die Obduktion hat ergeben, daß Narriman schon tot war, als sie verbrannte.«

»Sie haben sie obduzieren lassen?« fragte Mahmud mit einem schiefen Lächeln.

»Natürlich. Wir sind ein moderner Staat. Wir wissen jetzt, daß in Narrimans Lunge keinerlei Rußablagerungen waren, keine Rauchrückstände, daß aber der Tod trotzdem durch Ersticken eintrat. Sie wurde erwürgt. Ganz einfach erdrosselt, mit einem Strick. Was sagen Sie nun?«

»Ich bin erschüttert, Suleiman.«

»Nicht wahr? Ein Unfall wäre tragisch gewesen, ein Mord an Narriman aber wird politisch! Narriman war meine beste Agentin. Es gibt keine Frau in den arabischen Staaten, die ihr gleichzustellen wäre, weder an Schönheit noch an Klugheit. Ich habe sie verehrt, Mahmud. Sie war für mich wie mein Augapfel.«

»Sie war wirklich eine außergewöhnliche Frau«, bestätigte Mahmud. Er sah an Suleiman vorbei. Was soll das, dachte er, und er spürte, wie Angst in ihm aufstieg. Warum erzählt er mir das? Hat ein so mächtiger Mann es nötig, einem kleinen Händler sein Herz zu offenbaren?

»Der Tod Narrimans hat für Jordanien unübersehbare Folgen. Doktor Schumann konnte flüchten, Ariela Golan ist fort, Herbert Frank ist mit ihnen geflohen. Vielleicht wären sie schon wieder in unseren Händen, wenn uns Narrimans Klugheit noch helfen könnte. Sie kannte genau die Zusammenhänge, sie starb genau zur richtigen Zeit, sie hatte sogar die Lösung in der Hand, wer Oberst Kemal das Gift in den Kaffee getan hatte. Narrimans Tod kann Jordanien in seinem Kampf gegen die Juden um Jahrzehnte zurückwerfen.«

»Das ist die Tragik der Geschichte, Suleiman.« Mahmud hob beide Hände. »Ich hatte die gleichen Überlegungen. Es ist ein Rätsel, warum uns Allah zürnte.«

»Es gibt Rätsel, Mahmud, die löst man mit einem Streich. Erinnern Sie sich an Alexander den Großen, der den Gordischen Knoten mit dem Schwert durchschlug. Das ist eine Methode, die sich immer wieder anwenden läßt.« Er ging zur Tür und stieß sie auf. Fünf Reiter der Arabischen Legion traten ins Zimmer. Mah-

muds Gesicht wurde fahl. In seine schwarzen Augen kam etwas wie hündische Bettelei.
»Was haben Sie vor, Suleiman?« fragte er heiser.
»Schließen Sie die Tür zu den Gärten auf«, sagte Suleiman barsch. »Wir wollen Ihren Harem besichtigen.«
»Suleiman!« Mit einem Sprung warf sich Mahmud vor die Doppeltür, die vom Salon direkt zu den Pavillons führte. Er breitete die Arme weit aus und reckte sich. »Der Harem ist das unantastbare Heiligtum des Mannes! Sie wissen so gut wie ich: Nur der Tod kann einen Blick in einen fremden Harem sühnen! Sie sind wahnsinnig, Suleiman!« Mahmud schrie, als Suleiman langsam näher kam und nahe vor ihm stehenblieb.
»Machen Sie die Tür auf!« sagte Suleiman kalt.
»Die Gesetze Mohammeds —«
»Wenn Sie nicht öffnen, lasse ich die Türen eintreten.«
»Meine Leute werden die Würde des Hauses —«
»Ich habe zwanzig Reiter bei mir. Muß ich Ihnen das Gesetz der Wüste zitieren, Mahmud? Der Starke hat recht ... und ich bin der Starke!« Suleiman winkte. Vier Reiter der Arabischen Legion ergriffen Mahmud, rissen ihm die Arme nach hinten und preßten ihn mit dem Gesicht gegen die Wand.
»Ich werde es dem König berichten!« schrie Mahmud. Seine Stirn schlug gegen die Wand. »Ich werde ihm klagen, daß Sie das größte persönliche Heiligtum eines Mannes geschändet haben. Ich werde Klage im ganzen Land führen ...«
»Sie sind ein armer Mensch, Mahmud«, sagte Suleiman ruhig. »Jeder Mensch ist arm, wenn er glaubt, klüger als sein Nächster zu sein. Sehen Sie, die Tote mit den Kleidern Narrimans kam aus Ihrem Harem. In das freigewordene Haus zog zwangsweise Narriman ein. Wollen Sie das bestreiten?«
»Das ist verrückt!« schrie Mahmud. »Das ist total verrückt.«
»Sie sind wirklich ein armer Mensch.« Suleiman trat an Mahmud heran und drückte seine Zigarette in Mahmuds Nacken aus.

Es zischte und roch nach verbranntem Fleisch. Mahmud stieß einen grellen Schrei aus und kratzte mit den Zähnen über die Wand vor Schmerz und Grauen.

»Die Tür auf!« wiederholte Suleiman barsch. »Ich rede nicht länger mit einem Toten ...«

Mit drei wuchtigen Schlägen der Gewehrkolben wurde die Tür zertrümmert. »Allah verfluche dich!« schrie Mahmud und hieb mit dem Kopf gegen die Wand. »Allah verdamme dich in die tiefste Hölle!« Dann brach er unter dem Griff der jordanischen Soldaten zusammen, fiel auf die Knie, und sein Kopf sank auf die Brust.

Er wußte, daß er für Suleiman schon nicht mehr zu den Lebenden zählte.

Im Pavillon zehn, den Suleiman ungehindert erreichte — die Eunuchen flüchteten an die Gartenmauern, als sie die Reiter der Arabischen Legion sahen —, fand er Narriman.

Sie lag, Arme und Beine gespreizt und an Pflöcke gefesselt, nackt und mit blutigen Striemen bedeckt, auf dem Boden. Nur ein Seidenkissen unter ihrem Kopf erleichterte ihr die erniedrigende Lage. Sie sah Suleiman an, als er die Tür aufriß ... es war ein langer, trauriger Blick, dann wandte sie den Kopf zur Seite und weinte erlöst.

Suleiman sprach kein Wort. Er kniete neben ihr, löste die Stricke, zog eine Seidendecke vom nahen Diwan und deckte sie über Narrimans mißhandelten und geschändeten Körper. Dann beugte er sich hinuter, küßte sie auf die blutig gebissenen Lippen und erhob sich stumm.

Als er in Mahmuds Salon zurückkehrte, war er ein anderer Mensch geworden. Er trat an den knienden Mahmud heran und stieß ihm die Schuhspitze in die Seite. Mahmud zuckte hoch, sein Kopf fiel nach hinten. Mit blutunterlaufenen Augen starrte er Suleiman an. Der Blick, der ihm begegnete, war seelenlos, eisig, ausdruckslos wie das Auge eines Riesenfisches.

»Suleiman ... lassen Sie sich alles erklären!« schrie Mahmud. »Ich flehe Sie an, mir fünf Minuten zuzuhören ...«
Suleiman streckte stumm die Hand aus und zog dem ihm am nächsten stehenden Reiter die lederne Kamelpeitsche aus dem Gürtel.
»Auch moderne Völker pflegen ihre Tradition«, sagte Suleiman mit ruhiger Stimme. »Wissen Sie, wie man im alten Arabien Männer ihresgleichen bestrafte?«
Mahmud wollte etwas sagen, aber der erste Schlag ging quer über sein Gesicht, von der Stirn über Augen, Nase und Lippen und schlitzte eine blutige Rinne in die aufplatzende Haut.
Mit einem Schluchzen warf sich Mahmud auf das Gesicht und streckte sich, als läge er vor Allah im Staub, ein Sünder, der bekennt und auf Gnade hofft.
»Dreht ihn herum«, sagte Suleiman ruhig. »Dreht ihn auf den Rücken. Ich will seine Augen sehen, wenn ich mich mit ihm unterhalte.«
Mit einem Schwung rissen die Reiter Mahmud wieder auf den Rücken. Er zog die Beine an und vergrub das Gesicht zwischen den Armen.
»Unterschätzen Sie mich nicht, Mahmud«, sagte Suleiman und gab dem Soldaten die Peitsche zurück. »Es wäre zu billig, Sie in Streifen zu schlagen.«
»Ich verlange ein Gerichtsverfahren«, stammelte Mahmud. »Ich verlange ein Verfahren vor einem ordentlichen Gericht. Vor dem Staatsgerichtshof in Amman ...«
»Das sollen Sie haben — wenn Sie Amman erreichen. Bis dorthin sind es noch fünfunddreißig Kilometer. Das ist ein langer Weg für einen Mann wie Sie.« Suleiman ging zur Tür. Er hatte durch das Fenster Narriman gesehen. Zwei Soldaten führten sie durch den Garten. Sie stützte sich auf die Schultern der Männer und war kaum fähig, allein zu gehen. »Was ist Ihr größter Schatz?« fragte er kühl.

»Ich verstehe Sie nicht ...« stotterte Mahmud.
»Was ist Ihr wertvollster Besitz?«
»Ein Brillant. Dreiundvierzig Karat ...«
»Wo ist er?«
»Im Tresor.« Hoffnung glomm in Mahmuds Augen auf. »Ich verehre ihn Ihnen, Suleiman. Er ist ein einmaliges Stück an Reinheit und Feuer. Er blitzt wie tausend Sonnen ...«
»Nehmen Sie ihn mit.«
Mahmud sprang auf. Die Hoffnung, sich freikaufen zu können, belebte ihn wie perlender Wein. Er stürzte auf Suleiman zu und ergriff dessen Hände.
»Ich kann mehr geben, Suleiman, viel mehr. Im Tresor, auf der Bank von Amman, liegen in einem Ledersack –«
Suleiman ließ ihn nicht zu Ende reden. Er schob Mahmud zur Seite und verließ das Zimmer.
Eine halbe Stunde später war der große dunkle Wagen Suleimans auf der Straße nach Amman. Die zwanzig Reiter der Arabischen Legion auf ihren weißen Hedschas-Kamelen folgten ihm im leichten Trab. In ihrer Mitte fuhr Mahmuds Wagen. Der Obereunuch lenkte ihn. Auf Mahmuds Worte gab er keine Antwort mehr. Es war, als chauffiere er eine Leiche.
Kurz vor Amman, bei den Ruinen von Qasr el Meschatta, bog der Trupp von der Hauptstraße ab und folgte einer schmalen Piste, bis er auf die Karawanenstraße von Azraque stieß.
Eine Straße in die Unendlichkeit der Wüste. Ein Pfad zu Hitze, Durst, Einsamkeit und Stille.
Mahmud kurbelte das Fenster herunter und sah empor zu dem Reiter, der neben dem Wagen ritt.
»Wohin fahren wir denn?« rief er. »Man will mich doch nach Amman bringen? Wohin geht es denn?«
Niemand gab ihm Antwort.
Stumm und ernst zogen die zwei dunklen Wagen und die zwanzig Kamele durch den Staub. In unwahrscheinlicher rotgoldener

Pracht versank die Sonne, und die Wüste erschien wie ein See aus Blut.
Die gezackten Mauern eines Forts tauchten auf ... eine viereckige steinerne Festung, ein Turm, auf dem die Fahne Jordaniens wehte. Ein Hornsignal flatterte zu dem Trupp herüber, ein Hornist der Kamelreiter antwortete. Aus dem Tor des Wüstenforts schossen zwei Jeeps und kamen ihnen entgegen.
Mahmud ibn Sharat lehnte sich zurück und schlug die Hände vor sein brennendes Gesicht.
Er hatte die letzte Stätte seines Lebens gesehen.
Es war eines jener Wüstenforts, wie sie der ehemalige englische Kommandeur und Ausbilder der berühmten jordanischen Arabischen Legion, Glubb-Pascha, hatte anlegen lassen, um rebellierende Nomaden- und Beduinenscheichs in Schach zu halten und die Freiheit Jordaniens auch dort zu schützen, wo die stolzesten Menschen dieser Erde leben: in der Wüste.
Kasemattengebäude, Ställe und Garagen umschließen als Viereck den großen Appellplatz, in dessen Mitte an einer hohen Fahnenstange die Flagge Jordaniens weht. An den vier Ecken sind Türme auf die Dächer gesetzt. Von dort übersieht man die Wüste weit, und die schweren Maschinengewehre können auch nachts das Fort verteidigen, denn starke Scheinwerfer tauchen die gelbe Einöde über Hunderte von Metern in ein gleißendes Licht. Obwohl König Hussein mit allen Wüstenfürsten Frieden und Freundschaft geschlossen hat, sind die Forts auch heute noch besetzt, leben hier in völliger Abgeschiedenheit Kompanien der gefürchteten Kamelreiter, Außenposten der königlichen Macht, die nur ab und zu durch die Wüste jagen, um Räuber zu hetzen, die Karawanen überfallen haben. Denn auch in der Wüste gibt es Raub und Mord.
Mahmud ibn Sharat wurde in eine enge Zelle gesteckt, und keiner kümmerte sich um ihn. Er hockte sich auf die harte Holzpritsche und starrte auf die weiß gekalkte Wand, in die seine

Vorgänger in dieser Zelle mit den Nägeln, mit kleinen, spitzen Steinen oder einem Holzspan Sprüche, Namen, Gebete oder Aufschreie geritzt hatten.

»Allah sei mit mir ... ich sterbe morgen!« las er schaudernd. Oder: »Ich habe zehn Menschen getötet. Ich tat es aus Hunger. Nur Reiche tötete ich. Leb wohl, Aisha ...« Und ein dritter hatte in die Wand geritzt: »Ich soll gehängt werden! Ihr Menschen, ihr Brüder nach mir in diesem Raum: Ich bin unschuldig. Ich bin unschuldig. Betet für mich zu Allah!«

Mahmud sprang auf. Die Nähe des Todes, die ihm aus diesen Worten entgegenschrie, entsetzte ihn so, daß er an die Tür lief und mit den Fäusten dagegen schlug. Sein Klopfen hallte dumpf in den langen Kasemattengängen wider, aber niemand kam. Erst nach Stunden, so schien es Mahmud, hörte er Schritte, und der Schlüssel knirschte in dem altertümlichen Kastenschloß.

General Suleiman trat ein. Ein junger Offizier begleitete ihn, blieb aber draußen vor der Tür stehen, als Suleiman die Zelle betreten hatte. Mahmud sah ihn aus wäßrigen Augen an. Er saß auf der Pritsche, das Gesicht entstellt durch den Peitschenhieb, und seine Füße zuckten über den Boden aus sonnengetrockneten Klinkern, als durchjagten ihn dauernd elektrische Stromstöße. Suleiman betrachtete ihn fast mit Wohlwollen; keine Wonne ist größer, als seinen Feind in Angst und Schrecken zu sehen.

»Ich bringe Ihnen eine gute Nachricht, Mahmud«, sagte Suleiman. Er sprach wie auf einer Party, freundlich und ruhig. Er steckte sich sogar eine Zigarette an und lehnte sich gemütlich gegen die Wand, vor den eingeritzten Spruch, der um die Gnade Allahs bat.

Mahmuds Hände bewegten sich unruhig. Seine Stimme war heiser geworden. Wer eine Stunde lang schreit und gegen eine Tür hämmert, ist müde und kraftlos.

»Was haben Sie mit mir vor?« fragte er. »Wo ist mein Anwalt? Ich bestehe darauf, daß man Doktor Zahedi in Amman ruft.«

»Wir haben telefonisch mit Doktor Zahedi gesprochen«, sagte Suleiman ruhig. »Er lehnt Ihr Mandat ab! Ich habe auch mit dem Obersten Staatsanwalt gesprochen und mit dem Präsidenten des königlichen Gerichtes. Sie sehen, ich war nicht untätig, sondern habe mich sehr um Sie bemüht. Staatsanwalt und Präsident lehnen es ebenfalls ab, Ihren Fall zu verhandeln. Es ist eine rein militärische Sache. Was über Spionage gesagt werden wird, ist nicht für eine öffentliche Verhandlung. Sie bestätigen damit meine Ansicht, daß alles, das im dunkeln arbeitet, auch im dunkeln zu bleiben hat. Sollen wir in einem großen Prozeß der Welt unsere Karten aufdecken? Soll die Sicherheit Jordaniens gefährdet werden? Soll Israel erfahren, wie wir arbeiten und was unsere Pläne sind? Mahmud, ich nehme an, daß Sie trotz allem Patriot genug sind, um dies zu verneinen. So hat man sich also auf meinen Rat hin entschlossen, Ihren delikaten Fall so heimlich zu behandeln, wie Sie auch heimlich gelebt haben. Ein militärisches Sondergericht wird über Sie richten.« Suleiman zerdrückte seine Zigarette an der Wand. »Es tagte vor einer halben Stunde unter meinem Vorsitz und hat Sie zum Tode verurteilt.«

»Das ist Mord!« schrie Mahmud. Er sprang auf, aber er taumelte so sehr, daß er sofort wieder auf die Pritsche sank. »Das ist kein Recht mehr!«

»Für Spione, die ausbrechen, gelten andere Gesetze, Mahmud. Das wissen Sie so gut wie ich. Für sie gibt es keine Gesetzbücher, nicht einmal die Ethik des Korans. Sie haben versucht, Ariela Golan zu vergiften, obgleich Sie wußten, wie wichtig sie für unser Vaterland ist; Sie haben Narriman in Ihren Harem geschleppt und grausam zugerichtet; Sie haben eine Ihrer Frauen an Narrimans Stelle getötet und in einem Auto verbrennen lassen, um alle Spuren zu verwischen; Sie haben die große Chance Jordaniens, mit Doktor Schumann und Herbert Frank zwei Wissenschaftler in unserer Gewalt zu haben, die Israel hätten zerstören können, zunichte gemacht. Und das alles aus persönlichen Motiven, aus niedriger Gesinnung. Das ist schlimm, Mahmud. Hätten Sie ein politisches Motiv gehabt, wären Sie ein Doppelagent gewesen ... gut, der Tod wäre Ihnen zwar auch hier gewiß gewesen, aber ein ehrenvoller Tod durch Erschießen. Jetzt aber — ich kann es nicht ändern — wird es ein unehrenhafter Tod sein ...«

Mahmud ibn Sharat schlug die Hände vor die Augen. »Ich bereue es«, stammelte er. »Suleiman, ich bereue es! Ich will jede Buße tun! Seien Sie gnädig ... hacken Sie mir die rechte Hand ab, reißen Sie mir die Zunge heraus, schneiden Sie mir die Ohren ab ... nur lassen Sie mich leben!«

»Man kann das Urteil eines Militärgerichts nicht abändern! Das wissen Sie! Außerdem ist die Empörung zu groß. Wer Narriman gesehen hat, wie man sie aus Ihrem Harem befreite ... Mahmud, wie können Sie da Gnade erwarten? Übrigens war Narriman Ihre größte Anklägerin. Sie brauchte nicht viele Worte zu machen ... sie schlug nur ihr Kleid auseinander und zeigte dem Gericht ihren Körper. Das genügte ...«

Mahmud sah mit irren Augen auf Suleiman. Er wußte, daß es keinen Ausweg gab, aber nun kämpfte er um ein Sterben, das keine Qual bedeutete. Erhängt zu werden, ist schrecklich, wenn man es so macht, wie Mahmud es selbst gesehen hatte: Man läßt den Verurteilten nicht an einem Strick herunterfallen, damit sein Genick bricht ... man legt ihm die Schlinge um den Hals und zieht ihn am Galgen hoch wie eine Fahne, und er zappelt und schlägt um sich und erwürgt sich langsam. Das ist ein Sterben mit der ganzen Qual, die ein Mensch erdulden kann.

»Ich war Soldat«, sagte Mahmud dumpf. »Ich habe die Uniform getragen. Ich war Spion des Königs! Lassen Sie mich wenigstens erschießen, General Suleiman.«

»Auch diese Gnade ist vertan, Mahmud.« Suleiman sah auf das kleine, vergitterte Fenster hoch oben unter der Decke der Zelle.

»Sie werden Ihren Tod sehen. Reiter sind unterwegs, um die Beduinenstämme, die hier in der Nähe ziehen, zum Fort zu rufen. Man wird ihnen erzählen, daß ein Mann zu töten ist, der sein Land verraten hat. Sie ahnen, wie die Wüstensöhne darauf reagieren werden ...«
Ein Schauer überlief Mahmud. Er fiel auf die Knie und schlug mit der Stirn auf die hölzerne Pritsche. »Nein!« wimmerte er. »Nein!« Dann kroch er auf den Knien auf Suleiman zu, die Hände erhoben wie ein büßender Pilger, der zum Grab des Propheten kriecht. »Erhängen Sie mich!« brüllte er. »Erwürgen Sie mich! Haben Sie Mitleid ... nur einmal in Ihrem Leben, Suleiman ...«
»Hatten Sie Mitleid mit Narriman?« Suleiman gab dem vor ihm knienden Mahmud einen Tritt gegen die Stirn. Er kippte nach hinten um und lag auf dem Rücken wie ein riesiger, umgedrehter Käfer. »Sie wußten, daß ich Narriman liebe.«
»Gnade!« wimmerte Mahmud. Er starrte an die Decke. Aus seinen Augen quollen Tränen. »Gnade, um Allahs willen!«
»Nennen Sie nicht den Namen Gottes!« sagte Suleiman hart. »Wenn Allah Sie hört, wird er sein Gesicht verhüllen und sich abwenden. Sie haben alles Recht verloren, Mahmud ... Sie sind ein Nichts. Finden Sie sich damit ab ...«
Mahmud hörte die Tür knirschen, das Quietschen des Schlüssels, das Tappen der Schritte im langen Flur. Er blieb auf dem Rücken liegen und weinte, sah an die Decke und preßte die Hände gegen sein Herz. Die Angst zerriß ihn fast.
In der Wüste zu sterben, ist ein Tod auf Raten ... und jeder Atemzug ist ein Tod für sich allein ...

Major Rishon wachte auf und lag nackt auf einem Tisch. Ein Sanitäter verband ihm den Oberschenkel, drei Offiziere standen um ihn herum und schienen sehr verlegen zu sein.
»Ihr Idioten!« sagte Rishon leise. Es waren seine letzten Worte

gewesen, als er beschossen worden war und an ihnen knüpfte er nun wieder an. »Ihr hättet mich umgebracht . . .«
»Sicherlich.« Ein Hauptmann beugte sich über ihn. »Sie kamen mit einem jordanischen Militärjeep direkt auf unsere Stellungen zu. Sie durchfuhren — als hätten Sie davon eine Ahnung — die Minengasse. Sie reagierten auf keine Blinkzeichen . . .«
»Ich habe keine Blinkzeichen gesehen.« Rishon stützte sich auf den Ellenbogen und sah sich um. Er lag in einem großen Steilwandzelt. Durch den zurückgeschlagenen Eingang sah er mehrere Zelte, israelische Soldaten, drei Jeeps, die nebeneinander aufgefahren waren. In der Heimat, dachte er. Gerettet. Und ich bin, ohne es zu wissen, durch ein Minenfeld gefahren. Erschöpft sank er wieder zurück. »Warum schießen Sie auf einen einzelnen Jeep? Ich hatte doch eine weiße Fahne gehißt . . .«
»Wer sind Sie überhaupt?« fragte der Hauptmann streng.
»Moshe Rishon, Major der Abwehr . . .« Rishon streckte sich, eine wohlige Müdigkeit überkam ihn. Er wußte nicht, daß es der Blutverlust war, der ihn so schläfrig machte.
»Major Rishon?« Die Offiziere sahen sich an. Sie kannten diesen Namen, er war fast legendär in der Armee. Wenige hatten Rishon bisher gesehen, aber von Mund zu Mund waren wundersame Dinge gegangen, die in seiner Dienststelle geschehen sein sollten. Vieles mochte übertrieben sein, eine militärische Sage, ein Epos vom unbekannten Helden . . . aber manches mochte auch wahr sein, wie an jedem Gerücht ein Körnchen Wahrheit hängt. Und nun lag da ein nackter Mann, der aus der Wüste bei Ain Khaukhan aufgetaucht war, in einem jordanischen Jeep, mitten durch das Minenfeld fuhr, auf nichts reagierte, bis man ihn zusammenschoß. Und dieser Mann nannte sich Rishon.
»Sie gestatten, daß wir das nachprüfen«, sagte der Hauptmann etwas verwirrt. »Man erlebt nicht alle Tage, daß ein israelischer Abwehroffizier aus Jordanien kommt.« Das klang spöttisch, aber Rishon nahm es nicht wahr. Er lag in einem angenehmen

Schwebezustand zwischen Wachen und Schlaf, er hörte die Worte, aber er begriff keine Einzelheiten mehr. In seinem Oberschenkel bohrte ein dumpfer Schmerz.
»Ich bin Major Rishon«, sagte er langsam. »Mein Gott, ich bin es. Und Sie beschießen mich.«
»Sie konnten ebensogut ein jordanischer Todesfahrer sein, der mit einem Jeep voller Sprengstoff auf uns zurast und unser Lager in die Luft sprengen wollte. Man hat da schon tolle Dinge erlebt.« Ein Sanitäter deckte Rishon zu. Er gab ihm eine Kreislaufspritze, und langsam verließ ihn wieder die Müdigkeit. Statt dessen überfiel ihn mit aller Schwere der Gedanke an Ariela, die jenseits des Minengürtels in der Wüste auf Rettung wartete ...
»Wie lange liege ich schon hier?« rief Rishon und richtete sich mit einem Ruck auf.
»Etwa eine Stunde. Wir haben die Kugel aus dem Oberschenkel entfernt. Gott sei Dank, ein glatter Steckschuß.«
»In der Wüste, knapp zwanzig Kilometer von hier, sind noch zwei Menschen. Ariela Golan, die Tochter von Oberst Amos Golan ...«
»Sagen Sie das noch einmal!« rief der Hauptmann. Auf seiner Stirn stand plötzlich Schweiß. »Die Tochter Golans ...«
»Und ein Doktor Schumann, ein deutscher Arzt. Er ist von einer Viper gebissen worden. Vielleicht ist er schon tot. Ich habe beide vor zwei Tagen verlassen, weil sie nicht mehr weiterkonnten ... ich wollte Hilfe holen! Und Sie schießen mich nieder ...«
Rishon versuchte vom Tisch zu rutschen. Die Offiziere stützten ihn. Ihre Verlegenheit war vollkommen. Und plötzlich war alles ganz anders, plötzlich war der nackte Mann, der, auf zwei Offiziere gestützt, im Zelt herumhumpelte, ein einziges Kommando, das allen in die Knochen fuhr.
»Ich bin nicht hier, um Ihre Fragen zu beantworten!« rief Rishon laut. »Wo ist die nächste Hubschrauberstaffel?«
»In Sodom«, sagte der Hauptmann.

»Rufen Sie sofort an! Eine Maschine nach hier! Sofort!«
»Sie wollen die Tochter Golans mit einem Hubschrauber —«
»Wissen Sie etwas Besseres?« schrie Rishon.
»Wir verletzen damit die Waffenstillstandslinie und die Hoheit Jordaniens ...«
»Ich pfeife darauf! Wir werden drüben in der Wüste landen und Ariela holen! Und jeder, der uns daran hindern will, wird beschossen! Was stehen Sie hier herum? Rufen Sie Sodom an!«
Nach zwanzig Minuten kreiste ein großer dunkler Hubschrauber über dem Wüstenlager und landete in einer riesigen Staubwolke. Zwei Sanitäter trugen Rishon auf einer Bahre zum Flugzeug und schoben ihn in die gläserne Kanzel. Der Blutverlust hatte ihn wieder niedergeworfen. Zwar hatte man ihm sofort eine Plasmainfusion gegeben, aber der ausgelaugte Körper versagte und sehnte sich nach Ruhe. Zwei Offiziere und der Hauptmann setzten sich neben die Trage in die gläserne Kanzel. Sie trugen ein leichtes MG mit sich und um den Hals Maschinenpistolen.
»Richtung Dschebel El Hasa«, sagte Rishon matt. »Zwischen Majra und Ghor es Safi ... irgendwo im Geröll. Sie werden winken, wenn Sie euch sehen ... sie werden winken, wenn sie noch leben ...«
Und sie lebten!
Als der Hubschrauber langsam über den Wüstenbergen kreiste, kroch Ariela aus dem niedrigen Zelt hervor und schwenkte ihre zerrissene Bluse. Mit nacktem Oberkörper stand sie unter der glühenden Sonne, ihre kupferfarbenen Haare flatterten im Wind. Dr. Schumann kroch auf allen vieren unter der Zeltleinwand hervor und starrte auf die schwarze Riesenlibelle, die einen großen Kreis zog und nach einem Platz suchte, wo sie landen konnte.
»Sie haben uns gefunden!« schrie Ariela, ließ die Bluse fallen und rannte zurück zu Schumann. »Moshe ist durchgekommen!

Er läßt uns holen! Peter! Wir leben weiter! Wir sind gerettet! O Peter . . .« Sie küßte ihn, sie umfing ihn mit beiden Armen und spürte, wie noch das Fieber in ihm war und sein Kopf glühte. Aber er war bei Besinnung, er hörte sie, er konnte selbst schon wieder lallend sprechen, und seine Augen erkannten sie und waren voll Liebe und Freude.

So traf sie der israelische Hauptmann an, als er mit den beiden anderen Offizieren durch das Geröll rannte und die Mulde mit dem Zelt erreichte. Er grüßte, zog seine Jacke aus und hielt sie Ariela hin.

»Fräulein Golan«, sagte er, heiser vor Ergriffenheit, »darf ich Ihnen meine Uniform anbieten?«

»Danke, Hauptmann.« Ariela ließ Schumann los, bettete seinen Kopf vorsichtig auf eine Deckenrolle und zog die Jacke über ihren nackten Oberkörper. Sie knöpfte sie zu und lächelte den Hauptmann dankbar an. »Bringen Sie zuerst Doktor Schumann zum Flugzeug«, sagte sie. »Er muß sofort nach Beersheba ins Krankenhaus. Eine Viper hat ihn vergiftet . . .«

»Wir wissen Bescheid.«

»Ist Major Rishon gut angekommen?«

»Er ist verwundet.« Der Hauptmann blickte auf die beiden Offiziere, die dabei waren, Schumann vorsichtig hochzuheben und aus der Mulde zu tragen. »Er wartet im Hubschrauber.«

»Das ist schön.« Ariela taumelte plötzlich. Sie lehnte sich an den Hauptmann, sonst wäre sie umgefallen. »Wasser . . .«, stammelte sie heiser. »Bitte Wasser . . . ich habe seit fast zwei Tagen nichts mehr getrunken . . . Ich brauchte das Wasser für Peter . . .«

Der Hauptmann zögerte nicht lange. Eine Flasche mit Tee war im Hubschrauber. Er nahm Ariela wie ein Kind auf seine Arme und trug sie zum Hubschrauber.

Nach zwei Stunden lagen sie im Krankenhaus von Beersheba. Weiße Betten, Schwestern mit weißen Häubchen, Ärzte, die sich um sie bemühten, Kühle, die aus den Klimaanlagen strömte. Sie lagen alle drei in einem Zimmer, nebeneinander, so wie sie in der Wüste gelegen hatten. Arielas Bett stand in der Mitte, und wenn sie nach links und rechts die Arme ausstreckte, konnte sie Schumann und Rishon berühren.

»Das Leben ist schön«, sagte sie. »Ich habe es nie begriffen, was das bedeutet. O Gott, gibt es Schöneres, als in Frieden zu leben?«

Aber der Friede war nur innerhalb ihres Zimmers. Schon hinter der Tür begann der graue, feindliche Alltag.

An der Tür des Zimmers 14 des neuen Krankenhauses von Beersheda hing ein Schild. Eintritt verboten! Infektion!

Und aus Jerusalem war ein Funkspruch an den Kommandeur von Beersheba gekommen.

»Auf Ihre Anfrage betreffs Major Rishon: Der Major befindet sich gegenwärtig auf einer Inspektionsreise durch Galiläa. Leutnant Ariela Golan arbeitet seit Beendigung des Krieges im Generalstab. Dr. Peter Schumann ist Arzt in Jerusalem und z. Zt. im Gazastreifen zur Hygieneuntersuchung. Sobald die drei Personen bei Ihnen transportfähig sind, sofortige Überstellung nach Jerusalem ...«

Die Welt sollte nie von diesem Abenteuer erfahren.

Zwei Tage später flog man Moshe Rishon, Ariela und Dr. Schumann von Beersheba nicht nach Jerusalem, sondern nach Tel Aviv. Stabschef Rabin und General Dayan empfingen sie persönlich.

»Sie haben Israel einen unschätzbaren Dienst erwiesen«, sagte Dayan in seiner knappen Art. »Und nun vergessen wir alles ...«

Er umarmte Ariela und dachte in diesem Augenblick an den Oberst Amos Golan, der als Toter mit seinen Panzern zuerst den Suezkanal erreichte.

»Und ein solches Volk will man ausrotten«, sagte Dayan leise. »Das wird Gott nie zulassen ...«

Später waren sie am Meer, am Sandstrand von Herzlia, und Ariela und Rishon stützten Schumann, als er schwerfällig zum Wasser ging und sich die Wellen um die Beine spülen ließ.
»Wie fühlst du dich?« fragte Ariela.
»Glücklich«, antwortete Schumann. Er blieb stehen und sah Rishon an. »Ich werde Ihnen nie danken können, Moshe ...«
»Das sollen Sie auch nicht.« Rishon vermied es, Schumann anzusehen, er blickte über das gegen die Küste anrollende blaue Meer. »Ich habe mich um Ariela gekümmert ... Sie waren der Ballast, den ich wohl oder übel mitnehmen mußte ...«

Über dem Wüstenfort lag die Stille des Todes.
Niemand kümmerte sich um Mahmud ibn Sharat, bis auf einen jungen Soldaten, der ihm einmal täglich das Essen brachte: eine Terrine mit Suppe aus Hammelfleisch und Bohnen, dazu eine Kanne Wasser und drei Matzen. So ging das vier Tage lang, ohne daß sich etwas Besonderes ereignete.
Mahmud hatte viel Zeit, über sein Schicksal nachzudenken. Er rannte herum und wunderte sich, warum man ihn nicht längst hingerichtet hatte. Dann erinnerte er sich an Suleimans Ankündigung, daß er eines unehrenhaften Todes sterben sollte. Er fror vor Grauen und verlangte immer wieder, noch einmal mit Suleiman sprechen zu dürfen.
Am fünften Tag hielt er es nicht mehr aus. Die Geräusche, die er durch das ganz oben an der Decke liegende, unerreichbare Fenster hören konnte, beunruhigten ihn. Er hörte Kamele schnauben, Hunderte von Stimmen, Pferdewiehern und laute Rufe, als würde das einsame Wüstenfort von einer Menschenlawine überschüttet.
»Ich habe einen Ring, mein junger Freund«, sagte Mahmud zu dem jungen Soldaten, der ihm das Essen hinstellte und das alte Geschirr wegräumte. »Einen wertvollen Ring mit einem Stein, der fast hunderttausend Piaster wert ist. Du kannst ihn haben.«

Mahmud hielt den Ring an seiner linken Hand hoch. Er hatte ihn in Beirut gekauft, als er noch der große Händler war. Vor einem Jahr war das ... »Ich schenke ihn dir, wenn du mir sagst, was draußen los ist. Und ich schenke dir noch mehr, wenn du erfahren kannst, was sie mit mir vorhaben ...«

»Draußen sind zwei Beduinenstämme angekommen«, sagte der junge Soldat. Er hob die Hand, als Mahmud den Ring von seinem Finger streifte. »Sie warten auf den Tag Ihrer Hinrichtung.«

Mahmud fühlte, wie die Kraft aus seinen Beinen wich. Er lehnte sich gegen die Wand und sah den jungen Soldaten aus rot umränderten Augen an. Sein Bart war wild und zerzaust.

»Was noch?« keuchte er. »Was weißt du noch?«

»Ich weiß nichts mehr.« Der Junge nahm das Geschirr und verließ die Zelle.

Eine Stunde später erfuhr Mahmud ibn Sharat mehr. Narriman besuchte ihn. Es war das erstemal seit seiner Festnahme, daß er sie sah, und sie war wieder von einer wundervollen Schönheit, die an sein Herz griff. Er sah sie mit den Augen eines verhungernden Hundes an und legte die Hände vor die Brust, als er sich stumm vor ihr verbeugte. Ihr gelbes Seidenkleid war tief ausgeschnitten und ließ die Knie frei. Ihre braune Haut glänzte, und er erinnerte sich trotz aller Qual, daß er diesen Körper geliebt und genossen hatte.

»Sie bringen mir Gutes, Narriman«, sagte Mahmud heiser. »Ich spüre es. Sie waren immer wie ein guter Engel ...«

Narriman schwieg und sah auf Mahmud herunter. Ihre großen schwarzen Augen leuchteten. Was an Rache in einem Menschen sein kann, sprühte aus diesem Blick.

»Ich bin gekommen, um Abschied zu nehmen«, sagte sie hart. »Ich will noch einmal die Kreatur sehen, für die ich die Hölle aus der Erde holen würde, um sie zu vernichten. Was morgen geschieht, kann ich nicht mit ansehen, aber ich mußte Sie noch einmal sehen, Mahmud, um nie zu vergessen, wie groß mein Haß

sein kann. Ich werde mir Ihren Anblick einbrennen, so wie auf meinem Körper Narben von Ihren Nägeln sind.«
Mahmud ibn Sharat senkte den Kopf. Seine Lippen zuckten. »Ich bitte Sie um Verzeihung«, sagte er leise.
»Wie kann man das verzeihen, was Sie getan haben?«
»Die Güte ist grenzenlos, sagt Mohammed.«
»Und die Rache sprengt alle Himmel, sagte einst der Mahdi! Wir sprechen verschiedene Sprachen, Mahmud.« Narriman blieb an der offenen Zellentür stehen. Im Gang warteten vier Soldaten, falls Mahmud sie angreifen sollte. »Suleiman wäre bereit gewesen, Sie erschießen zu lassen. Ich wollte es nicht! Ich wollte den morgigen Tag!«
»Soll ich vor Ihnen auf die Knie fallen und Sie anflehen?« stammelte Mahmud.
»Was nützte das?« Sie sah über ihn hinweg gegen die Wand und schüttelte den Kopf. »Ihr Harem ist aufgelöst. Die Frauen haben ihre Freiheit bekommen. Die Regierung hat ihnen tausend Piaster als Start in ein neues Leben gegeben. Ihr Vermögen wurde eingezogen. Aus Ihrem Haus wird ein staatliches Erholungsheim für kranke Kinder ... die einzelnen Pavillons eignen sich vorzüglich dazu. Alles, was an Sie erinnert, wird vernichtet. Sie werden toter sein als der Tod!«
»Und meine Verdienste um das Vaterland? Der unterirdische Gang unter Jerusalem, durch den die Agenten drei Jahre lang ungehindert hin- und hergehen konnten? Meine wertvollen Meldungen? Warum erkennt man das nicht an?« Mahmuds Stimme wurde schrill. »Ich flehe um Dankbarkeit, Narriman! Sagen Sie das General Suleiman. Ich habe Jordanien genützt! Ich habe Sabotageakte möglich gemacht. Ich war es, der an der Grenze dauernden Unfrieden säte. Durch mich haben die Juden jahrelang das Gefühl gehabt, auf einem Pulverfaß zu sitzen. Ich habe die ersten Informationen über die neuen israelischen Panzer geliefert! Vergißt man das alles?«

»Man vergißt es nicht, Mahmud. Ihr Tod wird deshalb auch ein Volksfest werden.« Narriman trat zurück in den Flur. Mahmud stand mitten in der Zelle, und in seinen Augen lag irrsinnige Angst. Ein Volksfest, dachte er. Zwei Beduinenstämme haben sie ins Fort geholt. Was werden sie mit mir tun? Die Angst umkrallte sein Gehirn, und er begann zu wimmern wie ein angeschossener Schakal. Dann stürzte er plötzlich auf die Knie und rutschte auf dem Ziegelboden zu Narriman, die Hände erhoben, ein Bild der Verzweiflung. »Erbarmen!« schrie er. »Erbarmen! Habt Erbarmen!«
Narriman warf die Tür zu und schloß ab. Sie hörte, wie Mahmud mit dem Kopf gegen das Holz schlug und weinte. Sie blieb einen Augenblick stehen und hörte sich das an. Dann ging sie zufrieden davon. Es war ein Abschied gewesen, wie sie ihn ersehnt hatte.

Die kräftige Seeluft tat Dr. Schumann gut. Sie schien das Gift aus seinem Körper zu verjagen. Stundenlang lag er auf einem zusammenklappbaren Ruhebett, sah über die anrollenden Wellen, atmete die Salzluft ein und fühlte, wie ihn neue Kraft erfüllte.
Ariela Golan war nach Jerusalem gefahren, um vor einem Gremium von Generalen über ihre Erlebnisse in Amman auszusagen. Es waren wenige auserwählte Herren, die von Dayan zur völligen Geheimhaltung verpflichtet wurden. Vor allem das Projekt der Bakterienbombe war lebenswichtig für Israel. Daß die arabische Seite mit solchen Mitteln Krieg führen wollte, schuf für Israel eine neue Situation. Einig war man sich sofort in einem Punkt: Dieser heimtückische Krieg mit einer Epidemie, mit einer schleichenden Krankheit über das ganze Land, war das Schrecklichste, was modernes Völkermorden ersinnen konnte. Hier half auch keine Anklage vor der UNO ... wer wollte beweisen, daß eine Krankheit absichtlich unter ein Volk gesät worden war?

In diesen Tagen war Moshe Rishon allein mit Dr. Schumann am Strand von Herzlia. Sie lagen nebeneinander unter einem Sonnensegel, betreut von zwei Krankenschwestern und einer militärischen Ordonnanz. Sie lasen die Zeitungen, die man ihnen jeden Morgen brachte, sie hörten im Radio die neuesten Meldungen, die nicht immer gut waren.
Der Krieg war zu Ende, aber er ging trotzdem weiter. Die arabische Welt traf sich auf Konferenzen, deren einziges Thema war: Vernichtet die Juden! Beginnt einen neuen Heiligen Krieg!
Jeden Tag brachten riesige Transportmaschinen Panzer und Geschütze aus Rußland. In den ägyptischen Mittelmeerhäfen stauten sich die sowjetischen Schiffe mit Kriegsmaterial, mit Medikamenten, mit russischen Offizieren und Technikern, die die ägyptischen Soldaten an den neuen Waffen ausbilden sollten. Selbst die Propaganda lief erfolgreich. Die Staaten, die noch vor fünf Wochen Israels Blitzsieg gefeiert hatten, wurden skeptisch und zurückhaltender. Die zweihunderttausend jordanischen Flüchtlinge, die über den Jordan gezogen waren und nun in Massenlagern in der Wüste vegetierten, ernährt von der UNO, von christlichen Hilfsorganisationen und Spenden, Menschen ohne Hoffnung, ohne Zukunft — dieses Heer der Flüchtlinge wurde zum Ankläger gegen Israel. Man zeigte Bilder von verdurstenden ägyptischen Soldaten in der Sinai-Wüste ... man zeigte Fotos von Müttern, die ihre verhungerten Kinder emporhoben ... man zeigte die leeren Dörfer der arabischen Siedlungen diesseits des Jordans, Geisterhäuser, durch die israelische Soldaten schritten ... Das Bild der Allenby-Brücke ging um die Welt, wo sich Tausende von Flüchtlingen durch die Eisentrümmer über schmale Holzstege zum anderen Ufer des Jordans tasteten, dort auf die Erde fielen und die Fäuste gegen Israel erhoben.
Kaum einer sprach noch davon, daß man vor fünf Wochen die Israelis ins Meer treiben wollte. Niemand erinnerte sich mehr daran, daß der Beginn des Krieges nur ein Sprengen der Fesseln

war, in die man Israel geschnürt hatte. Daß Jerusalem nun eine ungeteilte Stadt war, in der jeder leben konnte, war einmal bejubelt worden ... nun hatten die Diplomaten Bedenken und sprachen von historischen Rechten. Zu Tausenden standen die Juden an der Klagemauer und beteten ..., aber nach dem Schock der Niederlage kam der Haß wieder hervor, und die Araber Jerusalems sahen finster auf die Pilgerzüge, die zum Heiligtum zogen. Flugblätter wurden bereits wieder verteilt, in geheimen Kellerdruckereien hergestellt. Sie riefen zum Widerstand auf, zum Streik, zum Partisanentum, zur Sabotage. »Ganz Israel ein Schlachtfeld!« riefen diese geheimen Flugblätter. »Werft euch wie Bremsklötze vor die Räder der Juden! Werdet Widerstandskämpfer! Der Krieg hat erst begonnen ...«

»Sie sehen, Doktor, daß unser Land noch schwere Zeiten vor sich hat«, sagte Moshe Rishon am Strand von Herzlia. »Wir haben nur eine Schlacht gewonnen, während wir dachten, endlich den Frieden errungen zu haben. Es ist die Tragik unseres Volkes, nie Ruhe zu haben. Seit fünftausendsiebenhundert Jahren kämpft unser Volk um seine Freiheit. Und so wird es noch weitere fünftausend Jahre sein. Man hat nur eines nicht gemerkt: Wir werden nie untergehen. Wir haben einen gottgesegneten Lebenswillen!« Rishon drehte sich zu Schumann um. »Doktor, wann gehen Sie nach Deutschland zurück?«

»Warum fragen Sie, Major?«

»Ich möchte es wissen, um Ariela den Frieden zu geben, den sie für die kurze Zeit ihres Lebens verdient.«

»Ich werde nie gehen«, sagte Schumann. »Ich bleibe hier.«

»Ihr ganzes Leben lang?«

»Mein ganzes Leben.«

»Sie kommen aus einer anderen Welt.«

»Ich werde mich in Ihre Welt einfügen.«

»Man kann in einer Ziegelmauer keinen Felsstein gebrauchen.«

»Aber einen Stahlanker.«

»Sie sind Christ ... Ariela ist Jüdin. Das paßt nie zusammen. Und selbst wenn Sie Jude würden ... im Herzen bleiben Sie Christ, bleiben Sie Deutscher. Sie können Gast in unserem Land sein ... aber nie ein Bestandteil. Ariela überblickt das nicht, ein verliebtes Mädchen hat keine Vernunft mehr. Aber die Jahre, die nachher kommen, werden eine einzige Qual sein. Das möchte ich Ariela ersparen. Verlassen Sie Israel, Doktor, wenn Sie wieder gesund sind. Ich bitte Sie: Gehen Sie zurück in Ihr Land, und lassen Sie Ariela ihren Frieden in ihrem Land ...«
Dr. Schumann schwieg eine Weile. Das Meer rauschte. Die Wellen trugen Schaumkronen, als sie ans Ufer spülten. Links und rechts neben ihnen spielten junge Menschen Ball, sie lachten und freuten sich. Für sie war der Krieg Historie geworden ... das Leben ging weiter ...
»Ich werde Ariela heiraten«, sagte Schumann endlich. »Sie wissen es, Major. Und ich werde für den Frieden Ihres Landes, das dann auch mein Land sein wird, arbeiten.«
»Wir brauchen Sie nicht, Doktor!«
»Vergessen Sie Ihre Unabhängigkeitserklärung, Major?« Schumann drehte den Kopf zur Seite und sah in Rishons dunkle Augen. »Am 14. Mai 1948 verkündete Ihr zur freien Nation gewordenes Volk unter anderem — ich habe es auswendig gelernt: Der Staat Israel wird auf den Grundpfeilern von Freiheit, Recht und Frieden beruhen, wie es die Seher Israels einst prophezeiten, er wird allen Bürgern, ohne Ansehen von Religion, Rasse oder Geschlecht, volle wirtschaftliche und staatsbürgerliche Gleichberechtigung gewähren, er wird Freiheit der Religion und des Gewissens, der Sprache, Erziehung und Kultur verbürgen ...«
Rishon wandte sich ab und sah über das blaue Meer. Sein Gesicht wirkte spitz. »Das haben wir der Welt verkündet, es stimmt«, sagte er stockend. »Wir stehen auch dazu! Wann werden Sie Ariela heiraten?«
»Sobald ich wieder gesund bin.«

»Lassen Sie es mich rechtzeitig wissen, Doktor.« Rishon zog die Decke bis zum Kinn. Der Wind vom Meer war ein wenig kühl. »Ich möchte an diesem Tag in der Sinai-Wüste sein, weit weg . . .«

Dr. Schumann nickte. »Ich sage es Ihnen frühzeitig, Major.«

»Danke.«

Sie sahen über die Wellen. Ein Schiff glitt am Horizont vorbei. Vor ihnen im Ufersand spielten einige Kinder und bauten Burgen, die von der nächsten großen Welle wieder zerstört wurden. Aber sie ließen sich nicht abhalten, immer neue Wälle zu bauen, in der Hoffnung, daß einmal ein Wall das Meer aufhalten könne. Sind wir nicht alle ewige Kinder . . .?

12

Mahmud wurde am Morgen geweckt zu einer Zeit, in der sonst niemand kam. Ein Offizier stand an seinem Bett und rüttelte ihn. Als Mahmud die Augen aufriß, wußte er, daß für ihn die Stunde gekommen war, in der die Sonne für immer versinken würde.
Mahmud ibn Sharat stand auf und wollte seinen Burnus umlegen, aber der Offizier nahm ihm wortlos das weite Gewand ab und warf es in eine Ecke.
»Hose und Hemd genügen«, sagte er teilnahmslos.
Mahmud nickte. Er sah auf die gekalkte Mauer und senkte den Kopf. Dort hatte er gestern mit einem Holzspan neben den Sprüchen seiner Vorgänger auch sein Vermächtnis hinterlassen. Es war wenig, was er zu sagen hatte.
»Ich sterbe wie ein Vieh«, hatte er in den Mörtel geritzt. »Und ich war doch nur ein Mensch wie alle anderen! Allah, sei mir gnädig.«
Im Flur warteten vier Soldaten. Sie nahmen Mahmud in ihre Mitte, führten ihn durch den langen dumpfen Kasemattengang, eine Treppe hinauf. Erst jetzt erkannte Mahmud, daß er unter der Erde gelebt hatte und das Fenster hoch oben an der Decke nur wenig über dem Wüstenboden lag. Daher die deutlichen Geräusche, die Stimmen, das Pferdewiehern.
Als sich eine Tür öffnete und die helle Morgensonne hineinfiel, prallte sie auf Mahmuds Augen wie ein Faustschlag. Er blinzelte, sah sich um und ging inmitten der vier stummen Soldaten über den Appellplatz hinaus durch das große Tor vor das Fort.
Hier schien ein Volksfest zu sein. Ein Wald von Zelten umrahmte ein großes Viereck, das mit Seilen abgeteilt war. Der Duft von gebratenen Hammeln und Lämmern lag in der heißen Luft, es roch nach Honiggebäck und Tamia, in Öl gebratenen Klößen aus Bohnenmehl. In großen Kupferkesseln siedete Kalauwi, Innereien, die man später, gehackt und mit Petersilie ver-

mengt, servierte. Frauen rührten in Kesseln große Mengen von Dehena, dem orientalischen Salat aus verschiedenen Gemüsesorten. Über allem lag Fröhlichkeit und eine feiertägliche Heiterkeit. Nur die Kinder sah man nicht ... sie wurden von den Alten in den dunklen Zelten gehalten.

An einem Ende des großen, abgesteckten Platzes warteten die Männer auf ihren kleinen, schnellen Pferden. Sie bildeten eine bunte, zusammengeballte Masse aus flatternden Burnussen und bunten Kopfringen.

In der Mitte des freien Feldes, in den Wüstenboden gerammt, stand einsam ein hölzerner Pfahl. An der linken Längsseite des Feldes hatte man eine Tribüne errichtet ... hier saßen unter einem Sonnendach General Suleiman und einige Wüstenscheichs, die Offiziere des Forts und ein Mann in europäischem Zivil, der nervös mit seiner Sonnenbrille spielte.

Mahmud ibn Sharat blieb stehen und sah auf den einsamen Pfahl. Und plötzlich wußte er, wie er sterben sollte. Dieses Wissen war so grausam, daß er hinfiel und in den Sand biß.

Die Soldaten rissen ihn hoch und hielten ihn fest.

»Nein!« schrie Mahmud. Sein Mund war voller Sand, und so war es nur ein Gurgeln, das niemand hörte. »Nein! Gnade ...«

Er tat keinen Schritt mehr, er stemmte sich in sinnlosem Widerstand in die Erde. Da nahmen ihn die Soldaten hoch und trugen ihn zu dem Pfahl, preßten ihn dagegen und banden ihn an mit ledernen, unzerreißbaren Stricken. Dann traten sie zurück, gingen hinter die Absperrung und reihten sich ein in die gaffende Menge der Beduinen. Mahmuds Kopf flog nach links.

Er sah, wie die Reiter aufsaßen. Ein Kommando ertönte ... es blitzte in der Morgensonne, als sie ihre krummen Säbel zogen und auf den Nacken ihrer Pferde legten.

»Brüder!« schrie Mahmud mit schriller Stimme. »Ich bin euer Bruder! Ich komme aus dem Stamm der Hommeida! Brüder ...«

Er zerrte an den Lederstricken, aber sie waren so in die Einkerbungen des Pfahles gebunden, daß er sich nicht bewegen konnte und auch aufrecht hängen blieb, wenn er die Beine anzog. Nur sein Kopf war beweglich, und er pendelte hin und her, und der Mund schrie und schrie, und es waren keine Worte mehr, denn wo das Grauen vollkommen ist, gibt es nur noch Töne ...

In der Gruppe der Reiter hob jemand seinen krummen Säbel in die heiße Luft. Die Pferde stiegen vorn empor und setzten dann wie zu einem Sprung an, ehe sie davongaloppierten.

Das Reiterspiel des Todes hatte begonnen.

Mahmud ibn Sharat hob den Kopf, als die Kavalkade, in einer Staubwolke wie fliegende Geister, auf ihn losdonnerte. »Sie werden den Tod sehen!« hatte Suleiman gesagt ... nun sah er ihn ganz deutlich ... vorgestreckte Pferdeköpfe, blitzende Säbel, lachende Gesichter unter wehenden Kopftüchern ...

Mit offenem Mund wartete Mahmud auf den Säbelhieb, als der erste Reiter an ihm vorbeistaubte. Aber nichts geschah ... er nahm nur Maß, streckte den Säbel so weit vor, daß er an Mahmuds Brust vorbeizischte ... dann kam der nächste ... und wieder einer ... und dann die anderen ... und alle nahmen sie Maß, lachten, als sie an ihm vorbei waren und am anderen Ende der Bahn ihre Pferde herumrissen.

Von jetzt ab kamen sie einzeln. Mit schwingendem Säbel ritten sie heran, mit dem Pferd verwachsen, und wenn sie am Pfahl waren, hieben sie zu, nicht mit dem vollen Blatt, sondern nur mit der Säbelspitze.

Als der erste Hieb ihm die Brust auftrennte, schrie Mahmud noch einmal tierisch auf. Der zweite Hieb ließ die Schulter aufklaffen, der dritte traf den Unterleib. Das Blut rann in Bächen über seinen Körper und versickerte in dem lockeren Sand unter seinen zuckenden Füßen.

Er brüllte nicht mehr ... er starrte auf die heranrasenden Pferde, seine Augen waren weit aufgerissen, sein Mund wurde zur Höhle, in der es keinen Laut mehr gab ... und dann verzerrte sich sein Gesicht, der Kopf schlug nach hinten gegen den Pfahl, und dann lachte er, jauchzte er mit jedem Freudenruf der Reiter, und seine Füße stampften den blutigen Sand wie nach einer unhörbaren, wilden Melodie.

»Er ist wahnsinnig geworden«, sagte Suleiman so ruhig, als erkläre er eine landschaftliche Schönheit. Die Scheichs nickten. Es waren zwei Stämme, und jeder von ihnen beobachtete, wer von seinen Leuten am besten ritt und den schönsten Säbelhieb führte. Man ritt auch ein wenig um die Ehre.

Der vierte Anritt war massiver. Jetzt schlug man mit der vollen Klinge zu. Es galt, mit einem Streich einen Körperteil abzutrennen. Ein Reiter schaffte es, Mahmuds rechten Arm abzuschlagen. Klatschen und Jubel belohnte ihn. Dann fiel der linke Arm. Siebenmal hackte ein Säbel in das rechte Bein, ehe es sich vom Rumpf löste ... das linke Bein fiel nach zehn Streichen.

Nur ein Torso, aus hundert Wunden blutend, blieb von Mahmud übrig, als die Reiter sich zum letztenmal versammelten. Längst war er ohnmächtig geworden, sein Kopf hing nach vorn über die blutige Fleischmasse, die einmal ein Körper gewesen war ... aber er lebte noch.

Ein einzelner Reiter galoppierte an. Es war sein Ehrentag ... er hatte Geburtstag und heiratete heute.

Mit hocherhobenem Säbel raste er dem Pfahl entgegen, dann blitzte es hell, als er zuschlug ... und durch die Staubwolke, die die Hufe des Pferdes hinterließen, rollte der Kopf Mahmuds über den Sand.

Suleiman erhob sich abrupt.

»Haben Sie seinen Tod festgestellt, Doktor?« fragte er laut den einzigen Zivilisten auf der Tribüne. Der verschüchterte kleine Mann, der dem Schauspiel mit weitaufgerissenen, entsetzten Augen gefolgt war, nickte zitternd, rückte nervös an seiner Sonnenbrille und starrte auf den im Sand liegenden Kopf Mahmuds.

»Ja. Ich habe den Tod festgestellt«, sagte er heiser. »Der Kreislauf wurde plötzlich unterbrochen.«

»Danke, Doktor.«

Suleiman gab den Scheichs die Hand und wandte sich dann ab. Er verließ ohne einen Blick zum Pfahl die Tribüne, stieg in einen wartenden Jeep und ließ sich ins Fort fahren. In ihrem Zimmer traf er Narriman an, wie sie nahe am Fenster saß und in den menschenleeren Hof des Forts starrte.

»Ist es vorbei?« fragte sie, als Suleiman eintrat.

»Ja, es ist vorbei.« Suleiman blieb an der Tür stehen. »Der Wagen ist bereit, wir können abreisen.«

»Wie war es?« fragte sie heiser.

»Man sollte nicht darüber sprechen.« Suleiman legte einen seidenen Schal um Narrimans bloße Schultern. »Wir wollen es vergessen. Es hat diesen Tag nie gegeben ...«

Während Mahmuds Leiche an der Fortmauer verscharrt wurde, fuhren Narriman und Suleiman zurück nach Amman. Sie waren allein in dem großen Wagen ... nur der Chauffeur, ein fast schwarzer Boy, war dabei.

»Sie haben mir versprochen, mich zu heiraten, Narriman«, sagte Suleiman nach einer langen Zeit des Schweigens.

Narriman lehnte sich zurück. »Ich halte mein Wort«, sagte sie leise. »Aber erst muß ich von meinem Mann geschieden sein.«

»Sie sind es bereits.« Suleiman blickte hinaus auf die flimmernde Wüste. »Herbert Frank ist tot. Er trat auf eine israelische Mine, jenseits des Jordans. Ich habe es vor zwei Tagen erfahren.«

»Er war ein armer Teufel«, sagte Narriman leise.

»So dürfen Sie nicht denken.« Suleiman lehnte sich zurück, ergriff Narrimans Hände und küßte mit großer Innigkeit ihre Fingerspitzen. »Wir sind in der Arbeit zurückgeworfen worden. Nun heißt es, neue Wissenschaftler nach Jordanien zu bringen. Die Russen würden kommen, aber ich mag die Russen nicht. Wir müssen uns im Westen umsehen, und Sie werden mir dabei helfen, Narriman. Unser gemeinsames Ziel bleibt immer die Vernichtung Israels. Ich bewundere Sie, Narriman. Sie sind eine wundervolle Frau.«

Er beugte sich über sie und küßte sie.

Und mit Verwunderung stellte er fest, daß sie weinte. Aber sie erwiderte seinen Kuß, obgleich sie wußte, daß sie die Hölle küßte.

In Amman zog Narriman in das Haus des Generals Suleiman. Es war ein prunkvoller Bau. Sie bekam eine ganze Zimmerflucht für sich und vier Dienerinnen, die ständig um sie herum waren. Narriman kam es vor, als seien sie mehr zur Überwachung als zur Dienstleistung da, denn keinen Schritt tat sie in dem weitläufigen Park, ohne daß in respektvollem Abstand nicht eines der hübschen, stillen, unterwürfigen Mädchen folgte.

Suleiman sah sie in diesen zwei Wochen nach ihrer Rückkehr von der Hinrichtung Mahmuds kaum. Dreimal aß er mit ihr zu Abend, aber von Liebe war in diesen Stunden wenig die Rede. Er drängte sie nicht. Er war ein moderner Mohammedaner, der die Frau nicht als Eigentum und Gegenstand ansah, sondern als ein Wesen mit Seele und Herz. Er wartete auf ein Zeichen Narrimans, auf ihre freiwillige Bereitschaft. Der Tod Herbert Franks hatte hier merkwürdigerweise einen unsichtbaren Graben aufgeworfen, den es mit Geduld zu überbrücken galt. Auch das schreckliche Sterben Mahmuds hatte in Narriman etwas aufgerissen, was erst verheilen und vernarben mußte: Die Erkenntnis, daß auch Suleiman nichts anderes war als ein Sohn der Wüste. Gnadenlos, grausam, wie es die Unendlichkeit des glühenden Sandes ist. Daran änderte seine europäische Ausbildung nichts, seine Studien in Frankreich und England, die britische Militärakademie, die Unterweisung durch Glubb-Pascha, sein Rang als General, sein gesellschaftlicher Glanz. Er blieb ein Sohn der gelben, staubenden, flimmernden Weite, die er vom Dach seines Hauses sehen und ohne die er nicht leben konnte.

»Die Wüste«, sagte er einmal, »ist nicht nur Sand. Wer sie so sieht, muß sie hassen. Aber wer sie liebt, fühlt, wie sehr sie eine Mutter ist. Ihre schweigende Unendlichkeit ist das Herrlichste, was es auf dieser Welt gibt.«

Am dritten Abend, den Suleiman bei Narriman verbrachte, zeigte sich der Weg, den Narriman fortan gehen würde. Suleiman lehnte sich nach einem guten Essen behaglich zurück, steckte sich eine Zigarette an und betrachtete Narriman liebevoll.

»Der Kampf gegen Israel geht weiter«, sagte er unvermittelt. »Nur verkriecht er sich in den Untergrund. In den von den Juden besetzten Gebieten und in Israel selbst haben wir Partisanenverbände aufgestellt, die nachts Truppen und Nachschubkolonnen überfallen, Flugblätter verteilen, die Bevölkerung aufhetzen und unsere Freunde in Widerstandskadern sammeln. In ein paar Tagen wird die ganze Welt aufhorchen. Im von den Juden annektierten jordanischen Teil Jerusalems werden alle arabischen Kaufleute in einen Generalstreik treten. Im Gazastreifen wird es zu Sabotageakten kommen. Am See Genezareth werden wir Kibbuzim überfallen. Der Waffenschmuggel nach Israel ist in vollem Gang. Es wird in den kommenden Wochen und Jahren keinen ruhigen Tag mehr geben, so wahr ich Suleiman heiße!« Er zog einen Notizzettel aus seiner Tasche. »Unsere Freunde in Rußland schicken uns laufend Waffen. Allein Syrien erhält 1100 Panzer, 1000 Geschütze, 800 Mörser und Haubitzen, 107 schwere Geschütze und 96 Luftabwehrraketen. Ägypten wird bekommen: 627 Flugzeuge aller Typen, 50 große Hubschrauber, 1400 Panzer und gepanzerte Geschütze aller Kaliber. Algerien, der Sudan und andere arabische Staaten werden ebenfalls ausgerüstet. In einem Jahr wird Israel von einem stählernen Wall umgeben sein, von einer Zange, die es zerquetschen wird wie eine taube Nuß.«

»Ich denke, du liebst Rußland nicht?« fragte Narriman. Suleiman nickte und steckte seinen Zettel wieder ein.

»Was hat das mit der Politik zu tun? Um Israel zu vernichten, paktieren wir mit dem Satan. Mit den Russen werden wir dann später fertig.«

»Das glaubt ihr wirklich?«

»Ja.« Suleiman lehnte sich lächelnd zurück und legte seine Hand auf Narrimans Schulter. »Wer kann der List eines Arabers widerstehen? Der Russe ist ein Europäer ... das verurteilt ihn von vornherein zur Hilflosigkeit, wenn wir unseren Geist einsetzen. Zunächst soll er liefern, und wir küssen ihm dafür die Hand, schwenken rote Fahnen und klatschen, wenn seine Abgesandten kommen. Das halten wir eine Zeitlang durch, meine Liebe. Später ...« Suleiman hob die Schultern und drückte seine Zigarette aus. »Wir haben im Laufe der Jahrhunderte schon andere Epochen überlebt. Wer Geld und Waffen bekommt, sollte nicht zuviel denken.«

An diesem Abend blieb Suleiman bei Narriman. Er war glücklich. Sie hatte seine Hand genommen und auf ihre Brust gelegt. Sie war sein Eigentum geworden, und welcher Mann ist nicht ein kleiner Gott, wenn sein größter Wunsch erfüllt wird?

»Wirst du Doktor Schumann wieder verfolgen?« fragte Narriman einmal mitten in der Nacht. Sie lagen auf einem breiten Diwan und rauchten. Vor den Bogenfenstern stand ein klarer Sternenhimmel. Die Kühle der Nacht war wohltuend nach dem heißen Ausbruch der Leidenschaft.

»Ich weiß es nicht, Narriman.« Suleiman schloß die Augen. Die Nähe dieser Frau, die ein Wunder war an Schönheit und Zärtlichkeit, betäubte ihn wie Haschisch. »Es wird schwer sein, noch einmal an ihn heranzukommen. Man wird ihn bewachen wie eine Raketenbasis.«

Narriman richtete sich auf. »Soll ich andere Wissenschaftler aus Europa nach Amman holen?«

Suleiman fuhr empor. »Nein!« rief er laut. Er starrte sie an, als habe sie etwas Unbegreifliches gesagt.

»Ich glaubte, meine Aufgabe endet nie...« sagte Narriman leise.
»So war es auch gedacht.« Er ließ sich zurückfallen und zog Narriman mit sich. Seine Hände spielten mit ihren Haaren, strichen über ihren glatten, warmen Körper und zitterten vor Glück. »Ich war ein Narr, Narriman. Du wirst Jerusalem nie mehr betreten. Deine Welt ist mein Herz ... ich lege es in deine Hand. Du mußt es pflegen wie eine wertvolle Pflanze. Das allein ist deine Aufgabe. Was wäre eine Wüste ohne Oasen?« Er lächelte und legte die Stirn gegen ihre Schulter. Der Duft ihres Körpers war betäubend. »Ich rede wie ein verliebter Beduine. Lachst du mich aus?«
»Nein«, sagte Narriman leise. »Ich lache nicht. Ich bin glücklich. Ich hasse den Krieg.«
»Wer haßt ihn nicht?« Suleiman umfing sie mit beiden Armen. »Aber sie müssen sein, wie Gewitter, die die schwüle Luft reinigen. Es ist schrecklich, aber die Natur des Menschen hat etwas Raubtierähnliches: Er muß zerfleischen. Liebet eure Feinde, wir sind alle Brüder... welch ein Unsinn! Auch Brüder morden sich. Kinder erschlagen ihre Väter, Väter mißbrauchen ihre Kinder, die Nachbarn schlagen aufeinander ein, jeder betrügt jeden, und wenn es nur um den Preis eines Filses ist. Betrug muß sein ... er ist Salz und Pfeffer des Lebens! Weltfrieden! Welch ein Hirngespinst! Man müßte die Menschheit ausrotten, um ihn zu verwirklichen. Denn schon zwei Menschen allein auf dieser Welt würden sich bekriegen!«
»Du bist ein kluger Mensch«, sagte Narriman und küßte Suleiman. Dann legte sie den Kopf auf seine Brust und preßte sich eng an ihn. »Mach aus mir etwas anderes, als ich war«, sagte sie leise. »Laß mich endlich leben und lieben wie eine Frau ...«

Schon zwei Tage, nachdem Dr. Schumann sich so kräftig wie früher fühlte und der letzte Rest des Viperngiftes aus seinem Körper weggeschwemmt war, fuhr er nach Jerusalem und ließ sich

bei General Moshe Dayan melden. Ariela wußte nichts davon. Sie blieb in Tel Aviv und suchte eine Wohnung für sich und Peter. Major Rishons Fleischwunde war gut verheilt. Er tat schon wieder Dienst, saß an seinem Schreibtisch im Hauptquartier der militärischen Abwehr und las die beunruhigenden Meldungen, die aus allen Teilen des Landes eintrafen.
Der Schock der Niederlage war vorüber, der Haß der Araber flammte wieder auf. Auch begann jetzt eine Rückwanderung von Jordanien nach Israel. Waren in den vergangenen Wochen über zweihunderttausend Araber über den Jordan gezogen, so kamen jetzt kleine Gruppen zurück, um wieder ihre verlassenen Dörfer zu beziehen. Rishon wußte, daß die Mehrzahl von ihnen Aufträge mitbrachten, daß mit diesen Rückkehrern auch Terror und Hetze kamen und daß aus ihren Reihen Partisanenverbände gebildet wurden. Aber er war machtlos, wenn er auch jeden Rückkehrer genau untersuchen ließ. Alle wiesen ihren ehemaligen Wohnsitz nach, alle unterschrieben die israelischen Formulare, sich der Oberhoheit der israelischen Regierung zu fügen und die Gesetze zu befolgen ... mehr konnte auch Rishon nicht tun.
Die Meldungen häuften sich auf seinem Schreibtisch: Flugblätter gegen die Juden. Geheime Waffenlager. Überfälle. Nächtliche Schießereien. Und die Nachricht von einem Kontaktmann: Jerusalem droht ein Generalstreik.
General Dayan empfing Dr. Schumann sofort. Er saß in seiner Khakiuniform, mit offenem Kragen, am Fenster und las einige Briefe. Die schwarze Augenklappe glänzte in der Sonne. Zum erstenmal sah Dr. Schumann den Helden Israels so nahe vor sich. Als ihn der Blick des einen Auges traf, ein freundlicher, aber doch abschätzend-kühler Blick, kam er sich vor wie ein Junge, der einen Streich gestehen solle.
»Ich freue mich, Sie zu sehen«, sagte Dayan auf englisch. »Ich bin über Ihr Schicksal genau informiert. Sie haben unserem Land einen großen Dienst erwiesen, Sie haben Leiden auf sich genom-

men und Todesdrohungen. Ich danke Ihnen im Namen des israelischen Volkes dafür.« Dayan schob die Briefe zusammen und deutete auf einen Stuhl, der vor dem Schreibtisch stand. Dr. Schumann bedankte sich mit einer kleinen Verbeugung, aber er blieb stehen. »Ich habe mir ein wenig Zeit genommen, um mit Ihnen zu plaudern«, sagte Dayan. »Eigentlich ist es sehr schade, daß Sie unser Land verlassen wollen. Ihre Forschungen könnten uns sehr nützen.«

»Ich habe nicht die Absicht, Israel zu verlassen«, sagte Dr. Schumann etwas verwirrt. »Gerade deshalb bat ich darum, Sie sprechen zu dürfen, Herr General.«

»Ach.« Dayans Auge wurde heller. »Major Rishon gab mir eine Nachricht, nach der Sie —«

»Ich weiß.« Dr. Schumann sah zu Boden. »Zwischen Rishon und mir ist so etwas wie eine Haßliebe. Er hat mir das Leben gerettet, er hat bis zum eigenen Zusammenbruch für mich gesorgt — und doch sähe er es lieber, wenn ich nicht auf der Welt wäre. Es ist zweierlei bei ihm. Er kann nicht vergessen ...«

»Wer kann das, Doktor?« Dayan sah ihn aufmerksam an. »Aber man sollte vergeben können. Sie waren, als die Konzentrationslager in Deutschland wie Todesmühlen arbeiteten, noch ein Kind ... man sollte sich nicht an der jungen deutschen Generation dafür rächen wollen! Aber denken Sie sich in das Herz eines Mannes hinein, dessen ganze Familie bis auf ihn ausgelöscht wurde. Es ist schrecklich.«

»Und eine Frau steht zwischen uns.«

»Ariela Golan, ich weiß.« Dayan sah an Dr. Schumann vorbei. »Ihr Vater war ein wunderbarer Mensch.«

Dr. Schumann straffte sich. Seine Stimme bekam einen fast militärischen Klang. »Ich bin gekommen, Herr General, um Sie um Arielas Hand zu bitten.«

»Mich?« Dayans Kopf fuhr hoch. Sein Auge leuchtete. »Bin ich der Vater?«

»Oberst Golan ist gefallen, die Mutter starb vor vielen Jahren. Das Elternhaus, die Heimat Arielas war und ist die Armee. Der Vater der Armee sind Sie, Herr General. Ich muß also Sie um Arielas Hand bitten.«

»Das ist eine merkwürdige Logik.« Dayan lachte. Er sah auf die Uhr. Ein Sieger hat wenig Zeit ... Plötzlich sprang er auf und reichte Dr. Schumann die Hand über den Tisch. »Ich gratuliere«, rief er. »Sie werden in Israel bleiben und für uns weiterarbeiten.«

»Ja.« Dr. Schumann ergriff die Hand. Einige Sekunden umklammerten sich ihre Finger. »Ich werde in Jerusalem eine Arztpraxis aufmachen.«

»Das glaube ich kaum.« Dayan lächelte etwas schmerzlich. »Sie werden eine Art Staatsgeheimnis sein und in Tel Aviv leben. Wir können es uns nicht leisten, Sie nochmals entführen zu lassen. Man wird Ihnen eine Dozentur an der Universität Tel Aviv geben.« Dayan sah wieder auf seine Armbanduhr. In fünf Minuten fuhr sein Wagen vor. Er wollte die Stellungen am Jordan besichtigen. »Wann wollen Sie Ariela heiraten?«

»Sofort, Herr General.«

»So, wie es meine Tochter gemacht hat.«

»Genauso, Herr General.«

Dayan lachte wieder. »Der Krieg hat die jungen Leute heiratswütig gemacht. Überall wird geheiratet. So wenig Zeit hatte man noch nie. Warum eigentlich?«

»Ihr Volk ist ein glückliches Volk, Herr General«, sagte Schumann fest. Dayan sah ihn fragend an. Das von der Augenklappe halbierte Gesicht war ernst.

»Wir gehen einer schweren Zukunft entgegen«, sagte er langsam. »Und wir stehen, wie immer, allein. Wirklich, unsere Jugend ist bewundernswert.« Er klopfte Schumann auf die Schulter. »Machen Sie Ariela glücklich, Doktor. Ihr Vater war ein Patriot, wie sie sonst nur noch in Heldensagen vorkommen ...«

Etwas benommen von dieser Unterhaltung stand Dr. Schumann wenig später wieder auf der Straße. Der Chauffeur, ein Mann Rishons, wartete mit dem Auto, das ihn nach Tel Aviv zurückbringen sollte.

Am Abend kam Ariela in das Hospital, in dem Dr. Schumann noch wohnte, bis über sein weiteres Schicksal entschieden war. Sie fiel ihm um den Hals und war voll jubelnden Glücks.

»Ich habe eine Wohnung!« rief sie. »Peter, ich habe eine Wohnung. Drei Zimmer, mit eingerichteter, moderner Küche, in einem Neubau, mit großem Balkon, von dem aus man das Meer sieht. Das Haus gehört der Universität. Die Verwaltung rief mich vorhin an ... Komm, wir fahren sofort hin ...«

Dr. Schumann drückte Ariela an sich und sah über ihre langen kupferfarbenen Haare hinweg aus dem Fenster seiner Krankenstube.

Das Hochzeitsgeschenk Dayans ... und der stumme Hinweis auf sein ferneres Leben. Die Entscheidung war gefallen.

Es war Abend, und über dem Meer lag das Rot der untergehenden Sonne, als sie auf dem Balkon ihrer Wohnung standen, eng umschlungen und unsagbar glücklich. »Eine Küche, ein Wohnzimmer, ein Schlafzimmer und ein Kinderzimmer ... das ist eine ganze Welt«, hatte Ariela gesagt, und er hatte stumm genickt und sie geküßt.

Sie blieben auf dem Balkon, bis die Nacht über der Stadt lag, bis die tausend Lichter aufflammten und die Uferstraße wie eine Kette aus kleinen Sternen aussah.

»Woran denkst du?« fragte Ariela leise.

Dr. Schumann atmete tief auf. Es war wie ein Seufzen.

»An den Wahnsinn der Menschen, diese Schönheit zu zerstören.«

Zur gleichen Stunde wurde am See Genezareth eine Lastwagenkolonne von arabischen Partisanen überfallen und in Brand gesteckt.

Die geheime Armee Suleimans begann ihre zerstörerische Arbeit. Der Krieg aus dem Hinterhalt hatte begonnen.
Am Montag, den 7. August, blieben zweitausend arabische Geschäfte in Jerusalem geschlossen. Die Männer saßen vor ihren Läden auf der Straße, tranken starken schwarzen Kaffee und unterhielten sich. An den patrouillierenden israelischen Soldaten und Polizisten sahen sie vorbei und taten, als bemerkten sie sie nicht. Der Generalstreik hatte begonnen.
Major Rishon fuhr mit seinem gesamten Stab in den besetzten Teil der Stadt und begann mit den Verhören der ersten Verhafteten.

Einen Tag später trafen Ariela und Dr. Schumann in Jerusalem ein, um die Wohnung Oberst Golans aufzulösen und die Möbel nach Tel Aviv schaffen zu lassen. Sie erfuhren, daß sich Moshe Rishon bei einer Kontrollstelle an der Straße Jerusalem—Bethlehem aufhielt. Hier wurden die Rückkehrer verhört und untersucht, die ihre verlassenen Wohnungen in der Altstadt Jerusalems wieder beziehen wollten.
»Besuchen wir ihn, Peter«, sagte Ariela und sah Schumann bittend an. »Ich möchte nicht, daß er mit Bitterkeit an mich denkt. Er ist ein guter Mensch.«
So kamen sie mit einem alten Personenwagen, den sie sich von einem Bekannten Arielas ausgeliehen hatten, zu dem Zeltlager hinter Jerusalem, das um Rishons Kontrollstelle entstanden war. Die Untersuchungen und Registrierungen fanden in drei Omnibussen statt, die in Büros verwandelt worden waren. Es war Rishons Erfindung ... ein rollendes Kommando der Abwehr.
»Seid ihr schon verheiratet?« fragte Rishon, nachdem er Ariela mit einem Kuß begrüßt hatte. Es klang bitter.
»Noch nicht!« sagte Schumann, bevor Ariela antworten konnte. »Ich habe es Ihnen damals in Herzlia versprochen: Ich sage es Ihnen rechtzeitig ...«

Rishon stieg in seinen Kommandobus und kam kurz darauf mit einer großen Mappe voller Zeitungsausschnitte zurück. Er klappte sie auf und suchte darin herum, bis er die Meldung gefunden hatte. »Sie sagten doch einmal, Doktor Schumann, daß die Deutschen, die Maidanek und Theresienstadt, Buchenwald und Dachau, Auschwitz und die fahrbaren Gaskammern errichteten, andere Deutsche waren als die, die heute in Ihrer Bundesrepublik leben? Sie haben mir erklären wollen, daß Ihr Volk durch Bomben und Phosphor einen Reinigungsprozeß erlebt hat?«
»Das stimmt«, sagte Dr. Schumann langsam. Rishons Augen waren traurig.
»Sie sind ein Narr«, sagte er fast bedauernd. »Ihr Volk ändert sich nie, und wenn es ein Jahrhundert lang unter einem feurigen Regen leben müßte.« Er nahm ein Zeitungsblatt aus der Mappe und hielt es Schumann hin. »Meldung vom Montag, dem 24. Juli 1967. Wohlgemerkt – nicht 1937! Ich fasse zusammen ...«
»Bitte«, sagte Schumann heiser. Eine Ahnung stieg in ihm auf. Rishon sah an ihm vorbei in die flimmernde Hitze und über die am Straßenrand hockenden arabischen Flüchtlinge.
»Auf der deutschen Nordseeinsel Wangerooge«, sagte Rishon, »hißten junge Deutsche aus Sympathie für unseren Lebenskampf gegen die Araber eine israelische Fahne am Strand. Sofort erhob sich Empörung bei den deutschen Kurgästen. Die Kurverwaltung setzte die Polizei ein, die die israelische Fahne herunterholte und beschlagnahmte. Dagegen durfte die alte deutsche Reichskriegsflagge, die auf vielen Strandburgen wehte, weiter an den Fahnenstangen bleiben ...«
»Das ist beschämend«, sagte Schumann leise.
Rishon blickte wieder auf seinen Zeitungsausschnitt. »Kurdirektor Boberg sagte dazu: ›Alte Gäste, die seit zwanzig und dreißig Jahren ihre Ferien bei uns verbringen, fühlten sich durch die Flaggenhissung belästigt! Da mußten wir eingreifen.‹ Und

weiter: ›Die Reichskriegsflaggen werden nur noch von alten Marinesoldaten zur Erinnerung aufgestellt. Da kann ich doch nicht hingehen und sagen: Holt die Flaggen runter!‹ — Warum konnte er es aber bei der israelischen Fahne, die Freundschaft ausdrücken wollte?«

»Ein Einzelfall, Major«, sagte Dr. Schumann beschämt.

»Meinen Sie? Doktor, sind Sie wirklich von einem anderen Stern? Als die deutschen Jungen die israelische Fahne hißten, schrien die ›gewandelten Deutschen‹: Juden raus! Und als die Polizei die Fahne herunterholte, standen hundert Zuschauer dabei und klatschten Beifall. Den Jungen aber wurde mit Verhaftung gedroht. Warum stellte man die Namen der Jungen polizeilich fest, nicht aber die Namen derer, die ›Juden raus!‹ schrien? Auf der Insel Wangerooge waren es hundert Deutsche, in Ihrem ›neuen Deutschland‹ sind es Zehntausende ... und da reden Sie von Vergessen und Vergeben, von Freundschaft, von einem anderen Geist? Es hat sich nichts geändert ... man ist nur hinterlistiger geworden, verschlagener, heuchlerischer.« Rishon sah Ariela an. »Und einen Mann dieses Volkes willst du heiraten? Du, die Tochter Amos Golans? Ich könnte weinen, Ariela ...«

Ein drückendes Schweigen lag zwischen ihnen. Ariela hatte nach der Hand Schumanns getastet. »Ich liebe ihn, Moshe«, sagte sie leise. »Mein Gott, ich liebe ihn. Alles andere ist unwichtig. Und am nächsten Sabbat heiraten wir ...«

Rishon klappte die Pressemappe zu. Über die Straße zog eine lange Kamelkarawane, ein friedliches Bild, umflimmert von der Hitze. Rishon sah zu ihr hin.

»Da kommt die andere Seite, Doktor«, sagte er rauh. »Seit Tagen bringen sie so Munition zu den Partisanen. Ein neuer Trick. Munition wird in Plastikbeuteln vernäht und den Kamelen ins Fressen gegeben. Sie schlucken die Beutel runter, und im Kamelmagen reisen die Patronen kreuz und quer durchs Land.« Er warf mit einer Schulterbewegung seine Maschinenpistole nach vorn und nahm sie ab. »Passen Sie auf, wie wir das machen. Nehmen Sie mal die Knarre. Vorsichtig, sie ist geladen und entsichert. Haben Sie schon mal so ein Ding in der Hand gehabt?«

»Nein«, sagte Schumann und nahm die Maschinenpistole. Der stählerne Kolben war heiß von der Sonne. Rishon holte ein langes Minensuchgerät aus dem Bus und hob die Hand. Die Karawane hielt an. Mit dem Minensucher ging der Major von Kamel zu Kamel und strich mit ihm die Mägen der Tiere ab. Hatten sie Munition verschluckt, mußte es im Gerät ticken. Mit stoischer Ruhe standen die Araber neben ihren Kamelen und sahen dem israelischen Offizier zu. Ihre Gesichter waren staubig und ausdruckslos.

In der Mitte der Karawane, fast verdeckt von den Leibern der Kamele, blieb Rishon plötzlich stehen. In seinem Gerät tickte es ganz leise, kaum hörbar.

»Aha!« sagte Rishon laut. Er nahm das Kamel am Halfter, zog es aus der Reihe und holte eine Pistole aus seiner Tasche. Doch bevor sein Schuß losging, riß Schumann die Maschinenpistole hoch und drückte den Finger durch. Ein Feuerstoß ließ seinen Körper erzittern, und mit ungläubig weiten Augen sah er, wie drei Araber, auf die er gezielt hatte, die Arme hochwarfen und neben der Straße in den Staub fielen. Sie krümmten sich, einer von ihnen schrie noch einmal, dann lagen sie still. Von den Bussen rannten israelische Soldaten herbei und umstellten die Karawane. Die Jordanier neben ihren Kamelen senkten ergeben die Köpfe. Das Schicksal liegt in Allahs Hand.

Dr. Schumann ließ die Maschinenpistole fallen und rannte auf Rishon zu, der neben den drei Toten stand. Sie hatten noch die Revolver in den Händen, als wollten sie im Tode noch schießen. »Ich sah, wie sie die Waffen unter ihren Burnussen hervorholten!« keuchte Schumann. »Ich ... ich konnte nicht anders, Major ... Man hätte Sie von hinten erschossen ...«

Moshe Rishon trat von den Toten zurück und sah Schumann lange an. Der Arzt zitterte am ganzen Körper. Schweiß rann ihm über das verzerrte Gesicht.
»Ich danke Ihnen, Peter«, sagte Rishon langsam.
»Es ... es waren meine ersten Schüsse ...«
»Sie haben mir das Leben gerettet. Nun sind wir quitt.«
Schumanns Blick fiel auf die drei verkrümmten Gestalten. »Ich ... ich habe noch nie einen Menschen getötet ...« Er wandte sich ab. Rishon legte ihm die Hand auf die Schulter.
»Ich werde zu deiner Hochzeit kommen«, sagte der Major laut. »Am Glück der Freunde soll man teilnehmen.«
Er umarmte Schumann und küßte ihn nach alter Sitte auf beide Wangen.
In den Mägen der anschließend erschossenen Kamele fand man 750 Schuß Munition. Unter den Sätteln lagen Packen von Flugblättern des »Verteidigungskomitees des arabischen Jerusalem.« Sie riefen zum Widerstand auf.
»So lebt unser Volk«, sagte Rishon, als er mit Ariela und Schumann zurück zu den Bussen ging. »Im Ausland der Rassenhaß, im eigenen Land der Terror. Und wir können noch lachen, und wir heiraten und glauben an eine Zukunft. Ich meine, wir sind ein Tropfen Herzblut, den Gott verloren hat.«
Lastwagen und Raupenschlepper zogen die toten Kamele von der Straße.

Am Abend des Sabbat heirateten Ariela Golan und Dr. Peter Schumann. Der Oberrabbiner von Tel Aviv nahm die feierliche Handlung vor. In einem langen weißen Kleid mit weißem Schleier und einer Krone aus geflochtenen weißen Hibiskusblüten stand Ariela mit gesenktem Kopf neben Dr. Schumann. Der Chuppah, der Baldachin, unter dem die Trauung vollzogen wird, wurde mit seinen vier Stützen von vier weiblichen Leutnants getragen. Moshe Rishon und Hauptmann Haphet waren die Trau-

zeugen. Etwas abseits standen Heeres-Stabschef Rabin als Vertreter General Dayans und drei Oberste, Freunde des gefallenen Amos Golan. Der Garten war mit Lampions erleuchtet, vom Meer herüber wehte kühl der Wind, bauschte den Schleier Arielas und zerwehte den Bart des Rabbiners.
Dr. Schumann hielt Arielas Hand fest, als die Trauformel gesprochen wurde. Er sah einmal schnell hinüber zu Moshe Rishon und bemerkte, daß dessen Gesicht zuckte. Aber als er den Blick Schumanns sah, lächelte er tapfer und nickte ihm unmerklich zu.
Langsam streifte Schumann den schmalen goldenen Ring über Arielas Finger. Nach alter Sitte sagte er dabei: »Siehe, mit diesem Ring bist du mir geweiht, nach dem Gesetz Mosis und Israels.« Dann ergriff er ein Glas, das ihm Rishon reichte, warf es zu Boden und zertrat es zu Staub.
Siehe, hieß das, so vergänglich ist der Menschen Glück wie Glas, das zu Staub wird, der verweht ...
Unter Händeklatschen gaben sich Ariela und Schumann ihren ersten Kuß als Mann und Frau. Sie sahen sich tief in die Augen, und beide dachten an jenen Tag in der Wüste Negev, an dem ein weiblicher israelischer Leutnant hinter einer Tamariske hervorgesprungen war, die Maschinenpistole angelegt, und einen kleinen Jeep zum Anhalten gezwungen hatte. Und sie dachten an die Nacht vor dem Krieg und an das Wunder der Liebe, das in ihnen Wahrheit wurde.
»Komm«, sagte Ariela leise und nahm Schumanns Hand. »Komm, wir müssen noch etwas tun ...«
Sie führte ihn in eine Ecke des Gartens, wo zwei kleine Bäume lagen und ein Spaten in der Erde steckte. Sie bückte sich, nahm die Bäumchen und reichte eines Dr. Schumann. So standen sie, Hand in Hand, und in der anderen freien Hand den kleinen Ölbaum haltend, und sahen sich an.
»Pflanze einen Baum«, sagte Ariela leise. »Es ist etwas Großes,

einen Baum zu pflanzen. Wenn jeder einen Baum pflanzte für den Frieden . . . welch ein Garten würde das.«

Sie bückte sich, nahm den Spaten, hob ein Loch aus, setzte den Ölbaum hinein und stampfte die Erde wieder fest. Dann reichte sie den Spaten an Dr. Schumann weiter, und auch er hob ein Loch aus, pflanzte seinen Ölbaum, trat die Erde fest und nahm dann die Gießkanne, die Rishon ihm brachte. Gemeinsam faßten sie den Henkel, begossen die Bäumchen, traten dann zurück und besahen ihr Werk.

Pflanze einen Baum.

Er wird wachsen, blühen und Blätter tragen.

Der Wind wird durch seine Zweige wehen, die Sonne wird auf sein Geäst brennen, der Tau wird von seinen Blättern tropfen, und der Staub der Wüste wird ihn bedecken.

Mensch und Tier werden sich ausruhen in seinem Schatten, Vögel werden in ihm ihre Nester bauen, und er wird ein grüner Fleck sein auf einer heißen Erde.

Hundert Jahre, vielleicht tausend Jahre, so Gott es will in seiner Güte.

Pflanzet alle einen Baum, damit die Welt ein Garten wird.

Schalom!

Frieden . . .